Wer stirbt schon gern

Markus Steiner ist das Pseudonym eines bekannten Autors, der vor allem durch seine romantischen Abenteuerromane bekannt wurde. Wie seinen Kommissar hat es auch ihn ins »Exil« nach Bayern verschlagen, und wie »Bembel« ist auch er ein glühender Fan von Eintracht Frankfurt. Mit dem überzeugten Hessen Bembel und der bayerischen Anna Thiermayer schuf er eines der originellsten Ermittlerteams im Regionalkrimi.

Markus Steiner

Wer stirbt schon gern in Lederhosen?

Kriminalroman

Weltbild

MIX
Papier | Fördert gute Waldnutzung
FSC® C083411

Besuchen Sie uns im Internet:
www.weltbild.de

Ohmstraße 8a, 86199 Augsburg
Projektleitung und Redaktion: usb bücherbüro, Friedberg/Bay.
Umschlaggestaltung: Alexandra Dohse – www.grafikkiosk.de, München
Umschlagmotiv: Bildmontage unter Verwendung von Bildern von Alexandra Dohse, Shutterstock Images/©wernimages, JJKI14, anakul und Mauritius Images/©Christian Bäck
Satz: Datagroup int. SRL, Timisoara
Druck und Bindung: CPI Moravia Books s.r.o., Pohorelice
Printed in the EU
ISBN 978-3-98507-636-9

1

Wie es mich nach Bayern verschlug

Es gibt Tage, da sollte man nicht mal die Augen öffnen. Und wenn, dann nur einen winzigen Spalt, gerade mal so viel, dass man nicht über seine eigenen Füße stolpert, wenn man in die Küche schleicht und einen Schluck aus der Milchtüte nimmt. Dann aber gleich wieder ins Bett, die Decke bis zu den Ohren hochgezogen und auf Tauchstation gehen. Den Klingelton des Handys ignorieren, auch wenn er aus einem lautstarken »Eintracht!« und rhythmischem Händeklatschen besteht, und den heraufziehenden Morgen frech ignorieren.

Ich tat genau das Gegenteil, trank die Milch nicht pur, sondern schüttete sie in meinen frisch gebrauten Kaffee und verließ meine Wohnung in Griesheim. In Kampfkleidung: ausgebleichte Jeans, T-Shirt, Lederjacke und die neuen Sneakers, tennisweiß und sündhaft teuer, die mir eine hübsche Verkäuferin im Kaufhof angedreht hatte. Die Pistole steckte griffbereit im Holster.

Ich heiße Markus Possmann, so wie der bekannte Ebbelwoi, aber bei den Leuten, die mich kennen, bin ich nur als »Bembel« bekannt. So wie der Krug, in dem der Apfelwein aufbewahrt wird. Ich bin Hauptkommissar bei der Frankfurter Kriminalpolizei und wusste, dass an einem Tag wie diesem so ziemlich alles schiefgehen würde. Dafür brauchte ich weder ein Horoskop noch eine Wahrsagerin. So wie wetterfühlige Menschen, die ein Gewitter schon spüren, bevor der erste Donner grollt. Bauchgefühl? Sechster Sinn? Keine Ahnung. Zu meinem Wohlergehen trug es nicht gerade bei.

Ilona, meine Partnerin, wartete im Wagen vor dem Haus. Sie arbeitet seit zwanzig Jahren im Polizeidienst und ist entsprechend illusionslos. Um die Vierzig, immer mit Pferdeschwanz und im dunklen Hosenanzug. Flache Schuhe, vor allem an einem Tag wie diesem, an dem wir einen Drogenhändler auf frischer Tat überraschen und festnehmen sollten. Von einem Informanten hatten wir erfahren, dass die Übergabe um zehn Uhr auf einem Parkplatz im Gutleutviertel stattfinden sollte. Nicht gerade die Gegend, in der ich gern meinen Vormittag verbringe, aber wie gesagt, es war einer dieser Tage.

Ich fluchte, als ich zu Ilona auf den Beifahrersitz kroch. »Morgen«, grüßte ich sie schlecht gelaunt. »Typisch, das LKA schnappt sich die großen Fische, und uns bleiben kleine Nummern wie Novak. Wie in einem Fernsehkrimi.«

»Morgen. In einem Fernsehkrimi wärst du ein Doppelgänger von Brad Pitt, hättest einen cooleren Spitznamen als Bembel, und ich wäre eine schlanke Schönheit, die böse Buben in Highheels verfolgt und reihenweise flachlegt.«

»Flachlegt?«

»Du weißt, was ich meine.«

Ohne eine Miene zu verziehen, fuhr sie los. Der Stadtteil, in dem ich wohne, gehört nicht zu den schönsten in Frankfurt, und wirkte in dem Nieselregen, der seit dem Morgen fiel, noch düsterer. Dass wir uns in einer Großstadt befanden, merkten wir erst, als die Frankfurter Skyline zu sehen war und mit ihren Lichtern den Dunst vertrieb. Ich mag meine

Stadt, nicht nur den Fußballverein, und hatte die Schwärmerei einiger Kollegen, die von einem Urlaub in Bayern träumten, nie verstanden. Skifahren und Wandern sind nicht mein Ding, für bayerischen Dialekt brauche ich Untertitel, und von dem Fußballverein, dessen Namen ich nicht ausspreche, brauchen wir nicht zu reden.

»Schlechte Laune?«, fragte Ilona.

»Ich fühle mich nicht besonders«, antwortete ich.

»Hat die Eintracht wieder verloren?«

»Die Saison beginnt erst in drei Wochen.« Ilona hat keine Ahnung von Fußball. »Die Eintracht ist im Trainingscamp irgendwo in Bayern, und Testspiele zählen nicht.« Ich blickte sie an. »Du sprühst aber auch nicht gerade vor guter Laune.«

»Ich hab mir gestern den Tatort angesehen.«

»Und?«

»Ziemlich mies. Hatte mit unserem Job wenig zu tun.«

»Die Wahrheit ist immer langweiliger.«

Wir hatten den Parkplatz erreicht und hielten neben einem Lieferwagen auf der anderen Straßenseite. Dort waren wir weit genug weg vom Schuss, um nicht entdeckt zu werden, und behielten die Einfahrt im Blick. Der Parkplatz lag neben einem verlassenen Fabrikgebäude und einem Altersheim, eher ein Abstellplatz mit einem ausgebrannten Kleinbus und einigen Autowracks und so abgelegen, dass man dort in aller Ruhe seinen Geschäften nachgehen konnte. Ein weißhaariger Mann, der seinen Rollator über den Bürgersteig schob, war das einzige Lebenszeichen. Ilona, schon wesentlich länger als ich im Geschäft, erinnerte sich an mehrere Einsätze in der näheren Umgebung.

Sie stellte den Motor ab und lehnte sich zurück. »Hoffentlich hat der Informant richtig hingehört. Wenn wir uns schon in dieser gottverlassenen Gegend langweilen, soll es sich wenigstens lohnen.« Sie drehte den Zündschlüssel nach rechts, damit der Scheibenwischer in Betrieb blieb. »Scheißwetter!«

»Nicht dass wir stundenlang umsonst hier rumstehen«, sagte ich. »Hat der Wagen keine Standheizung?«

»Ein Golf aus den Neunzigern? Der hat gerade mal vier Räder.«

»Wollen die, dass wir krank werden?«

»Tarnung. Das war der unauffälligste Wagen in unserem Pool. Oder wär dir ein Streifenwagen lieber?«

Sie griff nach ihrer Thermosflasche, die ebenfalls aus den Neunzigern stammen musste, und schenkte mir Kaffee ein. »Hier, trink was Warmes.« Sie reichte mir den Becher. »Wenn Novak auftaucht, müssen wir in Bestform sein. Der Typ ist unberechenbar.«

»Du kennst ihn?«

Sie behielt den Parkplatz im Blick. »Aus Darmstadt, als ich noch bei der Sitte war. Keine große Leuchte, aber gerissen. Er betrieb einen Nachtclub, hatte mehrere Nutten laufen und versorgte sie mit Drogen. Wir hatten ihn im Verdacht, für Markovic oder einen anderen der großen Bosse zu arbeiten, und beobachteten ihn eine Weile. Ohne Erfolg. Er kocht sein eigenes Süppchen und geht nur so weit, dass ihm Bosse wie Markovic nicht das Wasser abgraben. Das LKA hat längst das Interesse an ihm verloren. Über ihn kommen sie an Markovic nicht ran, sonst hätten sie ihn bestimmt nicht uns überlassen.«

Hinter Markovic waren wir schon seit Jahren her. Ein

Serbe aus Ruma, einer kleinen Stadt nördlich von Belgrad, der schon unter Milosevic aktiv war, sich vom Handlanger zu einem mächtigen Geschäftsmann hochgearbeitet hatte und vom Drogen- und Mädchenhandel lebte. Natürlich konnte oder wollte ihm niemand etwas nachweisen, dazu war er zu geschickt. Es hieß, dass er selbst hochrangigen Politikern, Richtern und Polizeichefs beachtliche Schmiergelder bezahlte und keine Angst vor einer Festnahme zu haben brauchte. Bei uns war das was anderes. Seit einigen Monaten war ihm das LKA auf der Spur, ohne irgendwelche Ergebnisse. Falls wir überhaupt jemanden festnahmen, dann einen kleinen Fisch wie Novak – wenn wir Glück hatten.

»Miese Gegend, hier gibt's nicht mal einen Bäcker oder eine Kaffeebar«, beklagte sich Ilona. »Ich kriege keinen anständigen Kaffee hin, und eine Quarktasche wäre auch nicht übel.« Sie blickte auf ihre Uhr. »Erst halb zehn.«

Ich hörte nicht auf sie. Ilona beklagte sich nicht zum ersten Mal über etwas, das sie selbst verbockt hatte, außerdem mussten wir gerade bei Dealern auf Nummer sicher gehen. Sie waren selten pünktlich. Ich brummte was, das ich selbst nicht verstand, und blickte weiter nach draußen, wo eine schwarze Katze direkt vor unserem Golf von links nach rechts lief. »Schwarze Katz von links nach rechts bringt Schlecht's.« Ein weiser Spruch meiner Oma. Ich war nicht abergläubisch, aber die blöde Katze passte irgendwie zu diesem Tag. Als wollte sie mir sagen, dass mich mein Bauchgefühl nicht getrogen hatte und ich besser im Bett geblieben wäre.

Aber was sollte ich da ohne Lena? Sie war mir vor einigen Wochen weggelaufen. Rein optisch ein Traum von einer

Frau, gertenschlank, kurze blonde Haare, ausdrucksstarke Augen, nur wenn man sich näher mit ihr einließ und eine Wohnung mit ihr teilte, erkannte man, dass sie vielleicht zu einem Playboy, aber nicht zu einem Hauptkommissar im Drogendezernat der Frankfurter Polizei passte. Natürlich hätte ich das wissen müssen, aber wenn man verliebt ist, lässt man sich gern blenden und glaubt noch an das Gute im Menschen. Zu ihrer Ehrenrettung muss ich zugeben, dass sie es ehrlich meinte und an uns geglaubt hatte. Bis sie bei mir eingezogen war und immer heftiger an mir herumgemäkelt hatte. Warum kommst du abends nicht nach Hause? Warum treibst du dich mit Dealern und Junkies rum? Warum arbeitest du am Wochenende? Warum bist du überhaupt bei der Polizei? Wenn sie dich wenigstens anständig bezahlen würden!

Ilona vertraute ihrem sechsten Sinn. »Lena? Du weinst Lena doch nicht mehr nach? Sie war sowieso nicht die Richtige für dich. Hab ich dir doch schon gesagt, als sie bei dir eingezogen ist. Du brauchst eine Frau, die uns Bullen versteht und nicht ständig herumjammert.«

»Eine wie dich?« Ich grinste.

»Wo denkst du hin? Ich könnte deine Mutter sein.«

»So früh hast auch du nicht angefangen.«

»Außerdem kenne ich dich zu gut. Polizisten wie wir kennen ihre Partner besser als ihre Ehefrauen oder Ehemänner, das weißt du doch. Es reicht, wenn du mir am Schreibtisch gegenüber und im Wagen neben mir sitzt.« Sie grinste wieder.

»Du meinst, mit mir wäre das Leben anstrengend?«

»Mit jedem Bullen wäre das Leben anstrengend«, sagte

sie. »Oder was glaubst du? Warum hat es mit meinen beiden Ex-Freunden nicht geklappt? Der eine war ein Macho, der es nicht ertragen konnte, dass ich ihn im Nahkampf besiegen konnte, und der andere war sauer, weil ich nicht kochen wollte und ständig nur Pizza und Döner nach Hause brachte.« Sie hörte eine Weile dem stärker gewordenen Regen zu. »Zugegeben, war auch nicht besonders einfallsreich. Aber immer noch besser als meine miesen Rühreier.«

Gegenüber tat sich etwas. Ein Volvo fuhr auf den Parkplatz und hielt wenige Meter von der Einfahrt entfernt, wahrscheinlich, um im Notfall so schnell wie möglich davonbrausen zu können. Ich blickte durch den Sucher meiner Kamera und drückte auf den Auslöser. »Novak! Er ist allein.«

»Und da kommt sein Komplize«, erwiderte Ilona. Sie hielt ein Fernglas in der linken Hand, mit der rechten zog sie ihre Pistole. »Der schwarze SUV.«

Beide hielten so, dass die Fahrerfenster nebeneinander lagen. Sie palaverten eine Weile, ein bisschen zu lange, wie mir schien, dann drückte der Fahrer des SUV plötzlich das Gaspedal durch und raste davon. Er musste uns gesehen haben und reagierte so plötzlich, dass wir ihn niemals einholen würden. Immerhin hatten wir seine Nummer. Ilona informierte die Zentrale.

Was dann geschah, spielte sich ebenfalls in solcher Hektik ab, dass ich es für ewige Zeiten als Zeitraffer in Erinnerung behalten würde. Novak fuhr zwei Meter, würgte in seiner Panik den Motor ab und sprang aus dem Wagen. Er verschwand geduckt hinter einigen parkenden Autos und hatte bereits den niedrigen Eisenzaun am anderen Ende erreicht, als wir endlich reagierten.

»Hinterher!«, rief ich.

Fast gleichzeitig drückte Ilona das Gaspedal durch und fuhr los. Mit quietschenden Reifen trieb sie den Golf am Parkplatz entlang und folgte Novak in die Nebenstraße, über die er zu entkommen versuchte. Ilona hatte mehrere Male mit einer Rallye-Fahrerin trainiert und verstand sich auf solche Verfolgungsjagden, war fast noch besser als die Stuntfrauen in den Hollywood-Filmen. Deshalb ließ ich auch sie ans Steuer, obwohl manche angegraute Kollegen immer noch lachten. Ich war mit meiner bedächtigen Art eher als Taxifahrer oder Ausfahrer von Obst und Gemüse geeignet. »Achtung!«, rief ich, als uns ein Wagen entgegenkam, doch Ilona hatte längst das Steuer nach links gerissen und verzog keine Miene, als uns der Wagen beinahe streifte.

Novak hatte ungefähr fünfzig Meter Vorsprung. Eine dunkle Gestalt, die an den Mauern des Altersheims entlangrannte und nach einem Ausweg suchte. Er gehörte nicht zu den Typen, die sofort nach ihrer Pistole greifen und eine wilde Schießerei veranstalten, schon gar nicht, wenn es gegen Polizisten ging, war aber gut zu Fuß und rannte wie ein Wiesel. Selbst mit dem Wagen hatten wir Schwierigkeiten, ihm zu folgen, erst recht, als der alte Mann mit dem Rollator auftauchte und Ilona zu einer Vollbremsung zwang.

Ich sprang aus dem Wagen und rannte zu Fuß weiter. »Stehen bleiben! Polizei!«, rief ich Novak nach, obwohl ich schon vorher wusste, dass er auf einen solchen Zuruf nicht reagieren würde. Im Gegenteil, er legte noch mal einen Zahn zu. Von der Statur her wirkte er wie einer dieser Typen, die sich in Boxhallen oder Fitness-Centern herumtreiben, und war auch sonst gut in Form. Im Gegensatz zu mir.

Ich fing schon nach wenigen Metern zu keuchen an und verfluchte alle meine Laster und die geschwänzten Trainingsstunden. Oder war es mein fortgeschrittenes Alter? Unsinn, dachte ich, du bist gerade mal vierzig, in der Blüte deiner Jahre, wie man so schön sagt, und lässt dich doch nicht von einem solchen Möchtegern-Gangster abhängen. »Polizei! Bleib stehen!«, rief ich noch einmal hinter ihm her und keuchte dabei wie eine müde Dampflok.

Bevor ich zum letzten Mittel greifen und einen Warnschuss abgeben konnte, verschwand er in der Einfahrt eines riesigen Altbaus, wahrscheinlich ein ehemaliges Fabrikgebäude. Ich drehte mich um und sah, dass jetzt ein Möbelwagen die Straße blockierte, versuchte einen Zahn zuzulegen und rannte in die Einfahrt, in die Novak verschwunden war. Durch einen Torbogen erreichte ich einen Abstellplatz mit Garagen und einem flachen Hinterhaus sowie mehreren Autowracks und Motorrädern. Gerade noch rechtzeitig, um zu sehen, wie Novak über einen mit Unkraut überwucherten Pfad davonrannte.

Ich verfluchte die bösen Geister, die es an diesem Morgen auf mich abgesehen hatten, und rannte weiter. Allmählich ging mir die Luft aus. Bis auf zwei Jahre in meiner Jugend hatte ich nie geraucht, aber ich hatte auch nie wie ein Mönch gelebt und spürte, dass sich das bemerkbar machte. Du wirst dich doch von dieser halben Portion nicht abhängen lassen!, sagte ich mir, aber wenn der Geist willig und das Fleisch schwach sind, geht es halt irgendwann nicht weiter. Hinzu kam, dass ich unkonzentriert war, mit einem Fuß in Hundekot trat und der Länge nach in eine Pfütze stürzte. Ich kam so unglücklich auf, dass ich mir den linken Arm prellte, vor meinen Augen bunte Nebel wirbelten und ich für eine Weile im Nirwana verschwand.

Das Erste, was ich nach meiner kurzen Auszeit sah, war der mitleidige Blick meiner Partnerin. »Bembel!«, rief sie. »Bist du okay? Was ist los mit dir?« Sie gab mir zwei leichte Ohrfeigen. »Wieso machst du denn schlapp?«

Ich richtete mich stöhnend auf. »Ich bin in Hundescheiße getreten.«

»Du bist schlecht in Form, mein Lieber. Wenn mich der verdammte Möbelwagen nicht aufgehalten hätte, wäre Novak längst in Handschellen! Hab ich dir nicht sagt, du sollst mehr trainieren und dich gesünder ernähren?«

»Scheiß auf Novak! Was ist mit dem anderen?«

»Die Fahndung nach dem schwarzen SUV läuft. Den kriegen wir im Nullkommanichts.« Sie half mir vom Boden hoch und hielt mich eine Weile fest. »Und Novak kriegen wir auch, keine Angst. Ich sag niemandem, dass du schlappgemacht hast, aber du solltest mal eine Woche Urlaub machen, dich von einem Arzt durchchecken lassen und dein Leben von Grund auf ändern.«

Mir war noch schummrig. »Klingt wie ein Ultimatum.«

»Ist es auch«, antwortete sie. »Ich hab keine Lust, mit einem Partner zusammenzuarbeiten, der vollkommen außer Form ist und nach hundert Metern wie ein kranker Ackergaul zusammenbricht. Haben wir einen Deal, Partner?«

»Ich hab einen schlechten Tag, weiter nichts.«

»Ob wir einen Deal haben?«

»Meinetwegen.«

»Hast du nicht übermorgen Geburtstag?«

»Was hat das denn damit zu tun?«

»Lass dich überraschen.« Sie blickte auf meine nassen Klamotten und rümpfte die Nasse, als ihr der Hundedreck an meinen Schuhen in die Nase stieg. »Und jetzt bringe ich dich besser nach Hause und du steigst erst mal in die Badewanne, bevor du dir was anderes anziehst und wieder unter Menschen gehst.« Sie grinste amüsiert, war aber sicher wütend, weil sie genau wusste, wie die lieben Kollegen über unseren missglückten Einsatz ablästern würden.

Ich tat, was sie von mir verlangt hatte. Was blieb mir auch anderes übrig nach der Pleite im Gutleutviertel. Ich merkte ja selbst, wie das süße Leben an mir zehrte und meine Faulheit auf meine Fitness durchschlug. Einmal konnte man so was kaschieren, schon beim zweiten Mal wurde es gefährlich, auch für die Partnerin, und man landete eventuell im Krankenhaus oder Leichenschauhaus. Fitness ist eine der Grundvoraussetzungen für unseren Job.

Mein Arm tat kaum noch weh, als ich an meinem Geburtstag im Büro erschien. Ich hatte mit dem Chef vereinbart, meinen Urlaub in einer Woche anzutreten, und hatte noch immer keine Ahnung, wo ich ihn verbringen würde. »Lass mich nur machen«, hatte Ilona versprochen und dabei wie eine böse Fee gegrinst. »Ich kümmere mich darum. Lass dich überraschen, okay?«

Im Büro war großer Bahnhof angesagt. Die halbe Belegschaft war erschienen, allen voran Ilona und der Chef mit einem dicken Blumenstrauß. Beinahe so, als wollten sie mich in Pension schicken. Die lieben Kolleginnen und Kollegen grinsten wie Honigkuchenpferde und überließen dem Chef das Reden.

»Mein lieber Bembel«, sagte er, »Sie feiern zwar keinen runden Geburtstag, dennoch haben wir uns diesmal etwas ganz Besonderes für Sie ausgedacht. Wie ich höre, wollen Sie etwas für Ihre Gesundheit tun. Sehr lobenswert, mein Lieber. Deshalb kamen Ihre Partnerin und Ihre Kolleginnen und Kollegen auf eine ganz besondere Idee. Wir haben alle zusammengelegt und einen Wellness-Urlaub in Bad Wiessee für Sie gebucht. Na, ist das was?«

»Bad Wiessee?« Ich blickte ihn fragend an.

»Am Tegernsee. In Bayern. Bayerischer geht's gar nicht.«

»Bayern ...«, flüsterte ich entsetzt.

2

Eine Leiche am Wegesrand

Von wegen weißblauer Himmel. Als ich meinen Golf vor Aschaffenburg über die bayerische Grenze lenkte, hingen graue Wolken über der Autobahn, und lästiger Nieselregen machte den Scheibenwischern meines Wagens zu schaffen. »Willkommen in Bayern«, grüßte ein Schild am Straßenrand. Beim letzten Auswärtsspiel der Eintracht in München hatte das noch anders geklungen. »Saupreiß!«, hatten mich Bayern-Fans genannt. Ich war heilfroh gewesen, dass dieses Spiel nur einmal im Jahr stattfand. Woher hätte ich auch wissen sollen, dass ich vier Monate später schon wieder nach Süden fahren würde!

Inzwischen hatte ich mich über Bad Wiessee informiert. Ein vornehmer Kurort am Tegernsee, ungefähr fünfzig Kilometer südwestlich von München, abseits der Autobahn nach Salzburg. Wohnten da nicht Hoeneß, Rummenigge und einige Bayern-Spieler? Ich schüttelte mich bei dem Gedanken und konzentrierte mich auf ein Wohnmobil, dessen Fahrer mich nur widerwillig überholen ließ.

Meine Partnerin Ilona, die wohl die treibende Kraft hinter meinem Kurzurlaub war, hatte mich im Seeparadies untergebracht, einem luxuriösen Wellness-Hotel, von dem man angeblich den ganzen Tegernsee überblicken konnte. Wie sie mir vor der Abfahrt gestand, hatte sie dafür einen Gutschein eingelöst, den sie bei einem Preisausschreiben gewonnen hatte. Die Jod-Schwefelquellen in dem Kurort sollten belebende Wirkung haben, gegen Immunschwäche und alle möglichen anderen Wehwehchen helfen und sogar die Zellen verjüngen. Ein Jungbrunnen, der mich in einen schlanken Jüngling verwandeln würde, einen Adonis, dem alle Frauen zu Füßen lagen.

Wer's glaubt, dachte ich grinsend.

Meinen Fehler bei der Verfolgung von Novak hatten die Kollegen in Darmstadt ausgebügelt. Sie hatten ihn und den Mann im schwarzen SUV, einen gewissen Banik, bei einer Verkehrskontrolle festgenommen und in Untersuchungshaft gesteckt. Leider befanden sich die beiden Übeltäter schon wieder auf freiem Fuß. Weder Novak noch Banik hatte man irgendetwas nachweisen können. Die Fotos, die ich während der Observation aufgenommen hatte, waren von ihnen mit einem Lächeln quittiert worden. Angeblich habe man sich nur getroffen, um sich ein wenig über die alten Zeiten in Belgrad zu unterhalten.

Irgendwann würden die beiden einen Fehler machen, da war ich ziemlich sicher, und dann würde ihnen das arrogante Grinsen, das sie bei der Festnahme gezeigt hatten, schon vergehen. Von den Nettigkeiten, die Novak über meinen Fitnesszustand geäußert hatte, ganz zu schweigen. Ich würde ihn an einem Ohr packen und so lange in eine Richtung drehen, bis er zu jammern anfing und mir dankbar sein würde, wenn ich ihm die Handschellen anlegte.

Aber daran war im Augenblick nicht zu denken. Novak und Banik waren sicher längst untergetaucht und würden sich erst wieder nach Frankfurt zurückwagen, wenn sie den Informanten identifiziert und entweder um die Ecke gebracht oder gezwungen hatten, sich in Sicherheit zu bringen. Wir hatten in der Zwischenzeit genug andere Fälle auf dem Tisch. Auch wenn es im Frankfurter Drogenmilieu mittlerweile etwas ruhiger zuging, war immer noch genug los.

»Vergiss den ganzen Schlamassel«, hatte mir Ilona empfohlen. Manchmal kam sie mir wie eine große Schwester vor. »Kümmere dich in dieser Woche nur um dich! Keine Drogendealer, keine Mörder, keine ungelösten Fälle.«

Leichter gesagt, als getan. Das fiel mir schon an den Wochenenden schwer, besonders, seit ich wieder Single war. Bei mir drehte sich alles um den Job, und wenn ich an Jodbäder und schmerzhafte Massagen dachte, waren mir böse Buben sogar lieber. Wie ich mein Glück kannte, würde sich eine beleibte »Big Mama« über mich hermachen und ihre Wurstfinger in meine empfindliche Haut graben. Und dann das Essen! »Gesunde Kost« stand auf dem Flyer, den Ilona mir mitgegeben hatte. Bei dem Wort musste ich unwillkürlich an Frühstücksmüsli, Brokkoli, Böhnchen und gedämpften Kabeljau denken. Schonkost eben, wie man sie nach einer schweren Operation in einem Krankenhaus bekommt. Weder Schnitzel noch Pommes oder Pudding.

Bei den Gedanken bekam ich große Lust auf einen Big Mac und fuhr an der nächsten Ausfahrt zu einem McDonald's raus. Mit den letzten Pommes frites zwischen den Zähnen und einem Pappbecher voller Coke Zero zwischen den Sitzen fuhr ich weiter und hatte die Allianz-Arena voll im Blick, als ich nach Osten abbog und auf die A8 in Richtung Salzburg wechselte. Was hatten wir für bittere Niederlagen in der Arena erlebt! Mir wurde jetzt noch übel, wenn ich an einige dieser Demütigungen dachte. Zum Glück haben wir 2018 wenigstens das Pokalfinale gegen die Bayern gewonnen – eine Sternstunde! Und das 5:1 im Waldstadion war natürlich auch nicht übel.

Inzwischen regnete es nicht mehr, es klarte über den Wäldern auf, die teilweise bis an die Autobahn heranreichten. Im gemächlichen Tempo zuckelte ich nach Süden. Ich war noch nie über die A8 gefahren und überrascht, dass man selbst aus dieser Entfernung die Berge sehen konnte. Ich versuchte, das Positive an meinem bevorstehenden Wellness-Urlaub zu sehen. Ilona hatte schon recht, es wurde höchste Zeit, dass ich etwas für meinen Körper tat. Ich hatte ihm in letzter Zeit zu viel zugemutet und befand mich nicht in der Form, die man von einem Kriminalbeamten meines Alters erwarten durfte. Selbst auf ebener Strecke rannte mir ein durchschnittlicher Läufer wie Novak davon. Und wer weiß, vielleicht wirkte dieses Jod-Schwefel-Zeugs ja tatsächlich, und ich wurde dadurch wieder etwas biegsamer und beweglicher. Okay, die Bayern-Fußballer waren gefährlich nahe, aber als Touristikziel hatte Bayern einen guten Ruf, und es gab sicher schlimmere Orte als Bad Wiessee am Tegernsee. Leckere Forellen und Saiblinge sollte es dort geben, und wenn die Schonkost zu mager war, konnte man sicher ins nächste Wirtshaus ausbüxen.

Hätte ich Ahnungsloser gewusst, was mich im schönen Bayernland erwartete, hätte ich jedoch auf der Stelle umgedreht oder wäre nach Österreich und Italien durchgefahren. Stattdessen folgte ich der Stimme meines Navis, fuhr in Holzkirchen von der Autobahn und über eine Bundesstraße weiter nach Süden. Ich war erst nachmittags in Frankfurt losgefahren, und es dämmerte bereits, als ich hinter Warngau eine offene preiswerte Tankstelle fand und den Wagen auftankte. Ich dehnte und streckte mich, während sich der Tank füllte. Beim Einatmen verzog ich das Gesicht. Statt nach Blumen und sattgrünem Gras roch die Luft nach Kühen und Schweinen und dem großen Misthaufen, den ich vor einem der Bauernhöfe erspäht hatte. »Extrem gute Luft haben Sie hier«, sagte ich zu dem jungen Mann, der neben mir tankte.

»Wenn die Preiß'n kumma, stinkt's no mehra«, erwiderte er.

Na, das geht ja gut los, dachte ich und hielt die Klappe. War wohl besser so, wenn ich eine handfeste Auseinandersetzung vermeiden wollte. Der Typ war auf Krawall aus und grinste wie der böse Löwe in »König der Löwen«.

Hakuna matata, dachte ich, nur kein Stress.

Ob es an dem bösartigen Grinsen des jungen Mannes oder der einsetzenden Dämmerung lag, dass ich mich auf eine einsame Landstraße verirrte, wusste ich nicht. War auch egal, solange mein Navi nicht den Geist aufgab. Also fuhr ich bis zur Kreuzung mit einer einsam gelegenen Forststraße und wollte gerade wenden, als die Scheinwerfer meines Wagens über etwas glitten, dass dort gar nicht hingehörte. Ein Tierkadaver? Ein abgebrochener Ast?

Ich fuhr in den Wald hinein und trat erschrocken auf die Bremse. Das Etwas war der Körper eines Mannes. Ich stieg aus und leuchtete mit meiner Handy-Taschenlampe auf ihn. Ein mittelgroßer Mann in bayerischer Tracht: Lederhose, kariertes Hemd, Wadlstrümpfe oder wie die Dinger heißen. Sein Sepplhut mit der seltsamen Quaste lag neben ihm im Morast. Seine leblosen Augen standen offen und blickten voller Entsetzen in den düsteren Himmel.

Ein Griff an seine Halsschlagader bestätigte mir, dass er tot war. Ermordet durch mindestens zwei Messerstiche in den Bauch und in die Lunge, wie ich an den blutverkrusteten Einstichstellen aufgrund meiner Erfahrung als Polizist erkannte. Ermordet mit seinem eigenen Jagdmesser, das immer noch in seiner Brust steckte. Der Mörder hatte es in seiner Erregung anscheinend aus dem Futteral am Gürtel gerissen und zugestochen. Ob geplant oder während eines Streits oder Wutanfalls, ließ sich auf den ersten Blick nicht erkennen. Sicher war nur, dass er nicht im Wald den Tod gefunden hatte, sonst hätte er in einer großen Blutlache gelegen, besonders bei einer verletzten Lunge.

Ich wählte den Notruf und berichtete, was geschehen war. Die Dame am anderen Ende fragte gerade nach meinem Namen, als ich zur Straße blickte und einen dunklen SUV vorbeifahren sah. »Das ist doch …«, stammelte ich, steckte das Handy weg und rannte ihm nach. Quer durch den Wald, um ihm den Weg abzuschneiden, und doch viel zu langsam, um noch irgendetwas bewirken zu können. Vollkommen außer Puste blieb ich am Waldrand stehen, ungefähr fünfzig Meter vom Tatort entfernt. Alles, was ich dort noch erkennen konnte, waren die roten Rücklichter des SUV. Kein Nummernschild, keine Automarke und schon gar nicht, wer am Steuer des Wagens saß.

Mein Anruf zeigte Wirkung. Aus Warngau kamen zwei Streifenwagen mit Blaulicht und Sirene angebraust und erreichten den Tatort noch vor mir. In dem abendlichen Dunst, der durch das Unterholz zog, beobachtete ich, wie mehrere Polizisten aus den Wagen sprangen und sich im flackernden Schein der Blaulichter über den Toten beugten.

Ich dachte mir nichts Böses und beeilte mich, nur um wenig später in den Lauf einer Pistole zu blicken. »Stehen bleiben! Polizei!«, fuhr mich der Mensch am anderen Ende der Waffe an. »Wer sind Sie und was tun Sie hier?«

»Ich hab Sie angerufen.«

»Dann gehört Ihnen der alte Golf hier?«

»Ganz recht. Hauptkommissar Markus Possmann aus Frankfurt.«

»Das kann jeder sagen.« Seine Augen blitzten nervös. Ein junger Beamter, der gerade seinen ersten Toten gesehen hatte und kurz davor war, die Nerven zu verlieren. »Nehmen Sie die Hände hoch! Keine falsche Bewegung!«

Ich hatte einige flotte Sprüche auf Lager, hütete mich aber, sie zum Besten zu geben, dazu war der junge Beamte viel zu nervös. »Wenn Sie mich in meine Innentasche greifen lassen und mir versprechen, nicht abzudrücken, zeige ich Ihnen meinen Ausweis.« Er sagte nichts und ließ mich gewähren. So langsam wie möglich zog ich den Ausweis aus der Jackentasche. »Bitte sehr.«

Er kam ein paar Schritte näher und betrachtete ihn misstrauisch. »Tatsächlich.« Er drehte sich zu seinen Kollegen um. »Chef! Kommen Sie mal bitte?«

Ein übergewichtiger Streifenbulle erschien unter den Bäumen und leuchtete mir mit seiner Taschenlampe ins Gesicht. »Haben Sie sich verlaufen?«

»Hauptkommissar Markus Possmann von der Kriminalpolizei in Frankfurt am Main. Ich habe Sie angerufen. Ich bin nach Bad Wiessee unterwegs und habe mich verfahren. Als ich den Wagen wenden wollte, sah ich plötzlich den Toten im Scheinwerferlicht liegen. Ich bin privat hier, also kein

Stress. Aber ich wollte ihn auch nicht totschweigen und dachte mir, rufst lieber die eins-eins-null.«

»Ein wachsamer Bürger.«

»Kann man sagen.«

»Und a Preiß dazu«, lästerte er grinsend. »Kommen Sie mit!«

Ich drückte die Pistole des jungen Polizisten nach unten und folgte seinem Chef zu einem Streifenwagen. »Das ist was für die Kripo. Die kommt aus Miesbach, müsste aber gleich hier sein. Die Frau Kommissarin will sicher mit Ihnen sprechen.« Er blickte mich forschend an. »Sie machen hier Urlaub?«

»Wellness-Urlaub. Ein Geschenk der Kolleginnen und Kollegen.«

»Na, servus.«

»So ähnlich hab ich auch reagiert.«

Ein ziviler BMW mit Blaulicht, aber ohne Sirene bog in die Forststraße ab und hielt neben meinem Golf. »Da kommt Sie schon, die Frau Kommissarin«, sagte der Polizist. »Seien Sie nett zu ihr, die versteht keinen Spaß.«

Die Frau, die aus dem BMW stieg, sah meiner Ex erstaunlich ähnlich. Kann aber sein, dass ich mir das nur einbildete. Kurzes Blondhaar, so geschnitten, dass es bei jeder Bewegung zu fließen schien. Enge Jeans, die eine Handbreit über ihren weißen Sneakers endeten. Pinkfarbenes T-Shirt mit silbernen Glitzersteinchen. Schwarze Strickjacke, die bis zu den Knien reichte.

Während sie den Toten untersuchte, lehnte ich mich gegen den Streifenwagen und sah ihr bei der Arbeit zu. Am liebsten hätte ich mich sofort eingemischt, wohl ein Reflex, wenn man den gleichen Beruf hat, obwohl ich sicher nicht anders vorgegangen wäre. Bei der bayerischen Polizei gelten ja dieselben Vorschriften wie bei der hessischen. Ich hatte auch nichts gegen Frauen in verantwortungsvoller Stellung. Meine Partnerin Ilona war das beste Beispiel dafür, dass es noch zu wenige Frauen mit hohen Dienstgraden gab.

Und diese Hauptkommissarin, obwohl sicher erst in den Dreißigern, benahm sich noch routinierter und cooler. In ihren Bewegungen lag keine Hast, ihre Stimme war ruhig, und ein Toter schien ihr keine Angst mehr einzujagen.

»Das ist doch der Hinterseer Alois«, sagte sie.

»Von den Goaßlschnalzern in Miesbach?« Der Polizist, mit dem ich gesprochen hatte, ein gewisser Gruber, schien ihn jetzt auch zu erkennen. »Der Hinterseer Alois, Sie haben recht. Sind die heute Mittag nicht aufgetreten?«

»Am Irschenberg, bei die Eröffnung der Bayerischen Stub'n.«

»Das Wettschnalzen mit den Wiesseer Burschen?«

»Größere Rivalen gibt's nicht bei den Goaßlschnalzern.« Sie zog ihre Latex-Handschuhe an und untersuchte den Toten oberflächlich. »Zwei Messerstiche, einer in den Bauch und einer in die Lunge. Beide sicher tödlich.« Sie berührte das leere Futteral an seinem Gürtel. »Ermordet mit seinem eigenen Jagdmesser. Der Mörder oder die Mörderin muss es ihm während eines Streits entrissen haben. Oder während einer Umarmung. Die Spusi müsste gleich hier sein, die kann uns mehr sagen.« Sie erhob sich. »Aber ermordet wurde er woanders, sonst läge er in einer Blutlache. Besonders nach einem Stich in die Lunge.« Sie zog die Handschuhe aus. »Wer hat ihn gefunden?«

»Ein Hauptkommissar aus Frankfurt.«

Sie nahm die überraschende Nachricht einigermaßen gefasst auf und kam zu mir herüber. »Hauptkommissarin Anna Thiermayer«, stellte sie sich vor.

»Markus Possmann«, erwiderte ich.

»Sie sind Hauptkommissar bei der Frankfurter Polizei?«

»Ich bin privat hier.«

»Urlaub am schönen Tegernsee?«

»Eine Woche Wellness. Ein Geschenk der Kollegen.«

Sie deutete ein Lächeln an. »Sie werden es überleben, Kollege. Zwischendurch ein Schweinsbraten mit Knödeln, dann klappt das schon. Unser Bier schmeckt auch nicht übel.« Sie wurde ernst. »Sie haben sich verfahren?«

»Ich war tanken und wahrscheinlich so in Gedanken, dass ich auf der Landstraße hier gelandet bin. Den Toten hab ich beim Wenden entdeckt.«

»Ich nehme an, Sie haben den Mann nicht berührt?«

»Ich habe lediglich nachgesehen, ob er noch lebt. Und mich gewundert, dass es keine Blutlache gab. Der eigentliche Tatort liegt woanders, aber wem erzähle ich das? Sie verstehen ihr Geschäft, sonst wären Sie in Ihrem Alter nicht Hauptkommissarin. Oder geht das auf dem Land schneller als bei uns?«

»Eher langsamer. Noch sind die Machos in der Überzahl.«

»Ein Goaßlschnalzer …« Ich brachte das Wort kaum raus. »Was ist das?«

Sie schien sich köstlich über meinen Versuch, ein bayerisches Wort auszusprechen, zu amüsieren. Ich hatte noch nie was von Goaßlschnalzern gehört.

»Goaßlschnalzen hat Tradition bei uns«, antwortete sie,

»ähnlich wie das Schuhplattln.« Das hatte ich mal im Fernsehen gesehen. »Eine Goaßl ist eine Peitsche mit einer besonders langen Schnur. Wenn man die mit Schwung tanzen lässt, gibt sie einen schnalzenden Ton von sich. Goaßlschnalzer schlagen im Rhythmus von bekannten alpenländischen Melodien. Eine Kunst, die nur wenige beherrschen. Der Tote gehörte zu einer Gruppe in Miesbach.«

»War er gut? War jemand eifersüchtig auf ihn?«

»Wollen Sie meinen Fall lösen, Herr Kollege?«

»Nein, natürlich nicht«, beeilte ich mich zu sagen, »war mehr ein Reflex. Ich fahr doch nicht quer durch Deutschland, um da weiterzumachen, wo ich in Frankfurt aufgehört habe. Ich will mal für eine Woche meine Ruhe haben.«

»Sind Sie sicher?«

»Ganz sicher«, versicherte ich ihr.

»Bei welcher Abteilung sind Sie?«

»Drogen.«

»Dann bin ich ja beruhigt«, erwiderte sie. »Mit Drogen hat der Mord bestimmt nichts zu tun. Wenn diese Goaßlschnalzer einen Rausch haben, dann vom Alkohol.« Sie zog ihre Visitenkarte hervor und reichte sie mir. »Hier … falls Ihnen noch was einfällt. Sie haben mir aber eh alles gesagt, oder, Kollege?«

Ich dachte an den SUV. »Warum sollte ich Ihnen was vorenthalten? Ich bin froh, wenn ich in nächster Zeit nichts von Mord und Totschlag höre.« Ich grinste. »Sagen Sie … wo gibt's eigentlich den guten Schweinebraten?«

»Beim Seewirt«, antwortete sie, ohne zu zögern. »Wenn Sie nach Wiessee reinkommen, das Fachwerkhaus rechts.« Ein weißer Lieferwagen tauchte zwischen den Bäumen auf. »Die Spurensicherung … alles Gute, Kollege!«

3

Knödel müssen schwimmen

Beim Seewirt fühlte ich mich in die Kulisse eines bayerischen Bauerntheaters versetzt. Die Wände der »Guten Stub'n« getäfelt und mit historischen Fotos aus der Geschichte von Bad Wiessee verziert, über der Tür das Geweih eines mächtigen Hirschs, blau-weiß karierte Tischdecken auf den Tischen und ein langer Tresen. Der Wirt zapfte ein Bier nach dem anderen und zog die gefüllten Teller aus der Durchreiche zur Küche; zwei Bedienungen, die eine jung und verführerisch, die andere älter und mehr der mütterliche Typ, wieselten zwischen dem Tresen und den Tischen hin und her, auch in einem Nebenraum, dessen Tür offen stand. Ich erkannte eine Gruppe von Einheimischen, die ähnlich wie der tote Alois Hinterseer gekleidet waren und lautstark diskutierten.

Bad Wiessee war nicht Hintertupfing. Hier war man Fremde gewöhnt, und weder verstummten die Unterhaltungen, noch blickte mich jemand neugierig an. Ich setzte mich an einen Tisch am Fenster, bestellte den Schweinebraten mit Klößen, wie von der Kollegin empfohlen, und ein Bier und erntete ein mitleidiges »Wieder ein Preiß, der unsere Sprache nicht kann«-Lächeln.

»Einen Schweinsbraten mit Knödeln und eine Halbe«, übersetzte die ältere Bedienung, wie ihre Kollegin in ein traditionelles Dirndl gewandet. Ihr tiefer Ausschnitt ließ kaum Raum für Fantasie. »Ich bin die Marianne«, sagte sie.

Das Bier kam sofort, ein halber Liter mit verlockender Schaumkrone. Der Schweinsbraten folgte wenig später, eine riesige Portion mit zwei Stücken Fleisch und zwei riesigen Knödeln, dazu eine Terrine mit Extra-Soße. »Knödel müssen schwimmen«, erklärte die Marianne. »Nur nicht damit sparen.«

Nichts gegen das Bier, nicht zu stark, aber süffig, und erst recht nichts gegen den Schweinebraten und die Knödel. Davon konnten auch stärkere Männer satt werden, und die Bedienung hatte recht, mit reichlich Soße schmeckten die Knödel noch viel besser. Nur der Krautsalat am Tellerrand war nicht mein Fall. In Bayern schien man eine Vorliebe für sauren Salat zu haben.

»Schmeckt's?«, fragte die Bedienung im Vorbeigehen.

Meine vollen Backen waren Antwort genug. Ich kaute zufrieden, nur durch die Männer im Nebenraum abgelenkt. Sie trugen alle die gleiche Tracht und schimpften wild durcheinander. So laut, dass der Wirt seinen Platz hinter dem Tresen verließ und sie ermahnte: »Haltet's endlich mal eure Bapp'n, ihr schreit ja das ganze Lokal zusammen! Die Leute können doch nichts dafür, dass ihr verloren habt. Ich hab gleich gesagt, ihr müsst mehr trainieren.«

»Geh weiter, Wirt, du hast doch keine Ahnung«, kam die Antwort. »Wenn dem Rudi seine Tracht in Ordnung gewesen wär, hätten wir haushoch gewonnen. Sag der Christl lieber, sie soll uns noch ein paar Halbe bringen.«

»Sind das die Goaßlschnalzer?«, fragte ich meine Bedienung.

Sie lachte über meinen Versuch, das schwierige Wort einigermaßen richtig auszusprechen. »Die aus Wiessee«, erwiderte sie. »Haben leider gegen die Burschen aus Miesbach verloren, so eine Niederlage tut immer am meisten weh. Was soll's? Zwei, drei Halbe, und es geht wieder. Auch noch eine?«

Ich hatte die erste noch nicht ausgetrunken. »Später vielleicht.«

Inzwischen war ich auch beim Schweinebraten an meine Grenzen gestoßen, schaffte zwar die beiden Knödel, ließ aber ein Stück Fleisch übrig und schob den nur beinahe leeren Teller erschöpft von mir. Ab morgen Schonkost, schwor ich mir und wollte gerade nach der Bedienung rufen, als Anna Thiermayer das Lokal betrat. Sie sah mich am Fenster sitzen und kam zu mir.

»Darf ich?«, fragte sie und setzte sich bereits auf den Stuhl gegenüber. Sie blickte lächelnd auf den Fleischrest auf meinem Teller. »Schweinsbraten?«

»Von Ihnen empfohlen. Und mächtiger als Rippsche mit Kraut.«

»Rippsche mit Kraut?« Jetzt tat sie sich mit der Aussprache schwer.

»Eine Frankfurter Spezialität. Essen auch die Einheimischen nur alle paar Monate. Und wenn doch, ist das Gejammer auf der Waage groß. Aber der Schweinebraten hier war Extraklasse. Bei uns schmeckt der ganz anders.«

»Schweinsbraten«, verbesserte sie mich wieder. »Mit s.«

»Bayerische Sprache, schwere Sprache. Ich bin übrigens der Markus.«

»Auf Ihrer Facebook-Seite stand was von Bembel.«

»Und das Netz lügt nicht«, erwiderte ich seufzend. »Ja, so nennen mich die meisten. In einem Bembel wird Ebbelwoi aufbewahrt. Apfelwein. So ein Mittelding zwischen Kanne und Krug aus bemaltem Steingut. Weil Possmann, mein Nachname, auch zu einer bekannten Ebbelwoi-Kellerei gehört, dachten die Leute wohl, das passt besser als Markus.« Ich hüstelte verlegen. »Könnte auch sein, dass die bauchige Form des Bembels schuld an dem Namen ist.«

»Bauchig?« Ihr Blick wanderte nach unten. »Nein … wie kommen Sie denn darauf? Aber Bembel gefällt mir. Ich bin die Anna … ganz ohne Spitznamen.«

»Haben Sie auch Hunger?«

»Nein, ich hab noch einen Salat im Kühlschrank stehen«, sagte sie. »Ich bin Ihretwegen hier, Bembel. Sie wollten mir doch noch irgendwas sagen.«

»Wie kommen Sie darauf?«

»Weibliche Intuition?«

Wir bestellten beide Kaffee, sie mit Milch, ich ohne, und warteten, bis die Bedienung ihn gebracht hatte. Eigentlich mag ich gar keinen Kaffee, aber Wasser noch weniger, und eine weitere Halbe hätte ich nicht geschafft.

»Sie haben recht«, gab ich zu, »ich hab Ihnen tatsächlich was verschwiegen. Aber nicht aus bösem Willen oder weil ich einen Alleingang vorhabe, sondern weil mein Verdacht äußerst vage ist und ich nicht den geringsten Beweis für meine Vermutung habe.« Ich erzählte ihr von dem dunklen SUV, den ich auf der Landstraße gesehen hatte, und von dem Drogendealer, den wir im Gutleutviertel gejagt hatten. »Ich weiß, dunkle SUVs gibt es viele, und es ist gar nicht mal sicher, ob Banik und Novak noch einen fahren. Aber der Kerl am Steuer sah ein bisschen wie Novak aus, zumindest aus der Ferne.«

»Zwei Drogendealer aus Frankfurt ermorden einen Goaßlschnalzer aus Miesbach und legen ihn in einem einsamen Waldstück ab?« Der Kaffee kam, und sie wartete, bis die Bedienung gegangen war. »Klingt ziemlich weit hergeholt, finden Sie nicht auch? Oder warum sollten die beiden hier sein?«

»Nur ein vager Verdacht, wie gesagt, sonst hätte ich es Ihnen früher gesagt. Sie haben recht, warum sollten die beiden ausgerechnet hier sein?«

Anna war einigermaßen beruhigt. »Ich werde mir die Akten dennoch mal ansehen. Ich glaube, der Mord wurde eher aus persönlichen Motiven begangen. Eifersucht, Liebe, Neid … mit Drogenhandel und organisiertem Verbrechen hatten wir hier bisher weniger zu tun. Bei uns wohnen zahlreiche Großkopferte … reiche Leute … die haben andere Probleme.«

Ich sparte mir den Seitenhieb auf Hoeneß und trank stattdessen von meinem Kaffee. Anna gefiel mir. Nicht weil sie meiner Ex-Freundin ähnlich sah, bei näherem Hinsehen tat sie das gar nicht, sondern wegen ihrer coolen und überlegenen Art. Sie wusste, was sie konnte, und ließ sich durch nichts aus der Ruhe bringen. Keine Ahnung, ob andere Männer sie attraktiv fanden, ich jedenfalls schon, und ich wurde sogar ein wenig rot, als sie mir in die Augen sah.

»Aber Sie sind doch nicht nur meinetwegen hier?«, sagte ich.

»Gut beobachtet. Männliche Intuition?«

»Wenn es so was gibt?«

Sie deutete hinter sich. »Im Nebenraum feiern die Goaßlschnalzer aus Wiessee, obwohl sie eigentlich gar nichts zu feiern haben. Heute Mittag gab's einen Wettkampf zwischen den Schnalzern aus Miesbach und Wiessee. Die Miesbacher sollen haushoch gewonnen haben. Der Chef der Wiesseer, der Obermüller Bruno, gehört immer zu den Verdächtigen, wenn dem Hinterseer Alois was passiert. Die beiden Streithanseln konnten sich noch nie leiden.«

»Streithanseln … cooles Wort.«

»Sie haben sich erst vor ein paar Tagen geprügelt, bei der Eröffnung eines Baumarkts in Rottach-Egern. Da durften beide Gruppen auftreten, und der Alois und der Bruno gerieten sich irgendwann in die Haare.« Sie nippte an ihrem Kaffee. »Die Rivalität zwischen den beiden war schon immer groß, aber da muss noch was anderes dahinterstecken. Irgendwas von früher. Vielleicht haben sie sich mal um eine Frau gestritten oder so was in der Art. Keine Ahnung. Sie sind beide erst seit ein paar Jahren hier. Soweit ich weiß, kommen sie aus Bad Tölz, sollen dort sogar in dieselbe Schule gegangen sein.«

»Und deshalb ermordet dieser Bruno den Alois?«

»Keine Ahnung, aber ich muss allen Spuren nachgehen, und der Bruno ist der erste Verdächtige, wenn es um dem Alois geht.«

Aus dem Nebenraum kam einer der Trachtler, ein stämmiger Mann mit gerötetem Gesicht, und steuerte die Toilette an. »Wenn man vom Teufel spricht«, flüsterte Anna.

Sie wartete, bis der Bruno zurückkam, und rief ihn an ihren Tisch.

»Ah, die Frau Kommissarin. Was gibt's denn?«

»Setzen Sie sich, Bruno.«

»Aber die andern warten auf mich.« Er schwankte leicht.

»Setzen Sie sich! Das ist Hauptkommissar Possmann aus Frankfurt.«

Bruno setzte sich widerwillig. »Zwei Bullen auf einmal?«

»Vorsicht, Bruno! Ich weiß nicht, ob Sie's schon wissen, aber der Hinterseer Alois ist ermordet worden. Wir haben ihn vor zwei Stunden gefunden.«

Es dauerte eine Weile, bis er die Worte verdaut hatte. »Der Hinterseer Alois? Ermordet?« Er suchte nach seinem Bierglas und schnaufte, als er es nicht fand. »Der Hundskrüppel aus Miesbach? Sie glauben doch nicht …«

»Ich glaube gar nichts, Bruno, aber ich muss in alle Richtungen ermitteln. Stimmt es, dass Sie sich vor ein paar Tagen mit dem Alois geprügelt haben?«

»Er ist mir dumm gekommen, der Sauhund!«

»Um was ging es denn?«

»Er hat behauptet, ich hätte seine Goaßl manipuliert. Mit einem Messer am Strick rumgeschabt, damit er aus dem Rhythmus kommt. So ein Schmarr'n! So was hab ich doch nicht nötig! Ich bin der bessere Goaßlschnalzer, das wissen doch alle. Wir haben heute nur verloren, weil dem Rudi seine Tracht nicht in Ordnung war. Er ist noch jung, der Rudi. Am Schnalzen lag es gewiss nicht.«

»Du hast dich noch nie mit dem Alois vertragen«, sagte Anna. »Und du hast dich nicht zum ersten Mal mit ihm geprügelt. Gibt's dafür einen Grund?«

»Er ist ein Gloifel.«

Ich verstand nur Bahnhof.

»Hat er dir mal die Freundin ausgespannt?«

»Der Alois? Keine Chance!«

»Ging's um Geld?«

»Es ging nie um was Bestimmtes«, antwortete der Bruno. »Wir konnten uns schon als Kinder nicht leiden, vielleicht, weil ich das schönere Dreirad hatte oder mein Drachen in der Luft blieb und nicht wie seiner abstürzte.«

»Und als Erwachsene?«

Bruno rief nach der Bedienung und bestellte eine Maß. Als sie kam, nahm er erst mal einen kräftigen Schluck. »Der Alois wollte immer der große Zampano sein. Dachte wohl, er hätte es geschafft, als er Zweigstellenleiter bei der Sparkasse wurde. Zu der Zeit hatte ich schon mein Autohaus und war verheiratet. Er hätte die Mitzi wohl auch gern gehabt, aber ich war schneller und konnte ihr mehr bieten. Er hat dann die Jule geheiratet, eine Fußpflegerin.«

»Ein ehrbarer Beruf.«

»Und wenn schon. Was hat das alles mit dem Mord zu tun?«

Anna beugte sich nach vorn. »Lassen Sie mich ganz direkt fragen, Bruno: Wo waren Sie heute Nachmittag nach Ihrem Auftritt am Irschenberg?«

»Was wollen Sie damit sagen? Ich hab ihn nicht ermordet!«

»Das behauptet auch niemand, Bruno. Das muss ich alle fragen, die irgendwie mit dem Alois zu tun hatten. Also … wo waren Sie heute Mittag?«

»Der Wirt der Stub'n hat uns zum Essen eingeladen.«

»Die Wiesseer und die Miesbacher?«

»Die Miesbacher waren in einem anderen Zimmer.«

»Weil es sonst Mord und Totschlag gegeben hätte.«

»Weil jeder unter sich bleiben wollte«, verbesserte Bruno.

»Und dann?«

»Sind wir nach Hause gefahren und haben uns für um sechs hier beim Seewirt verabredet. Ohne einen Rausch wollten wir heute nicht ins Bett gehen. Das mit dem Rudi seiner Tracht hat einer der Miesbacher auf dem Kerbholz, da bin ich sicher. Sie haben ihm zwei Edelweiß von den Hosenträgern gerissen, und ein Knopf hat auch gefehlt. Das hat er doch nicht selbst gemacht, so dumm ist der Rudi nicht, auch wenn er noch viel lernen muss.«

»Wann sind Sie vom Irschenberg weggefahren?«

»Das wird so gegen zwei gewesen sein.«

»Allein in Ihrem Wagen?«

»Logisch allein.«

»Und den Alois haben Sie nicht mehr gesehen?«

»Ich war froh, dass ich ihn los war.«

Bruno Obermüller sprach ein deftiges Bayerisch, mit Wörtern durchsetzt, die ich noch nie gehört hatte, und auch sonst schwer zu verstehen für einen Hessebub wie mich. Doch ich spürte seine Nervosität, und mir reichte schon sein unruhiger Blick, um ihn als Verdächtigen abzuspeichern. Er gehörte zu den unverbesserlichen Machos, die man gehörig unter Druck setzen muss, um ihnen die Wahrheit zu entlocken. Ich wollte schon loslegen, als mir einfiel, dass ich mit den Ermittlungen nichts zu tun und hier in Bayern auch gar keine Befugnisse hatte. Ich war im Urlaub und sollte froh sein, mich aus den Ermittlungen heraushalten zu können. Ich hatte keine Ahnung, wie eingefleischte Bayern ticken, und von Goaßlschnalzern wie ihm schon gar nicht.

»Wo waren Sie den ganzen Nachmittag?« Annas Stimme klang aggressiver als bei den ersten Fragen. »Zu Hause bei Ihrer Frau? Wie heißt Sie noch?«

»Mitzi.«

»Waren Sie bei der Mitzi?«

»Die Mitzi hat gearbeitet. Sie ist Masseurin im Seeparadies.«

»So heißt das Hotel, in dem ich wohne«, sagte ich.

Anna reagierte nicht auf meinen Einwurf. Sie war voll auf Bruno konzentriert und spürte anscheinend, dass er immer nervöser wurde und dann womöglich leichter zu knacken war. Er verschwieg irgendwas, das war klar.

»Dann waren Sie allein zu Hause?«

»Wo denn sonst?«

»Hat Sie jemand gesehen, als Sie zurückkamen?«

»Keine Ahnung. Ist das wichtig?«

»Wär schon gut, wenn jemand Ihr Alibi bestätigen könnte.«

Er bekam wieder Oberwasser, und das zu Recht. Selbst wenn Anna seine Angaben bezweifelte, konnte sie ihm nichts beweisen. Er nahm einen großen Schluck von seinem Bier. »War's das, Frau Kommissarin? Sonst denken meine Goaßlschnalzer noch, ich wär auf dem Klo festgefroren. Also?«

»Sie können gehen … vorerst«, sagte Anna.

Er stand auf, den Maßkrug in einer Hand, und blieb noch einmal stehen. »Sie können mich nicht leiden, hab ich recht? Ich hab den Alois nicht umgebracht. Ich konnte ihn nicht leiden, das stimmt schon, aber deswegen bringe ich doch niemanden um. Ich hau ihm eins auf die Gosch'n, das reicht doch.«

»Gehen Sie zu Ihren Goaßlschnalzern, Bruno!«

Mein Kaffee war kalt geworden. Ich trank dennoch einen

Schluck, verzog das Gesicht und sagte: »Ich weiß, ich soll mich nicht einmischen …«

»Nur zu. Was halten Sie von ihm?«

»Er hält irgendwas zurück, sonst wäre er nicht so nervös. Eigentlich hat er recht, er ist eher der Typ, der eine Schlägerei anfängt, aber als Sie gefragt haben, ob er nachmittags zu Hause war, wurde er ziemlich unsicher.«

»Sie meinen, er hat gelogen?«

»Sie nicht?«

»Doch«, antwortete sie. »Muss nicht unbedingt was mit meinem Fall zu tun haben, aber so nervös hab ich ihn noch nie erlebt. Als hätte er tatsächlich was zu verbergen. Sobald er nüchtern ist, werde ich ihn mir noch mal vorknöpfen. Ihn und seine Frau.« Sie lächelte plötzlich, als wäre ihr gerade eine grandiose Idee gekommen. »Sie haben im Hotel Seeparadies gebucht?«

»Ganz recht.«

»Und die Mitzi arbeitet als Masseurin dort?«

Ich blickte sie ungläubig an. »Sie wollen doch nicht etwa …«

»Doch, genau das will ich.« Sie legte eine Hand auf meinen linken Unterarm, vollkommen harmlos und ohne jegliche Absicht, und doch spürte ich dieses leichte Kribbeln im Bauch, dass nur wenige Frauen bei mir auslösen können. »Ich hab's eigentlich nicht gern, wenn sich Kollegen in meine Fälle einmischen, und Sie sind im Urlaub hier und haben keinerlei Befugnis in Bayern, aber bei Ihnen würde ich gern eine Ausnahme machen. Inoffiziell natürlich, undercover sozusagen. Aber wenn Sie schon im Seeparadies wohnen, könnten Sie doch Ihr Wellness-Programm mit einer Massage bei Mitzi beginnen und ihr dabei ein wenig auf den Zahn fühlen. Als neugieriger Privatmann sozusagen.«

»Wenn das rauskommt, kriege ich eine Abmahnung. Mindestens.«

»Das erfährt niemand. Und wenn, würde ich Sie verteidigen.«

»Und mit mir essen gehen?«

»Erst liefern, dann fragen«, antwortete sie.

Ich winkte ab, als sie ihren Kaffee bezahlen wollte, und blickte ihr bewundernd nach, bis sie ihren schlanken Körper aus dem Wirtshaus bewegt hatte.

4

Alter schützt vor Neugier nicht

Das »Hotel Seeparadies« lag abseits der Hauptstraße auf einer Anhöhe, ein dreistöckiges Bauernhaus mit einer blumengeschmückten Veranda in jedem Stockwerk und einer Sonnenterrasse, von der aus man einen großartigen Blick auf den nahen Tegernsee und die Berge am anderen Ufer hatte. Durch die Fenster eines Anbaus erkannte ich einen beleuchteten Swimmingpool.

Es wurde schon dunkel, als ich meinen Wagen unweit des Haupteingangs auf der Straße parkte und meinen Rollkoffer zur Rezeption zog. Eine ältere Dame im Dirndl begrüßte mich so herzlich, als wäre ich der verlorene Sohn, und sagte: »Willkommen im Hotel Seeparadies am Tegernsee. Herr Possmann?«

»Aus dem schönen Frankfurt.«

Ich präsentierte meinen Gutschein und war heilfroh, dass nicht nach meinem Beruf gefragt wurde. Da geht es mir wie Ärzten und Künstlern. Ich habe keine Lust, tausend Fragen zu beantworten und den Leuten zu erklären, warum unser Beruf nicht so aufregend ist wie im »Tatort« und den TV-SOKOs.

Dafür war die Dame umso gesprächiger. Innerhalb weniger Minuten erfuhr ich, dass sie Johanna Fichtl hieß und die Besitzerin des »Seeparadies« war. Ihr Mann sei vor sieben Jahren gestorben, an einer verschleppten Lungenentzündung, Gott hab ihn selig, aber sie habe einen erstklassigen

Manager, den Martin Lenz, und ein Team von zuverlässigen Angestellten, die sich auch um mein Wohl kümmern würden. Meine Halbpension schließe das Frühstücksbüffet und ein gesundes Abendessen ein, für spezielle Anwendungen müsse ich extra bezahlen. »Wie wär's, wenn Sie morgen früh mit einer Massage beginnen würden? Unsere Mitzi ist eine erstklassige Kraft, und Sie werden sehen, schon nach der ersten Anwendung gehen Sie den Tag gleich ganz anders an.«

Mit dem Angebot rannte sie offene Türen bei mir ein. »Klingt gut.«

»Um neun Uhr? Nach dem Frühstück?«

Ich willigte ein, bekam Info-Blätter über Speiseplan, aktuelle Anwendungen, die Öffnungszeiten von Pool, Kräuter-, Bio- und finnischer Sauna und einen Folder mit dem Lageplan des Hotels. »Zimmer 101, Herr Possmann.«

Mein Zimmer machte einen sehr gemütlichen und wohnlichen Eindruck. Eine perfekte Mischung aus bayerischer Stub'n und zweckmäßig eingerichtetem Hotelzimmer. Getäfelte Wände, Schrank, eingebautes Regal, ein rundes Tischchen mit zwei Stühlen, das Bett mit ausgesägten Herzen am Kopfende, vor dem modernen Fenster rot-weiß karierte Vorhänge. Die falschen Farben, aber solange kein FC-Bayern-Poster an der Wand hing … Die kunstvollen Fotos vom Tegernsee, die stattdessen dort hingen, und der Fernseher gefielen mir wesentlich besser.

Nach der langen Fahrt und dem schweren Abendessen war ich froh, zeitig ins Bett zu kommen. Ich studierte die Info-Blätter und den Folder, den ich von der Besitzerin bekommen hatte, und war erstaunt, wie modern sich das neue Jodschwefelbad präsentierte. Die japanische Architektur passte nicht so recht zum bayerischen Charakter von Bad Wiessee, strahlte aber eine so gepflegte Ruhe aus, dass ich beschloss, an einem der nächsten Tage dort auszuspannen. Danach würde ich wie neugeboren das Badehaus verlassen, versprach der Folder. Und um einige Euro ärmer, fand ich heraus.

In dem Folder mit den Anwendungen im Hotel entdeckte ich ein Foto von Mitzi Obermüller. Als »ausgebildete Masseurin und medizinische Bademeisterin« firmierte die Ehefrau des verdächtigen Bruno und versprach »frische Energie und einen elastischen Körper«. Auf beides war ich angewiesen, wenn ich bei der nächsten Verfolgungsjagd nicht wieder in den Seilen hängen oder für den Rest meines beruflichen Lebens im Innendienst landen wollte. Ich bin nicht der Typ für einen bloßen Schreibtischjob, alle paar Stunden muss ich raus.

Nachdem ich das Licht gelöscht hatte, konnte ich minutenlang nicht einschlafen, dabei war das Bett höchst bequem und das Kissen noch besser als mein geliebtes Schmusekissen mit dem Eintracht-Adler, das ich zu Hause auf meiner Couch liegen habe. Ich brauchte eine Weile, um herauszufinden, dass es an der ungewohnten Stille lag. In Frankfurt wohne ich direkt in der Einflugschneise, und wenn der Wind ungünstig steht, höre ich auch die Züge und S-Bahnen vorbeirattern. Geräusche, an die ich mich längst gewöhnt habe, und die irgendwie dazugehören. Diese alpine Stille war neu für mich.

Ich zog meine Trainingshose an und trat auf die Veranda hinaus. Obwohl die Berge nicht weit waren, hing immer noch die Schwüle des Tages in der Luft. Vom See zog angenehm lauer Wind herauf. Wenn man genau hinhörte, vernahm man sogar die Musik einer Blaskapelle, die irgendwo am westlichen Ufer spielte. Der Schein einiger Fackeln spiegelte sich im Wasser des Sees.

Eine junge Frau trat aus dem Anbau, blickte sich nach allen Seiten um, als befürchtete sie, verfolgt zu werden, und stapfte über die Wiese und am Spielplatz vorbei zu einem Gartentor, das anscheinend selten benutzt wurde, so widerspenstig ließ es sich öffnen. Die Frau, eine dunkelhaarige Schönheit in knapp sitzenden Jeans, sah sich noch einmal um, lief zu ihrem Auto, einem offenen Sportwagen, und fuhr davon. Eine Ehefrau, die sich aus dem Zimmer geschlichen hatte und fremdging? Eine Diebin, die in eines der Zimmer eingebrochen war und sich davonschlich? Ich musste selbst über solche Ideen lachen. Als Ermittler leidet man oft unter schrägen Gedanken.

Ich kehrte in mein Bett zurück. Die Frau im Sportwagen beschäftigte mich nicht länger, stattdessen dachte ich an den Tod dieses Goaßlschnalzers, der mich doch eigentlich nichts anging. Ich glaubte nicht, dass Bruno Obermüller dahintersteckte, zumindest nicht auf den ersten Blick. Da musste schon mehr herauskommen als eine peinliche Niederlage im Goaßlschnalzen. Bei verfeindeten Fußballfans ging es auch manchmal zur Sache, aber von einem Mord hatte ich noch nie gehört. Ein starkes Motiv sah anders aus. Vielleicht im Affekt oder weil sein Widersacher bei einer Schlägerei unglücklich fiel und mit dem Kopf gegen den Bordstein prallte, aber nicht mit zwei gezielten Messerstichen und wenn der Täter den Toten durch die Gegend fuhr und in einem abgelegenen Waldstück ablegte. Was nicht bedeutete, dass Bruno ein Unschuldslamm war. Irgendwas hatte er uns verschwiegen, und vielleicht bekam ich es ja heraus, wenn ich seiner Mitzi gründlich auf den Zahn fühlte.

Mit dem Gedanken an Anna schlief ich ein. Warum, konnte ich mir selbst nicht erklären. Ich war bestimmt nicht nach Bayern gefahren, um mich an eine Frau ranzumachen, im Gegenteil, ich wollte die Zeit nützen, um ein paar Tage komplett abzuschalten. Keine Verbrecher, keine Frauen, keine Probleme. Nur Ruhe, auch wenn sie unheimlich war, etliche Runden im Pool, Massagen und gemütliche Schwitzrunden in der Sauna. Ilona die anstrengende Rennerei zu überlassen, nur weil ich zu bequem war, meinen Körper einigermaßen in Schuss zu halten, das wäre unfair und würde auch keinen Spaß machen. Nicht zu rauchen und kaum Alkohol zu trinken reichte nicht aus.

Welche Rolle die bayerische Kommissarin in meinem Traum gespielt hatte, wusste ich nicht. Schon als ich früh am nächsten Morgen die Augen öffnete, hatte ich es wieder vergessen. Etwas, was mir auch mit den meisten anderen Träumen passiert. Im Kopf bleiben nur die Albträume. Die wirren Bilder von den wenigen Einsätzen, bei denen ich auf Menschen schießen musste, obwohl ich niemals einen getötet habe. Oder von den jugendlichen Wracks, die sich mit Crystal Meth, Ecstasy und anderen Teufelsdrogen zugrunde richten.

Im weißen Bademantel des Hotels fuhr ich zum Pool hinunter. In meiner Zwei-Zimmer-Wohnung in Frankfurt ist kaum Platz für eine Badewanne, und morgendliche Runden in einem Pool bedeuten absoluten Luxus für mich. Das Wasser hatte runde sechsundzwanzig Grad, genau die richtige Temperatur, und ich war der Einzige im Poolbereich.

Doch gerade, als ich zum ersten Mal ein Päuschen einlegte, kam ein Pärchen aus dem Saunabereich herüber. Ich war so dicht am Beckenrand, dass sie mich nicht sehen konnten. Ich sah sie nur flüchtig, aber lange genug, um die dunkelhaarige Schönheit von gestern Abend zu erkennen. Ihr Begleiter, ein sportlicher Typ in den Dreißigern, schien einer dieser Jungmanager-Typen zu sein, die mir immer auf den Geist gehen, wenn wir in ihrem Milieu ermittle. Erstaunlich viele Drogendelikte decken wir bei gebildeten Besserverdienenden auf.

»Musst du denn jede Nacht unterwegs sein?«, fragte er. Die beiden standen keine drei Meter von mir entfernt, ihre Schatten reichten bis ins Becken hinein. »Was sollen die Leute denken, wenn du dich ständig rausschleichst?«

»Das tue ich nur, damit deine Mutter nicht zu nörgeln anfängt.«

»Sie ist vom alten Schlag, das musst du verstehen. Und ich bin auch nicht gerade begeistert. Du weißt doch, wie schnell du ins Gerede kommen würdest, wenn dich jemand sehen würde. Warum sagst du ihr nicht, dass du dich um deine kranke Mutter kümmerst? Warum zeigst du ihr nicht die Fotos?«

»Weil sie es nicht verstehen würde. Nicht mal du verstehst doch, dass ich so viele Abende und manchmal sogar Nächte mit ihr verbringe. Sie hat eine Pflegerin, die für sie kocht und sich um sie kümmert, sie ist nicht ans Bett gefesselt und weder geistig noch körperlich behindert und …« Sie zögerte einen Augenblick. Ich stellte mir vor, wie sie eine Hand auf seine Schultern legte und ihn mit einem Lächeln beruhigte. »Wie oft hab ich dir schon erzählt, wie hysterisch meine

Mutter reagiert, wenn ich sie nicht besuche. Vor zwei Monaten, als ich bei dir eingezogen bin, warst du doch einverstanden, dass ich mich um sie kümmere. Und du wolltest, dass wir deiner Mutter nichts sagen.«

»Vielleicht sollte ich dich mal begleiten.«

»Um Gottes willen! Sie würde einen Herzinfarkt bekommen, wenn ich ihr sagen würde, dass wir zusammen sind. Sie könnte es nicht ertragen, dass mich ein Mann ihr wegnehmen würde.« Wieder eine kleine Pause. »Gönnen wir ihr die paar Monate, Martin. Sie ist schwer krank und wird nicht ewig leben. Wir haben noch unser ganzes Leben vor uns. Komm, lass uns eine Runde schwimmen, das beruhigt die Nerven.« Ich nahm an, dass sie sich küssten.

Wenige Augenblicke später sprangen sie über mich hinweg ins Wasser, und auch ich legte los, tauchte ein paar Meter und kam prustend hoch, wollte den Eindruck vermitteln, gerade erst ins Wasser gesprungen zu sein. Die beiden fielen darauf herein und kümmerten sich nicht weiter um mich. Ich schwamm zwei Bahnen, kletterte aus dem Becken und verschwand unter der Dusche. Martin Lenz, erinnerte ich mich an das Foto des Managers im Hotelprospekt, und die schwarzhaarige Lady war wohl seine Frau oder Lebensgefährtin. Ich trocknete mich ab und machte, dass ich auf mein Zimmer kam.

Beim Frühstück gab es ein leichtes Omelett nach Wunsch, Vollkornbrot und Vollkornsemmeln, magere Putenbrust und rohen Schinken, Obstquark und alle möglichen Müslis. Kein Weißbrot, keine Nutella, keinen Speck, keinen fetten Camembert und keine Salami. Dazu Kaffee, immerhin, und alle möglichen Tees und frisch gepressten Orangensaft.

Nicht gerade das, was bei mir zu Hause auf dem Frühstückstisch steht, aber genießbar, obwohl ich mich niemals an diese Kürbissemmeln gewöhnen werde. Semmeln, nicht Brötchen'…

Der älteren Dame, die sich mit einem Lächeln, aber ungefragt an meinen Tisch setzte, schmeckten sie. Sie beschmierte sie mit dick Butter und reichlich rohem Schinken und peppte ihren Kamillentee mit zwei gehäuften Löffeln Zucker auf. Sie war um die Siebzig, trug knallrote Leggings und eine gemusterte Strickjacke, die es allerdings nicht schaffte, ihre Körperfülle zu verstecken. Ihre schwungvoll frisierten Haare waren schwarz gefärbt. »Grietje de Boer«, stellte sie sich vor. »Sie dürfen mich Grietje nennen, junger Mann.«

»Markus Possmann«, erwiderte ich. »Und nicht so jung, wie Sie denken.«

Ein lockerer Spruch, um nicht allzu mürrisch zu wirken, denn an einem Kurschatten war ich nun wirklich nicht interessiert. Offenbar hatte ich die ältere Dame aber dazu ermutigt, mir um den Bart zu gehen. Mir fiel auf, dass sie viel zu stark geschminkt war, außerdem duftete sie nach einem Parfüm, das mich an irgendwelche Nüsse erinnerte und mir unangenehm in die Nase stieg.

»Possmann? Ist das nicht eine deutsche Essigmarke?«

»Ebbelwoi. Apfelwein. Eine hessische Firma.«

»Apfelwein, stimmt, den hab ich mal getrunken. In Frankfurt.«

»Ich komme aus Frankfurt.«

»Und ich aus Holland«, erwiderte Grietje. Ihr Lächeln erinnerte mich an eine beutehungrige Katze und würde mich wohl bis in den Schlaf verfolgen. »Ist es nicht schön, dass wir Holländer und Deutsche uns so gut verstehen? Ich wurde kurz nach dem Zweiten Weltkrieg geboren, da war das noch ganz anders. Da hielten wir alle Deutschen für Nazis. Dabei gibt es hier doch ganz entzückende Menschen, zum Beispiel so einen prachtvollen Mann wie Sie.«

Ich wurde tatsächlich rot, allerdings nur kurz, und konnte mich nicht erinnern, ein solches Kompliment jemals von einer jüngeren Dame bekommen zu haben. Okay, für Lena war ich zumindest während der ersten Wochen ein »heißer Typ« gewesen, später ein »Hase« oder »Schatz«, aber irgendwann nur noch ein »selbstsüchtiger Idiot, der nur mit seinem Job verheiratet ist«. Vielleicht hatte sie sogar recht. Ein »prachtvoller Bursche« war ich definitiv nicht. Das wird man erst, wenn man die Richtige trifft, glaubte Ilona. Sie war zwar selbst keine Beziehungskünstlerin, las aber Zeitschriften wie *Cosmopolitan*.

Mir blieb nichts anderes übrig, als mich mit meiner neuen Verehrerin zu unterhalten. Wir tauschten einige Banalitäten aus, sprachen über die herrliche Lage von Bad Wiessee und die Wellness-Angebote im Hotel, und mir wurde ein wenig mulmig zumute, als Grietje anfing, von ihrem verstorbenen Mann zu erzählen, der vierzig Jahre mit ihr zusammengelebt habe und viel zu früh verstorben sei.

»Sie sehen ihm erstaunlich ähnlich«, sagte sie, »aus der Ferne dachte ich zuerst, ich hätte es mit einem Doppelgänger zu tun. Und anscheinend sind Sie auch genauso nett.« Sie lächelte verführerisch.

Martin Lenz hätte keinen besseren Moment abpassen können, um an unseren Tisch zu treten und uns einen wunderschönen Morgen zu wünschen. Er wirkte wesentlich aufgeräumter als mit seiner Sandra am Pool, und sein bayerischer Dialekt war nicht so ausgeprägt wie bei einigen anderen, die ich bisher getroffen hatte. Ein Zugereister, der in Bayern heimisch geworden war? Auf jeden Fall ein Unsympath, darüber täuschte auch sein professionelles Lächeln nicht hinweg. Er verbeugte sich und ging zum nächsten Tisch.

»Der Manager«, erklärte Grietje, während sie ihm nachblickte. »Nichts gegen junge Männer, sie sind wirklich nett anzusehen, auch für ältere Damen wie mich. Aber der wäre mir zu glatt. Kein Herz, kein Gefühl, nur … wie sagt man auf Deutsch? Profitorientiert. Sein Lächeln … es ist einfach nicht echt.«

»Ich muss zugeben, mir gefällt er auch nicht besonders«, erwiderte ich. Natürlich verschwieg ich ihr die Unterhaltung am Swimmingpool. »So, jetzt muss ich aber gehen. Ich habe mich zur Massage angemeldet, wissen Sie?«

Sie ignorierte meinen Einwand. »Was soll's? Wir haben ja kaum etwas mit ihm zu tun, und die Besitzerin und die anderen Angestellten sind sehr nett.«

»Sind Sie schon länger hier?«, fragte ich die Holländerin.

»Schon eine Woche, aber ich habe noch zwei Wochen vor mir. Ich bin keine dieser älteren Damen, die krampfhaft nach einem Ersatz für ihren verstorbenen Gatten suchen, ganz bestimmt nicht, aber ich freue mich natürlich, einen so netten Mann wie Sie zu treffen.« Ihr korrektes Deutsch, obwohl mit holländischem Akzent, war besser zu verstehen als der Dialekt mancher Bayern. »Und wenn Sie mehr über unser Hotel wissen wollen und welche Angestellten besonders nett sind, wenden Sie sich bitte vertrauensvoll an mich.«

»Dann waren Sie sicher schon bei Mitzi Obermüller zur Massage?« Ich erkannte plötzlich, dass es durchaus von Vorteil sein konnte, sich mit Grietje gut zu stellen. »Gehört sie zu den Masseurinnen, die einem wehtun? Sie wissen schon, die einen wie einen widerspenstigen Kuchenteig durchkneten.«

Grietje kicherte leise. »Ich weiß, was Sie meinen. Nein, so eine ist Mitzi nicht. Ganz im Gegenteil, sie geht sehr gefühlvoll heran und versteht ihr Handwerk so gut, dass sie genau weiß, wo sie ansetzen muss. Aber werden Sie mir nicht untreu!« Sie drohte mir spielerisch mit einem Finger. »Sie ist eine sehr hübsche Person und versteht es, die Männer … wie sagt man auf Deutsch? Die Männer nach ihrer Pfeife tanzen zu lassen. Vor zwei Tagen …« Sie trank von ihrem Kamillentee. »Vor zwei Tagen klingelte ihr Handy, als ich bei ihr war, und sie dachte wohl, es wäre was Geschäftliches, aber dann war wohl ein heimlicher Liebhaber dran. Sie ist verheiratet, müssen Sie wissen, aber sie war so nervös, dass es nur ein Geliebter gewesen sein kann. ›Natürlich, mein Schatz. Ich kann gerade nicht. Später, okay.‹ So ging das in einer Tour, bis sie ihn endlich los wurde und mit rotem Kopf zurückkam.« Grietje lachte. »Sie wollte mir weismachen, dass sie mit ihrem Mann gesprochen hätte, aber so redet keine Frau, die schon seit drei Jahren verheiratet ist. Das hatte sie mir nämlich beim ersten Mal erzählt. Dass sie aus Berchtesgaden käme und seit drei Jahren mit ihrem Mann zusammen wäre.« Sie lachte wieder. »Aber was geht das uns an? Sehen wir uns morgen zum Frühstück?«

»Sicher«, sagte ich. »Jetzt muss ich aber wirklich gehen, Grietje.«

5

Völlig außer Form

Mitzi war ein Typ, auf den viele Männer flogen. Eher kräftiger als graziös, lange blonde Haare, die zu einem lockeren Knoten gebunden waren, ein ständiges Grinsen im Gesicht, auf den Unterarmen bunte Tattoos, die aus der Ferne wie Schmetterlinge aussahen. In ihrem blauen Trainingsanzug sah sie wie eine Rockerbraut aus, die sich für ihren Job als Masseurin verkleidet hatte.

Aber freundlich war sie und von jener burschikosen Entschlossenheit, wie sie auch manche Krankenschwestern an den Tag legen. »Herr Possmann?«, fragte sie, und als ich nickte: »Dann sind Sie bei mir richtig. Ihre erste Massage?«

»Die zweite«, antwortete ich. »Ist aber lange her.«

»Schreibtischjob?«

»Teilweise.«

Sie grinste verschmitzt, als freute sie sich darauf, meine *teilweise* schlaffen Muskeln zu quälen, und rieb sich die Hände mit Massageöl ein, während ich mich auf die Liege legte. Ihre ersten Griffe entlockten mir ein qualvolles Stöhnen, und ich wäre am liebsten von der Liege gesprungen und zum Pool gerannt, aber ihre Hände ließen mir keine Chance und kneteten mich wie einen widerspenstigen Kuchenteig. Also doch. Nur dass der keine körperlichen Schmerzen empfindet, wenn sich die Hände in ihn graben.

Auch bei mir wurde es nach einigen Minuten besser, es stellte sich sogar ein leichter Wohlfühleffekt ein.

»Da hatte sich einiges verkrampft«, sagte sie. »Sie haben sich einigermaßen gehalten, und man spürt, dass Sie mal Sport betrieben haben, aber in letzter Zeit haben Sie sicher geschludert. Man darf sich nicht hängen lassen.«

»Ich weiß. Dafür rauche und trinke ich nicht.«

»Gymnastik? Waldläufe? Joggen?«

»Nun ja …«

»Sie haben sich für einen Wellness-Urlaub entschieden, das ist doch schon mal was. Jeden Morgen eine gründliche Massage, gesunde Ernährung und viel Bewegung, und Sie sind wieder vorn mit dabei. Die Promenade am See ist wie geschaffen fürs morgendliche Jogging, und wenn Sie Ihrem Körper was besonders Gutes tun wollen, sollten Sie sich ein Ruderboot mieten.«

»Gute Idee.« Ich tat so, als würde ich jetzt erst ihr Namensschild sehen. »Sagen Sie … ich war gestern Abend im Seewirt und hab dort die Goaßlschnalzer beim Feiern gesehen.« Wie ich das komplizierte Wort aussprach, brachte auch sie zum Lachen. »Sind Sie mit Bruno Obermüller verwandt?«

»Mein Mann.« Es klang nicht gerade begeistert.

»Er war ziemlich sauer. Anscheinend hatten sie gerade verloren.«

»Gegen die Miesbacher, ich weiß.«

»Und dann hab ich erfahren, dass einer von diesen Miesbachern ermordet wurde. Eine Kommissarin war im Lokal und hat Ihren Mann verhört. Auch den anderen Gästen hat sie Fragen gestellt. Ein Mord unter …« Ich sprach das Wort nicht noch einmal aus. »Und ich dachte, hier wäre alles nur heile Welt.«

Sie reagierte anders, als ich vermutet hatte. Anstatt mich abzulenken und das Thema zu wechseln, hörte sie plötzlich auf zu kneten, und das helle Licht im Massageraum ließ Tränen in ihren Augen aufleuchten. »Der arme Alois … dabei war er so ein lieber Kerl! Wer tut denn so was?«

Sie wandte sich zum Fenster, damit ich ihre Tränen nicht sah, und stützte sich mit beiden Händen auf die Fensterbank. Sie starrte aus dem Fenster. »Tut mir leid, tut mir furchtbar leid«, murmelte sie und lief ins Nebenzimmer.

Selbst durch die Tür hörte man sie schluchzen, dann lief ein Wasserhahn, und ich stellte mir vor, wie sie ihr Gesicht mit kaltem Wasser wusch und die unerwünschten Tränen vertrieb. Einige Minuten später kehrte sie zurück.

»Entschuldigung«, sagte sie, wieder aufgeräumt und sogar mit der Andeutung eines Lächelns in den Augen. »Alois' Tod ist mir sehr nahegegangen. Auch wenn er zum Konkurrenz-Verein gehörte, war er doch einer von uns.«

»Kannten Sie ihn gut?«

»Die Goaßlschnalzer sind eine große Familie. Da kennt jeder jeden, und es spielt keine große Rolle, für welchen Verein man schnalzt.« Aus ihrem Mund klang das komplizierte Wort irgendwie stimmig. »Der Hinterseer Alois war ein untadeliger Sportsmann, wissen Sie, und wir trauern alle sehr um ihn.«

»Ihr Mann hat sich mit ihm geprügelt. Haben sie beim Seewirt erzählt.«

»Bei uns in Bayern raufen die Männer öfter.«

Bevor sie dem Grund für meine Neugier auf die Schliche

kam und sich mit einem gemeinen Knetgriff an mir rächte, hielt ich lieber den Mund. In ihrem Schmerz knetete sie noch fester als zu Beginn der Massage. Ich war froh, als die halbe Stunde rum war und ich mich endlich wieder anziehen durfte.

»Das hat gutgetan«, verabschiedete ich mich von ihr.

Ich fühlte mich tatsächlich besser, wusste aber auch, dass ich sehr bald jammern würde, wenn ich mich jetzt auf die faule Haut legte. Also bekämpfte ich den Drang, mich in meinem Zimmer aufs Bett fallen zu lassen, zog meine Badehose an und trollte mich in den Swimmingpool. Dort tummelte sich ein Rentner-Ehepaar, hielt sich aber abseits, sodass ich ungestört meine Bahnen ziehen konnte. Meine Befürchtung, Grietje könnte auftauchen und mich mit ihrer Lebensgeschichte quälen, erfüllte sich glücklicherweise nicht. Ich duckte mich unwillkürlich, als ich durch die Fenster beobachtete, wie die Holländerin erstaunlich munter auf der anderen Straßenseite zur Stadt hinunterging.

Nach einer ausgiebigen Dusche zog ich mich in mein Zimmer zurück und entspannte auf dem gemachten Bett. Ich wusste nicht, was ich von Mitzi halten sollte. Sie war mir wie eine starke Frau vorgekommen, die nicht so schnell die Nerven verliert, und ihr Schluchzen hatte mich einigermaßen überrascht. Ging ihr der Tod des Goaßlschnalzers wirklich so an die Nieren? Eines Mannes, mit dem Bruno Obermüller ständig im Clinch gelegen hatte?

Oder steckte etwas ganz anderes hinter ihrem Gefühlsausbruch?

Nach einer Weile wurde mir selbst das Nachdenken zu anstrengend, und ich schlief ein. Erst die Kirchenglocken um zwölf Uhr mittags weckten mich wieder. Ich brauchte eine Weile, um mich zu orientieren, ging ins Bad und wusch mir das Gesicht und schnappte mir eine Coke Zero aus der Minibar. Sündhaft teuer, aber ich hatte ja sonst kaum Ausgaben. Noch ein wenig steif von der Massage und den Runden im Pool trat ich ans Fenster.

Die Sonne stand hoch am blauen Himmel und leuchtete auf den weißen Häuserwänden. Zumindest auf den ersten Blick schien Bad Wiessee nur aus Hotels zu bestehen. In der Ferne leuchtete der Tegernsee, die weißen Segel einiger Boote hoben sich gegen das Wasser ab. Ein kitschiges Bild, wie ich bisher nur beim »Bergdoktor« und ähnlichen Sendungen gesehen hatte. Die schönen Kulissen waren nicht gelogen. Nur die Berge waren nicht so mächtig und gewaltig wie im Fernsehen. Ein Wanderparadies, sagten die Einheimischen. »Aber nur für Fortgeschrittene«, hätte ich ihnen geantwortet. Noch schwindeliger wurde mir allerdings beim Anblick der steilen Skipisten. Ich hatte nie auf Skiern gestanden, und allein der Gedanke ließ mich frösteln.

Der Personaleingang des Hotels lag auf meiner Seite, sodass ich Mitzi Obermüller voll im Blick hatte, als sie das Haus verließ und zu ihrem Wagen lief: ein knallroter BMW mit Miesbacher Kennzeichen. Sie suchte verzweifelt nach dem Schlüssel in ihrem Einkaufsbeutel, genug Zeit für mich, meiner Eingebung zu folgen und zu meinem Wagen zu laufen. Irgendetwas an den hastigen Bewegungen der Masseurin hatte meinen sechsten Sinn alarmiert.

Sie fuhr gerade aus der Parklücke, als ich auf die Hauptstraße bog. Auf den ersten Kilometern hatte es den Anschein, als würde sie auf kürzestem Weg nach Hause fahren, doch sie hielt vor einem Blumenladen, kehrte mit einer roten Rose zurück und fuhr auf die Straße, über die ich nach Bad Wiessee gekommen war. Ich ahnte, was sie vorhatte, ließ den Abstand größer werden, beobachtete aber, wie sie vor Warngau auf eine Landstraße abbog und auf den Waldrand zuhielt. Jetzt wusste ich auch, für wen die rote Rose war.

Auf dem Forstweg, auf dem ich den toten Goaßlschnalzer entdeckt hatte, parkte ich hinter ihrem BMW. Obwohl ich mit meinem Golf nicht zu übersehen war, schien mich Mitzi nicht zu bemerken. Ich beobachtete, wie sie ihre Rose zu den anderen Blumen am Tatort legte und mit gefalteten Händen stehen blieb. Die Sonne, die zwischen den Baumkronen flackerte, blendete mich, doch ich glaubte zu sehen, dass sie wieder weinte. So heftig und hingebungsvoll, als wäre ihr eigener Mann dort gestorben. Oder zumindest jemand, der ihr mehr bedeutet hatte als ein x-beliebiger Chef rivalisierender Goaßlschnalzer.

Ich wollte gerade zu ihr gehen und hatte die Hand bereits am Türöffner, als ein weiterer Wagen auftauchte und vor Mitzis BMW parkte. Die Frau, die mit hochrotem Gesicht und zitternd vor Wut ausstieg und auf die Masseurin losstürmte, war stämmig gebaut und wirkte in ihren Jeans, dem grauen Sweatshirt mit dem Logo einer amerikanischen Universität und den Turnschuhen eher langweilig. Sie schien auch wenig von Make-up und modischen Frisuren zu halten. Eigentlich sah sie so aus, als wäre sie hastig und überstürzt in ihren Wagen gesprungen.

»Hab ich's doch gewusst!«, fuhr sie die verschreckte Mitzi an. »Du Brunzkachl hast mit ihm gevögelt! Hast es unter meinen Augen mit dem Alois getrieben!« Sie kickte die Rose ins Unterholz und spuckte verächtlich hinterher.

Ich war ebenfalls ausgestiegen und bereit einzugreifen.

»So weit ist es also mit der Kameradschaft unter Goaßlschnalzern her. Wir sind eine große Familie, und da gehören auch unsere Frauen und Kinder dazu … dass ich nicht lache, du verdammte Mistpritschen! Du warst sauer, weil du den Alois damals nicht bekommen hast, und wolltest ihn mir ausspannen!«

Schon erstaunlich, was die Bayern für Schimpfwörter draufhatten. Und die Angreiferin schien eine Einheimische von echtem Schrot und Korn zu sein. Außerdem war sie so wütend, dass man gar keinen Dolmetscher brauchte. Allein die verächtliche Art, mit der sie die Wörter aussprach, machte einem Angst.

Aber Mitzi war auch nicht von schlechten Eltern. Vergessen die Trauer um ihren Lover, jetzt haute sie nur noch auf ihre Rivalin drauf. »Und warum ist er zu mir gekommen, der Alois? Weil du wie eine langweilige Schlampe rumläufst und im Bett den sterbenden Schwan gemimt hast. Du hast doch keine Ahnung, was ein Mann wie der Alois will. So wie du daherkommst, würde dich nicht mal ein Penner nehmen! Sei froh, dass er tot ist, so bekommst du wenigstens noch Witwenrente. Wenn er noch am Leben wäre, hätte er sich scheiden lassen.« Sie zögerte plötzlich. »Oder hast *du* ihn umgebracht?« Ihr schien ein Licht aufzugehen. »Na, klar! Du hast geahnt, dass er dir nicht mehr treu ist, und hast ihn aus dem Weg geräumt! Gib's zu, du mistige Schicksen!«

Ich erkannte, dass es zu einer wilden Rauferei kommen würde, und drängte mich zwischen die Streithennen. »Immer mit der Ruhe, meine Damen! Halten Sie sich bitte zurück, oder wollen Sie noch einen Mord riskieren?«

Mitzi blickte mich erstaunt an. »Herr Possmann! Was tun Sie denn hier?«

»Was fällt Ihnen ein?«, schimpfte die andere Frau. »Wer sind Sie?«

»Hauptkommissar Markus Possmann aus Frankfurt am Main«, kam die Antwort von unerwarteter Seite. Anna Thiermayer war unbemerkt aus ihrem Wagen gestiegen und zu ihnen gestoßen. »Und ich bin Hauptkommissarin Anna Thiermayer von der Kriminalpolizei in Miesbach. Darf ich fragen, was hier vorgeht?« Sie musterte die aufgebrachten Frauen abwechselnd, blickte auf die Rose, die etwas abseits im Unterholz lag, und reimte sich den Sachverhalt wahrscheinlich schon zusammen. »Mitzi Obermüller, nicht wahr?«

»Das wissen Sie doch eh schon«, reagierte Mitzi betont patzig.

»Und Sie sind Jule Hinterseer. Ich hab Sie beide schon auf Veranstaltungen gesehen. Ich nehme mal an, die rote Rose dort stammt nicht von Ihnen.«

»Die hab ich hingelegt«, gestand Mitzi.

»Und ich hab sie ins Unterholz getreten!«, rief Jule, schon wieder auf hundertachtzig. »Die verdammte … Mitzi ist mit dem Alois fremdgegangen! Sie hat mit ihm rumgevögelt, die mistige …« Wieder verschluckte sie ein Schimpfwort. »Und anstatt die Klappe zu halten und im stillen Kämmerlein zu plärren, kommt sie frech wie eine Wanz'n hierher und tut so, als wär sie mit ihm verheiratet gewesen.« Sie blickte ihre Widersacherin an und grinste gemein. »Mal sehen, was der

Bruno dazu sagt. Der ist sicher begeistert, wenn ich ihm von den Abenteuern seiner Frau erzähle. Du falsche Schlange du!«

»Untersteh dich, du Mistviech!«, brauste Mitzi auf.

»Wart's ab!«, konterte Jule.

»Ich reiß dir die Haare aus!«

»Und ich …«

Anna und ich gingen gemeinsam dazwischen. Die Damen waren äußerst temperamentvoll und drohten schon wieder, sich gegenseitig an die Gurgel zu gehen. Ich packte Mitzi an den Oberarmen und hielt sie fest'; Anna kümmerte sich um Jule. Ohne uns hätte es eine wüste Schlägerei gegeben, einen »Cat Fight«, wie die Amis sagen und wie man ihn in manchen Filmen sehen kann.

»Jetzt reicht's mir aber!«, fuhr Anna die Frauen an. »Entweder reißen Sie sich zusammen, oder ich nehme Sie beide mit aufs Revier, und das kann dauern!« Die Damen fügten sich widerwillig. »Schon besser. Und um das klarzustellen: Ihre privaten Differenzen interessieren mich nicht, die müssen Sie schon unter sich ausmachen. Ich will bloß wissen, wo Sie gestern Nachmittag waren.«

»Ich hab gearbeitet«, sagte Mitzi. »Im Hotel, dafür hab ich Zeugen.«

»Den ganzen Nachmittag?«

»Bis siebzehn Uhr.«

»Und danach?«

»Bin ich nach Hause gefahren und hab geduscht.«

»Ihr Mann war da schon weg?«

»Der war wohl schon beim Seewirt.«

Damit war Mitzi aus dem Schneider, überlegte ich. Nur

wenn sie eine ganz flinke Mörderin gewesen wäre, hätte sie ihren Geliebten in der kurzen Zeit erstechen und die Leiche in den Wald bringen können. Ohne deutliche und verräterische Spuren zu hinterlassen, wäre das sicher nicht gelungen.

»Und Sie, Jule?«, fragte die Kommissarin.

»Ich hab den Alois geliebt. Warum hätte ich ihn töten sollen?«

»Weil er eine andere hatte? Das haben Sie doch geahnt.«

»Und selbst wenn«, erwiderte Jule. »Er wär nie zu ihr gegangen.«

»Er wollte sich scheiden lassen!«, tönte Mitzi.

»Einen Scheiß wollte er!«, giftete Jule zurück.

»Sie wussten, dass Ihr Mann fremdging«, stellte Anna fest.

»Ich hab ihn nicht umgebracht!«

»Sie hatten ein starkes Motiv.«

»Weil er mit dieser Frau ins Bett ging? Das hat er doch nur getan, weil sie mit dem Arsch gewackelt und sich ihm an den Hals geworfen hat. Er wollte sich nicht scheiden lassen. Er hatte sie wahrscheinlich längst abgeschrieben.«

»Ich muss Sie dennoch fragen: Wo waren Sie gestern Nachmittag?«

»Ich bin Fußpflegerin. Ich war bei Kunden.«

»Zeugen?«

»Um dreizehn Uhr war ich bei Alfons Schröder in der Thalhamer Straße und eine Stunde später bei Georg Moser und seiner Frau im Jahnweg. Beide wohnen in Miesbach. He, ich bring doch nicht meinen eigenen Mann um.«

»Dann war es fünfzehn Uhr. Und dann?«

»War ich zu Hause.«

»Haben Sie Ihren Mann nicht angerufen?«

»Warum sollte ich?«, fragte Jule ein wenig schnippisch. »Ich wusste doch, dass er mit seinen Goaßlschnalzern unterwegs war. Die gehen nach so einem Wettbewerb auch immer ins Wirtshaus, besonders wenn sie gegen die Wiesseer gewonnen haben. Als der Polizist klingelte, dachte ich schon, er wäre es, obwohl es noch einigermaßen früh war. Ich konnte ja nicht wissen, dass …«

»Schon gut«, zeigte Anna ein wenig Mitleid.

»Wann kann ich ihn denn beerdigen?«

»Sie haben ihn schon identifiziert?«

»Heute Morgen.«

»Wir geben Ihnen Bescheid«, versprach Anna, »sobald der Gerichtsmediziner die Leiche freigegeben hat. Die Untersuchung wird uns helfen, den Täter hoffentlich bald zu fassen. Haben Sie eine Ahnung, wer es sein könnte?«

Jule blickte auf Mitzi und hätte sie wohl am liebsten verdächtigt, beherrschte sich aber und sagte: »Keine Ahnung. Dass er sich mit dieser …« Sie suchte nach einem passenden Wort. »… mit dieser Frau herumgetrieben hat, heißt noch lange nicht, dass er ein schlechter Kerl war. Er war gerade erst zum Sparkassenleiter befördert worden. Ich glaube nicht, dass er irgendwelche Feinde hatte. Es sei denn, der Obermüller Bruno war ihm draufgekommen, dass er mit seiner Frau rumgemacht hat. Den sollten Sie mal fragen.«

»Das haben wir schon.« Anna reichte jeder der Frauen ihre Visitenkarte, das übliche Procedere. »Rufen Sie mich an, falls Ihnen noch was einfällt.«

»Dann kann ich jetzt gehen?«

»Sie können beide gehen«, sagte Anna. »Aber wenn mir

zu Ohren kommt, dass Sie sich wieder an die Gurgel gehen, landen Sie beide im Knast, okay?«

»Schon gut«, sagten beide.

Nachdem sie gefahren waren, kehrten auch Anna und ich zu unseren Wagen zurück. Anna blieb abwartend stehen. »Woher wussten Sie eigentlich, dass die beiden hier waren? Sie sollten Mitzi doch nur auf den Zahn fühlen.«

»Hab ich auch getan. Aber als wir auf Alois zu sprechen kamen, bekam sie einen Weinkrampf. Mir war gleich klar, dass sie was mit ihm gehabt hatte. Ich hätte Sie natürlich noch angerufen, aber als sie schon mittags das Hotel verließ, wurde ich misstrauisch und bin ihr gefolgt. Es ging alles viel zu schnell.«

»Sie hätten mich von unterwegs anrufen können.«

»Sorry.«

»Kommen Sie mit? Ich will noch mal mit Bruno sprechen.«

Ich blickte sie verwundert an. »Aber …«

»Nichts aber. Kommen Sie?«

6

Bruno hütet ein Geheimnis

Bruno Obermüllers Autohaus lag südlich von Bad Wiessee an der Straße, die am Seeufer entlangführte. Ein moderner Glaskasten, der sich inmitten der traditionellen Bauernhäuser beinahe futuristisch ausnahm und die neuen Modelle und das Büro beherbergte, und eine Werkstatt, die etliche Jahre mehr auf dem Buckel haben musste, aber ebenso wenig in die romantische Umgebung passte wie der Neubau. Auf dem Parkplatz standen mehrere Gebrauchtwagen.

»Sie sind als Beobachter dabei«, sagte Anna, als wir ausstiegen. Meinen Golf hatte ich vor dem Hotel abgestellt. »Ich weiß, dass es Ihnen in den Fingern juckt, aber die Befragung übernehme ich, sonst kriege ich Ärger. Der droht mir jetzt schon, wenn rauskommt, dass ich Sie überallhin mitschleppe.«

»Warum tun Sie's dann?«

»Damit Sie die Gegend kennenlernen«, erwiderte sie, ohne rot zu werden. »Und weil ich glaube, dass Sie etwas zu meinen Ermittlungen beitragen können. Wenn Sie die beiden Drogenhändler tatsächlich gesehen haben und die etwas mit dem Mord zu tun haben, müssen wir sowieso zusammenarbeiten.«

»Viel wahrscheinlicher ist, dass ich mich geirrt habe, und das Motiv für den Mord eher profaner Natur ist: Eifersucht, Futterneid … so was in der Art.«

»Aber meistens kommt es anders, als man denkt.«

»Ich dachte, das sagt man nur in Hessen?«

»Wir Bayern sind gewiefter, als Sie denken.«

Wir betraten den Showroom des Autohauses und sahen den Obermüller Bruno mit einem bieder gekleideten Mann in den Dreißigern vor einem silbernen Ford Explorer stehen. Der Autohaus-Besitzer blickte uns misstrauisch entgegen und deutete auf eine Sitzgruppe aus weißen Gartenmöbeln, die zwischen den Autos wohl für angenehmes Urlaubsfeeling sorgen sollte. Wir setzten uns und reagierten überrascht, als uns eine junge Angestellte etwas zu trinken anbot. Bald darauf kehrte sie mit zwei Gläsern Mineralwasser zurück.

»Der Ford Explorer gehört zu unseren bestverkauften Wagen, auch in den USA«, hörten wir den Obermüller Bruno sagen. Er trug mit seinem Dialekt nicht so dick auf wie beim Seewirt, und an seine Tracht erinnerte lediglich ein Janker mit grünen Aufschlägen. Seine Krawatte war pinkfarben. »Und mit unserem neuen Hybrid-Plug-In-Modell fahren Sie auch noch ausgesprochen günstig. Von der staatlichen Prämie für Hybrid-Modelle mal angesehen, ist der Verbrauch für einen SUV ausgesprochen niedrig. Der Wagen vereinigt unseren 3,0-Liter-EcoBoost-Motor mit modernster Elektrotechnologie und präsentiert sich in der Ausstattung gediegener als eine Limousine. Setzen Sie sich ruhig mal rein. Ich bin sicher, Sie haben sich noch nie so wohl in einem Wagen gefühlt. Wenn Sie wollen, können wir gern eine Probefahrt verabreden. So ein SUV ist das ideale Fahrzeug für Wiessee und das Alpenvorland.«

Der mögliche Kunde tat, was ihm empfohlen wurde, und

schien sich tatsächlich wohlzufühlen. Bruno warf uns einen stolzen Blick zu und reckte heimlich einen Daumen. »Allein das Display«, sagte er zu dem jungen Mann, »darauf wäre jedes Tablet neidisch. Alles vom Feinsten. Über die Mittelkonsole können Sie sogar ihr eigenes Tablet oder Ihr Handy aufladen, und für die Batterie reicht ein normaler Stromanschluss. Was soll ich noch sagen? Sie müssen den Wagen einfach mal selbst fahren. Wann hätten Sie denn Zeit?«

»Sobald wir mit Ihnen gesprochen haben«, mischte sich Anna ein. »Dauert nicht lange. Wir haben nur noch ein paar Fragen, dann können Sie weitermachen.« Sie wandte sich an den Kunden. »Sie sind uns doch nicht böse?«

Der Kunde winkte ab. »Ich sehe mir inzwischen die anderen Wagen an.«

Bruno setzte sich zu uns an den Tisch. Besonders erfreut schien er über unser Kommen nicht zu sein. »Ich nehme an, Sie wollen keinen SUV kaufen.«

»Ich bleib bei meinem BMW«, erwiderte Anna. Ich war sehr gespannt, wie sie die Befragung angehen würde. »Wir haben vorhin mit Ihrer Frau gesprochen. Haben Sie eine Ahnung, wo wir sie getroffen haben könnten?«

»Im Hotel. Wo denn sonst?«

»Am Tatort«, nahm Anna keine Rücksicht auf ihn. Vielleicht wollte sie ihn mit ihrer direkten Ansprache auch aus der Reserve locken. »Sie wollte Ihrem Widersacher wohl die letzte Ehre erweisen und geriet dabei mit Jule Hinterseer aneinander. Worum es ging, müssen Sie Ihre Frau schon selber fragen.«

Bruno fing sich erstaunlich schnell. Obwohl er sicher eins und eins zusammenzählen konnte, sagte er: »Sie hat dem

Alois sicher auch in meinem Namen die Ehre erwiesen. Wir waren nicht die besten Spezln, da haben Sie schon recht, aber wir Goaßlschnalzer halten zusammen, auch wenn es manchmal so aussieht, als würden wir uns am liebsten die Köpfe einschlagen. Wir sind eine große Familie, wissen Sie? Wir sind Goaßlschnalzer, und wir werden natürlich auch bei der Beerdigung vom Alois unsere Aufwartung machen.« Er drehte sich nach dem Kunden um. Der junge Mann war gerade dabei, sich in einen Sportwagen zu setzen. »Aber was hat das mit mir zu tun?«

»Nichts. Wir überprüfen nur noch mal alle Alibis.«

»Ich war zu Hause, hab ich doch schon gesagt. Bis kurz vor sechs.«

»Sie waren nach dem Wettkampf noch mit dem Veranstalter zusammen, waren gegen vierzehn, spätestens fünfzehn Uhr zu Hause und haben ihr Haus erst gegen achtzehn Uhr verlassen, als Sie zum Seewirt aufbrachen. Richtig?«

»Richtig.«

»Und das könnten uns sicher auch einige Nachbarn bestätigen.«

»Keine Ahnung. Die schauen doch nicht ständig aus dem Fenster!«

»Und wenn jemand gesehen hat, dass Sie später kamen?«

Bruno war in der Zwickmühle, konnte ja nicht wissen, ob Anna nicht schon mit einem Nachbarn gesprochen hatte. Er druckste ein wenig herum, dann sagte er: »Okay … ich war den ganzen Nachmittag unterwegs und bin anschließend direkt zum Seewirt gefahren. Ich hatte keine Lust auf zu Hause.«

»Und warum haben Sie mir das nicht gleich gesagt?«

»Weil Sie dann gleich wieder sonst was denken.«

»Probieren Sie's aus! Also ... wo waren Sie den ganzen Nachmittag?«

Er zögerte immer noch. »Am See unten. Auf der Promenade.«

»Allein?«

»Nein, mit einer Kundin.«

»Mit einer Kundin?« Anna war genauso erstaunt wie ich. Waren Bruno und seine Frau beide fremdgegangen? In Bad Wiessee ging es ja beinahe so zu wie in einem dieser halbseidenen Lederhosen-Filme aus den Siebzigern.

Bruno senkte seine Stimme. Anscheinend hatte er Angst, der junge Mann im Sportwagen könnte ihn hören. »Vollkommen harmlos«, beeilte er sich zu sagen. »Wir haben uns ganz zufällig getroffen, in dem Lokal gegenüber vom Bootsverleih. Ich hab mich zu ihr an den Tisch gesetzt, wir haben zusammen was getrunken und sind danach auf der Promenade spazieren gegangen.«

»Und das war alles?«

Er hustete verlegen. »Anschließend sind wir noch rumgefahren.«

»Rumgefahren.« Anna wiederholte das Wort mit einem spöttischen Unterton. »Und das kann besagte Dame natürlich bezeugen. Wie heißt sie denn?«

»Sie ist verheiratet, Frau Kommissarin.«

»Und? Ich denke, es war alles ganz harmlos.«

»Schon ... nur ... a bisserl gebusselt ham mer scho.«

»Der Name, Bruno. Oder wollen Sie aufs Revier mitkommen?«

»Aber nur, wenn Sie meiner Frau nichts sagen.«

»Sprechen Sie mit der Mitzi, dann klärt sich vieles von selbst. Also?«

»Elisabeth. Elisabeth Kaiser.«

»Adresse?«

»Die Wirtin vom Ochsnwirt in Rottach-Egern.«

»Okay. Noch was, Bruno ...«

»Was denn noch?«, jammerte er. »Ich hab Kundschaft.«

Anna blieb cool, wie bisher immer. »Nicht mehr. Der junge Mann ist gerade gegangen. Aber kein Grund, sich aufzuregen. Ich hab gesehen, wie er sich einen Prospekt eingesteckt hat. Der kommt sicher wieder.«

»Wer's glaubt. Was wollen Sie denn noch?«

»Warum hatten Sie ständig Streit mit dem Alois?«

»Herrschaftszeiten, ich hab ihn nicht ermordet!«

»Regen Sie sich nicht auf, Bruno, ich muss das fragen.«

»Die Miesbacher und Wiesseer waren sich noch nie grün.«

»Darum geht's doch nicht. Bayern- und Sechziger-Fans konnten sich auch nie leiden, aber ich hab noch nie gehört, dass einer den anderen ermordet hätte. Aber das mit Ihnen und dem Alois war doch was anderes. Was war da zwischen Ihnen? Da ist doch was passiert in Tölz, als Sie noch dort waren!«

»Kinderkram.«

»Aber genug, um Sie heute noch in Rage zu bringen.«

Er überlegte eine Weile, dann schlug er so fest mit der Faust auf den Tisch, dass die Gläser hüpften. »Herrschaftszeiten!«, fluchte er schon wieder. »So was vergisst man halt nicht. Wir waren um die siebzehn, der Alois und ich, und gingen auf dieselbe Berufsschule. Und auf die Sophie hatten wir beide ein Auge geworfen. Das sauberste Madl an der ganzen Schule, so was haben Sie noch nicht gesehen. Mir wird heut noch anders, wenn ich an sie denk.« Wie immer, wenn er besonders erregt oder wütend war, ließ er der bayerischen Mundart freien Lauf. »Wir waren verliebt, und alle freuten sich, nur dem Alois passte das nicht. Der wollte schon immer alles haben, was mir gehörte. Er hängte mir alle möglichen Sachen an, bestellte Sexspielzeug in meinem Namen und ließ es an sie liefern, bestach eine Schülerin, damit sie dreckige Lügen über mich verbreitete, und lachte nur, als ich ihn beschuldigte. Ich ging sogar zur Polizei, aber die unternahm gar nichts, und irgendwann hatte auch die Sophie genug und suchte sich einen anderen. Aber das ist lange her. Wir wurden nie gute Freunde, und es krachte öfter zwischen uns, aber wenn es um die Goaßlschnalzer ging, hielten wir zusammen.«

»Verziehen haben Sie ihm die Sache allerdings nie«, sagte Anna.

Wir dachten wohl beide das Gleiche. Wenn Bruno Obermüller herausbekommen hatte, dass seine Mitzi mit dem Alois rummachte, war es vielleicht doch nicht bei einer Tracht Prügel geblieben. Dann konnte es durchaus sein, dass er dem Alois in seiner Wut das Messer in den Leib gerammt hatte. Dass Bruno sich selbst mit anderen Frauen wie dieser Elisabeth traf, fiel dabei nicht ins Gewicht.

»Ich hab ihn nicht umgebracht«, wiederholte Bruno.

»Und wenn er sich an Mitzi herangemacht hätte?«

»Auch dann nicht. Ich hätte ihm eine ordentliche Abreibung verpasst und ihm vielleicht die Nase gebrochen, aber umgebracht? Ich stech doch keinen Menschen ab, nicht mal den Alois.« Er stutzte. »Er hat was mit ihr gehabt?«

»Das müssen Sie schon mit der Mitzi besprechen.«

»Von dem Flirt mit der Elisabeth sagen Sie ihr aber nichts, oder?«

»Versprechen können wir nichts.«

»Es war doch kaum was mit ihr!«

»Und andere Frauen gab es nicht?«

Ihm schoss das Blut ins Gesicht. »Wie kommen Sie denn darauf? Ich bin mit der Mitzi verheiratet. Das mit der Elisabeth war nur ein unbedeutendes Techtelmechtel. Sie ist auch verheiratet, wissen's, da war doch nichts.«

»Manche Leute halten Sie für einen Halodri.«

»Dafür hab ich gar keine Zeit, Frau Kommissarin.«

Sein Lächeln war so echt wie die Strohblumen auf dem Tisch und gehörte bei einem Autoverkäufer wahrscheinlich zum Standard. Ich mochte ihn nicht. Nichts gegen Autoverkäufer, ein ehrbarer Beruf, aber er gehörte zur schmierigen Sorte, die mögliche Kunden und Frauen mit ähnlichen Lügen einseifte.

Wir verabschiedeten uns von ihm und blieben noch eine Weile im Wagen sitzen. Anna blickte auf die Uhr. »Vorschlag«, sagte sie. »Ich bringe Sie ins Hotel zurück, Sie schwimmen ein paar Runden oder gehen in die Sauna, und ich hole Sie um halb sechs Uhr ab. Dann gehen wir was Schönes essen.«

»Ein Date?«, fragte ich hoffnungsvoll.

»Ein Geschäftsessen«, verbesserte sie mich. »Ich zeige Ihnen das Lokal, von dem aus man den schönsten Blick auf den See hat, und Sie verraten mir, ob Sie schon irgendeine Theorie zu dem Mord an Alois Hinterseer haben. Ein Gedankenaustausch unter Kollegen. Mich interessiert, was ein

Großstadt-Cop wie Sie dazu zu sagen hat. Wer weiß, vielleicht treiben sich Ihre Drogendealer ja doch in unserer Gegend rum, und wir müssen das LKA benachrichtigen. Ach ja, und jeder bezahlt selbst. Gleichberechtigung, Sie wissen schon.«

»Ganz in meinem Sinne«, schwindelte ich.

Sie fuhr mich zum Hotel und ließ mich vor dem Haupteingang raus. »Ich rede inzwischen mal mit dieser Elisabeth Kaiser«, sagte sie. »Vielleicht hat unser Weiberheld ja doch ein Alibi. Ich spanne Sie nicht zu sehr ein?«

»Besser, als in den Bergen rumzuklettern«, erwiderte ich.

»Das holen wir am Wochenende nach.«

»Rein geschäftlich, versteht sich.«

Sie grinste. »Was denn sonst?«

Johanna Fichtl, die Hotelbesitzerin, stand höchstpersönlich an der Rezeption, und schien nur auf mich gewartet zu haben. »Grüß Gott, Herr Possmann, ich hoffe, Sie haben einen angenehmen Tag. Hat Ihnen die Massage gefallen? Die Mitzi versteht ihr Handwerk, nicht wahr? Wie wäre es morgen früh wieder?« Sie rief eine Seite in ihrem Computer auf. »Um neun Uhr hätte sie noch einen Termin frei.« Mir blieb gar nichts anderes übrig, als zuzusagen. »Und vergessen Sie bitte nicht, unser neues Jod- und Schwefelbad zu besuchen.«

»Das steht ganz oben auf meiner Liste. Aber leider kann ich heute Abend nicht zum Essen hier sein. Ich bin von einer Bekannten eingeladen worden.«

»Oh, wie schade! Sie haben eine Bekannte in Wiessee?«

»Eine flüchtige Bekannte«, erwiderte ich. »So, und jetzt stehen noch ein paar Bahnen im Pool auf dem Programm.

Wegen der Fitness, versteht sich. Und ein halbes Stündchen in der Kräuter-Bio-Sauna. Bis bald, Frau Fichtl.«

Sie lächelte. »Sagen's Hannerl zu mir, das tun hier alle.«

»Ich bin der Markus«, sagte ich.

Um mich der redseligen Hotelchefin nicht weiter auszuliefern, floh ich rasch in mein Zimmer, gönnte mir einige Schokokekse aus meiner eisernen Reserve und ging zum Pool, nur um dort vom Regen in die Traufe zu geraten.

»Juhu!«, rief mir eine vertraute Stimme aus dem Wasser zu.

»Grietje!« Ich lächelte gequält. »Auch hier?«

»Besser als der See. Nicht so kalt.«

Ich sprang in den Pool und schwamm ein paar Meter. Aber wenn ich gedacht hatte, der Holländerin auf diese Weise zu entkommen, dann hatte ich mich gründlich getäuscht. Sie passte mich an der Bande ab. »Essen Sie bloß nicht zu viel von dem gesunden Zeug. Sie sehen großartig aus, Markus.«

»Markus« klang aus jedem Mund ungewohnt für mich, aber »Bembel« wollte ich auch nicht von jedem genannt werden. »Übertreiben Sie nicht, Grietje.«

Sie kam etwas näher, und ich hatte schon Angst, sie würde mich mit ihren Schenkeln berühren. Ich bin kein Typ für Kurschatten, weder für ältere noch für jüngere. »Haben Sie schon gehört?«, sagte sie mit leiser Stimme, als hätte sie Angst, uns könnte jemand belauschen. »Gestern hat es einen Mord gegeben, hier in der Nähe. Ein Mann wurde erstochen, mit zwei Messerstichen.«

»Woher wissen Sie das?«, fragte ich.

»Hab ich auf meinem iPad gelesen.« Ihr verschmitztes Lächeln erinnerte mich an Miss Marple. »Ich hab das Ding immer dabei, mach jeden Morgen mein Rätsel und lese dann die Nachrichten. Der Tote war ein berühmter …« Auch sie sprach das schwierige Wort nicht aus. »Einer dieser Trachten-Bayern, die mit der Peitsche zur Musik schlagen.«

»Goaßlschnalzer«, versuchte ich es wieder mal.

»Er hieß Alois oder so ähnlich. ›Seine Peitsche ist verstummt‹ stand in dem Bericht. Er und seine Mannschaft hätten mittags gegen die Konkurrenz aus Bad Wiessee gewonnen, und noch wüsste niemand, wer ihn erstochen und in den Wald gebracht hätte. Einer von der Konkurrenz? Ein verrückter Fan? Eine eifersüchtige Frau? Meinen Sie, wir müssen uns Sorgen machen?«

»Nein … wie kommen Sie denn darauf?«

»Weil die Goaßlschnalzer …« Sie sprach das Wort ganz langsam aus. »… die Goaßlschnalzer aus Bad Wiessee morgen Nachmittag am Seeufer auftreten wollen und ich doch jeden Mittag auf der Seepromenade spazieren gehe. Wer versichert mir denn, dass der Mörder nicht noch einmal zuschlägt?«

»So dumm ist der nicht. Nicht in aller Öffentlichkeit.«

»Wollen wir's hoffen, Markus.«

7

Ein schwarzer SUV

Nach zwei weiteren Bahnen verließ ich das Becken wieder. Ich winkte Grietje zu und verschwand, bevor sie mich unter irgendeinem Vorwand zurückhalten und weiter mit Beschlag belegen konnte. Auf die Sauna verzichtete ich. Ich wollte nur meine Ruhe, mich aufs Bett legen, eine Coke Zero aus der Minibar griffbereit auf dem Nachttisch, und den ruhenden Kurgast spielen.

Von wegen spielen, ich schlief nach wenigen Minuten ein und träumte von einer blonden Fee, die mit mir über einen Bergsee ruderte. Ich wachte nur auf, weil das unangenehme Lärmen eines Müllwagens und das Hupen mehrerer Pkw-Fahrer zu mir heraufdrang und den Eindruck erweckte, die Polizei hätte den Verkehr durch mein Zimmer geleitet. Und das in einer Kurstadt.

Ich stieg vom Bett und lief zum Fenster. Der Müllwagen parkte so ungeschickt auf der Kreuzung, dass gleich drei Personenwagen blockiert waren und ungeduldig darauf warteten, dass die Müllmänner einen überfüllten Container über den Asphalt schoben und den Inhalt in den Wagen kippten. Am nervösesten war der Fahrer eines schwarzen SUV, der vergeblich versuchte, an dem Müllwagen vorbeizukommen, und glaubte, die Müllmänner mit seinem Hupen antreiben zu können. Die ließen sich daraufhin erst recht Zeit.

Ein schwarzer SUV, ausgerechnet ein schwarzer SUV!

Noch innerhalb der ersten Schrecksekunde gingen bei mir die roten Lichter an. Ich rannte zum Koffer, holte mein Fernglas raus und richtete es auf den Wagen. Durch die getönten Scheiben konnte ich kaum etwas erkennen, doch als der Beifahrer die Tür öffnete und die Männer beim Müllwagen beschimpfte, sah ich ihn zumindest von hinten. Novak … das konnte der Dealer sein! Leider verschwand er sofort wieder und schlug wütend die Tür zu. Ich fluchte enttäuscht und notierte mir das Kennzeichen. Zum Glück hatte ich mich bereits angezogen, nur in die Schuhe musste ich noch schlüpfen, dann rannte ich die Treppe hinunter und zu meinem Wagen. Der SUV fuhr gerade weiter.

Ich war so außer Atem, dass ich beinahe einen falschen Gang eingelegt hätte. Mit meiner Sonnenbrille als einziger Tarnung nahm ich die Verfolgung auf. Der SUV hatte eine Nürnberger Nummer, aber das wollte nichts heißen, ich war ziemlich sicher, dass das Kennzeichen gestohlen war. Novak und Banik mochten eine Vorliebe für schwarze SUVs haben, kein Problem, davon gab es viele, aber sie würden niemals mit dem Nummernschild herumfahren, das sie bei unserer Beschattung im Frankfurt benutzt hatten. Wahrscheinlich hatten sie sich das neue in der Tiefgarage des Flughafens besorgt. Dort bemerkte ein Besitzer den Diebstahl erst, wenn er von seiner Reise zurückkam.

Noch fiel dem Fahrer des SUV nicht auf, dass er verfolgt wurde. Dennoch hatte er es eilig. Er hupte ständig, wenn andere Fahrzeuge oder Fußgänger ihm nicht schnell genug auswichen, und relaxte erst, als er die Hauptstraße nach Rottach-Egern erreicht hatte. Mein Glück. Ich sah mir gerne Verfolgungsjagden im Fernsehen an, musste aber immer lachen, wenn Polizisten mit ihren biederen Schlitten einen Powerslide hinlegten und elegant um eine Kurve drifteten. Das gelang nur Ilona, die auch das Zeug zu einer Rallye-Fahrerin gehabt hätte und sich nichts Aufregenderes vorstellen konnte, als einen flüchtigen Verbrecher quer durch die Frankfurt Innenstadt zu verfolgen.

Auf der Straße nach Rottach-Egern war viel Verkehr, und wir waren beide so eingekeilt, dass mir der Fahrer des SUV unmöglich entwischen konnte. Vielleicht lag es daran, oder ich war tatsächlich mit meinen vierzig Lenzen schon altes Eisen, dass mich der Bursche eines Besseren belehren konnte. Keinen Kilometer hinter Wiessee bog er plötzlich auf eine schmale Seitenstraße ab und flüchtete mit Vollgas in den Wald. Ich hatte weder Blaulicht noch Sirene in meinem Golf und brauchte in dem zähen Verkehr eine gefühlte Ewigkeit, bis ich die Abzweigung erreichte und das Gaspedal durchdrücken konnte. Mit heulendem Motor folgte ich der Straße nach Nordosten.

Ohne den schwarzen SUV wäre es eine erholsame Fahrt gewesen. Die schmale Straße führte durch ein Wäldchen und an einigen Bauernhöfen vorbei den Bergen entgegen. Wenn ich die Karte richtig im Kopf hatte, ragten vor mir die Gipfel von Hirschberg, Kampen und Fockenstein in die Höhe. Trotz meiner prekären Lage fiel mir auf, wie grün das Gras der Wiesen war, der ideale Futterplatz für die braunweiß gefleckten Kühe, die dort friedlich weideten und äußerst zufrieden mit ihrem Leben schienen. In Bayern war die Welt noch in Ordnung, sagten die Einheimischen, obwohl der Schein oft trog.

Ich näherte mich gerade einem weiteren Wald, als mir

der schwarze SUV plötzlich entgegenkam. Er hatte irgendwo gewendet und kam jetzt genau auf mich zu. Ich griff automatisch nach meiner Pistole, aber die lag in einem verschlossenen Schrank in Frankfurt. Ich hatte gerade mal meinen Polizeiausweis dabei, und der nützte mir in diesem Fall nicht viel. Entgeistert starrte ich auf den SUV, der wie ein tödliches Geschoss auf mich zuraste, als hätte es sein Fahrer auf einen Frontalcrash abgesehen, ohne Rücksicht auf Verluste.

Auf der schmalen Straße blieb mir keine Möglichkeit, auszuweichen oder zu wenden. In meiner Verzweiflung betätigte ich die Lichthupe, ohne damit irgendetwas zu bewirken. Der Fahrer hielt weiter auf mich zu, ging kein bisschen vom Gas. War der Kerl verrückt geworden? Was hatte er denn davon, wenn er bei dem Angriff selbst draufging? Ich verlangsamte mein Tempo und suchte verzweifelt nach einem Ausweg. Zu beiden Seiten der Straße verliefen Gräben, und dahinter erhoben sich Zäune. Aber was blieb mir anderes übrig?

In meiner Not riss ich das Steuer nach rechts und fuhr in den Graben. Die Räder meines Golfs, nicht für Offroad-Experimente gedacht, pflügten durch die Erde und ließen meinen Wagen so weit nach rechts kippen, dass ich von der Straße weg war und der schwarze SUV freie Fahrt hatte. Er brauste mit röhrendem Motor an mir vorbei und verschwand in der Ferne. Ich schickte ihm einen Fluch nach, derb genug, um mir das Blut ins Gesicht zu treiben.

Ich war zu benommen, um gleich nach meinem Handy zu greifen, erholte mich aber schnell und wählte Annas Nummer. Sie war sofort am Apparat.

»Bembel, was gibt's?«

Ich erzählte ihr in wenigen Sätzen, was passiert war, und gab ihr das Kennzeichen des SUV durch. »Aber Sie müssen sich beeilen. Die Burschen werden sobald wie möglich den Wagen oder zumindest das Nummernschild austauschen und sich aus dem Staub machen. Das sind Profis … trotz allem.«

»Sie sind unverletzt?«

»Sieht so aus.«

»Okay … alles andere besprechen wir heute Abend.«

Ich steckte das Handy weg und kletterte aus dem Wagen. Weder mir noch ihm war viel passiert, auch wenn ich den Golf ohne fremde Hilfe nicht aus dem Graben bekommen würde. Natürlich hätte ich Anna bitten können, einen Abschleppwagen zu schicken, doch ich hatte bereits einen Traktor in der Ferne ausgemacht. Auf dem Bock saß ein älterer Bauer, wie sich nach einigen Minuten herausstellte, der in aller Seelenruhe auf mich zugefahren kam.

»Ja, mi leckst am Arsch!«, rief er. »Wie hast denn des geschafft?«

»Mein Wagen ist nicht mehr der jüngste.«

»Und du wohl a net. Wart, i zieh di raus.«

Er koppelte den Golf mit einer Kette an seinen Traktor und zog ihn ohne große Anstrengung aus dem Graben heraus. Außer ein paar Beulen hatte der Wagen nichts abbekommen. »Danke«, sagte ich, »Sie haben mich gerettet.«

»Auf meinen Bulldog is Verlass«, rief er und fuhr lachend weiter.

Ich stieg ein und fuhr zum Hotel zurück. Am liebsten wäre ich noch mal in den Pool gesprungen, aber ich war spät dran und beließ es bei einer heißen Dusche in meinem Zimmer. In meinen guten Jeans, einem schwarzen T-Shirt ohne Eintracht-Adler und den dunkelroten Sneakers, die ich nur zu besonderen Gelegenheiten trug, ging ich zur Rezeption. Johanna Fichtl kam aus dem angrenzenden Büro und erkundigte sich nach meinem Befinden. Ich antwortete, es gehe mir bestens, und sie verschwand wieder. Beinahe gleichzeitig ließ sich Grietje sehen, im Bademantel und auf dem Weg nach oben.

»Grietje! Ist der Aufzug kaputt?«

»Nein«, antwortete sie, »ich nehme gern die Treppe, das hält fit.«

»Freut mich.« Ich wusste nicht, was ich sonst sagen sollte.

Sie blickte an meinen guten Jeans herunter. »Sie gehen aus?«

»Mit einer Bekannten. Sie müsste gleich hier sein.«

Sie lächelte tapfer. »Schade, ich hätte Sie gern auf einen After-Dinner-Drink ins Café am See eingeladen. Bei diesem Wetter gibt es keinen schöneren Flecken. Selbst wenn es dunkel wird, ist es noch warm genug.«

»Vielleicht ein anderes Mal. Schönen Abend, Grietje.«

Ich war ihr nicht böse wegen ihrer Annäherungsversuche, auch wenn sie runde dreißig Jahre älter als ich war. Wenn sie ein Mann und ich ein flotter Hase gewesen wäre, hätte sich niemand etwas dabei gedacht. Wahrscheinlich war sie seit dem Tod ihres Mannes sehr einsam. Eigentlich tat sie mir leid.

Inzwischen war Anna vorgefahren, und ich ging nach draußen und stieg in ihren BMW. »Servus, Bembel. Sie haben sich herausgeputzt, wie ich sehe.«

»Und Sie sehen in dem Kleidchen wie eine Prinzessin aus.« Ich grinste. »Auch wenn Sie mir gleich sagen werden, dass Sie nicht auf Ihr Aussehen reduziert werden wollen.« Ich bemühte mich, nicht auf ihre nackten Beine zu starren. Als ich es doch tat, fügte ich schnell hinzu: »Keine Highheels?«

»Stöckelschuhe tragen Kommissarinnen nur im Fernsehen. Ist immer für einen Lacher gut, wenn während einer Verfolgungsjagd ein Absatz bricht oder sie die hohen Schuhe ausziehen und barfuß durch die Pfützen hetzen.«

»Sie wollen heute Abend böse Buben jagen?«

»Vor allem hab ich Hunger. War ein anstrengender Tag.«

»Das kann man wohl sagen. Haben Sie den SUV?«

Sie startete den Wagen. »Wie vom Erdboden verschluckt.«

»Die haben die Nummernschilder ausgetauscht.«

»Und irgendwo entsorgt, wo wir sie niemals finden werden.«

»In den See geworfen?«

»Wären nicht die ersten Beweise, die dort landen.«

Ich überlegte. »Ich hab keine Ahnung, ob Novak und Banik in dem Wagen saßen. Ich weiß nur, dass es zwei Männer waren. Den Beifahrer hab ich von hinten gesehen. Vielleicht einer der beiden, vielleicht auch zwei angetrunkene Jugendliche, die jetzt noch sauer wegen der Bayern-Niederlage gegen die Eintracht sind und mir eins auswischen wollten. Ich hab einen Eintracht-Aufkleber an meinem Golf. Profis wie Novak und Banik hätten sich wahrscheinlich neue Kennzeichen besorgt und wären längst über alle Berge. Und andere Täter hätten vielleicht auch den Wagen gestohlen, die würden ihn wahrscheinlich irgendwo verstecken, wo man ihn nicht so schnell findet.«

»Solche Verstecke gibt's hier genug.«

Anna steuerte ihren Wagen quer durch die Stadt. Im warmen Licht der sinkenden Sonne sahen die Bauernhäuser besonders hübsch und sauber aus. Vor fast allen Fenstern hingen Kästen mit Geranien und anderen Blumen, die ich nicht kannte, und als wir eine Steigung erklommen, sah ich den See im Sonnenlicht glitzern. Auch wenn Hoeneß und einige Bayern-Spieler in dieser Gegend wohnten, musste man zugeben, dass sie sich eine malerische und wahrscheinlich sündhaft teure Gegend für ihren Wohnsitz ausgesucht hatten.

Über eine besonders steile und kurvenreiche Straße, die durch dichten Mischwald führte, trieb Anna ihren BMW auf eine Anhöhe über dem See. Sobald die Bäume hinter uns zurückblieben und sich sattgrüne Wiesen vor uns auftaten, eröffnete sich eine Aussicht, wie man sie sonst nur im *Bergdoktor* zu sehen bekommt. Über die mit farbenprächtigen Wildblumen gesprenkelten Wiesen, auf denen zahlreiche Kühe weideten und sich durch nichts stören ließen, ging der Blick auf den Tegernsee und die umliegenden Berge. Ein Ausflugsschiff hielt auf Rottach-Egern am Südufer zu, zahlreiche Segler, Elektroboote und Ruderboote schaukelten auf den sanften Wellen.

Der ideale Platz für ein Restaurant mit großer Sonnenterrasse, das »Freihaus«, wie mir Anna erklärte. Sie hatte einen Tisch für uns reserviert und schien sehr stolz auf ihre Wahl zu sein. »Na, gefällt es Ihnen hier oben?«

»Wow!«, staunte ich. »So was haben wir im Taunus nicht.«

Sie bestellte das Backhendl und ich den Schweinsbraten, eine kleinere Portion als im Seewirt, aber so fein, wie ich ihn noch nie gegessen hatte. Wir gönnten uns beide ein Pils und stießen an. »Auf die bayerisch-hessische Freundschaft!«, sagte ich und fügte rasch hinzu: »Ausgenommen im Fußball.«

»Ich hab's mehr mit Wintersport«, erwiderte sie.

»Sie fahren Ski?«

»Hier fährt fast jeder Ski. Sehen Sie sich die Berge an!«

»Ich kann nicht mal Schlitten fahren«, räumte ich ein. »Unser Feldberg im Taunus ist gerade mal achthundertachtzig Meter hoch, da wäre man schnell wieder unten.«

»Und wie sieht's mit Wandern aus?«

»Nun ja …«, wich ich aus.

»Wie lange bleiben Sie?«

»Bis Sonntag.«

»Wenn Sie weiter fleißig schwimmen, schaffen Sie es am Samstag vielleicht auf den Wallberg. Von dort ist die Aussicht auf den See und die Berge noch besser als hier. Und wenn Sie schlappmachen, gibt es eine Seilbahn.«

»Mal sehen. Wie war's bei Elisabeth Kaiser?«

»Dem Gspusi vom Obermüller Bruno?« Sie trank von ihrem Bier. »Alles so, wie der Bruno gesagt hat. Die beiden sind am See spazieren gegangen und dann rumgefahren, und es wäre zu einem eher harmlosen Kuss gekommen.«

»Wer's glaubt.«

»Hab ich ihr auch gesagt. Okay, es wäre vielleicht etwas stürmischer zugegangen, aber zum Äußersten wäre es nicht gekommen, sie würde schließlich ihren Peter lieben, und die Busselei und was immer sonst noch vorgefallen wäre, hätte eigentlich keine Bedeutung für sie. Alles nur eine Gaudi.«

»Eine Gaudi?«

»Ein Spaß.«

»Und ein narrensicheres Alibi. Es sei denn, der Bruno hätte sie angerufen, bevor Sie bei ihr waren, und sie gebeten, ein bisschen für ihn zu schwindeln.«

»Dachte ich auch und hab einige Leute aus ihrem Umfeld gefragt. Mehr im Plauderton, damit sie keinen Verdacht schöpfen. Die Kaiserin, so nennen sie die Elisabeth in ihrem Lokal, wäre unterwegs gewesen und um achtzehn Uhr rum zurückgekehrt. Brunos Alibi ist hieb- und stichfest … sein Glück.«

»Ich würde ihn trotzdem nicht vom Zettel streichen.«

»Tu ich auch nicht.« Anna kaute genussvoll auf einem Bissen Backhendl und spülte ihn mit einem Schluck Bier hinunter. »Wenn wir nur wüssten, wo der Alois tatsächlich ermordet wurde, oder wenn wir den Wagen fänden, in dem seine Leiche transportiert wurde, dann wären wir schon wesentlich schlauer.«

»Noch keine Anhaltspunkte?«

»Null, obwohl unsere Leute überall suchen.«

»Dann stehen wir … stehen Sie ziemlich am Anfang.«

Sie nickte schwach. »Was meint denn der Großstadt-Cop dazu?«

»Der hat genauso wenig Ahnung wie Sie. Ich kann irgendwie nicht glauben, dass Novak und Banik ausgerechnet hier auftauchen und etwas mit dem Mord an einem Goaßlschnalzer zu tun haben.« Wieder dieses Wort, mit dem ich alle Bayern zum Grinsen brachte. »Die beiden sind eher in der Drogenszene unterwegs, und wenn Markovic ihnen ihre Alleingänge verzeiht, auch im großen Stil. Der Alois ein Drogendealer? Das kann ich nicht glauben.«

»Markovic? Den Namen kenne ich.«

»Serbische Mafia. Kontrolliert einen großen Teil der Frankfurter Drogenszene. Leider haben wir ihm bis jetzt noch nichts nachweisen können. Der Kerl ist heimtückisch und gerissen. Und skrupellos, wenn es um seine Interessen geht. Wir versuchen schon seit einigen Jahren, ihn festzunehmen.«

»Stimmt, ein Kollege vom LKA hat mir von ihm erzählt.«

»Sie haben einen Freund beim Landeskriminalamt?«

»Ist eine Weile her. Ein großer Bayern-Fan.«

»Sie haben hoffentlich gleich mit ihm Schluss gemacht.«

Sie lachte. »War nicht der Rede wert.« Sie öffnete die Dessertkarte und leckte sich über die Lippen. »Marinierte Erdbeeren mit Mascarpone-Eis. Klingt abenteuerlich.« Wir bestellten beide, dazu Kaffee, und schwiegen eine ganze Weile.

»Alois war kein Drogendealer, oder?«

»Nie im Leben«, antwortete sie. »Aber ich hab ihn auch nicht für einen Fremdgeher gehalten. Er und die Mitzi, darauf hätte wohl niemand gewettet. Wer weiß, vielleicht hat er's noch mit anderen Madln getrieben, und irgendein anderer wütender Ehemann hat ihm den Garaus gemacht. Fragen können wir ihn ja leider nicht mehr, aber manchmal wissen die Ehefrauen mehr, als sie sagen wollen. Ich sollte noch mal die Jule befragen. Wer weiß, vielleicht ist sie selbst handgreiflich geworden. Ein Kind von Traurigkeit ist sie ja nicht gerade. Wenn die in Rage gerät, greift sie schon mal zum Woigler.«

»Woigler?«

»Nudelholz.«

Die Erdbeeren und der Kaffee kamen, und wir aßen eine Weile schweigend, so gut schmeckte der Nachtisch. Doch als ich aufblickte, sah ich das Lächeln in Annas Augen, und mir wurde auf einmal schummrig. Obwohl ich es gar nicht vorhatte, legte ich meine freie Hand auf ihren Unterarm, zog sie aber gleich wieder zurück und dachte: Mann! Was ist mit dir los, Bembel?

8

Was ist mit Jule?

Noch bevor Anna den Motor startete, überlegte sie laut. »Schon nach neun, aber vielleicht sollte ich gleich bei Jule vorbeifahren. Man soll Verdächtigen und Zeugen nicht zu viel Zeit lassen, sonst werden ihre Aussagen immer lückenhafter und unwahrscheinlicher. Ist bei Ihnen doch sicher genauso?«

»Und ob«, erwiderte ich. »Wenn wir immer die Besuchszeiten einhalten würden, kämen wir nicht weit. Im Drogengeschäft arbeiten sowieso die meisten Leute nachts. Wer weiß, womit die Jule alles hinterm Berg gehalten hat.«

»Dann glauben Sie auch, dass sie uns nicht alles gesagt hat?«

»Ich traue weder ihr noch Mitzi über den Weg. Auf keinen Fall ist sie das verletzliche Opfer, das weinend zu Hause sitzt, wenn ihr Mann sie betrügt. Wenn sie was geahnt hat, und davon gehe ich aus, dann hat sie ihn zur Rede gestellt.« Ich seufzte. »Oder abgepasst und ihm sein Messer in den Leib gerammt. Jetzt ist alles noch frisch, sie ist nervös und verhaspelt sich vielleicht. Sie ahnt garantiert nicht, dass Sie am späten Abend noch bei ihr klingeln.«

»Na dann …«

»Ich soll wieder mitkommen?«

»Was denn sonst?« Sie lächelte mir aufmunternd zu. »Ist doch auch Ihr Fall, seitdem zumindest die Möglichkeit besteht, diese Drogendealer könnten etwas damit zu tun haben.« Schon am Klang ihrer Stimme erkannte ich, dass sie nicht daran glaubte. »Oder gehen anständige Buben um zehn schlafen?«

Ich grinste. »Kommt darauf an, wer neben einem sitzt.«

»Und ich bin okay?«

»Fishing for compliments?«

Sie antwortete mit einem Lächeln und fuhr los. Natürlich hätte ich ihr sagen können, dass ich sie für eine außergewöhnliche Frau hielt. Professionell und intelligent, was ihren Job anging, selbst in schlichten Jeans attraktiv und von einer selbstbewussten Coolness, die sicher einige Männer erschreckte, mir aber extrem gut gefiel und mich zum Nachdenken brachte. Welcher Teufel ritt mich, mit diesen Superlativen für eine Frau zu schwärmen? Und dann noch für eine Kollegin! Aus Bayern! Reiß dich gefälligst zusammen, Bembel!

Nach Miesbach brauchten wir keine halbe Stunde. Im hellen Mondlicht wand sich die Straße durch Wälder, Felder und Wiesen, um diese Zeit kaum befahren. Anna wohnte selbst im alten Teil von Bad Wiessee und fuhr die Strecke jeden Tag, blieb auf der Hauptstraße bis zur Stadtmitte und bog hinter einem Gewerbegebiet in eine Seitenstraße. Vor einem Reihenhaus parkte sie den Wagen, und wir stiegen aus. »Überlassen Sie mir das Reden«, bat mich Anna.

»Aye, Frau Kommissarin.«

In dem Reihenhaus brannte Licht, aber es dauerte einige Zeit, bis die Haustür aufging und ein Mann uns anfauchte: »Herrschaftszeiten! Wer sind Sie? Was wollen Sie? Können Sie Jule nicht in Ruhe lassen? Sie hat Ihnen nichts zu sagen. Also schleichen's Eana, sonst ruf ich die Polizei und zeig Sie an!«

»Wir sind die Polizei«, erwiderte Anna. Wir hielten beide unsere Ausweise ins Licht. »Hauptkommissarin Anna Thiermayer von der Kripo in Miesbach und Hauptkommissar Markus Possman von der Kripo in Frankfurt am Main.«

»Aus Frankfurt? Was will der denn hier?«

»Das hat seine Gründe. Und wer sind Sie?«

»Bastian Aumüller. Jules Bruder.«

»Können wir reinkommen? Wir hätten noch einige Fragen.«

Aumüller machte den Weg frei. »Wenn's sein muss. Aber eigentlich hat die Jule schon alles gesagt. Außerdem geht's ihr nicht besonders gut.« Er führte uns ins Wohnzimmer zu einer Sitzgruppe vor dem blau-weißen Kachelofen. Daneben gab es einen Esstisch mit vier Stühlen, einen Fernseher, in dem die Tagesthemen liefen, und eine dunkle Schrankwand aus dem vorigen Jahrhundert. In den Regalen standen mehr Spiele-Kassetten als Bücher.

Jule lag auf der Couch und sah fern. Als sie uns erblickte, schaltete sie den Fernseher aus und setzte sich auf. »Sie schon wieder? Was gibt's denn noch?«

»Sie waren nach Ihren beiden Terminen gestern zu Hause?«

»Das hab ich Ihnen doch schon gesagt.«

»Sie waren ab ungefähr fünfzehn Uhr hier und sind niemandem begegnet, bis der Polizist mit der traurigen Nachricht an Ihre Tür geklopft hat? Es war niemand hier, nicht mal der Briefträger oder ein Paketbote?«, hakte Anna nach.

»Ich war allein. Wieso? Brauch ich ein Alibi?«

»Wie kommen Sie dazu, meine Schwester zu beleidigen?«,

brauste auch der nervöse Bruder auf. Ob man ihn nach dem Bastian aus der ewig alten Fernsehserie benannt hatte? »Meinen Sie vielleicht, sie hat ihren eigenen Mann umgebracht?«

Anna ließ sich nicht beirren. »Haben Sie telefoniert?«

»Erst nachdem der Polizist hier war«, antwortete sie. »Ich hab den Basti angerufen, meinen Bruder, und ihn gebeten herzukommen. Allein würde ich das alles nicht packen. Er wohnt in Bad Tölz, arbeitet dort in einer Motorradwerkstatt und hat versprochen, die nächsten Tage bei mir zu wohnen.«

»Und seit wann sind Sie hier?«, fragte Anna den Bruder.

»Seit heute Abend. Früher konnte ich nicht aus Tölz weg.«

»Und wo waren Sie gestern zwischen fünfzehn und achtzehn Uhr?«

Aumüller verlor beinahe die Beherrschung. »Sie wollen allen Ernstes wissen, wo ich zur Tatzeit war? Wollen Sie mich etwa auch verdächtigen? Welches Interesse sollte ich daran haben, meinen eigenen Schwager zu töten?«

»Sehen Sie keine Krimis? So was müssen wir fragen. Also?«

»Ich war mit der neuen MSX 125 unterwegs. Unsere Werkstatt gehört zu einer Honda-Vertretung, und ich durfte die neue Maschine probefahren. Ich bin um kurz vor drei weg und war ungefähr zwei Stunden unterwegs. Mein Chef kann das sicher bezeugen. Der Gustav Reindl bei Honda in Bad Tölz.«

»Haben Sie irgendwo angehalten? Hat Sie jemand gesehen?«

»In Holzkirchen war ich bei McDonald's, das sollte mein Chef besser nicht erfahren. Keine Ahnung, ob sich die Leute dort an mich erinnern. Wahrscheinlich nicht, da war viel los. Aber ich hab den Alois nicht umgebracht!«

»Und was glauben Sie? Wer könnte es gewesen sein?«

»Der Obermüller Bruno natürlich. Wer denn sonst?«

»Weil Ihr Schwager ein Verhältnis mit der Mitzi hatte?«

»Okay, das hätte er bleiben lassen sollen. Aber die Mitzi ist eine ganz Raffinierte, die hat es sogar bei mir schon mal probiert, und ich kann Ihnen sagen, die hat Tricks drauf, die haben Sie gar nicht auf dem Zettel. Sie hat den Alois verführt, und er war leider zu schwach, um sich zu wehren. Und er hatte sicher schon Schluss mit ihr gemacht, als der Bruno ihm aufgelauert hat.«

»Klingt schlüssig, hat nur einen Haken.«

»Und der wäre?«

»Der Obermüller Bruno hat ein wasserdichtes Alibi.«

»Das kann nicht sein!«

»Wenn ich's Ihnen sage.« Anna vertraute dem Alibi der Kaiserin zwar nicht, ließ sich aber nichts anmerken. »Keine Angst, wir finden den Täter … oder die Täterin. Aber wenn Ihr Alibi stimmt, haben Sie nichts zu befürchten.«

»Am besten, ich knöpf mir den Bruno noch mal vor.«

»Das werden Sie hübsch bleiben lassen, sonst muss ich Sie leider verhaften. Helfen Sie lieber Ihrer Schwester, über die schwere Zeit hinwegzukommen.« Wir standen auf. »Wir rufen Sie an, sobald Sie ihn begraben können.«

Wir verließen das Haus mit gemischten Gefühlen. Beide konnten vor allem Anna noch viel Ärger bereiten, auch wenn ihre Alibis stimmten und sie unschuldig waren. Bastian Aumüller gehörte zu den aufbrausenden Typen, die einen Streit am liebsten mit den Fäusten klärten, und Jule war alles andere als eine zartbesaitete Prinzessin, die Tag und Nacht heulend auf dem Sofa lag. Bei der Auseinandersetzung mit Mitzi hatte man gesehen, wozu sie fähig war. »Ich würde die beiden am liebsten in Haft nehmen«, sagte Anna.

Während der Rückfahrt nach Bad Wiessee hingen wir beide unseren Gedanken nach. Ich dachte daran, was wohl Ilona sagen würde, wenn sie erfuhr, was ich in Bayern alles angestellt hatte. »Schon mal vom Elefanten im Porzellanladen gehört?«, würde sie sagen. »Das nächste Mal müssen wir dir wohl Polizeischutz mitgeben, sonst gibt's noch Ärger auf höchster Ebene. Verliebt sich in eine Kommissarin, arbeitet mit ihr an einem Fall, obwohl er nicht die geringste Berechtigung dazu hat, und verhört mit ihr Verdächtige. Und anstatt an seiner Kondition zu arbeiten, verschlingt er deftige bayerische Gerichte.«

»Morgen früh geh ich wieder schwimmen«, antwortete ich in Gedanken, »und anschließend jogge ich auf der Promenade, okay? Und die Anna … die ist ein sauberes Madl, wie sie hier sagen, und Thalmayer eine tolle Kommissarin.«

»Haben Sie was gesagt?«, fragte Anna.

»Nein … nein, nichts«, erwiderte ich verlegen.

Als wir vor dem Haupteingang des Hotels hielten, kam ich mir wie ein Schuljunge beim ersten Date vor. Wahrscheinlich lief ich sogar rot an. Ich wollte sie küssen und doch wieder nicht und druckste etwas verlegen herum.

Sie lächelte mich an. »Wollen wir nicht Du sagen? Ich meine …«

»Von Kommissarin zu Kommissar?«

»Auch das. Ich bin die Anna.«

»Und ich der …«

»Bembel, ich weiß. Und küsst du mich jetzt endlich?«

Ich hatte lange keine Frau mehr geküsst, aber Übung war bei Anna auch gar nicht nötig. Es ging alles wie von selbst. So kam es mir jedenfalls vor, als ich meine Arme um sie legte und ihre Hände auf meinen Hüften spürte, als sich unsere Lippen berührten und ich dieses seltsame Gefühl hatte, dass mir jemand den Boden unter den Füßen wegzog und ich zu schweben begann. Es war kein leidenschaftlicher Kuss, eher sanft und gefühlvoll, und als wir uns voneinander lösten, lächelten wir beide und versuchten es gleich noch einmal.

»Wow!«, sagte sie.

»Wow … ist das auch bayerisch?«

»Wie sagt man denn in Frankfurt?

»Auch wow … haben wir von den Amis.«

»Egal, oder? Danke für den schönen Abend.«

»Ein Geschäftsessen … kein Date«, betonte ich.

»Date … noch so'n Wort. Nächstes Mal, oder?«

»Ganz bestimmt.«

Ich versprach ihr, dass ich sie anrufen würde, nach dem Training, das ich Ilona und mir selbst schuldig war, und betrat das Hotel. Hinter dem Tresen schlief ein älterer Angestellter, dem ich noch nicht begegnet war. Erst als ich in meinem Zimmer in den Spiegel blickte, sah ich, dass ich wie ein Honigkuchenpferd grinste. Gleichzeitig bekam ich einen Schreck. Was, wenn das mehr als ein Urlaubsflirt war? Sie eine waschechte Bayerin und in Wiessee zu Hause und ich ein echter Hessebub?

»Immer mit der Ruhe«, beruhigte ich mich und gönnte mir erst mal eine Coke Zero aus der Minibar. Wenn das so weiterging, zahlte ich noch ein Vermögen. Höchste Zeit, dass ich mir zwei oder drei Literflaschen im Supermarkt holte. Ich leerte die halbe Flasche in einem Zug und trat ans Fenster.

Der Mond stand voll und rund über dem See. So klar war der Himmel über Frankfurt selten, die Berge am anderen Ufer wirkten wie aus einer anderen Welt. Mein Herz tat jedes Mal einen Sprung, wenn ich über den Eisernen Steg ging und die erleuchtete Skyline jenseits der Altstadt emporragen sah. Zu viel Natur war mir immer suspekt gewesen, aber dieser Ausblick war auch nicht übel und erklärte, warum so viele Menschen nach Bayern in Urlaub fuhren. Zumindest auf den ersten Blick offenbarte sich eine heile Welt, gefördert von unzähligen Heimatfilmen und Fernsehserien, eine Stimmung, die sogar mir das Herz aufgehen ließ, obwohl ich inzwischen wusste, dass der Teufel auch hier eine Zweigstelle hatte.

Der Parkplatz der schönen Sandra war leer, anscheinend war sie wieder bei ihrer kranken Mutter, obwohl ich ihr aus irgendeinem Grund nicht über den Weg traute. Das gesunde Misstrauen eines Kriminalkommissars, der viel zu oft erlebt hat, wie Frauen ihre Männer hinters Licht führen. Und umgekehrt, versteht sich, wie man am toten Alois gesehen hatte. Sandra schien nicht der Typ, der sich für seine kranke Mutter aufopferte, ein Vorurteil, schon klar, aber wie kam es, dass ihr Lebensgefährte die alte Dame nie gesehen hatte? Es sah ganz so aus, als führten der smarte Hotelmanager und sie getrennte Leben.

Nicht mein Bier, dachte ich, obwohl ich von Natur aus und Berufs wegen neugierig war, und wollte mich schon umdrehen, als ich eine vertraute Gestalt die Straße überqueren sah.

Grietje, mein holländischer Kurschatten! Sie bewegte sich unsicher, schwankte ein wenig, als wäre sie betrunken. Der Fahrer eines Lieferwagens sah sie beinahe zu spät, wich ihr hupend aus und erschreckte sie so sehr, dass sie um ein Haar gestürzt wäre. Unweit von meinem Fenster hielt sie sich an einem parkenden Wagen fest und rutschte daran zu Boden.

Ich zögerte nicht länger, verließ mein Zimmer und rannte nach unten. An dem älteren Angestellten vorbei stürmte ich aus dem Hotel und half der stöhnenden Holländerin vom Boden hoch. »Grietje! Was ist mit Ihnen?«, fragte ich besorgt. Ich hielt sie in beiden Armen, bis sie wieder einigermaßen stehen konnte, und führte sie auf den Bürgersteig. Dort sackte sie erneut zu Boden.

Ich lehnte sie gegen die Hauswand und lief zum Eingang. »Ich rufe einen Krankenwagen«, versprach ich. »Keine Angst, ich bin gleich wieder zurück!«

Der Angestellte an der Rezeption war mit seinem Smartphone beschäftigt. »Rufen Sie einen Krankenwagen!«, rief ich. »Machen Sie schon! Eine ältere Dame, wahrscheinlich der Kreislauf. Grietje de Boer … sie wohnt hier im Hotel.«

Ich lief zu der Holländerin zurück, die immer noch halb bewusstlos an der Hausmauer lehnte. Kurz entschlossen hob ich sie vom Boden auf, trug sie zum Empfang und legte sie auf zwei zusammengeschobene Sessel. Wie jeder Polizist nahm ich regelmäßig an Erste-Hilfe-Kursen teil und wusste, was zu tun war. Ich legte ihr ein Kissen unter die Füße und bat den Angestellten um ein Glas Wasser, wartete ungeduldig, bis Grietje wieder zu sich kam, und flößte ihr das Wasser ein. »Halten Sie durch, Grietje! Der Krankenwagen ist schon unterwegs. Haben Sie Herzprobleme?«

»Ich hatte mal einen Infarkt. Ist schon … ist einige Zeit her.«

»Waren Sie spazieren?«

»Wandern … am Seeufer. Ich hab Sandra gesehen.«

»Sandra … die Lebensgefährtin des Managers?«

»Die Dunkelhaarige.«

»Und ihretwegen haben Sie sich so aufgeregt?«

»Sie hat es getrieben … mit einem anderen Mann!«

Ich merkte, wie ihre Aufregung wieder zunahm und sie die Augen verdrehte. Nur wenig später traf endlich der Krankenwagen ein, und der Notarzt erschien, gefolgt von zwei Sanitätern mit einer Trage. Ich zeigte dem Arzt meinen Ausweis. »Grietje de Boer, eine Holländerin. Sie wohnt hier im Hotel. Ich kenne sie nur flüchtig. Ich dachte erst, sie wäre betrunken, aber dann merkte ich, dass sie einen Kollaps hatte und ohnmächtig wurde. Sie war kurz bei Bewusstsein. Sie hätte schon mal einen Herzinfarkt gehabt, sagte sie.« Worüber sie sich aufgeregt hatte, verriet ich ihm nicht, das ging ihn nichts an.

Während der Arzt sie untersuchte, erwachte sie erneut. Sie wirkte nicht gerade so, als könnte sie in den Alpen herumklettern. Nachdem sie eine ganze Weile ins Leere gestarrt hatte, sagte sie: »Sieht so aus, als würde ich langsam älter. Dabei hab ich meine Tabletten alle genommen.« Sie blickte den Arzt an. »Was haben Sie mit mir vor, Doktor? Lassen Sie mich noch mal laufen, oder nehmen Sie mich mit? Ich kann Krankenhäuser nicht ausstehen, wissen Sie?«

»Ein Schwächeanfall, wahrscheinlich nichts Ernstes«, antwortete der Arzt. »Wenn Sie zwanzig oder dreißig wären, würde ich Sie gehen lassen, aber schon aus eigenem Interesse sollten Sie sich auf eine Nacht im Krankenhaus einlassen. Wir hängen Sie bis morgen früh an den Tropf, führen einige Untersuchungen durch, und wenn Ihre Werte okay sind, dürfen Sie wieder gehen.«

»Wenn es sein muss …« Sie blickte mich an. »Holen Sie mich ab?«

Ich reichte ihr meine private Karte. »Rufen Sie mich an, wenn Sie so weit sind.« Bembel, der Tröster älterer Damen. »Brauchen Sie was für die Nacht?«

»Die eine Nacht schaffe ich im Krankenhaus-Nachthemd.«

Ich wartete, bis die Pfleger sie auf die Trage gelegt hatten, und nahm noch einmal kurz ihre Hand. »Machen Sie's gut, Grietje! Ärgern Sie die Schwestern nicht!«

»Ich werde vor allem schlafen. Danke für Ihre Hilfe!«

Ich blickte dem Krankenwagen nach, bis er aus meinem Sichtkreis verschwand, und kehrte in mein Zimmer zurück. Während ich die Treppe hinaufstieg, dachte ich auch an Sandra und ihren geheimnisvollen Liebhaber.

9

Ein Rüffel vom Chef

Ich war meine zehn Bahnen geschwommen, hatte eine Viertelstunde in der Kräuter-Bio angehängt und fühlte mich wie neugeboren, als ich zum Frühstück ging. Ich widerstand der Versuchung, Anna anzurufen und ihr schon am frühen Morgen auf die Nerven zu gehen, und schickte ihr auch keine Herzchen oder Kleeblätter. Emojis waren nicht mein Ding. Abgesehen von dem Adler, den ich an alle Nachrichten über die Eintracht hängte. Jeder in Frankfurt wusste, dass Attila, der Adler, das Maskottchen meines Lieblingsvereins war.

Grietje hatte ich eine Nachricht geschickt und ihr noch einmal versprochen, dass ich sie abholen würde, sobald ihre Entlassung feststand. Auch wenn mein Einsatz sie ermutigen würde, mir während der nächsten Tage noch dichter auf die Pelle zu rücken. Ich war ihr deswegen nicht böse. Es war sicher nicht einfach für einen älteren Menschen, nach dem Tod des Ehepartners zurechtzukommen. Gab es denn in diesem Städtchen keinen flotten Senior, der sich für sie erwärmen konnte?

Ich verspeiste zwei Scheiben Vollkornbrot mit Räucherlachs und Quark, einen fettarmen Kirsch-Joghurt und ein Schüsselchen Obstsalat und probierte den organischen Bergkräutertee, der sehr gewöhnungsbedürftig schmeckte, um es mal vorsichtig auszudrücken. Und obwohl ich glaubte, an diesem Morgen schon genug für meine Gesundheit getan zu haben, war ich anschließend wieder in den Massageraum unterwegs, auch mit dem Hintergedanken, Mitzi noch einmal zu vernehmen. Mit aller gebotenen Vorsicht, versteht sich, wir waren schließlich nicht in der Frankfurter Drogenszene. Vielleicht rückte die Masseurin noch einige Details heraus, die Anna und mir helfen konnten.

Doch als ich den Massageraum betrat, erwartete mich ein Detail, an das ich sträflicherweise nicht gedacht hätte. Ihr professionelles Lächeln täuschte jedenfalls nicht über ihr blaues Auge und die Schrammen an ihrem Hals hinweg: eindeutige Merkmale von häuslicher Gewalt, wie sie mir im Drogenmilieu oft begegneten. Die wenigsten weiblichen Opfer gaben zu, von ihren Männern oder Vätern geschlagen worden zu sein, und zur Anzeige kam nur ein Bruchteil, weil die Angst der Frauen zu groß war. Ein Zustand, der mich schon seit Jahren ärgerte.

Mitzi, obwohl kräftig und nicht auf den Mund gefallen, reagierte ähnlich. »Ich weiß, es klingt irgendwie deppert, aber ich bin in der Küche ausgerutscht und gegen den Herd gefallen. Der Boden war noch feucht vom Putzen.«

»Und der Herd hat Ihnen ein blaues Auge geschlagen?«

»Ich bin unglücklich gefallen, so was passiert. Wenn Sie glauben, mein Mann würde mich schlagen, sind Sie auf dem Holzweg.« Ihre Augen verengten sich. »Warum haben Sie mir nicht gesagt, dass Sie zur Arbeit hier sind?«

»Warum haben Sie mir Ihr Verhältnis mit Alois verschwiegen?«

»Ich nehme meine privaten Probleme nicht in die Arbeit

mit und diskutiere sie vor allem nicht mit meinen Kunden. Brauchte doch nicht jeder zu wissen, dass wir … dass wir was miteinander hatten. Der Bruno schon gar nicht. Er wusste nichts von unserer … von unserer Liebe, und wäre uns die Jule nicht auf die Schliche gekommen, wär's auch dabei geblieben. Vorerst jedenfalls.«

»Aber die Jule wusste davon.«

»Die ist doch selber schuld, dass zwischen dem Alois und ihr nichts mehr lief. So was Langweiliges wie die hab ich mein Lebtag nicht gesehen.«

»Und der Bruno? Hat der auch was geahnt?«

»Kann ich nicht sagen.«

»Was glauben Sie? Hat er den Alois umgebracht?«

»Der Bruno?« Sie schüttelte den Kopf. »Der Bruno ist kein Mörder. Wenn überhaupt, wär er auf mich losgegangen. Nicht mit dem Messer. Eher mit …«

»Den Fäusten?«

Sie cremte ihre Hände ein. »Okay, okay, er hat mir eine reingehauen. Er hatte keine Ahnung, was zwischen dem Alois und mir war, und hat die Beherrschung verloren. Das war's dann aber auch. Wir sind beide keine Kinder von Traurigkeit. Wenn er fremdginge, würde ich auch auf ihn losgehen!«

»Ihn umbringen?«

»Ihm die Nase blutig schlagen.«

Also wusste sie noch nicht, dass er mit Elisabeth Kaiser intim gewesen war. »Das würde ich lieber bleiben lassen«, sagte ich. »Ich hab schon öfter erlebt, dass aus so einem Wutanfall ein Mord geworden ist. Erst vor einigen Wochen in einem Frankfurter Vorort. Die Frau hatte herausgefunden, dass ihr Mann mit Drogen dealt, und schlug mit einer Bratpfanne auf ihn ein … wie im Kino. Leider schlug sie so fest zu, dass ihr Mann nicht mehr aufwachte.«

»Und? Wozu hat man sie verurteilt?«

»Ein paar Jahre waren es schon.«

Sie schüttelte sich, als wollte sie das leidige Thema auf diese Weise loswerden, und klopfte mit der flachen Hand auf die Liege. »Wollen Sie Ihre Zeit mit Ratschen vergeuden, oder soll ich Sie durchkneten? Zehn Minuten Ihrer Zeit sind schon rum. Ich dachte, Sie wollen was für Ihren Körper tun.«

Ich hatte sowieso schon Angst, zu weit gegangen zu sein, und legte mich auf die Liege. Wenn meinen Vorgesetzten zu Ohren kam, dass ich eine Zeugin mit meinen Fragen bedrängt hatte, würde man mich auf der Stelle suspendieren, und das würde sich in meiner Akte überhaupt nicht gut machen.

»Okay, aber nicht so fest!«

Das hätte ich wohl nicht sagen sollen. Sie grub ihre Finger tief in meine Haut und zeigte mir auf eindrucksvolle Weise, wie wenig mein Körper den Anforderungen der Frankfurter Polizei entsprach. Ich hatte während der letzten Monate geschludert, öfter mal das Fitnesstraining ausfallen lassen, ohne daran zu denken, dass ich gerade vierzig geworden war. Anscheinend noch knackig genug, um einer drei, vier Jahre jüngeren Hauptkommissarin zu gefallen, wenn ich den Kuss richtig deutete, aber auf dem absteigenden Ast.

»Nur zu!«, feuerte ich Mitzi an.

Sie griff noch fester zu und lachte nur, als ich vor Schmerzen stöhnte. »Es muss ein bisschen wehtun, wenn es helfen soll«, sagte sie. Das hatte ich schon öfter gehört und glaubte es noch immer nicht. »Waren Sie schon mal fest vergeben und haben sich in eine andere verliebt?«, fragte sie nach einer Weile.

»Ist lange her, in der achten Klasse, glaube ich. Zum Glück hatte sie keine Bratpfanne zur Hand. Als Erwachsener nur als Leidtragender. Eine langjährige Freundin ist mit einem anderen durchgebrannt. Kein Grund, sie zu ermorden. Auch nicht, sie zu verprügeln. Das bringt alles nichts, hat mir meine Mutter beigebracht, und die muss es wissen. Sie war dreimal verheiratet, und bis auf einen sind alle mit einer anderen durchgebrannt. Sie nahm es sportlich, hatte viel Geld von ihren Eltern geerbt und stand auf eigenen Füßen.«

»Ich würde keinen Penny von Bruno bekommen, wenn ich ginge.«

»Echt? Nicht mal einen Gebrauchtwagen?«

»Guter Witz.« Sie drückte ihre Knöchel in meinen Rücken und entlockte mir einen spitzen Schrei. Sie lachte nur. »Wir haben Gütertrennung. Aber so viel, wie Sie denken, werfen das Autohaus und die Werkstatt sowieso nicht ab. Haben Sie meinen Mann noch in Verdacht?«

»Sein Alibi ist genauso hieb- und stichfest wie Ihres.«

Sie hörte auf zu kneten. »Ich dachte, er hätte kein Alibi?«

»Er kann den Mord nicht begangen haben, Mitzi.«

Sie massierte langsam weiter. »Was für ein Alibi hat er denn?«

»Darüber darf ich nicht reden.«

»Hat der Saubazi etwa …«

»Keine falschen Schlüsse, Mitzi.« Ich blickte auf die

Wanduhr. »Ich glaube, meine Zeit ist um.« Ich wälzte mich von der Liege und griff nach meinem Morgenmantel. »Morgen wieder? Um die gleiche Zeit? Ohne Fragestunde?«

»Jederzeit, Herr Hauptkommissar. Bis morgen!«

»Bis bald.«

Ich war froh, ihren festen Händen zu entkommen, und musste mich erst mal ein wenig recken, bevor ich wieder einigermaßen laufen konnte. Dann kehrte ich in mein Zimmer zurück, wechselte die Klamotten und trank den Rest der Coke Zero, die auf meinem Nachttisch stand, bevor ich zu meinem Wagen ging. Eigentlich hatte ich vorgehabt, den Vormittag im Jod-Schwefel-Bad zu verbringen und die verjüngende Wirkung der Quellen zu testen, wollte aber damit warten, bis ich Grietje vom Krankenhaus abgeholt hatte. Ich nahm an, dass sie sich spätestens am frühen Nachmittag bei mir melden würde.

Vorher würde ich mir noch mal den Bruno zur Brust nehmen. Wenn ich etwas nicht ausstehen konnte, dann häusliche Gewalt gegenüber Frauen, auch wenn mir Mitzi gesagt hatte, dass sie selbst kein Kind von Traurigkeit war. Es wurde höchste Zeit, dass jemand diesem Rüpel sagte, wie man sich zu benehmen hatte. Ich hatte keinerlei Befugnis, den Obermüller Bruno bei den Ohren zu packen, und wusste natürlich auch, dass Anna mein Vorgehen niemals gutheißen würde, aber ich war zu geladen, um einen Rückzieher zu machen. Im Frankfurter Rotlichtbezirk ließen wir öfter mal fünfe gerade sein, und niemand regte sich auf, wenn wir einem Dreckskerl, der Drogen an Minderjährige verkaufte, auch mal eins auf die Nase gaben, aber das hier war was anderes. Wir waren auf dem Land, und der Bruno war kein Drogendealer.

Während ich auf sein Autohaus zuhielt, wurde ich immer wütender. Bruno war ein Dreckskerl! Er stieg selbst mit einer verheirateten Frau in die Kiste und erdreistete sich, seiner Mitzi für die gleiche Verfehlung ein blaues Auge zu verpassen. Hätte es nicht gereicht, die Klappe zu halten? Aber so waren Typen wie er. Sie wussten, dass ihre Frauen sie nicht anzeigen würden. Und sie kamen meist straffrei davon, weil niemand ihre Tat beweisen konnte.

Obwohl es zu den ersten Pflichten eines Kriminalbeamten gehört, jegliche Gefühle außen vor zu lassen, machte ich keinen Rückzieher. Ich parkte vor dem Eingang des Autohauses, stürmte in den Showroom und traf Bruno in seinem Büro an. Seine junge Angestellte, die im Raum nebenan saß, stieß einen spitzen Schrei aus, als ich ihren Chef am Kragen packte und gegen die Wand drückte. »Hören Sie mir gut zu, Bruno Obermüller!«, fuhr ich ihn an. »Sie haben Ihre Frau verprügelt und ihr ein blaues Auge verpasst. Sie wollte mir weismachen, dass sie in der Küche gestürzt wäre, aber Sie und ich wissen, dass Sie ihr eine Abreibung verpasst haben. Keine Angst, die Mitzi will Sie nicht anzeigen, zumindest so lange nicht, bis sie von Ihren außerehelichen Eskapaden erfährt, aber ich warne Sie: Wenn ich mitkriege, dass Sie noch einmal auf sie losgehen, bleibt es nicht bei einem blauen Auge für Sie, darauf können Sie sich verlassen. Habe ich mich klar genug ausgedrückt, Bruno?«

Er japste nach Luft. »Ich wollte doch gar nicht zuschlagen!«

»Sicher. Ihnen ist nur die Hand ausgerutscht.«

»Lassen Sie mich los! Bitte!«

Ich ließ ihn so plötzlich los, dass er das Gleichgewicht verlor und in seinen Bürosessel kippte. Seine Angestellte stand in der offenen Tür und hielt sich eine Hand vor den Mund. »Denken Sie an meine Worte, Bruno! Verstanden?«

»Ja … ja doch.«

Ich nickte zufrieden und verließ sein Büro. Seine Assistentin machte bereitwillig Platz. Ich verließ das Autohaus und atmete ein paarmal kräftig durch, war einerseits zufrieden, wusste aber auch, dass mein Auftritt sogar in Frankfurt einigen Ärger nach sich gezogen hätte. Ein Kriminalbeamter wie ich durfte nicht durchdrehen, nicht einmal, wenn er einen Kinderschänder vor sich hatte. Ich stützte mich auf das Dach meines Wagens und wurde ruhiger.

»Servus, Bembel. Was tust du denn hier?«, erklang eine vertraute Stimme. Anna hatte neben meinem Golf geparkt und stand plötzlich neben mir. »Jetzt sag mir nicht, du hast dir den Obermüller Bruno allein vorgeknöpft.«

»Morgen, Anna. Ich konnte nicht anders.« Ich erzählte ihr von Mitzis blauem Auge und den blutigen Schrammen. »Er hat ihr die Fremdgeherei heimgezahlt, obwohl er selbst Dreck am Stecken hat. Ich musste ihm die Meinung sagen, sonst hätte ich nicht mehr in den Spiegel schauen können. Ich hab diese Macho-Typen gefressen. Die lassen ihren Frust nur an Schwächeren aus.«

»Das ist doch nichts Neues. Gibt's die in Frankfurt nicht?«

»An jeder Ecke«, erwiderte ich.

Sie blickte mich prüfend an. »Du hast ihn doch nicht verprügelt?«

»Nur am Kragen gepackt und angebrüllt.«

»Nicht besonders professionell.«

»Ich weiß. Mir ist der Gaul durchgegangen.«

»Meinem Chef auch«, sagte sie. »Rainer Feger, Erster Kriminalhauptkommissar und Leiter unserer Dienststelle in Miesbach. Er hat wohl mitbekommen, dass wir zusammen ermittelt haben, und will uns unbedingt sehen.«

»Jetzt gleich?«

»So schnell wie möglich. Stell deinen Wagen vorm Hotel ab, dann fahren wir in meinem weiter. Ich muss danach sowieso nach Bad Wiessee zurück.«

»Das klingt nicht gut.«

Unterwegs zum Hotel rief ich im Krankenhaus an und erfuhr, dass Grietje bei einer Untersuchung war und gegen vierzehn Uhr entlassen würde. Sie hätte von mir geschwärmt. Auweia, dachte ich und versprach der Schwester, rechtzeitig dort zu sein. Aus der Nummer würde ich nur schwer wieder rauskommen, war mir klar, ohne ein gemeinsames Essen ging da wohl nichts.

»Sorry«, sagte ich, als ich bei Anna im Wagen saß. Meine Wut war längst verraucht. »Ich hätte mich zusammenreißen sollen.« Ich berichtete ihr, was Mitzi mir über die Rivalität zwischen ihrem Mann und Alois Hinterseer verraten hatte, dass der Alois genauso wenig ein braver Bub gewesen sei wie der Bruno und der Bruno sicher das Zeug zum Mörder hatte, wenn man ihn provozierte. »Er kann froh sein, dass er ein hieb- und stichfestes Alibi hat, sonst müssten wir … müsstest du ihn wohl noch mal in die Zange nehmen.«

Wir fuhren durch hügeliges Weideland, vorbei an einsam gelegenen Bauernhöfen und glücklichen Kühen, die mir wesentlich entspannter vorkamen als ihre Artgenossen in Hessen. Die sattgrünen Wiesen leuchteten im Sonnenlicht, aus der Ferne grüßten Kampen und Fockenstein. Der Verkehr hielt sich in Grenzen, obwohl inzwischen auch in Bayern die Ferien begonnen hatten, und lediglich ein Traktor oder Bulldog, wie sie hier sagten, zwang Anna, vom Gas zu gehen und langsamer zu fahren. Sie redete kaum während der Fahrt.

Auch ich hing meinen Gedanken nach; erst als wir die Mangfall überquerten und nur noch wenige Kilometer bis Miesbach hatten, fand ich meine Sprache wieder. »Meinst du, wir kommen aus der Nummer raus? Was ist er denn für ein Mann, euer Chef? Kann man mit ihm reden?«

»Wenn die Bayern gewonnen haben …«

»Ein Bayern-Fan? Auch das noch. Zum Glück ist die Saison vorbei.«

»Immerhin etwas.«

Gegen den riesigen Bau unseres Polizeipräsidiums in Frankfurt nahm sich das zweistöckige Wohnhaus, in dem die Kripo Miesbach residierte, eher bescheiden aus. Feger wartete bereits auf uns und bat uns in sein Büro. Höflich, wie ich war, stellte ich mich vor und begann: »Es ist alles meine Schuld.«

Er brachte mich mit erhobener Hand zum Schweigen. »Verschonen Sie mich mit Ihren Ausflüchten! Sie müssten doch beide wissen, dass es ohne eine entsprechende Genehmigung keine Amtshilfe geben darf.« Er blickte seine Kommissarin an. »Was ist los, Anna? Sind Sie mit Possmann verbandelt? Sind Ihnen die Kollegen bei uns nicht mehr gut genug? Wie kann Ihnen ein Kommissar aus Frankfurt helfen, einen Mord im tiefsten Bayern aufzuklären? Und dann noch an einem Goaßlschnalzer?« Er grinste süffisant. »Ich bin sicher, der Großstadt-Cop wusste nicht mal, was ein Goaßlschnalzer ist.«

»Aber ich hab ihn gefunden, Herr Hauptkommissar«, meldete ich mich zurück. »Und ich habe zumindest den leisen Verdacht, dass sein Tod etwas mit einem Fall zu tun hat, an dem meine Kollegen und ich schon lange arbeiten.«

»Na, jetzt bin ich aber gespannt.«

Ich erzählte ihm von den Drogendealern in dem schwarzen SUV, die ich glaubte, in der näheren Umgebung des Tatorts gesehen zu haben, und die ich durch halb Bad Wiessee verfolgt hatte. »Ich bin nicht sicher, sie wirklich erkannt zu haben, und der Verdacht, sie könnten etwas mit einem Mord an einem … an Alois Hinterseer zu tun haben, ist ziemlich weit hergeholt, aber wir wollten auf Nummer sicher gehen, deshalb war ich dabei.«

»Auch nicht bei allen Vernehmungen«, fügte Anna schnell hinzu. »Und ich habe die Fragen gestellt.« Meinen Solo-Auftritt bei Bruno Obermeier verschwiegen wir beide und hofften sehr, dass der Bruno nicht daran interessiert war, den Zwischenfall an die große Glocke zu hängen. »Wir hätten Ihnen natürlich Bericht erstatten sollen, aber Bembel … ich meine, Hauptkommissar Possmann, ist im Urlaub hier und wollte sich in Zukunft sowieso zurückhalten.«

»Bembel?«, fragte Feger neugierig.

»Mein Spitzname. Ein Krug für Ebbelwoi … Apfelwein.«

Feger blickte aus dem Fenster und überlegte eine Weile, dann wandte er sich uns beiden zu. »Also gut, ich will das mal so durchgehen lassen, und Sie haben recht, ein Antrag auf Amtshilfe macht viel Arbeit und lohnt nicht wegen der paar Tage. Sie bleiben doch nicht lange?« Und als ich sagte, dass ich am Sonntag wieder fahren würde: »Ich gestatte Ihnen, Anna als Berater zu unterstützen, erwarte aber, dass Sie sich sofort zurückziehen, wenn sich der Verdacht wegen der Drogendealer nicht erhärtet. Sie halten sich zurück, Kollege Possmann! Ihre Dienstwaffe haben Sie hoffentlich zu Hause gelassen?«

»Sicher.«

»Und Sie spielen nicht den Klugscheißer? Von wegen, City-Cop erklärt Dorfpolizistin, wie der Hase zu laufen hat. Versprechen Sie mir das, Possmann?«

»Natürlich.«

»Und Sie, Anna, erstatten mir persönlich Bericht!«

»Geht klar, Chef.«

»Dann verschwinden Sie jetzt! Beide!«

Wir machten, dass wir aus seinem Büro kamen, und waren froh, als wir in ihrem Wagen saßen und nach Bad Wiessee fuhren. »Glück gehabt«, sagte ich.

10

Ein Goaßlschnalzer macht sich verdächtig

Auf offener Landstraße hielt Anna den Wagen an und schlang ihre Arme um meinen Hals. Sie küsste mich so heftig, dass mir die Luft wegblieb, und fuhr wortlos weiter. Nur die Andeutung eines Lächelns huschte über ihr Gesicht.

»Wow!«, staunte ich. »Womit habe ich das denn verdient?«

»Kennst du das? Du hast einen Schokoriegel im Schrank liegen, siehst ihn dir alle paar Minuten an und sagst dir, ach was, ich lass ihn bis morgen liegen, dann schlägt die Waage nicht so stark aus, und langst dann doch zu?«

»Ich bin ein Schokoriegel?«

»Es gibt Schlimmeres. Du könntest ein Wammerl sein.«

»Wammerl?«

»Schweinebauch.«

»Oder ein Handkäs.«

»Der Stinkekas aus Hessen?«

»Von wegen Stinkekas. Mit Musik schmeckt der genial.«

»Mit Musik?«

»Eine Soße aus Essig, Öl und Zwiebeln.«

»Dann lieber Schokoriegel!«

»Und ich dachte, ich wäre in Ungnade gefallen«, sagte ich. »Wenn du mir bei deinem Chef nicht geholfen hättest, wäre ich schon auf dem Rückweg nach Frankfurt und würde dort wahrscheinlich Verkehrssünder aufschreiben.«

Sie lachte. »Ein Bembel in Uniform, das wär doch nichts.«

»Was hast du jetzt vor?«

»Heute Nachmittag ist Folklore angesagt«, antwortete sie. »Die Wiesseer Goaßlschnalzer lassen es am Seeufer krachen. Eine gute Gelegenheit, uns den Bruno und seine Freunde noch mal vorzuknöpfen. Ich trau dem Bruno nicht.«

»Da wollte ich sowieso hin. Aber vorher muss ich Grietje abholen.«

Sie hielt vor dem Hotel und blickte mich in gespielter Eifersucht an. »Da verwechselt dich noch jemand mit einem Schokoriegel? Ein Kurschatten?«

»So was Ähnliches.« Ich erzählte ihr von der Holländerin und meinem nächtlichen Einsatz. »Sie hat vor einigen Jahren ihren Mann verloren und sich noch immer nicht ans Alleinsein gewöhnt. Trotz ihrer siebzig Lenze und ihrer vielen Zipperlein fühlt sie sich anscheinend wie ein junger Hüpfer und will ständig was mit mir unternehmen. Ich hab versprochen, sie vom Krankenhaus abzuholen, und werde wohl nicht umhin können, sie zum Seeufer mitzunehmen. Wer weiß? Vielleicht wartet dort ein gleichaltriger Verehrer auf sie.«

»Dann sehen wir uns später.« Diesmal gab sie mir keinen Kuss, sie war wieder die coole Kommissarin, die sich durch nichts aus der Ruhe bringen ließ. »Ich werde mir inzwischen mal diesen Peter vornehmen, das Gspusi der Kaiserin. Mal sehen, was er zu sagen hat. Pass gut auf dich auf!«

Ich war noch nicht in der Eingangshalle, als Grietje anrief. Mir blieb nichts anderes übrig, als umzudrehen, in meinen Golf zu steigen und zum Krankenhaus zu fahren. Grietje wartete in der Eingangshalle und war putzmunter.

»Nette Leute!«, lobte sie das Klinikpersonal. »Ich weiß nicht, was sie mir für eine Infusion gegeben haben, aber das Zeug muss ein Wundermittel sein. Ich habe mich schon lange nicht mehr so gut gefühlt wie jetzt. Fahren wir?«

»Zum Hotel?«

»Wo denken Sie hin? Wir wollen Ihren tapferen Einsatz und meine Genesung feiern. Wie wär's mit Kaffee und Kuchen? Ich lade Sie ein, Markus.«

»Kaffee und Kuchen? Um diese Zeit?

»Besser als Frikandel und Friet speciaal.« Ihre Augen begannen zu leuchten. »Ich habe ein entzückendes Café gefunden, liegt nur ein paar Hundert Meter von hier, die haben den besten Apfelkuchen, den ich jemals gegessen haben, besser als meine legendäre Appeltaart. Mit Schlagsahne natürlich und heißer Schokolade. Und danach sehen wir uns diese Folklore-Schnalzer am Seeufer an.« Sie hängte sich bei mir ein. »Eine großartige Idee, nicht wahr?«

»Großartig«, wiederholte ich tapfer, »aber es kann sein, dass ich Sie am Seeufer eine halbe Stunde allein lassen muss. Ich muss dringend etwas mit einer Freundin besprechen. Ich hoffe, Sie sind mir deswegen nicht böse.«

Wenn sie darüber traurig oder eingeschnappt war, zeigte sie es nicht. Sie winkte lächelnd ab. »Aber das macht doch nichts. Solange Sie wieder zurückkommen? Wissen Sie, dass mein Mann, der liebe Gott hab ihn selig, dass Jan auch immer was zu erledigen hatte? Der konnte keine einzige Minute stillsitzen. Immer hatte er was zu tun. Nur die anderen *meisjes*, die ließ er in Ruhe.«

Wir parkten in einer Seitenstraße neben dem Café und fanden einen Platz im Freien. Als ich zur Toilette ging und die mit pinkfarbenen Mustern verzierten Möbel sah, war ich froh darüber. Grietje blieb bei Apfelkuchen und heißer Schokolade, und ich begnügte mich mit einem Eiskaffee. Wenn ich so weitermachte, nahm ich bestimmt nicht ab, aber Kalorienarmes gab es in diesem Café nicht. Um mich herum nur ältere Kurgäste, ich war das Nesthäkchen und ließ mir die bewundernden Blicke der älteren Damen gefallen.

»Hab ich Ihnen schon von dieser Sandra erzählt?«, sagte Grietje zwischen zwei Bissen. Sie senkte ihre Stimme zu einem verschwörerischen Flüstern. »Die dunkelhaarige Schöne aus dem Hotel, die Frau des Hotelmanagers.«

»Lebensgefährtin«, verbesserte ich sie. »Sie sind nicht verheiratet.«

Grietje nickte heftig. »Das ist auch besser so, denn wenn er herausfindet, was seine Frau am Seeufer getrieben hat, würde er sie sofort verlassen. Stellen Sie sich vor …« Sie blickte nervös in die Runde, als hätte sie Angst, dass jemand mithörte. »… sie hat es in schamloser Weise mit einem anderen Mann getrieben. Ich komme aus einem sehr liberalen Land und bin keine verklemmte Großmutter, die sich als Moralapostelin aufspielen will, aber das war selbst für mich zu viel. Stellen Sie sich vor, in aller Öffentlichkeit! Als gäbe es keine Hotels oder dunklen Ecken abseits der Stadt, wo sie sich treffen könnten.« Sie unterbrach ihren Redefluss, indem sie von ihrem Apfelkuchen aß und genüsslich kaute. »Hätten Sie das gedacht? In einem bayerischen Kurort? Wo lauter Katholiken wohnen? Ich dachte, die Bayern sind so konservativ.«

Ich war normalerweise nicht an Klatsch interessiert, schon

gar nicht an solchen Geschichten, die erlebte ich in meinem Job ohnehin genug, aber ich musste zugeben, dass sie mich neugierig machte. »Sie meinen, die beiden …«

Sie ließ mich kaum zu Wort kommen. »Wenn sie sich nur geküsst hätten, dann hätte ich ja nichts gesagt, aber sie haben so richtig … im Auto … wenn die Polizei vorbeigekommen wäre, hätte man sie eingesperrt … oder nicht?«

»Erregung öffentlichen Ärgernisses, das ist strafbar.«

»Sage ich doch.« Sie schien weniger entsetzt als erfreut zu sein, mir etwas Wichtiges mitteilen zu können. »Zumindest hatten sie so viel Anstand, ihren Wagen zwischen den Bäumen zu parken. Ich hab sie nur gesehen, weil ich vom Weg abgekommen war. Aber sicher waren sie dort auch nicht. Bei dem warmen Wetter sind die Kurgäste auch noch spätabends auf der Promenade unterwegs, und man hätte sie leicht entdecken können. Wie finden Sie das?«

»Ziemlich leichtsinnig«, antwortete ich. »Zumindest, wenn ihnen noch etwas an ihren Partnern liegt.« Ich ging davon aus, dass auch der Mann verheiratet oder anderweitig liiert war, sonst hätten sie sich doch in seiner Wohnung getroffen. »Haben Sie den Mann erkannt? Vielleicht war es ihr eigener? Es soll ja Leute geben, die so etwas versuchen, um ihr Sexleben aufzupeppen.«

Sie leckte sich die Sahne von den Lippen. »Ihr eigener war es bestimmt nicht, den Manager hätte ich erkannt. Er war älter als sie, so viel konnte ich erkennen. Weiße Haare, gepflegtes Äußeres, wie ein Geschäftsmann, der Abwechslung sucht und mal so richtig … wie sagt man auf Deutsch? Ach ja, so richtig die Sau rauslassen wollte. Sein Gesicht konnte ich nicht erkennen.«

»Und sein Wagen?« Ich fragte schon wieder wie ein Ermittler.

»Ein Mercedes. Aus München. Das M steht doch für München?«

Ich nuckelte an meinem Eiskaffee und leckte die Sahne vom Strohhalm. »Das stimmt, aber was geht es uns an? Soll diese Sandra doch lieben, wen sie will. Wer weiß, was sie dazu gebracht hat. Ich habe nicht vor, mir von ihren Eskapaden den Urlaub verderben zu lassen, und Sie sollten das auch nicht tun.« Ich lächelte. »Ich glaube, es wird langsam Zeit für die Goaßlschnalzer.«

»Ein schwieriges Wort, nicht wahr?«

»Ich bin selten in Bayern.«

Ich zahlte, und wir fuhren auf den Parkplatz am Seeufer. Von dort waren es nur ein paar Schritte bis zur Promenade. Schon aus der Ferne hörte man die Klänge einer Blaskapelle. Die Sonne schien von einem strahlend blauen Himmel, und es wimmelte von Urlaubern. Was das Wetter betraf, hätte ich mir keine bessere Woche für meinen Urlaub aussuchen können.

Anna wartete vor dem Minigolfplatz. Sie hatte sich umgezogen, trug ein leichtes Sommerkleid, das ihre Bräune besonders gut zur Geltung kommen ließ. Ihre Baseballkappe war rot, aber ohne Bayern-München-Logo oder »Make America Great Again«. Beides wäre mir ziemlich sauer aufgestoßen.

Wir umarmten uns flüchtig, und ich stellte ihr die Holländerin vor.

»Ich bin die Anna. Ich hab gehört, Sie waren im Krankenhaus?«

»Alles wieder gut«, sagte Grietje. »Markus war so freundlich, mich abzuholen.« Sie lächelte versöhnlich. »Keine Angst, ich habe nicht vor, Ihnen den Markus auszuspannen. Nicht dass ich keine Lust dazu verspürte, aber ich glaube, ich bin schon ein wenig zu alt dazu. Wollen wir uns nicht setzen?«

Vor dem Platz, den die Goaßlschnalzer für ihre Vorführung brauchten, waren Stühle für ungefähr hundert Zuschauer aufgestellt, die meisten Leute standen aber oder würden sich das Peitschenschlagen im Vorbeigehen ansehen. Grietje zuliebe machten wir es uns auf Stühlen bequem, ich wie der Hahn im Korb zwischen zwei Damen. Gut, dass mich Ilona und die Frankfurter Kollegen nicht sahen. Ich konnte mir gut vorstellen, was sie sagen würden.

»Warst du bei diesem Peter?«, fragte ich Anna.

»Er hat das Alibi der Kaiserin bestätigt«, antwortete sie. »Natürlich hat er mich inständig gebeten, seiner Frau nichts zu verraten. Ich hab ihm geantwortet, solange er nicht in der engen Wahl wäre, hätte er nichts zu befürchten.«

»Und hier willst du noch mal den Bruno verhören?«

»Weniger ihn als seine Mitstreiter. Vielleicht weiß ja einer mehr, als wir bisher wissen. Ich gehe immer noch davon aus, dass es sich um eine Beziehungstat handelt. Ich kann mir einfach nicht vorstellen, dass der Mord an einem Goaßlschnalzer mit Drogenhandel im großen Stil zu tun hat. Wenn auch nur der geringste Verdacht bestünde, hätten wir doch längst das LKA auf dem Hals.« Sie seufzte. »Leider haben alle Verdächtigen, die wir in der Mangel hatten, ein sicheres Alibi. Es sei denn, man hat uns auf irgendeine Weise reingelegt. Was, wenn Bruno die Kaiserin bestochen hat?

Oder die Mitzi hat einen Fremden angeheuert, von dem wir nichts wissen? Es sind schon die tollsten Sachen passiert. Oder es gibt noch den großen Unbekannten?«

»Verdächtige?«, wunderte sich Grietje. »Redet ihr über einen Krimi?«

Anna beruhigte die Holländerin mit einem Lächeln. »Wir sind bei der Kriminalpolizei. Bembel … Markus in Frankfurt und ich hier im Landkreis.«

»Sie sind bei der Polizei? Beide?«

»Hatte ich Ihnen das nicht gesagt?«, sagte ich.

Grietje überhörte meine Ausrede. »Dann sind Sie gar nicht auf Urlaub hier? Dann arbeiten Sie gemeinsam an dem Mordfall? Dem Mord an diesem bayerischen Peitschenschläger … wie heißt er noch? Alois? Wie aufregend!«

Ich dämpfte ihre Freude. »Ich helfe nur ein bisschen aus.«

»Es geht los!«, sagte Anna.

Drei Musiker der Blaskapelle, die bis vor einigen Minuten gespielt hatte, kamen aus der benachbarten Umkleide und begannen zu spielen. Ein kräftiger Mann an der Tuba, zwei jüngere Burschen mit Ziehharmonikas. Sofort versammelten sich Zuschauer vor der Absperrung und klatschten begeistert mit.

Noch während sie spielten, gesellte sich der Obermüller Bruno zu ihnen. So fröhlich und unbeschwert, wie er sich gab, schienen ihm die Affäre seiner Frau und mein Ausrasten kaum etwas ausgemacht zu haben. »Grüß Gott, die Madln, grüß Gott die Buam, das waren der Andy an der Tuba und seine Brüder an der Quetschn, und i bin der Obermüller Bruno und begrüße Sie ganz herzlich zur Vorführung der Bad Wiesseer Goaßlschnalzer!« Weil sicher fast ausschließlich Urlauber zusahen, bemühte er sich um einigermaßen verständliches Hochdeutsch. Hinter ihm erschienen seine Kollegen mit ihren Peitschen, und auch der Bruno ließ sich seine Peitsche geben und fuhr fort: »Für alle, die mit unserer Kunst nicht so vertraut sind, ein paar einleitende Worte.«

Anscheinend hatte er sich für solche Vorführungen einen Standardtext zurechtgelegt. »Das Goaßlschnalzen geht auf die Fuhrleute in den vergangenen Jahrhunderten zurück. Die ließen bei der Einfahrt in ein Dorf ihre Peitschen in einem bestimmten Rhythmus knallen, damit man rasch erkannte, welcher Fuhrmann sich näherte. Als kaum noch Fuhrleute gebraucht wurden, entwickelte sich aus dem Goaßlschnalzen eine Mischung aus Sport und Kunst, dabei kommt es vor allem darauf an, im Rhythmus der Musik zu bleiben.« Er hielt seine Peitsche hoch. »Das ist unsere Peitsche, unsere Goaßl. Der Schaft war früher aus Holz, inzwischen ist er meist aus Glasfiber. Die lange Schnur ist aus Hanf gedreht, und den Knall verursacht der Schmitz, eine aufgefaserte Kunststoffschnur. Das tut sie aber nur nach langem Training. Ist die Musi bereit?«

Der Bruno stand breitbeinig im Gras, die Goaßl ausgerollt in der rechten Hand und voll konzentriert. »Aufdraht … oans, zwoa … dahi geht's!«, rief er, und schon legten die Musiker los, und die Goaßlschnalzer ließen nach Herzenslust ihre Peitschen knallen. Wie Gewehrschüsse peitschten die Schläge im wechselnden Rhythmus über den Platz, teilweise so unerwartet und kompliziert, dass ich mit einer einfachen Trommel aus dem Takt gekommen wäre. Der Obermüller Bruno mochte ein Dreckskerl sein, aber eins musste man ihm lassen: Er war ein erstklassiger Goaßlschnalzer.

Wie fast alle Zuschauer war Grietje von der Darbietung begeistert, und auch ich konnte eine gewisse Bewunderung für die Goaßlschnalzer nicht verhehlen. Eher durch Zufall, weil ich einem Hund nachblickte, der bellend am Ufer entlanglief, entdeckte ich Jule Hinterseer. Die Witwe des Ermordeten stand in einiger Entfernung neben ihrem Wagen, und ich hätte sie, wenn der Hund nicht gewesen wäre, niemals gesehen. »Die Jule! Da drüben!«, sagte ich zu Anna.

Sie nickte nur, ließ die Witwe nicht aus den Augen, und schien genauso erleichtert wie ich, als die Goaßlschnalzer eine Pause einlegten. Wir entschuldigten uns bei Grietje und bahnten uns einen Weg durch die vielen Zuschauer. Gerade überlegten wir, ob wir zuerst Bruno oder Jule ansprechen sollten, als sich einer der Goaßlschnalzer davonmachte und in die Richtung lief, in der ich die Witwe gesehen hatte. Niemand kümmerte sich um ihn.

»Was hat das denn zu bedeuten?«, wunderte ich mich.

»Das ist der Rudi, der die Niederlage gegen die Miesbacher verbockt hat.«

»Rudi und Jule?«

»Die beiden haben nichts miteinander, da bin ich sicher«, erwiderte Anna. »Der Rudi ist fünf Jahre jünger als die Jule, eigentlich noch grün hinter den Ohren. Dem ist die Jule haushoch überlegen. Außerdem glaube ich nicht, dass sie was mit einem anderen hatte. Sie ist nicht der Typ, der fremdgeht.«

»Bruno hast du auch nicht für einen Fremdgeher gehalten.«

»Stimmt auch wieder.«

»Aber?«

»Ich hab einiges über sie gehört und sie öfter auf Veranstaltungen gesehen. Sie war immer launisch und konnte schon mal hochgehen, wenn sie glaubte, ungerecht behandelt worden zu sein. Unter gewissen Umständen würde ich ihr sogar einen Mord zutrauen. Du weißt selbst, dass jeder Mensch das Zeug dazu hat. Aber sie war nicht der Typ, der einem Mann Hörner aufsetzt.«

»Ich würde trotzdem gern mit ihr sprechen.«

»Daraus wird wohl nichts. Sie macht sich aus dem Staub.«

»Verrückt. Wir wissen doch, wo sie wohnt.«

»Ich hab auch Rudis Adresse, und trotzdem rennt er weg.«

Anna verließ sich wohl darauf, dass wir den Rudi zu Hause antreffen würden, und wollte schon aufgeben, aber ich sah mich herausgefordert und nahm die Verfolgung auf. Noch einmal würde ich nicht schlappmachen, vor allem nicht vor den Augen einer bayerischen Hauptkommissarin, für die ich sehr viel mehr als Sympathie empfand. Am Ufer entlang rannte ich hinter Rudi her, folgte ihm in eine Seitengasse und merkte schon bald, dass mein Schwimmtraining und die Massagen noch keine besondere Wirkung zeigten.

Ich hatte lediglich das Glück, dass Rudi über einen Leiterwagen stolperte, mit dem eine ältere Dame irgendwelches Gerümpel transportierte, und der Länge nach auf den Asphalt schlug. Ich erreichte ihn rechtzeitig und hielt ihn fest. »Immer mit der Ruhe, Rudi! Wir wollen uns nur mit Ihnen unterhalten.«

11

Basti verliert die Nerven

Ich schleppte den Goaßlschnalzer zur nächsten Parkbank und setzte mich neben ihn. Er hatte sich bei dem Sturz die Hände verstaucht und schimpfte so laut, dass sich mehrere Leute nach ihm umdrehten. »Sakra! Was soll das? Warum gehen Sie wie ein Irrer auf mich los? Ich hab Ihnen nichts getan.«

»Kriminalpolizei«, hielt ich dagegen. »Warum sind Sie weggelaufen?«

»Weil Sie mich angegriffen haben! Was wollen Sie von mir?«

Anna hatte sich ebenfalls neben ihn gesetzt und stellte uns vor. »Wir möchten Ihnen nur ein paar Fragen stellen, Rudi. Kein Grund, die Nerven zu verlieren. Oder haben Sie was vor uns zu verbergen?« Sie legte eine kurze Pause ein, um ihre Worte besser wirken zu lassen. »Wie sieht's aus, Rudi?«

»Wie soll's schon aussehen?« Er ging allmählich wieder in die Offensive. »Ich hab nichts zu verbergen. Und weggerannt bin ich, weil ich Angst hatte, er würde mich verprügeln.« Er deutete auf mich. »Woher soll ich denn wissen, dass Sie von der Kripo sind?« Er klopfte den Schmutz aus seiner Tracht und berührte den losen Faden, der wohl vor seinem Sturz einen Knopf gehalten hatte. »Wie soll ich denn jetzt auftreten? Wegen meiner Tracht haben wir schon gegen die Miesbacher verloren. Der Bruno macht mich zur Schnecke!«

»Schieben Sie die Schuld auf uns«, sagte ich. »Wie heißen Sie?«

»Ich bin der Rudi, das wissen Sie doch.«

»Und weiter?«

»Rudi Schneider. Der Sohn vom Schneider Sepp.«

»Ihm gehört die Pension Seelust an der Hauptstraße«, erklärte Anna. Sie übernahm wieder das Kommando und wandte sich an den jungen Mann, der wie ein Häufchen Elend bei uns saß. »Was wollten Sie von der Jule, Rudi?«

»Von der Jule? Welcher Jule?«

»Spielen Sie nicht den Ahnungslosen. Jule Hinterseer.«

»Die Frau vom Alois? Wie kommen Sie denn darauf?«

Annas Stimme wurde strenger. »Noch vor ein paar Minuten stand sie dort drüben bei ihrem Wagen, und Sie sind direkt auf sie zugelaufen. Erst als sie uns entdeckte und Sie vor uns davonliefen, fuhr sie weg. Sie wollten sie treffen.«

»Ich? Die Jule?«

»Treiben Sie keine Spielchen mit uns, Rudi! Oder sollen wir Sie mitnehmen und über Nacht in eine Zelle sperren? Wie würde Ihnen das gefallen?«

Er senkte den Kopf und suchte krampfhaft nach einer Ausrede. »Ich hab sie gesehen und wollte ihr sagen, dass auch wir Wiesseer um den Alois trauern. Sie ist eine so hübsche und liebe Frau. Einer muss sich doch kümmern.«

»Ihr Bruder unterstützt sie.«

»Ihr Bruder? Was weiß der denn?«

»Dann wollten Sie sich um sie kümmern?«

»Ist das verboten?«

Anna verlor allmählich die Geduld. »War es nicht vielmehr so, dass Sie schon immer ein Auge auf die Jule geworfen hatten, auch als der Alois noch am Leben war? Sie war Ihre Traumfrau, aber sie war verheiratet und unerreichbar für Sie. War es nicht so? Und jetzt, wo er tot ist, wollten Sie sich Ihren Traum erfüllen und sich endlich an Sie heranmachen. Geben Sie's doch zu!«

»Ich find sie nett. Und als ich sie bei ihrem Wagen stehen sah …«

»… da dachten Sie, das sei eine günstige Gelegenheit, um sich bei ihr einzuschleimen. Verstehen Sie mich nicht falsch, das ist erst mal nichts Böses. Etwas pietätlos vielleicht, aber nicht verboten. Aber der Alois ist ermordet worden, und da interessiert uns natürlich jeder, der mit der Jule zu tun hat.«

»Ich hatte nicht mit ihr zu tun«, sagte er kleinlaut. »Leider.«

»Aber Sie haben für sie geschwärmt.«

Er hob den Kopf und wischte sich trotzig die Tränen aus den Augen. »Der Alois hat sich doch kaum um die Jule gekümmert. Ich hab die beiden oft genug zusammen gesehen. Das war keine echte Liebe. Eine Frau wie die Jule hat mehr verdient, die braucht einen Ehemann, der ihr jeden Tag sagt, wie schön sie ist. Der sie wie eine Prinzessin verehrt und sie auf Händen trägt.«

»Und so einer wären Sie.«

Rudi erschrak über seine eigenen Worte und ruderte etwas zurück. »Wir haben doch kaum miteinander gesprochen, und ich werd den Teufel tun und eine verheiratete Frau anbaggern.« Er erkannte plötzlich, worauf Anna hinauswollte, und blickte sie mit großen Augen an. »Sie glauben doch nicht … Sie glauben doch nicht, dass ich den Alois umgebracht habe, um ihr …« Er sprang wütend auf. »Sind Sie verrückt? Ich könnt dem Alois nichts antun!«

»Schon gut, beruhigen Sie sich, Rudi.« Sie zog ihn auf die Bank zurück. »Dann haben Sie sicher nichts dagegen, uns zu sagen, wo Sie vorgestern zwischen fünfzehn und achtzehn Uhr waren. Am Sonntag nach dem Auftritt.«

»Ich hab ihn nicht ermordet!« Er schrie fast.

»Wo waren Sie?«

»Wo soll ich schon gewesen sein? Nach dem Auftritt hat uns der Wirt zum Essen eingeladen, und danach war ich zu Hause bei meinen Eltern. Ich wohne noch da. Hab ferngesehen. Ich bin Koch und arbeite in unserer Pension.«

»Das können Ihre Eltern sicher bezeugen.«

»Sicher. War's das jetzt?« Er hatte sich von unserem Überfall erholt und wirkte sogar ein wenig aufsässig. »Ich muss zurück zu den anderen Goaßlschnalzern, sonst bekomme ich Ärger.« Er berührte den losen Faden an seiner Trachtenjacke. »Den bekomme ich sowieso, wenn ich mich so ansehe.«

Wir warteten geduldig, bis er gegangen war.

»Der war's nicht«, sagte ich. »Viel zu harmlos. Ein liebeskranker Bubi, der mit seinen Hormonen nicht zurechtkommt und sich in eine erwachsene Frau verliebt hat. Er kann von Glück sagen, dass wir gerade jetzt aufgetaucht sind. Ich glaube nicht, dass Jule Hinterseer sich mit ihm eingelassen hätte. Oder?«

»Nicht mal in zehn Jahren. Viel zu unbedarft, der Junge.«

»Aber was suchte Jule hier? Warum hat sie sich hier versteckt?«

»Keine Ahnung«, erwiderte Anna. »Ich nehme an, sie wollte nur mal die Lage peilen. Nachsehen, wie Bruno sich benimmt, ob er was zum Tod vom Alois sagt, ob die Mitzi auftaucht. Bestimmt nicht, um den Rudi zu treffen.«

Aber damit war der Ärger noch lange nicht vorbei. Nur kam er diesmal aus einer Ecke, die weder Anna noch ich im Blick gehabt hatten. Kaum hatte der Obermüller Bruno die zweite Runde eingeläutet und die ersten Peitschen knallten, verkümmerte die Musik mit einigen Misstönen, und das Knallen verstummte. Stattdessen erhoben sich wütende Männerstimmen: der Bruno und eine Stimme, die ich zuerst nicht zuordnen konnte, bis ich Bastian Aumüller mit erhobenen Fäusten auf den Obermüller Bruno losgehen sah.

»Das hat uns gerade noch gefehlt!«, sagte ich.

Anna war schneller, sprintete bereits am Ufer entlang und bahnte sich einen Weg durch die Zuschauer. Ich war nur ein paar Schritte hinter ihr, musste an Grietje vorbei und rief ihr zu: »Gehen Sie lieber ins Hotel, Grietje! Da sind Sie sicher. Wer weiß, was das hier noch wird.« Ich half ihr aus dem gefährlichen Pulk heraus, lächelte aufmunternd, als sie zögerte, und rannte zurück.

Die Schlägerei zwischen Bruno und Basti hatte weniger mit den Straßenkämpfen, die wir bei manchen Demos in Frankfurt erlebten, als mit den Faustkämpfen zu tun, wie ich sie aus Western oder Krimis kannte. Nur dass die beiden noch ungehemmter aufeinander einschlugen. Basti war außer sich, als hätte ihm jemand verraten, dass nur Bruno den Mord begangen haben konnte und es an ihm lag, ihn einer gerechten Strafe zuzuführen.

Basti war nicht ganz so kräftig wie sein Widersacher, aber der bessere Boxer und brachte zwei, drei knallharte Treffer an, bevor Bruno zu seinem Schutz die Fäuste hochreißen konnte. Bruno taumelte nach hinten, wurde von seinen Freunden aufgefangen und wieder in den Kampf geschoben. Er schlug Basti so fest auf die Nase, dass ihm das Blut aufs T-Shirt spritzte und den Schriftzug einer bekannten Sportartikelfirma versaute. Kein Problem für Basti, der seinerseits einen Aufwärtshaken anbrachte und ihn erneut aus dem Gleichgewicht brachte. »Kruzifix!«, fluchte Bruno. »Was soll der Scheiß?«

»Da fragst du noch? Du hast den Alois auf dem Gewissen!«

»Spinnst du? Wie kommst du denn darauf?«

»Du hast versucht, bei der Jule zu landen!«

»Wie bitte?«

»Du hattest Angst, sie würde es doch noch ausplappern.«

»Du lügst!«

»Beim letzten Schützenfest hast du versucht, sie rumzukriegen!«

»Sagt wer?«

»Sagt die Jule.« Die beiden Streithähne hatten noch immer die Fäuste erhoben, jederzeit bereit, den anderen erneut zu schlagen. Ich war versucht, einzugreifen und die beiden zu trennen, aber Anna hielt mich am Ärmel zurück.

»Beim Schützenfest? Du spinnst ja!«

»Du hast die Jule zum See runtergelockt, sie in ein Boot gedrängt und ihr unters Dirndl gegriffen. Zum Glück waren einige Leute in der Nähe, sonst hättest du sie noch vergewaltigt. Du hast es mit der Angst zu tun bekommen und bist davongerannt. Die Jule hat sich geschämt, sonst hätte sie's mir schon damals erzählt. Heute Morgen hat sie's mir gestanden, du elender Hundling!«

Basti hatte sich mit seinen eigenen Worten erneut in Rage gebracht. Er bearbeitete den Bruno mit zwei überraschenden Schlägen, die beide seine Kinnspitze trafen und ihn vor Schmerz aufschreien ließen. Er revanchierte sich mit mehreren Schlägen in die Magengegend und hielt prustend inne. Viele Zuschauer waren geflohen, andere drängten sich neugierig um die beiden Kämpfer. Seltsamerweise hatte noch niemand eingegriffen, auch nicht die Polizei.

»Warte noch!«, meldete sich Anna. »Ich will hören, was er sagt.«

Bruno spuckte einen blutigen Zahn ins Gras. »Die Sache im Boot, die war ganz anders. Jule hatte *mich* vom Festplatz weggelockt und zu dem Boot geführt. Sie wollte, dass ich's ihr besorge … genau so hat sie sich ausgedrückt.«

Was darauf folgen würde, war klar. Basti ging hoch wie eine Rakete und trieb den schnaufenden Bruno mit seinen Schlägen bis zum Seeufer, verpasste ihm dort noch eine knallharte Gerade und schickte ihn ins Wasser. Einige jüngere Leute klatschten begeistert, als sich die Wellen teilten und er sekundenlang nicht mehr auftauchte. Als er endlich wieder hochkam, japste er verzweifelt nach Luft und paddelte wie ein Hund. Seine Hilferufe klangen echt.

Anna und ich reagierten beinahe gleichzeitig. Als hätten wir uns vorher abgesprochen, lief ich zum See hinunter, und sie rief nach den Uniformierten, nahm den Basti fest und sorgte an Land für Ordnung. Ich wagte tatsächlich einen Hechtsprung, verspürte ein schmerzhaftes Brennen in der Bauchgegend, als ich ins Wasser tauchte, und gleich darauf die kühlen Temperaturen des Sees. Mit wenigen Kraulbewegungen, die von außen eher ungelenk wirken mussten, war ich bei dem nach Luft schnappenden Bruno. »Ich hab Sie, Bruno!«, rief ich, fasste ihn unter den Armen und schwamm ans Ufer. Zwei Goaßlschnalzer packten den japsenden Mann und zogen ihn aus dem Wasser.

Inzwischen war die Polizei mit einem Kleinbus am Seeufer, und Bruno und Basti krochen gemeinsam hinein. »Bringen Sie die beiden nach Miesbach!«, trug Anna den Uniformierten auf. »Ich überlege mir inzwischen, was ich dem Chef sage.« Zu Basti sagte sie: »Ich gebe Ihrer Schwester Bescheid.«

Ich blickte an meiner triefenden Kleidung hinunter und rieb mir das Wasser aus den Augen. So kalt war der See gar nicht. Irgendjemand reichte mir ein Handtuch, und ich trocknete mich notdürftig ab. »Ziemlich erfrischend.«

»Ein Nightcap? An der Hotelbar nach dem Essen?«, fragte Anna.

»Gute Idee.«

»Ich schau mal zu Hause vorbei.«

»Und ich sehe nach, ob Mitzi noch im Haus ist.«

Ich bekam eine Wolldecke ab und durfte in dem Lieferwagen bis zu meinem Hotel mitfahren. Die Besitzerin staunte nicht schlecht, als sie mich zur Tür hereinkommen sah. »Ein unfreiwilliges Bad im kalten See«, entschuldigte ich mich. »Leider hatte ich keine Zeit mehr, meine Kleider auszuziehen.«

»Die Kräuter-Bio-Sauna wär frei.«

Ich ging in mein Zimmer, entledigte mich der nassen Klamotten und trocknete mich ab, bevor ich in den Bademantel schlüpfte und in meiner schwarzweißen Badehose zum Wellnessbereich runterfuhr. »Schwarz und Weiß wie Schnee«, sangen wir vor jedem Heimspiel der Eintracht. Beim Eintritt in die nach Waldkräutern duftende Sauna seufzte ich nur zufrieden.

Wenn jeden Tag eine gute Tat von einem Polizisten erwartet wurde, hatte ich mein Soll mehr als erfüllt. Grietje vom Krankenhaus abgeholt, einen Goaßlschnalzer aus den Fluten des Tegernsees gerettet … okay, ich hätte früher eingreifen können, dann wäre es gar nicht so weit gekommen, aber die Zuschauer schienen ihren Spaß an dem Kampf gehabt zu haben, und Anna und ich hatten wertvolle Informationen über Jule und Bruno bekommen. Wenn es der Bruno tatsächlich auf Jule abgesehen hatte, kam ihm der Tod seines Widersachers sicher gelegen. Und wenn Jule sich an Bruno herangemacht hatte, gehörte sie selbst zum Kreis der Verdächtigen. Obwohl beides eher unwahrscheinlich erschien. Jule schien wirklich um ihren Mann zu trauern, und dem Bruno war es sicher egal, ob sie sich mit ihm einließ. Wie man hörte, gab es genug Frauen, die ihn aus unverständlichem Grund bewunderten.

Eigentlich war ich darauf gefasst gewesen, Grietje im Pool zu treffen, aber sie gönnte sich wohl ein spätes Mittagsschläfchen und würde mich erst beim Abendessen wieder mit Beschlag belegen. Stattdessen drehte Mitzi ihre Runden. Als einzige Angestellte hatte sie die Erlaubnis, den Pool zu benutzen. »Mitzi! Gut, dass ich Sie treffe!«, rief ich ihr über das Wasser zu. Ich schwamm zu ihr und hielt mich neben ihr am Beckenrand fest. »Ich komme gerade vom See. Die Polizei hat Ihren Mann nach Miesbach mitgenommen.«

Sie war alles andere als schockiert. »Hat er wieder gerauft?«

»So kann man es auch nennen.« Ich berichtete ihr, was am See geschehen war. »Jules Bruder glaubt, dass Bruno den Mord begangen hat. Dass Ihr Mann ein einigermaßen sicheres Alibi hat, scheint ihm egal zu sein. Er ging wie ein Berserker auf Bruno los. Wenn wir nicht dazwischengegangen wären, hätte es ein Unglück gegeben.« Ich verschwieg ihr meinen Hechtsprung.

»Einigermaßen? Sein Alibi ist nur einigermaßen sicher?«

»Wir ermitteln noch. Er wusste von Ihrer Affäre?«

»Das war keine Affäre!«, wehrte sie sich. »Wie oft soll ich das denn noch sagen? Das war echte Liab. Und wenn Jule nicht Angst gehabt hätte, das bisschen Ansehen und Wohlstand zu verlieren, das man als Frau eines Sparkassenleiters hat, hätte sie ihn freigegeben. Das mit dem Bruno und mir war doch nie was Richtiges, der hat mich doch nur geheiratet, um dem Alois eins auszuwischen und weil ich ein fesches Madl war. Und ich hab mich von dem Ansehen und dem Geld blenden lassen, das der Bruno damals noch hatte. Dass der Alois und ich zusammengehören, haben wir erst später gemerkt.«

»Sie haben nicht mit Bruno darüber gesprochen?«

»Nein … doch. Was meinen Sie, woher das blaue Auge kommt?«

»Und dann haben Sie gemerkt, dass er auch fremdgegangen ist?«

Sie nickte widerwillig. »Er hat's mir gesagt. Ich hätte nur diesen Versager, aber er bräuchte sich nicht mal umzuschauen, wenn ich mit dem Alois durchbrennen würde. Es gäbe genug Klassefrauen, die auf ihn scharf wären.«

»Und vorgestern Nachmittag war er bei einer?«

»Ganz sicher.«

»Woher wollen Sie das wissen?«

»Hab ich im Gefühl. So, wie er getan hat.«

»Er war bei einer anderen Frau und verpasst Ihnen ein blaues Auge, weil Sie mit dem Alois fremdgegangen sind? Haben Sie sich nicht gewundert?«

»Saublöd, nicht wahr?«

»Bei wem?«, stellte ich mich dumm.

»Keine Ahnung, war mir auch egal.« Sie hatte plötzlich wieder Tränen in den Augen, oder war es Wasser aus dem Pool? »Wissen Sie, was der Unterschied zwischen dem Bruno und mir war? Ich bin aus Liebe fremdgegangen, weil ich erkannt hatte, was der Alois für mich bedeutet. Der Bruno trieb sich mit Frauen rum, die ihm schöntaten. Ehefrauen, die auf ein Abenteuer aus waren, billige Flittchen, die ihm sagten, was für ein toller Hecht er wäre. Eigentlich sollte ich froh sein, wenn Sie ihn einbuchten, aber er hat den Alois nicht ermordet. Er schläft wild in der Gegend rum, aber so einer ist er nicht.«

»Sind Sie sicher?«

Sie tauchte, blieb einige Sekunden unter Wasser und kam prustend wieder hoch. Ihre Haare trieften vor Nässe. »Sie wundern sich, dass ich den Bruno verteidige? Ich weiß selbst nicht, warum. Er hat sich mit anderen Frauen rumgetrieben, und er hat mich verprügelt, nicht nur wegen der Sache mit dem Alois. Er ist ein Dreckskerl, so viel weiß ich inzwischen, aber den Alois hat er nicht ermordet. Er hatte weder mit dem Alois noch mit der Jule was im Sinn. Die beiden waren ihm egal. Und der Alois gehörte zur Konkurrenz.«

»Und wie ist es mit Ihnen? Was ist mit Ihrem Alibi?«

Sie lächelte, trotz ihrer Tränen. »Sie meinen, ob ich geschwindelt habe? Hab ich nicht. Ich war hier im Hotel, bis Schlag siebzehn Uhr. Meine Kunden sind sicher gern bereit, meine Anwesenheit zu bezeugen. Ich bin um fünf hier raus, war dann noch beim Supermarkt und gegen halb sechs zu Hause.«

»Haben Sie eine Ahnung, wer es getan haben könnte?«

»Nicht die geringste. Der Alois war beliebt.«

»Sie kannten seine Bekannten und Freunde?«

Mitzi strampelte mit den Beinen. »Freunde hatte der Alois keine. Und Bekannte? Bad Wiessee ist ein Dorf, da kennt man sich vom Sehen, und er war schon so lange bei der Sparkasse, dass er wahrscheinlich jeden Kunden mit Namen kannte. Einen seiner Kollegen, den Burmeder Hansi, hab ich mal kennengelernt. Er hatte keine Ahnung vom Alois und mir und begrapschte mich ständig. Von ›Me Too‹ hatte der bestimmt noch nichts gehört. Er war eifersüchtig auf den Alois. Er hatte wohl selbst auf den Posten als Zweigstellenleiter spekuliert … aber deswegen begeht man doch keinen Mord, oder?«

»Haben Sie eine Ahnung, Mitzi.«

12

Unruhige Nacht

Grietje wartete schon auf mich, als ich den Speiseraum betrat. Sie hatte ihren Schwächeanfall gut überstanden und war bester Laune, hatte endlich wieder etwas Farbe im Gesicht und machte nicht den Eindruck, als würde ihr das Alter zu schaffen machen. »Was bringt es denn schon, wenn man dauernd jammert?«, sagte sie. »Wenn Sie erst mal so alt sind wie ich, kommen Sie sich wie ein altes Auto vor, das überall klappert und rattert und das man immer wieder repariert, bis es endgültig schlappmacht und auf dem Schrottplatz landet.«

Zum Abendessen gab es klare Brühe und Forelle blau mit Reis und frischem Gartengemüse. Auf die Brühe hätte ich notfalls verzichten können, aber die Forelle schmeckte vortrefflich, und ich hätte gern noch eine zweite Portion gehabt, hütete mich aber, danach zu fragen. Niemand protestierte, als Grietje ein Glas Weißwein und ich ein Pils bestellten, und auf dem Obstsalat, den uns die Bedienung zum Nachtisch brachte, war sogar ein Klacks Sahne.

Natürlich ging Grietje noch einmal auf den Zwischenfall am Seeufer ein, vor allem auf meinen Hechtsprung in den See, der diesem Goaßlschnalzer das Leben gerettet habe. Etwas übertrieben, ihre Darstellung, aber sie hatte ihren Spaß daran und fand auch für die »Bayerischen Bursch'n mit ihren Peitschen« nur lobende Worte. »Aber wer war denn dieser Schläger … dieser Basti?«

»Sie kennen seinen Namen?«

»Vor mir saßen zwei Frauen, die kannten ihn und sagten, der wäre immer schon ein aufbrausender Streithansl gewesen. Streithansl … also, diese bayerischen Wörter sind schon was ganz Besonderes. Die meisten verstehe ich kaum, und aussprechen kann ich nur ganz wenige. Allein Goaßlschnalzer …«

»Das bring ich auch nicht raus.«

»Ihre Vorstellung war etwas ganz Besonderes«, sagte sie. »Ich hätte nicht gedacht, dass man mit einer Peitsche auch Musik machen kann.« Sie sortierte eine Gräte aus dem Fisch. »Ihre Bekannte ist übrigens eine ganz bezaubernde Person. Wenn ich Ihnen einen Rat geben darf: Heiraten Sie die Dame! Frauen wie sie sind äußerst dünn gesät, und Sie passen wirklich gut zusammen.«

Ich errötete gegen meinen Willen. »So gut kennen wir uns nun auch wieder nicht. Ehrlich gesagt, hab ich sie vorgestern zum ersten Mal getroffen.«

»Und?« Sie war begeistert von ihrer Idee. »Mit meinem Jan und mir war es doch nicht anders. Wir liefen uns am Banjaardstrand in die Arme. Wir haben ja nicht weit zur Nordsee. Es regnete in Strömen, aber ich mag Regen und hatte meinen Ölmantel angezogen. Ihm ging es wohl ähnlich. Wir blieben voreinander stehen, blickten uns in die Augen und wussten im selben Augenblick, dass wir füreinander bestimmt waren. Zwei Tage später hat Jan mir einen Antrag gemacht.« Sie freute sich jetzt noch darüber. »Und unsere Ehe hielt vierzig Jahre. Wer sagt denn, dass es Ihnen nicht ähnlich ergeht?«

Das Thema wurde mir zu heiß, und ich hatte gerade beschlossen, ins Bad zu fliehen und mir dort kaltes Wasser ins Gesicht zu spritzen, als ein einzelner Herr den Speiseraum betrat und sich an den Tisch neben uns setzte. Er war ungefähr in Grietjes Alter und wie ein Gentleman der alten Schule gekleidet: graue Hose mit messerscharfer Bügelfalte, blaues Hemd, marinefarbenes Sakko mit goldenen Knöpfen, ein Einstecktuch in der Brusttasche. Wo ein Mann wie er auftauchte, waren Segeljachten und Golftaschen nicht weit.

»Was hatten Sie gerade gesagt?«, flüsterte ich Grietje grinsend zu.

Der Fremde hatte gemerkt, dass wir ihn beide anblickten, und begrüßte uns mit der Andeutung eines Kopfnickens. »Robert Jendrich«, stellte er sich vor. »Ich bin gerade erst angekommen. Mit dem Zug. Ich wohne in Oberhausen.«

»Die Stadt mit dem großen Einkaufszentrum«, erwiderte Grietje, »da fährt an jedem Wochenende halb Holland hin.« Ich brauchte die beiden gar nicht groß zu verkuppeln, dafür sorgte Grietje schon selbst. »Sind Sie allein hier?«, fragte sie, nachdem wir uns vorgestellt hatten.

»Allein auf weiter Flur«, antwortete er.

»Warum setzen Sie sich dann nicht zu uns, Robert? Ich darf doch Robert sagen? Wir sind ebenfalls allein, aber der junge Herr hier ist den ganzen Tag unterwegs, und warum sollen wir beide allein spazieren gehen?« Die beiden fanden einander sympathisch, das merkte man schon jetzt. »Ich möchte mich aber nicht aufdrängen, Robert. Vielleicht sind Sie ja gerade deshalb hier … um die Sorgen des Alltags hinter sich zu lassen und endlich einmal allein zu sein.«

»Ich bin hier, um mich an meinen ersten gemeinsamen Urlaub mit meiner Frau zu erinnern. Meine Biggi ist schon zehn Jahre tot, der Krebs, und ich habe die Flecken, die wir zusammen besucht haben, bisher immer gemieden.«

»Sie waren schon mal am Tegernsee?«

Er hatte sich zu uns gesetzt und einen Früchtetee bestellt, zu Abend gegessen habe er unterwegs im Zug, sagte er. »Vor genau dreißig Jahren. Damals waren wir noch jung und unternehmungslustig. Wir sind viel gewandert und haben einige Gipfel in dieser Gegend erobert. Fockenstein, Semmelberg, Wallberg …«

»Den Wallberg schaffen wir heute noch … mit der Seilbahn«, erwiderte die Holländerin. »Der Aufstieg wäre mir zu anstrengend, wahrscheinlich würde ich unterwegs zusammenbrechen.« Sie hütete sich, von ihrem Schwächeanfall zu erzählen, und warf mir einen strengen Blick zu, der mich davor warnte, etwas zu sagen. »Aber für einen Spaziergang an der Uferpromenade reicht es noch.«

Die beiden Turteltauben waren schon bald in eine Unterhaltung vertieft und vergaßen mich völlig. Mir war es recht. Ohne den guten Robert hätte Grietje nur über mein Liebesleben philosophiert und mir mehr oder weniger gute Ratschläge gegeben. Nicht auszudenken, was geschehen wäre, wenn Anna etwas früher gekommen wäre und sich an unseren Tisch gesetzt hätte.

Ich wartete ein paar Höflichkeitsminuten und verabschiedete mich dann von ihnen. Natürlich nicht, ohne ihnen einen schönen Abend zu wünschen. Im Eingangsbereich begegnete ich Anna. Wir begrüßten uns mit einer lockeren Umarmung und einem flüchtigen Wangenkuss, doch ich muss zugeben, dass ich sie ein wenig länger in den Armen hielt. »Du duftest nach Frühling.«

»Aus meinem Zauberschrank«, erwiderte sie lachend.

»Wollen wir nicht woanders hingehen?« Ich drehte mich zum Speisesaal um. »Ich glaube, ich habe meine holländische Freundin gerade verkuppelt, aber bei ihr weiß man nie, und wenn sie uns an der Hotelbar aufspürt und erst mal ins Reden kommt, haben wir nicht mehr viel von unserem Nightcap.«

»Bembel von Frauen verfolgt.« Sie lachte. »Wäre ein schöner Filmtitel.«

»Dabei war ich noch nicht mal beim Friseur.«

»Du meinst, das ist noch nicht alles?« Sie blickte kritisch auf meinen dunkelblonden Haarschopf. »Aber du hast recht. Zwei Straßen weiter gibt es eine Weinstube, da sitzt man gemütlich. Und sie haben auch Bier und Coke Zero.«

Die Weinstube war tatsächlich sehr gemütlich und erinnerte mich mit ihren getäfelten Wänden und mehr oder weniger stimmungsvollen Gemälden von der Weinlese an gemeinsame Urlaubsreisen mit meinen Eltern. Sie waren leidenschaftlich Weintrinker und schleppten mich natürlich nur zu den Weinfesten mit, damit sie einen Fahrer für die Rückfahrt hatten.

Ich ließ mir von Anna, die sich besser mit Wein auskannte, einen Rotwein empfehlen, und stieß mit ihr an. Eine Bayerin und ich gemeinsam in einer Weinstube, das glaubt mir niemand, dachte ich. Aber Anna war auch eine ganz spezielle Vertreterin ihres Landes und so ziemlich das genaue Gegenteil von dem Klischee, das über die bajuwarischen »Madln« verbreitet wurde. Wenn es nach der Touristenwerbung ging, liefen alle Frauen in Bayern in einem Dirndl und mit einem Lebkuchenherz um den Hals herum, jodelten nach Herzenslust und luden die »Burschen«, die sie mochten, zum Fensterln ein. Anna war weltoffen und modern, besaß einen scharfen Verstand, den man als Kommissarin auch haben sollte, trug moderne Klamotten und war auch ohne Untertitel zu verstehen. Bei ihr fand ich die alpenländische Klangfärbung sogar modern. Ob sie Bayern München die Daumen drückte, hatte ich sie noch nicht gefragt. Aber selbst darüber würde ich bei ihr hinwegsehen.

»Date oder Beratung?«, fragte ich.

»Beides«, antwortete sie. Im flackernden Licht der Kerze, die in einem Glas auf dem Tisch brannte, glänzten ihre braunen Augen. »Alles andere wäre gelogen.« Sie blickte in ihr Weinglas. »Obwohl ich eifersüchtig auf Grietje war. Sie ist wirklich eine sehr nette Dame. Du sagtest, du hast sie verkuppelt?«

»Ein älterer Herr am Nebentisch. Gesucht und gefunden.«

»Manchmal geht es schnell.« Anna lächelte kurz, dann gewann die Kommissarin in ihr die Oberhand. »Ich war vorhin bei Jule. Sie sagt, sie wäre aus reiner Neugier am Seeufer gewesen. Sie wollte wissen, ob der Bruno irgendwas zu dem Mord an Alois sagt. Sie wollte kein Aufsehen erregen und hätte deshalb so weit abseits gestanden. Ich glaube, sie sagt die Wahrheit.«

»Aber als sie den Rudi sah, fuhr sie schnell davon.«

»Sie hatte Angst, dass es Ärger geben würde. Der Rudi wäre schon seit einigen Monaten hinter ihr her und hätte sich nur zurückgehalten, weil er Angst vor dem Alois hatte.

Aber gleich nach dem Mord hätte er ihr einen Brief geschrieben. ›Jetzt bist du frei und brauchst dich deiner heimlichen Liebe zu mir nicht mehr zu schämen.‹ Schreibt der Rudi an sie! Er hat das Zeug zum Stalker, vielleicht sogar zum Mörder, wenn er bei seiner Liebsten nicht ankommt und die Nerven verliert. Den knöpfen wir uns morgen noch mal vor.«

»Du meinst, er hat den Alois ermordet, damit Jule für ihr frei wurde? Und ist völlig perplex, dass sie ihn nicht in die Arme schließt? Eine ziemlich kühne Vermutung, aber möglich. Bloß, warum hat Jule dann nicht früher von ihm erzählt? Für sie muss der Rudi doch einer der Hauptverdächtigen sein?«

»Sie hat ihn unterschätzt und wollte kein Gerede. Allein der Gedanke, die Medien könnten herausbekommen, was der Rudi ihr geschrieben hat, machte sie nervös. Dass er ihr gefährlich werden könnte, glaubt sie nicht. Der Rudi würde sich schon irgendwann beruhigen, spätestens dann, wenn er eine Jüngere kennenlernte. Den Brief hat sie mir nur widerwillig gezeigt und mich ein paarmal gebeten, die Sache auf sich beruhen zu lassen. Er wäre kein Stalker, und niemals im Leben wäre er ein Mörder.«

»Wahrscheinlich hat sie recht, aber möglich wäre es.«

»Wenn wir mit ihm geredet haben, wissen wir mehr«, sagte Anna. »Der Rudi ist ein labiler Bursche, der hält nicht lange durch, wenn man ihn in die Mangel nimmt.« Sie trank einen Schluck. »Du warst noch mal bei der Mitzi?«

Ich berichtete ihr, was ich herausbekommen hatte. »Mit der Liebe zu ihrem Bruno war es nicht mehr weit her, aber das wussten wir ja schon vorher. Von Elisabeth Kaiser hatte sie keine Ahnung, aber sie ist ziemlich sicher, dass die Wirtin nicht seine einzige Gespielin war. Wenn es ums Betrügen ging, war er wohl noch fleißiger als seine Frau.« Ich musste lachen. »Langsam glaube ich, hier in Wiessee geht es heißer zu als in den Frankfurter Rotlichtbezirken.«

»Auch in den edelsten Bezirken gibt es dunkle Schatten.«

»Goethe?«

»Anna Thiermayer.« Ihre Augen glänzten wieder.

»Und es gibt Verdächtige wie Sand am Meer«, fuhr ich fort. Mitzi erwähnte einen gewissen Hansi Burmeder, einen Kollegen bei der Sparkasse. Er wäre ebenfalls scharf auf den Posten des Zweigstellenleiters gewesen und schlecht auf Alois zu sprechen gewesen. Er muss totensauer gewesen sein, als der den Posten bekam. So sauer, dass sie ihm alles zugetraut hätte.«

»Ein Mord? Wegen einer Beförderung?«

»Schwer zu glauben«, stimmte ich ihr zu. »Es sei denn, auch er hätte noch einen anderen Grund gehabt, den Alois aus dem Weg zu räumen. Noch einer, den wir uns unbedingt mal vornehmen sollten. Machen wir das zusammen?«

»Den Burmeder Hansi mach ich allein. Muss sowieso Geld abheben.«

»Und den verrückten Stalker überlässt du mir?«

»Pension Seelust, eine Straße weiter.«

»Okay, den schiebe ich zwischen Jogging und Pool. Und wenn er Ärger macht, nehme ich ihn in die Sauna mit und lasse ihn ordentlich schwitzen.«

»Solange mein Chef nicht in der Nähe ist.«

»Keine Angst«, beruhigte ich sie, »ich werde mich benehmen.«

Eigentlich hätte ich viel lieber über private Themen mit Anna gesprochen. Ich wusste bisher nur, dass sie intelligent und außerdem sehr hübsch war, ihren Job beherrschte, gerne wanderte und Ski fuhr und einen ähnlichen Humor hatte wie ich. Und dass sie wahrscheinlich sehr garstig werden konnte, wenn man ihr dumm kam. Aber welche Bücher und Filme mochte sie? Welche Musik hatte sie auf ihrem Handy gespeichert? Wohin fuhr sie in Urlaub? An die Nordsee, weil sie die Berge das ganze Jahr um sich hatte? In weite Ferne?

Aber die Zeit war zu rasch vergangen, und zumindest Anna musste am nächsten Morgen früh raus. Ich brachte sie zu ihrem Wagen, und wir küssten uns zum Abschied, etwas weniger leidenschaftlicher als beim letzten Mal, beinahe vorsichtig, weil wir wohl beide wussten, dass wir zu sehr in unserer Umgebung verwurzelt war, um eine ernsthafte Beziehung zu riskieren. Möglich schon, wenn man nicht davor zurückschreckte, jedes zweite Wochenende durch halb Deutschland zu fahren, aber extrem schwierig, zumindest in unserem Job. »Anna …«, begann ich, aber sie legte rasch einen Finger auf meinen Mund und sagte: »Lass uns etwas Zeit, Bembel!«

Ich wartete, bis die Rücklichter ihres Wagens um die nächste Biegung verschwanden, und wollte gerade das Hotel betreten, als ich die Straße hinunterblickte und sah, wie Sandra in gewohnter Weise durch die Gartentür das Hotel verließ und weiter unten in einen noblen Mercedes stieg.

Ich war kein Luchs, glaubte aber ein Nürnberger Kennzeichen zu erkennen und lief zu meinem Wagen. In Windeseile startete ich den Motor und folgte der Limousine. »Das darf doch nicht wahr sein!«, rief ich. Sandra und die Drogendealer? Hatten wir in Frankfurt irgendwas übersehen? Oder brachte mich die frische Bergluft von der Rolle?

Der Fahrer des Mercedes fuhr gemütlich dahin, und es fiel mir leicht, an ihm dranzubleiben. Natürlich in ausreichender Entfernung, um seine Aufmerksamkeit nicht auf mich zu lenken. Das Kennzeichen notierte ich auf dem Notizblock, den ich für solche Fälle im Seitenfach liegen hatte. Eine Nürnberger Nummer, aber nicht dieselbe wie die an dem schwarzen SUV, der mich beinahe gerammt hatte. Zufall? Ich dachte daran, Anna anzurufen und sie um Hilfe zu bitten, verwarf den Gedanken aber gleich wieder. Ein Nürnberger Kennzeichen war nicht auf Anhieb verdächtig. Vielleicht gehörte der Wagen ja einem Geschäftsmann, mit dem Sandra ein heimliches Date hatte? Anna war bestimmt nicht am Liebesleben der schönen Sandra interessiert.

Und mich ging es genauso wenig an. Ich war kein Voyeur, hatte schon mit meinen eigenen Beziehungen genug zu tun und würde den Teufel tun und den außerehelichen Eskapaden der Dame nachspüren. Das sollten die beiden mal schön unter sich ausmachen. Mich hatten nur der protzige Mercedes und das Nürnberger Kennzeichen auf ihre Spur gelockt. Nicht genug, um einen ernsthaften Verdacht laut auszusprechen, aber seit mich der schwarze SUV von der Straße gedrängt hatte, hatte ich meine hochsensiblen Ermittler-Antennen ausgefahren. »Ihr Bauchgefühl lassen Sie mal schön zu Hause«, hörte ich meinen Chef sagen. »In unserem Job, vor allem aber für die Staatsanwaltschaft, zählen ausschließlich Fakten.«

Wir fuhren am See entlang nach Süden, dieselbe Straße, auf der ich dem schwarzen SUV gefolgt war, durch Rottach-Egern hindurch und auf der anderen Seite des Sees nach Norden. Ein ziemlich weiter Ausflug für eine Frau, die nur auf ein nächtliches Abenteuer aus war. Oder hatte sie etwas ganz anderes vor? Ich blieb in respektvoller Entfernung hinter dem Mercedes und wäre am liebsten umgekehrt, weil mir immer klarer wurde, dass ich eine Frau beschattete, die nicht das Geringste mit unserem Fall zu tun hatte.

Der Fahrer des Mercedes nahm mir die Entscheidung ab. Wenige Kilometer vor Tegernsee bog er in die Zufahrt zu einer betagten Villa ab, die gut in einen schwarz-weißen Edgar-Wallace-Krimi aus den 1960ern gepasst hätte. Eine Kiesauffahrt, von blühenden Rosenbüschen gesäumt, führte zum Eingang. Ich beobachtete vom Straßenrand aus, wie der Fahrer ausstieg und Sandra aus dem Wagen half. Mit meinem Smartphone fotografierte ich, wie sie selbstbewusst die wenigen Stufen hinaufstieg, an der Eingangstür von einer Bediensteten in Empfang genommen wurde und in der Villa verschwand.

Ich legte das Handy weg und starrte auf die Villa. Wenn Sandra sich einen Sugardaddy angelacht hatte, und vieles sprach dafür, war sie anscheinend auf eine Goldmine gestoßen. In der Villa wohnte ein reicher Mann, das war mal sicher. Wollte sie ihren Lebensgefährten verlassen? Wollte sie als »Grande Dame« zu dem alten Herrn ziehen? Oder war der weißhaarige Mann verheiratete und hielt sie sich als Mätresse? Jobbte sie nachts als Edel-Prostituierte?

Alles Dinge, die mich nichts angingen.

Aber warum das Nürnberger Kennzeichen?

Ich notierte die Adresse der Villa und fuhr nach Bad Wiessee zurück. Am nächsten Morgen würde ich Anna bitten, das Kennzeichen und den Besitzer des Mercedes zu überprüfen. Dann würden wir ja sehen, was mein Bauchgefühl noch wert war und ob ich ganz umsonst durch die Nacht gefahren war.

13

Schwarz und weiß wie Schnee

Noch vor dem Frühstück zog ich meinen Trainingsanzug an und brach zur Promenade auf. Eine halbe Stunde Joggen hatte ich mir verordnet, auch wenn es mir wesentlich schwerer fiel als früher, aber die Sonne stand bereits über den Bergen, und ich wollte mit einigermaßen gutem Gewissen nach Hause zurückkehren. Ilona hatte recht. Wenn ich meine Fitness schleifen ließ, taugte ich nur noch für den Innendienst und würde mich über kurz oder lang in der Asservatenkammer wiederfinden, wo den ganzen Tag keine Sonne hinkam.

Am Seeufer empfing mich frischer Wind. Das Wasser, von der aufgehenden Sonne mit silbrigem Glanz verwöhnt, schlug leichte Wellen und klatschte hörbar gegen die Ufersteine. Trotz der frühen Stunde leuchteten schon etliche Segel im Sonnenlicht. Ein romantischer Anblick, der eine Vielzahl von Urlaubern in die Region zog, zum Wandern in den nahen Bergen, zum Spazierengehen und Bootfahren und anderen Freizeitvergnügen. Joggen war nicht unbedingt ein Vergnügen, schon gar nicht für einen Sportmuffel wie mich, aber irgendwann würden sich die Endorphine melden und mir ein einmaliges Glücksgefühl verschaffen, hatte Ilona mir versprochen. Noch wartete ich vergeblich darauf. Für einen Normalo war ich sicher okay, aber als Polizist muss man besser drauf sein, auch wenn man nicht dauernd

Verbrecher verfolgt. Der Hauptteil unserer Arbeit besteht ja letztlich aus Verhören und Bürokram.

Ich hielt mich wacker, war nur von einigen Radfahrern genervt, die sich ebenfalls auf der Promenade tummelten und so taten, als gehörte sie ihnen allein. Unter ihnen waren auffällig viele Sporttypen, die in den bunten Trikots und schwarzen Radlerhosen, als wären sie bei der Tour de France. Ihre entschlossenen Mienen verrieten mir, dass die Pedaltreterei am Seeufer nur als Aufwärmrunde gedacht war und sie anschließend in die Berge verschwinden würden. Dort warteten die wirklich steilen und anspruchsvollen Pfade auf sie.

Nach ungefähr einer Viertelstunde legte ich eine Pause ein. Ich blieb am Ufer stehen und sah einem Touristenpärchen zu, dass sich beim Stand-up-Paddling versuchte und nur mühsam das Gleichgewicht hielt, und dachte gerade daran, den zweiten Teil meiner Joggerei etwas langsamer anzugehen, als mir Martin Lenz entgegenkam, der Manager des Hotels, in dem ich abgestiegen war. Auch er trug einen Jogginganzug und machte einen fitten Eindruck.

Er erinnerte sich an mich. »Herr Possmann, nicht wahr?«

»Ganz recht.«

Er trat auf der Stelle. »Ein bisschen Frühsport kann nicht schaden.«

»Besonders bei dem Wetter. Ihr freier Tag?«

»Nur bis nach dem Frühstück.«

Ich gab mich bewusst fröhlich. »Und Ihre Frau muss schuften?«

»Meine Lebensgefährtin«, verbesserte er mich. »Sandra darf heute länger schlafen. Sie war die halbe Nacht bei ihrer kranken Mutter und hat sich etwas Ruhe verdient.« Er wischte den Gedanken mit einer Handbewegung beiseite. »Wie gefällt es Ihnen am Tegernsee? Im Hotel alles zu Ihrer Zufriedenheit?« Ich wollte zu einer freundlichen Antwort ansetzen, aber er kam mir zuvor. »Wenn Sie eine Frage haben, wenden Sie sich bitte vertrauensvoll an mich.«

Nach dem für ihn sicher unbedeutenden Smalltalk joggte Martin Lenz weiter um den See. Ich konnte ihn noch immer nicht ausstehen, warum auch immer, aber ich wusste jetzt sicher, dass Sandra eine ausgemachte Lügnerin war und er tatsächlich keine Ahnung hatte, was sie trieb, wenn es dunkel war. Ein Rätsel, das mich nichts anging, zumindest so lange nicht, bis wir Gewissheit hatten, ob das Nürnberger Kennzeichen reiner Zufall war oder tatsächlich etwas mit Novak und Banik zu tun hatte. Was mich daran erinnerte, Anna anzurufen.

Ihre Mailbox meldete sich, und ich bat sie, den Halter des schwarzen Mercedes, das Kennzeichen und die Adresse der Villa zu überprüfen. »Ich weiß, das klingt so, als wollte ich die Geschichte größer machen, als sie wirklich ist, aber es kostet dich sicher keine Mühe, und es würde uns sehr helfen.«

Ich legte auf und absolvierte mein restliches Trainingsprogramm, belohnte mich einer heißen Dusche im Hotel und ging in frischen Klamotten zum Frühstück hinunter. Grietje saß mit ihrem neuen Verehrer an einem Tisch und winkte mir verstohlen zu, als ich mir ein neues Plätzchen suchte. Sie wollte sicher mit ihrem Robert allein sein. Ich war hungrig nach meinem Lauf, gönnte mir ein üppiges Omelett und einen Joghurt mit frischen Früchten. Von dem Rosinenkuchen, den die Besitzerin als außerplanmäßiges Leckerli auf das Büffet gelegt hatte, nahm ich natürlich auch ein Stückchen.

Da ich allein am Tisch saß, fand ich genügend Zeit, um mein Smartphone neben den Teller zu legen und auf den Online-Seiten der Frankfurter Zeitungen, der Eintracht und des *Kicker* nach interessanten News über die Eintracht zu forschen. Die Welt hatte sich über Nacht nicht verändert, der *Kicker* konzentrierte sich mal wieder auf die Bayern, doch auf den Eintracht-Seiten stand eine Ankündigung, die mir ein überraschtes »Wow!« entlockten: »Trainingslager wegen Bauarbeiten an den Tegernsee verlegt«, lautete die Schlagzeile. An sich schon einen Freudenausbruch wert, aber interessant waren auch die Zeilen: »Wegen unvorhergesehener Bauarbeiten in der Umgebung des Sportzentrums, in dem die Eintracht ihr Trainingscamp geplant hatte, musste der Verein die letzten Tage seiner Saisonvorbereitung an den Tegernsee verlegen. In der Umgebung von Rottach-Egern fand man gleichwertigen Ersatz. Mit dem FC Rottach-Egern, einem Kreisklasse-Verein, verabredete die Eintracht ein Vorbereitungsspiel gegen eine Tegernsee-Auswahl, das am Sonntag stattfinden wird.«

»Wow! Wow und noch mal Wow!« Ich wäre am liebsten aufgesprungen und hätte jeden einzelnen Gast umarmt, schaffte es aber, meine Freude im Zaum zu halten, und begnügte mich einem Glas frischem Orangensaft, das ich mit einem großen Schluck leerte. Nicht zu fassen, der Fußball-Gott hatte ein Herz für einen hessischen Fan, den es ins tiefste Bayern verschlagen hatte. Ich notierte mir den Namen des Sportzentrums, in dem die Eintracht trainieren würde, und beschloss, gleich nach der Vernehmung von Rudi Schneider bei »meinen Buben« vorbeizuschauen. So nannte ich sie schon seit meinem ersten Spiel.

Erst die Arbeit, dann das Vergnügen. Der altbekannte Spruch galt auch für mich und sogar im Urlaub. Niemand zwang mich, mit Anna zusammenzuarbeiten, aber erstens war ich schon so in dem Fall drin, dass ich gar nicht mehr anders konnte, und zweitens wollte ich Anna nahe sein. Ich weiß, das klingt komisch und auch ein bisschen kitschig für einen Burschen wie mich, der den Frauen eigentlich für eine Weile abschwören wollte und mit Bayern bisher wenig am Hut hatte, aber wie sagte schon der Adenauer weit vor meiner Zeit: »Was interessiert mich mein Geschwätz von gestern?« Wenn eine Frau wie Anna mir so den Kopf verdreht, dass ich kaum noch geradeauslaufen kann …

Die Pension Seelust lag zwei Querstraßen vom Seeufer entfernt in einer ruhigen Gegend, in der ich keine Schwierigkeiten hatte, einen Parkplatz zu finden. Das Haus war ein ehemaliger Bauernhof, und die Durchfahrt zum Parkplatz hatte früher sicher ein Traktor benutzt. Irene Schneider, die Mutter des jungen Goaßlschnalzers, öffnete selbst und blickte mich seltsam an, als ich meinen Namen nannte und ihr meinen Ausweis so flüchtig zeigte, dass sie »Frankfurt« nicht las. »Keine Angst, ich hab nur ein paar Fragen an Ihren Sohn. Ist der Rudi zu Hause?«

»Sicher … kommen Sie!«, sagte sie und führte mich in die gute Stube, ein Zimmer, das seit den Bauernhof-Tagen sicher kaum verändert worden war und von einem großen Kachelofen beherrscht wurde. »Der Rudi ist gerade am Kochen … ich hole ihn gleich mal. Er … er hat doch nichts angestellt?«

»Reine Routine. Sagen Sie, war der Rudi am Sonntag zu Hause?«

»Nach dem Auftritt am Irschenberg war er hier. Wir haben uns zusammen einen Film angesehen, das machen wir öfter am Sonntagnachmittag. Auf Netflix. Ein Mann, der seine Frau sucht … ich hab den Titel vergessen. Warum?«

»Ihr Mann war auch dabei?

»Der Sepp? Nur die erste halbe Stunde.«

»Und wo ist er jetzt? Der Sepp, meine ich?«

»Auf dem Markt, einige Sachen einkaufen.«

Wenige Augenblicke später erschien der Rudi in der Wohnstube. In seiner Schütze wirkte er noch unscheinbarer als in seiner Tracht inmitten der älteren Goaßlschnalzer. Er setzte sich vor den Kachelofen, das wandelnde schlechte Gewissen, und wagte nicht, mir in die Augen zu blicken. »Ich hab ihn nicht getötet!«, beteuerte er. »Ich war hier. Haben Sie meine Mutter nicht gefragt?«

Ich wartete, bis er den Kopf hob. »Aber Sie haben uns verschwiegen, dass Sie der Jule wie ein Stalker gefolgt sind. Einen Brief haben Sie ihr kurz nach dem Mord geschrieben, dass Sie jetzt frei wäre und endlich ihrer Liebe folgen könnte. Das stimmt doch, Rudi! Sie haben ihr diesen Brief geschrieben.«

Er war den Tränen nahe. »Sie liebt mich, Herr Kommissar.«

»Nein, das tut sie nicht, und das wissen Sie auch. Jule hat es meiner Kollegin selbst gesagt. Sie empfindet nichts für Sie und hätte Sie auch niemals ermutigt, sich ihr zu nähern. Sie haben sich da in etwas reingesteigert.«

Er sprang wütend auf. »Das ist nicht wahr!«

»Setzen Sie sich, Rudi! Setzen Sie sich bitte!«

Rudi sank mit Tränen in den Augen auf die Ofenbank zurück. Seine Mutter kam herein und wollte mich wohl beschimpfen oder mit Sätzen wie »Lassen Sie ihn in Ruhe! Er hat nichts getan! Er ist ein guter Junge!« abspeisen. So etwas bekam ich meist zu hören, wenn Eltern im Spiel waren.

»Alles okay! Kein Grund, sich aufzuregen!«, beruhigte ich sie. Sie zog sich widerwillig zurück. »Waren Sie wütend auf Jule, als Sie keine Antwort bekamen?«, setzte ich meine Vernehmung fort.

»Es war zu früh. Ich hätte bis nach der Beerdigung warten sollen.«

»Und wenn sie dann wieder nicht geantwortet hätte?«

»Sie liebt mich.«

»Und Sie sind froh, dass ihr Mann aus dem Weg ist.«

»Ich hab ihn nicht umgebracht.«

»Okay, Rudi«, gab ich auf. »Solange Sie ein Alibi haben, kann ich nichts machen, aber ich warne Sie. Falls Sie mich belogen haben, geraten Sie in ernsthafte Schwierigkeiten! Und wenn Sie die Jule weiter belästigen, ebenfalls. Wenn ich nur das Geringste höre, sind Sie dran! Und da können Sie noch so laut schreien, dass Sie die Frau lieben. Wenn Sie ihr zu nahe kommen, sie anrufen, ihr Emails oder Briefe schreiben, wandern Sie in den Knast. Kapiert?« Er blickte mich mit verweinten Augen an. »Ob Sie kapiert haben?«

»Ja, doch, verdammt.«

Nach solchen Verhören brauchte ich immer ein paar Minuten, um wieder ins Rollen zu kommen, aber die Aussicht, meine geliebte Eintracht ausgerechnet hier am Tegernsee live zu erleben, verlieh mir Flügel. Ich fuhr im Hotel vorbei und zog mein Eintracht-T-Shirt über, stieg in den Wagen und folgte meinem Navi zum Sportzentrum in Rottach-Egern, einer erstaunlich großzügigen Anlage, die ich mir natürlich schon im Internet angesehen hatte. Ein Stadion mit Tribüne und Stehplätzen für 2500 Zuschauer, einem Trainingsplatz und einem Vereinsheim. Auf dem Parkplatz standen etliche Wagen mit Frankfurter Kennzeichen; anscheinend gab es noch mehr Hessen in Bayern.

Auf der Böschung oberhalb des Trainingsplatzes blieb ich stehen, und mein Mund verzog sich zu einem breiten Grinsen, als ich die Spieler in den schwarz-weiß-roten Trainingstrikots laufen sah. Eine bunte Truppe aus siebzehn Nationen, wie es sich für eine internationale Stadt wie Frankfurt gehörte, alles gute Jungs, die zu einer verschworenen Gemeinschaft zusammengewachsen waren, nicht gerade eine Selbstverständlichkeit im Profifußball. Selbst im Polizeipräsidium, wo in jedem dritten Büro ein Eintracht-Wimpel oder etwas Ähnliches hing, erntete ich oft ein mildes Lächeln, wenn mich ein Sieg zu sehr euphorisierte oder eine Niederlage zu sehr deprimierte, aber die Eintracht war in meiner DNA. Die Begeisterung hatte ich von meinem Vater und meinem Großvater geerbt, die beide schon die Eintracht-Buben angefeuert hatten.

Einige Schaulustige aus der Gegend und ungefähr zehn Fans aus Frankfurt, leicht zu erkennen an ihren Trikots und T-Shirts, saßen oder lehnten am Spielfeldrand und sahen beim Training zu. »Gude«, begrüßte ich meine Landsleute auf Frankfurterisch und war gleich als Sängerknabe gefordert: »Schwarz und weiß wie Schnee, das ist die SGE, wir holen den DFB-Pokal und wir werden Deutscher Meister!« Ich hängte ein kräftiges »Meister« dran und lachte über die erstaunten Mienen der Einheimischen. Sie mussten uns für Bewohner eines anderen Planeten halten. Ähnliches hatte ich bei der Aufführung der Goaßlschnalzer gedacht. Andere Länder, andere Sitten, wie wahr.

Es tat gut, ein paar Frankfurter zu treffen und mit ihnen zu plaudern. Ich erfuhr, dass sie zu einem Fanclub gehörten, dessen Mitglieder der Eintracht auch in die Trainingslager folgten. Meist junge Leute, die einen Teil ihres Urlaubs für diese Reisen opferten. Wir fachsimpelten eine Weile, diskutierten über das Aus in der Europa League, die Neuzugänge von anderen Vereinen und unsere Chancen in der nächsten Saison. Natürlich würden wir uns beim Trainingsspiel der Eintracht gegen eine Tegernsee-Auswahl wiedersehen.

Gegen Mittag wurde es mir zu heiß, und ich ging ins Vereinsheim an der Zufahrtstraße, um mir eine Coke Zero zu holen. Jeden hätte ich dort vermutet, nur nicht Anna, die wie selbstverständlich am Tresen saß, ein Wasser vor sich stehen hatte und sich mit dem Wirt unterhielt. »Anna!«, rief ich verwundert.

Sie drehte sich lachend zu mir um. »Bembel! Da staunst du, was?«

Ich wusste nicht, was ich sagen sollte.

»Ich hab mir schon gedacht, dass du hier auftauchen würdest«, fuhr sie fort. »Jetzt fahren dir die Fußballer schon quer durch Deutschland nach!« Sie lachte den Wirt an. »Darf ich vorstellen: Sigi Thiermayer, mein Vater. Meine Eltern haben das Lokal gepachtet. Sie sind treue FC-Rottach-Egern-Fans.«

Ich schüttelte die Hand ihres Vaters. Er machte einen durchtrainierten Eindruck, und seine natürliche Bräune verriet, dass er sich viel im Freien aufhielt, beim Bergsteigen oder Wandern. Ich stellte mich vor, bestellte die Coke Zero und ein Frikadellen-Brötchen und erntete einen schadenfrohen Lacher.

»A Fleischpflanzl-Semmel heißt das bei uns«, verbesserte er mich im besten Bayerisch. »Hier gibt's weder Frikadellen noch Buletten oder wie die Dinger sonst heißen. Hat Ihnen meine Tochter das noch nicht beigebracht?«

»Eins nach dem anderen«, erwiderte Anna grinsend. »Wir sind noch bei der ersten Lektion. Der Bembel ist ein eingefleischter Preiß, weißt, des dauert.« Auch die Anna beherrschte ihren Dialekt, wenn sie wollte. Bei mir hielt sie sich glücklicherweise etwas zurück, sonst hätte ich nur Bahnhof verstanden.

»Benehmt's euch!«, sagte der Vater, als Anna sich mit mir an einen der freien Tische setzte. Und mir rief er hinterher: »Seien Sie nett zu meiner Tochter, sonst kriegen Sie Ärger! Die Anna ist ein ganz besonderes Madl.«

Wir setzten uns und stießen mit Cola und Wasser an.

»Am Sonntag spielt die Eintracht gegen eine Tegernsee-Auswahl, da müssen wir unbedingt hin«, sagte ich und hatte schon Angst, dass ich zu weit gegangen war, aber sie lächelte, griff sogar nach meiner Hand und drückte sie.

»Unter einer Bedingung: Du gehst übermorgen mit mir zum Bauerntheater. So was muss man gesehen haben, wenn man hier Urlaub macht. Ich kenne die Veranstalter und kann uns Karten besorgen. ›Ein Preiß am Tegernsee‹ heißt das Stück.«

»Na, dass passt ja. Und du übersetzt für mich?«

»Ich übersetze, wenn du was nicht verstehst, und du erklärst mir am Sonntag, wie das mit dem Abseits ist und in welches Tor der Ball gehen muss.«

»Deal!«

Auch Anna hatte eine Fleischpflanzl-Semmel bestellt, und wir kauten beide eine Weile schweigend, bevor wir in den geschäftlichen Modus wechselten. Wir hatten einen Mord aufzuklären und einige Verdächtige, die aber alle über ein Alibi verfügten. Wir brauchten dringend Ergebnisse, sonst würde mich Annas Chef nach Hause schicken, und unsere Zusammenarbeit wäre beendet.

»Hast du meine Nachricht bekommen?«, fragte ich.

»Die Villa und der Mercedes mit dem Nürnberger Kennzeichen?« Sie tupfte sich den Mund mit der Serviette ab und checkte ihre Notizen auf dem Handy. »Beide gehören einem gewissen Michael Voss aus Nürnberg. Ein wohlhabender Mann. Besitzer einer Spedition und mehrerer Lagerhallen. Die Villa hat er von seinen Eltern geerbt, dort hält er sich aber nur selten auf. Mit seiner Familie, einer Frau und zwei Kindern, wohnt er in einem Bungalow in Nürnberg. In einem seiner Lkw wurde vor einigen Monaten Schmuggelware gefunden, Elektrogeräte. Schuld war der Fahrer. Er wurde verurteilt und verbüßt eine Haftstrafe. Der Firma war keine Schuld nachzuweisen.«

»Dann war die Nürnberger Nummer ein Zufall«, sagte ich. »Abgesehen davon, dass Sandra wahrscheinlich gar keine kranke Mutter hat und sich mit fremden Männern vergnügt, hab ich wohl nichts rausbekommen.« Ich schluckte meine Enttäuschung mit Coke Zero runter. »Rudi Schneider war leider auch keine Offenbarung. Mag sein, dass seine Mutter für ihn lügt, aber ich bezweifle, dass er zu einem

Mord fähig ist. Aber das hab ich bei anderen Fällen auch schon behauptet und schiefgelegen. Was sagt Burmeder?«

»Ein unangenehmer Bursche«, antwortete Anna, »und ein Schleimer dazu. Überschlug sich fast vor Freundlichkeit. Der Typ, der einen mit den Augen auszieht und am liebsten gleich begrapschen würde. Er hatte diesen Blick. Bei einer Kommissarin traute er sich wohl nicht, zu seinem Glück, weil ich ihn sonst auf die Wache mitgeschleppt hätte, aber bei einer Assistentin oder Praktikantin sieht die Sache sicher anders aus. Leider kann er den Mord nicht begangen haben. Er war am Sonntag auf dem Sommerfest seines Tennisclubs und hat mehrere zuverlässige Zeugen, die ihn dort gesehen haben.«

»Dann stehen wir wieder ganz am Anfang?«

»Sieht so aus, Bembel.«

14

Rudi dreht durch

Anna hatte einigen Papierkram im Kommissariat zu erledigen, versprach aber, sich am Abend mit mir zu treffen. »Wir telefonieren, okay?« Ich wollte so lange den braven Kurgast spielen, auf der Promenade spazieren gehen und die weißen Segel auf dem See zählen. In unserem Job hat man selten Ruhe, und die Verschnaufpause würde mir guttun, hörte ich meine Kollegen sagen.

Aber alles ist relativ, und wer Ruhe und Abgeschiedenheit sucht, wird auch am Tegernsee kaum fündig. Zumindest auf der Promenade in Bad Wiessee wimmelte es von Menschen, und es ging beinahe geschäftiger zu als auf der Zeil. Was nicht hieß, dass es die bayerische Idylle, die man aus dem Fernsehen und von Bildern kannte, nicht gab. Nur musste man dafür einige Kilometer wandern oder in den Bergen herumklettern. Für Samstag hatte Anna mir eine Wanderung auf den Wallberg verordnet, falls meine Form dafür ausreichte, oder wir würden mit der Seilbahn auf den Gipfel fahren und über den Höhenweg zu irgendeiner Hütte laufen. Dort sollte es einen hervorragenden Wurstsalat und frisch gezapftes Bier geben. Klang nicht übel.

Also joggte ich auch an diesem Nachmittag am Ufer entlang und freute mich über den lauen Wind, der über den See zog und die zahlreichen Segler beflügelte. Gar nicht so schlecht, dieses Bayern, wenn man nicht das Pech hatte, in der Allianz-Arena zu sitzen. Sicher gab es weniger überlaufene Ecken als den Tegernsee, aber es zwang einen ja auch niemand, während der Hochsaison dorthin zu fahren. Ich blieb stehen und blinzelte in die Sonne. Okay, räumte ich ein, vielleicht lag meine neue Milde gegenüber Bayern auch an Anna, die so ziemlich alle Klischees widerlegte, die ich jemals gehört hatte.

Überhaupt nicht vorbereitet war ich auf Irene Schneider, die übernervös am Seeufer auftauchte und allein schon wegen ihrer Kittelschürze auffiel. Ihr Gesicht war vor Aufregung gerötet, und in ihren Augen zeigte sich blanke Panik. Als sie mich erkannte, rannte sie direkt auf mich zu. »Herr Kommissar! Herr Kommissar! Sie müssen mir helfen! Der Rudi will sich umbringen!«

Selbst bei der Mordkommission bekamen wir zahlreiche Anrufe von potenziellen Selbstmördern, und mehr als die Hälfte stammte von labilen Menschen, die auf diese Weise auf sich aufmerksam machen oder einen ehemaligen Partner dazu zwingen wollten, wieder zu ihnen zurückzukehren, aber Rudi meinte es ernst. So fanatisch, wie er hinter Jule her war, hatte ich ihm wohl einen herben Schlag versetzt, als ich ihm klargemacht hatte, wie wenig Jule an seiner Zuneigung gelegen war. Manchmal fehlt mir halt das nötige Feingefühl.

»Hat er gesagt, was er tun will? Hat er was angedeutet?«

»Er hat einen Zettel auf den Küchentisch gelegt, dass er die Jule liebt und ohne ihre Liebe nicht mehr leben kann.« Ihre Augen hatten sich mit Tränen gefüllt. »Ist das nicht furchtbar?« Sie schniefte. »Der Rudi ist ein ernsthafter Junge, Herr Kommissar, der schreibt so was nur, wenn er es auch so meint. Der will sich umbringen! Der ist auf dem See und will ins Wasser gehen!«

»Ins Wasser gehen? Stand das auch auf dem Zettel?«

»Er liebt den Tegernsee«, sagte sie. Sie wischte sich die Tränen aus den Augen. »Er hat gesagt, wenn er mal stirbt, sollen wir seine Asche in den See streuen. Wenn er sich was antun will, dann auf dem See, da bin ich sicher.«

»Gibt es eine Stelle, die er besonders mag?«

»Ich hab ihn mal sagen hören, dass er mit seiner Braut auf einem festlich geschmückten Boot nach Rottach-Egern fahren würde, wenn er mal heiratet. Vielleicht würde er sogar auf dem See heiraten … mitten auf dem See. Eine jugendliche Spinnerei, dachte ich, aber jetzt … tun Sie doch endlich was!«

»Okay, kommen Sie!« Ich rannte mit ihr zum nahen Bootsverleih und zeigte dem Vermieter meinen Polizeiausweis. »War vor Kurzem ein junger Mann bei Ihnen und hat ein Boot gemietet? Vielleicht kennen Sie ihn ja: Rudi …«

Er kapierte schnell, auch weil Rudis Mutter bei mir war. »Der Schneider Rudi, der Goaßlschnalzer, ja, der war hier. Er hat ein Elektroboot gemietet. Ich hab mich schon gewundert … er war so komisch. Glauben Sie wirklich …«

Wir waren bereits in eins der Elektroboote gestiegen und fuhren los. »Rufen Sie die Wasserwacht! Sie sollen sich beeilen! Der Junge meint es ernst! Schnell!«

Ich steuerte das Boot auf den See hinaus. Es war langsamer, als ich dachte, und schwer zu steuern, weil die Lenkung schlecht eingestellt war. Ich hatte das beängstigende Gefühl, kaum vom Fleck zu kommen. Besonders in Ufernähe war ich gezwungen, zahlreichen anderen Booten auszuweichen.

Ich hielt auf die Mitte des Sees zu und hoffte nur, dass die Wasserwacht schnell reagierte und mit ihrem Motorboot nach dem jungen Mann suchte.

Rudis Mutter war vor Angst völlig verkrampft und saß wie versteinert neben mir. Sie klammerte sich mit beiden Händen an die Sitzbank und starrte unentwegt nach vorn in der Hoffnung, rechtzeitig ihren Sohn zu finden. Ich legte ihr sanft eine Hand auf die Schultern. »Wie lange ist er denn schon weg?«

»Vor einer Stunde war er noch zu Hause.«

»Haben Sie Ihren Mann angerufen?«

»Auf dem Handy. Er ist in Gmund, was erledigen.«

»Hatte er eine Ahnung, wo Ihr Sohn sein könnte?«

»Er hat mich zum See runtergeschickt. Der Junge tickt nicht ganz richtig, hat er gesagt, hat den Kopf voll komischer Ideen, wahrscheinlich sitzt er irgendwo am Ufer und schaut den Seglern zu. Der Sepp hat ihn auch zu den Goaßlschnalzern geschickt, damit er unter anständige Leute kommt und die Flausen aus dem Kopf kriegt. Als Goaßlschnalzer würde er ein sauberes Madl finden, das in unsere Pension passt, nicht so eine spinnerte Gretel.«

»Wie die Jule?«

»Wie die Jule.«

»Dann wusste er von seiner Schwärmerei?«

»Der Rudi hat oft von der Jule gesprochen. Zu oft.«

Wir hatten noch nicht mal ein Drittel des Sees überquert, als wir das Motorboot der Wasserwacht hörten. Und in den Motorenlärm hinein drang der verzweifelte Schrei von Rudis Mutter, die aufgestanden war und aufgeregt nach Süden deutete. »Da ist ein leeres Boot! Sehen Sie doch! Das

Boot, das der Rudi genommen hat! Er ist ins Wasser gesprungen! Mein Junge, er ist …«

Ich zog sie auf die Sitzbank herunter und hielt auf das leere Boot zu. Sie hatte recht, das musste das Boot sein, das Rudi genommen hatte. Es trug den Namen unseres Vermieters. Ich drehte mich um und winkte den Leuten von der Wasserwacht zu, aber sie hatten das Boot auch schon entdeckt und erreichten es noch vor uns. Zwei Männer sprangen ins Wasser und suchten angestrengt nach dem jungen Mann, ein anderer legte seine Tauchausrüstung an, falls Rudi schon das Bewusstsein verloren hatte und zu tief gesunken war.

»Rudi Schneider!«, rief ich dem Käptn der Wasserwacht zu, als wir die Unfallstelle erreichten. »Das ist seine Mutter. Sie hat ihn vor einer Stunde zum letzten Mal gesehen.« Ich ließ unser Boot in einiger Entfernung von der Unfallstelle auf den Wellen dümpeln. »Hauptkommissar Markus Possmann.«

»Possmann? Aus Miesbach?«

»Frankfurt am Main. Ist eine lange Geschichte.«

Irene Schneider stieß einen lauten Schrei aus. Die beiden Retter, die ins Wasser gesprungen waren, hatten Rudi gefunden, aber man konnte nicht erkennen, ob er tot oder noch am Leben war. Sie schwammen mit ihm zum Boot, wo ihn zwei andere Retter an Bord zogen und sich sofort ein Arzt an die Arbeit machte. Ich sah, wie er Erste Hilfe leistete und erleichtert aufatmete, als Rudi sich erbrach und die Augen öffnete. »Er ist okay«, rief der Arzt.

»Nehmen Sie mich mit!«, rief Rudis Mutter. »Ich will bei ihm sein!«

»In Ordnung. Beeilen Sie sich!«

Ich fuhr an das Motorboot heran und half ihr darauf. Ein Retter nahm sie in Empfang. »Danke für Ihren Einsatz«, rief ich dem Käptn zu.

Ich wartete, bis das Motorboot zum Ufer aufgebrochen war, und fuhr zu der Bootsvermietung zurück. Dort blinkte bereits das Blaulicht eines Streifenwagens . Die örtliche Polizei würde sich des Falles annehmen. Man würde Rudi in eine Klinik bringen und ihn auch von einem Psychiater untersuchen lassen, wie es bei jedem versuchten Suizid geschah.

Ich rief Anna an und bekam sie sofort an den Apparat. »Ich wollte dich auch gerade anrufen, Bembel«, erwiderte sie. Sie war in ihrem coolen Modus. »Wir treffen uns in einer Viertelstunde vor deinem Hotel. Schaffst du das?«

Ich wagte nicht zu widersprechen. »Klar doch. Bis gleich.«

Wie ich es innerhalb kürzester Zeit schaffte, ins Hotel zu laufen und mich umzuziehen, weiß ich bis heute nicht. Ich schnaufte ganz schön, als Anna in ihrem BMW vorfuhr und mir kaum Zeit ließ, in ihren Wagen zu klettern.

»Was Wichtiges?«, fragte ich überflüssigerweise.

»Wir haben den Tatort gefunden.«

»Und Rudi Schneider hat versucht, sich umzubringen.«

»Wie bitte?«

Ich erzählte, was passiert war. Sie rief sofort bei der örtlichen Polizei an, wies den Beamten an, sie auf dem Laufenden zu halten, und verlor etwas von ihrer Coolness. »Das wäre der zweite tote Goaßlschnalzer innerhalb weniger Tage gewesen«, sagte sie entsetzt. »Wir müssen noch mal mit Jule sprechen.«

»Der Tatort … wo ist es passiert?«

»Gegenüber von einer Bushaltestelle … am Festenbach.«

Ich blickte sie fragend an.

»Wenige Kilometer westlich von Miesbach. Ein Hundebesitzer hat die Stelle gefunden. Sein Schnauzer fing laut zu bellen an, als er daran vorbeikam. Weil ihm der Gestank des geronnenen Blutes in die Nase stieg, nehme ich an. Menschliches Blut, so viel steht schon mal fest. Ob es vom Hinterseer Alois stammt, wird uns die Gerichtsmedizin sagen. Es spricht alles dafür.«

Wir brauchten keine zwanzig Minuten zum Tatort, einer verlassenen Gegend mit zwei Bauernhöfen und einigen wenigen Häusern, die fast alle abseits der Hauptstraße lagen. Die Haltestelle gehörte zu der Sorte, an der die Busse nur selten hielten, weil dort niemand wartete oder aussteigen wollte.

Der übergewichtige Polizist, dem ich schon bei der Leiche begegnet war, begrüßte Anna und nickte mir grinsend zu. »Wollen's bei uns anfangen, Herr Kommissar? Sie wär'n der erste Preiß in unserer Truppe. Was meinen's?«

»Sprachprobleme«, erwiderte ich. »Und der falsche Fußballverein.«

»Ich hab noch ein Bayern-Trikot im Schrank.«

»Nicht für viel Geld, Gruber!«

Der eigentliche Tatort befand sich unterhalb der Hauptstraße auf einem Feldweg, der am Ufer des Festenbachs entlangführte und sich im dichten Gras verlor. Das viele Blut, das bei dem Mord geflossen war, hatte dunkle Spuren in der feuchteren Erde am Bach hinterlassen. Die Spurensicherung war bereits bei der Arbeit und suchte auch nach verräterischen Fußabdrücken.

Gruber und sein Kollege hatten den Tatort mit Absperrband gesichert und überließen die Bühne dem Chef der Miesbacher Kripo, der mich auch diesmal wieder kritisch musterte und lediglich ein Kopfnicken für mich übrig hatte.

»Höchste Zeit, dass Sie kommen, Anna!«, sagte er. »Jetzt haben wir endlich mal was Handfestes. Hier muss es passiert sein. Hier hat jemand den Hinterseer Alois ermordet.« Er sah den beiden Beamten der Spurensicherung bei der Arbeit zu. »Schon irgendeine Idee, wer es gewesen sein könnte?«

»Wir haben eine Reihe von Verdächtigen«, erwiderte Anna.

»Alle mit einwandfreien Alibis, soweit ich weiß.«

»Das ist gar nicht so sicher.«

Feger blickte mich an. Der spöttische Zug um seinen Mund gefiel mir überhaupt nicht. »Und was sagt unser City-Cop aus der Main-Metropole?«

»Noch nichts Handfestes … leider.«

»Wir arbeiten daran, Chef«, betonte Anna.

Meine Gehirnzellen liefen bereits auf Hochtouren. »Seltsam nur, dass der … dass Hinterseer ausgerechnet hier ermordet wurde. Mitten in der Pampa. An einer einsamen Bushaltestelle. Hier sagen sich doch Fuchs und Hase gute Nacht.«

»Bei uns gibt's eben keine Wolkenkratzer. Da gibt es viele einsame Gegenden.«

»Und warum sollte Hinterseer hier angehalten haben? Um sich am Waldrand zu erleichtern? Bis zu seiner Wohnung in Miesbach hatte er doch nur ein paar Kilometer. Um sich die Gegend anzusehen? Um die Zeit totzuschlagen?«

Anna ahnte, worauf ich hinauswollte. »Die Bushaltestelle war ein Treffpunkt. Er hatte sich hier verabredet. Mit seinem Mörder … oder seiner Mörderin. Er hat jemanden getroffen, vielleicht sogar jemanden, den er gekannt hat, und wurde im Streit von ihm oder ihr ermordet. Mit seinem eigenen Messer. Die beiden kriegen Krach, der Mörder zieht dem Alois das Messer aus dem Gürtel und sticht in seiner Wut zweimal zu. Und als er wieder klar denken kann, lädt er den Toten in seinen Wagen und fährt ihn nach Warngau.«

»Wir sollten noch mal mit der Jule sprechen. Sie weiß vielleicht mehr.«

»Und worauf warten Sie dann noch?«, fragte Feger ungeduldig. »Knöpfen Sie sich die Jule noch mal vor! Lösen Sie endlich diesen Fall! Mir sitzen bereits mehrere Bürgermeister im Nacken, die große Angst haben, dass ihnen diese Mordgeschichte zu viele Touristen wegnehmen könnte. Ganz abzusehen von diesen Reportern, sogar von der Bildzeitung war schon jemand bei mir.«

»Wir sind schon unterwegs, Chef«, sagte Anna.

Es war reichlich spät, und ich würde wahrscheinlich mein Abendessen im Hotel verpassen, aber ich wollte Anna nicht allein lassen und war auch viel zu neugierig, um mich vor der Befragung zu drücken. Jule hatte uns einiges verschwiegen, da war ich ziemlich sicher. Sie war kein Unschuldslamm.

Sie öffnete uns etwas widerwillig, ließ uns aber rein und bot uns etwas zu trinken an. Ihr Bruder saß vor dem laufenden Fernseher, irgendeine langweilige Vorabendserie, machte aber keine Anstalten, den Apparat abzuschalten.

»Haben Sie den Mörder endlich gefunden?«, fragte er, ohne uns anzublicken. »Der Obermüller Bruno hat's getan. Wann verhaften Sie ihn endlich?«

»Er hat ein Alibi. Hab ich Ihnen doch schon gesagt.«

»Und die Mitzi?«

»Die auch.«

»Und jetzt glauben Sie, dass es die Jule getan hat?«, brauste der Bruder auf. »Auch die Jule hat ein handfestes Alibi, schon vergessen? Die kann es nicht gewesen sein. Sie fährt manchmal ihre Krallen aus, das kann sie, die Jule, aber jemanden umbringen?« Er blickte Jule an. »Das brächte sie niemals fertig.«

»Wie war das damals mit dem Obermüller Bruno?«, hakte Anna bei der Jule nach. »Der Vorfall beim Schützenfest. Hat er Sie tatsächlich angegriffen? Wären Sie vergewaltigt worden, wenn der Bruno nicht gestört worden wäre?«

»Die alte G'schicht … die ist doch schon verjährt.«

»Der Bruno sagt, Sie hätten ihn ermutigt.«

»Der Dreckskerl lügt doch, wo er steht und geht!«, brauste Bastian auf. Der Fernseher lief noch, aber er sah längst nicht mehr hin. »Wie kommen Sie dazu, ihr so etwas vorzuwerfen? Nehmen Sie ihn endlich fest, dann ist Ruh!«

Anna ließ sich nicht beirren und blickte Jule forschend an.

»Ich war angeheitert und hätte mich wohl stärker wehren sollen«, antwortete Jule nach einigem Zögern, »aber er hat mich bedrängt, und er hat mir untern Rock gegriffen, der elende Saukerl, so was bilde ich mir doch nicht ein.«

»Hat das denn mit dem Mord am Alois zu tun?«, fragte Bastian.

»Sie haben recht«, räumte Anna ein, »deshalb sind wir auch nicht hier. Wir wollten Ihnen sagen, dass wir den Tatort gefunden haben. Wenige Kilometer von hier, gegenüber der Bushaltestelle am Fehrenbach. Unten am Bachufer.«

»Am Fehrenbach?«, fragte Bastian ungläubig.

Auch die Jule wunderte sich. »Was wollte er denn da?«

»Das fragen wir uns auch«, sagte Anna. »Wir dachten, Sie hätten vielleicht eine Idee. Wenn Ihr Mann am Fehrenbach angehalten hat und ausgestiegen ist, muss er mit seinem Mörder oder seiner Mörderin verabredet gewesen sein oder ihn oder sie gesehen haben und deshalb ausgestiegen sein. Es kann also auf keinen Fall ein Fremder gewesen sein. Eine heimliche Affäre vielleicht?«

»Was soll das?« Bastian war noch immer im Kampfmodus.

»Vielleicht hatte er neben der Mitzi noch eine andere.«

»Jetzt reicht's aber!«, schimpfte der Bastian.

»Er hatte keine andere, dafür wär ihm gar keine Zeit geblieben. Wenn die Mitzi kein Alibi hätte, würde ich Stein und Bein schwören, dass sie es getan hat. Aus Wut, weil er ihr gesagt hat, dass er bei mir bleiben würde.« Jule blickte ein paar Sekunden lang auf den Fernseher. »Ist Ihr Alibi denn sicher?«

»Die Mitzi war's nicht«, versicherte Anna ihr. »Haben Sie eine Idee, mit wem er sich sonst getroffen haben könnte? Es muss ja keine Frau gewesen sein. Hatte er mit irgendjemand Streit? Mit dem Burmeder Hansi vielleicht?«

»Weil der jetzt seinen Job bekommt? Nein, der ist kein Mörder.«

»Keine Idee?«

»Soweit ich weiß, werden Sie dafür bezahlt, den Mörder zu suchen. Von unseren Steuergeldern! Also gehen Sie, und machen Sie endlich Ihren Job! Verhaften Sie den Obermüller Bruno, oder ich mache es. Er hat's getan!«

»Überlassen Sie das uns!«, erwiderte Anna streng. »Es reicht doch, dass Sie schon einmal auf ihn eingeschlagen haben. Sie können von Glück sagen, dass der Bruno Sie nicht angezeigt hat. Das nächste Mal kommen Sie vielleicht nicht so billig davon. Und rufen sie uns an, wenn Ihnen noch was einfällt.«

Wir verabschiedeten uns und kehrten zu unserem Wagen zurück. Ich blickte auf die Uhr auf dem Display. »Im Hotel gibt's nur noch was zu essen, wenn ich in der Küche bettele. Wir zwei bei einem gemütlichen Italiener oder so?«

»Oder so?« Sie küsste mich auf die Wange. »Klingt vielversprechend.«

15

Hotel zur lockeren Schraube

Ich war schon seit einiger Zeit nicht mehr mit einer Frau zusammen gewesen und hatte eine Heidenangst, als wir uns gegen den Italiener und für das »Oder so« entschlossen. Doch meine Nervosität war unbegründet. Das verdankte ich vor allem Anna, die mir das Gefühl gab, sie schon seit Monaten zu kennen, und auch danach die richtigen Worte fand: »Denk bloß nicht, nur du wärst nervös gewesen. Ich weiß, die Leute halten mich für stark und cool, und im Job hilft mir das ungemein, aber vor dieser Nacht hab ich mich gefürchtet.«

»Und?«

»Jetzt nicht mehr.«

»Ich war gar nicht so schlimm?«

»Wir waren beide phänomenal«, sagte sie, »und ich bereue nicht eine Sekunde. Obwohl … wenn mir jemand gesagt hätte, dass ich mal mit einem Bembel …« Sie kicherte. »Ganz schön gewagt, ein Hesse und eine Bayerin.«

»Eigentlich kann das nicht gut gehen.«

»Solange wir nicht zu Bayern gegen Eintracht gehen.«

Als ich aufwachte, war Anna bereits verschwunden. Ich befürchtete schon, ich hätte die gemeinsame Nacht mit ihr nur geträumt, doch als ich in den Spiegel im Bad blickte, war dort nicht nur mein verschlafenes Gesicht, sondern auch ein Spruch zu sehen, den sie mit Lippenstift darauf geschrieben hatte: »Ich bin Bembel-Fan! Muss leider schon los. Wir hören voneinander.«

Beim Frühstück begegnete ich Grietje und ihrem Verehrer. Die beiden waren über Nacht zehn Jahre jünger geworden und sahen so zufrieden aus wie zwei Dreißigjährige, die gerade eine heiße Nacht hinter sich hatten. Ich hatte keine Ahnung, wozu ich in ihrem Alter noch fähig sein würde, hoffte aber, ähnliches Glück zu haben.

»Genießen Sie Ihren Urlaub?«, fragte ich höflich.

Blöde Frage.

»Oh, uns gefällt es großartig in Bayern!«, erwiderte Grietje. »Wir kommen beide aus Gegenden, in denen es kaum Berge gibt, und hier gibt es gleich so viele, dass man nicht weiß, auf welchen man zuerst klettern soll. Und Sie?«

»Ich komme langsam wieder in Form«, übertrieb ich. »Die Mitzi hat mich ganz schön rangenommen, und gejoggt bin ich auch schon.«

Typischer Smalltalk zwischen Hotelgästen.

Fast.

»Und romantisch ist auch alles im Lot?«, fragte Grietje verschmitzt.

Ich errötete. »Nun ja …«

»Die Polizistin, nicht wahr? Ich hab sie gesehen.« Sie nahm wirklich kein Blatt vor den Mund. »Eine nette Frau, und sie passt wirklich zu Ihnen.« Sie blickte Robert an. »Machen Sie es wie ich, Markus! Bleiben Sie am Ball!«

»Danke für den Tipp.«

Ich gönnte mir ein Rührei mit Pfifferlingen und hatte mich inzwischen an den Joghurt mit frischen Früchten gewöhnt, obwohl ich so was zu Hause niemals angerührt hätte. Immer noch besser als Haferflocken und Cornflakes ohne Schokolade oder Zucker und erstaunlich erfrischend. Ich hatte mir einen Zweiertisch gesucht, an dem ich einigermaßen vor der Holländerin sicher war. Ich brauchte Ruhe, um meine Gedanken zu ordnen.

Ich bin nicht der Typ für One-Night-Stands, die hinterlassen so ein schales Gefühl, und ich konnte mir auch nicht vorstellen, dass Anna dafür war. Sie hatte sich bestimmt gründlich überlegt, ob sie sich auf mein »Oder so« einlassen sollte. Aber wie sollte es mit uns weitergehen? Eine Fernbeziehung? Oder dachte ich einfach zu viel nach? Sollte ich mich locker machen, wie sich meine jüngeren Kollegen ausdrücken würden, und die Dinge nehmen, wie sie kamen? Eine gemeinsame Nacht war kein Eheversprechen, und dass wir uns mochten, hieß noch lange nicht, dass wir nach meinem Urlaub zusammenbleiben würden.

Die richtige Stimmung, um endlich das viel gepriesene Jod-Schwefelbad aufzusuchen und die heilenden Quellen auf mich wirken zu lassen. Jod und Schwefel halfen so ziemlich gegen alles, hatte ich mir sagen lassen. Ich entschied mich für ein Wannenbad, nicht gerade preiswert, wie ich herausfand, aber gemütlicher und belebender als die heimatliche Badewanne mit dem nach Blumen duftenden Schaumbad. Wie ein müder Frosch hockte ich in der Wanne, die Unterarme auf dem Beckenrand und den Blick zur Decke gerichtet. Allein die supermoderne Architektur war das Eintrittsgeld wert.

Ein Selfie für meine Mitstreiter in Frankfurt sparte ich mir. Ich würde ihnen ein Foto vom Tegernsee mailen, einen neckischen Satz hinzufügen und mich hüten, irgendeines meiner Abenteuer preiszugeben. Nach meiner Heimkehr würde ich schon genug Spott über mich ergehen lassen müssen. Ich ließ Jod und Schwefel auf mich wirken und beschloss, mich anschließend in eines der Cafés am See zu setzen und die Sonne zu genießen.

Auf dem Weg zum See rief ich Anna an. »Hey«, begrüßte ich sie, seltsamerweise etwas verlegen. »Ich hab mir gerade Jod und Schwefel gegönnt.«

»Klingt teuer.«

»Kann man wohl sagen. Zeit für einen Imbiss?«

»Leider nein«, erwiderte sie, »aber heute Abend könnten wir unser Essen beim Italiener nachholen. Ich hol dich ab, okay?« Man hörte das Klappern einer Tastatur. »Das Blut, das wir am Tatort gefunden haben, stammt übrigens wirklich vom Hinterseer Alois. Leider haben wir keine Fingerabdrücke am Messer gefunden. Nicht mal die vom Alois. Anscheinend hat sie jemand abgewischt.«

»Einer, der sich damit auskennt.«

»Oder eine.«

»Meinst du wirklich, es könnte eine Frau gewesen sein?«

»Ich glaube, in dem Fall müssen wir mit allem rechnen.« Sie seufzte. »Neuigkeiten von der Drogenfront? Obwohl ich mir nicht vorstellen kann, was die Drogenmafia vom Tod eines Goaßlschnalzers haben sollte. Das riecht eher nach einem Eifersuchtsdrama. Leider haben alle Beteiligten ein Alibi.«

»Die müssen wir wohl noch mal überprüfen.«

»Bin schon dabei.«

»Habt ihr den Nürnberger Spediteur überprüft, diesen Michael Voss?«

»Die Nürnberger Kollegen haben ihn gecheckt. Die Schmuggelsache damals war nicht sein Fehler. Ein unbescholtener Bürger, zumindest strafrechtlich. Moralisch ist er eher daneben. Er ist als Frauenheld bekannt, als Womanizer, wie wir Bayern sagen. Deine hübsche Hoteldame scheint nur eines von zahlreichen Opfern zu sein. Was seine Ehefrau kaum zu stören scheint.«

»Sie weiß davon?«

»Es würde ihr nichts ausmachen, sagen die Kollegen. Sie sei selbst kein Kind von Traurigkeit und hätte eine Beziehung mit einem jüngeren Mann.«

»Ist gerade im Trend.«

»Nichts für mich. Tu was für deine Gesundheit, Bembel!«

»Mach ich.«

Ich hatte das Seeufer erreicht, suchte mir einen Platz im Ufercafé und bestellte einen Eiskaffee. Mein Mittagsimbiss, und bei dieser Hitze besser als Cheeseburger, Pizza oder Salat. Der Himmel gab sich strahlend blau mit ein paar weißen Wölkchen. Auf dem See tummelte sich die übliche Anzahl von Segelbooten, und der Ausflugsdampfer tuckerte von einem Ufer zum anderen. Egal welcher Tag während der Hochsaison war hier immer was los. Am Ostufer leuchteten die beiden Türme des Bräustüberls.

Ich bin eigentlich nicht der Urlaubstyp. Am Strand von Mallorca oder Gran Canaria würde ich es keine zwei Stunden aushalten, und selbst in der Karibik wäre ich zwar für eine Boots- oder Schnorcheltour, aber niemals für stundenlanges Liegen am Strand zu haben. In Frankfurt und in meinem Job kommt man selten zur Ruhe, und auf meinem Balkon oder am Mainufer in Griesheim fand man mich nur höchst selten. Am Tegernsee gehörte der Müßiggang irgendwie dazu. Vielleicht lag es an den überwiegend älteren Menschen, die ihren Urlaub hier verbrachten und alles etwas langsamer angehen ließen. Und ich müsste lügen, wenn ich behaupten würde, dass mir mein Päuschen, noch dazu mit dem leckeren Eiskaffee, nicht gefiel. So ließ es sich aushalten.

In die Quere kam mir ein seltsamer Vogel im Trainingsanzug. Ein harmloser Jogger, der gerade überlegte, ob er sich ebenfalls einen Eiskaffee gönnen sollte, dachte ich, um wenige Augenblicke später eines Besseren belehrt zu werden. Der Mann, um die Dreißig und spindeldürr, trat wütend gegen eine Parkbank und schreckte die beiden älteren Damen hoch, die es sich dort bequem gemacht hatten. Nachdem sie gegangen waren, trat er noch einmal zu.

»Kruzifix, i hätt schon längst was tun sollen!«, rief er. Auch die folgenden Worte waren für mich schwer zu verstehen. Irgendwas mit »Saukrüppel« und »damischen Drecksäuen«, die Schuld an allem hätten und bestraft werden müssten. »Den Schädel sollte man ihnen einschlagen, dem verreckten Gesindel!« Und dann folgte ein Schimpfwort, das ich noch nie gehört hatte.

»Was ist denn mit dem jungen Mann los?«, fragte eine Dame am Nebentisch neugierig. Sie saß mit ihrem Mann und einem bayerischen Verwandten am Tisch. Ihr Schwiegersohn, hatte ich, ohne es zu wollen, mitbekommen.

Der Bayer bemühte sich so sehr um ein gepflegtes Hochdeutsch, dass es etwas gestelzt über seine Lippen kam. »Ein Damischer! Der will irgendjemand erschlagen, weil er an irgendwas schuld sein soll. Keine Ahnung, von was der redet.«

»Wie furchtbar!«, erwiderte die Dame. »Ist er betrunken?«

»Glaub ich nicht, der ist auch nüchtern so. Wahrscheinlich kommt er aus Tölz, aus dem Hotel zur lockeren Schraube.« Er lachte kurz. »So nennen wir die psychiatrische Klinik dort. Ein angesehenes Krankenhaus, aber einige der Patienten haben tatsächlich eine Schraube locker.« Er griff sich an die Stirn.

»Sie sind psychisch krank?«

»So kann man's auch nennen.«

Der »Damische«, wie ihn der Bayer am Nebentisch genannt hatte, stützte sich mit beiden Händen an der Parkbank ab und kam immer mehr in Fahrt. »In Rosenheim ist's passiert«, schimpfte er. »Sie haben sie über den Haufen gefahren, die Dreckskerle! Als wär sie gar nicht da gewesen! Einfach so, wia a lästiges Wimmerl. Sie hat nix tun können, die Annemarie. Keine Chance hat die Ärmste gehabt. Von einer Sekunde auf die andere war sie tot.«

Als hätte seine derbe Sprache die Kurgäste nicht schon genug erschreckt, griff der gestörte Mann plötzlich nach einem Ast, der auf dem Boden lag, und schlug damit so wütend auf die Bank ein, dass das Holz nach allen Seiten spritzte. Ein Tobsuchtsanfall war nichts gegen seinen Ausbruch.

Ich überlegte, ob ich eingreifen sollte. Immerhin war ich als Kriminalbeamter verpflichtet, die Allgemeinheit zu schützen. Das Klinikpersonal auch, dachte ich verwundert. Wenn er tatsächlich aus besagter Klinik in Bad Tölz kam, musste doch ein Pfleger bei ihm sein. Noch war keiner zu sehen.

Er schleuderte den Ast, oder besser, was davon übrig war,

zu Boden und stieß einen wütenden Schrei aus. »Die Goaßlschnalzer sind schuld! Die haben die Annemarie auf dem Gewissen! Habt ihr gehört? Die Goaßlschnalzer … sie hätten alle hinter Gitter gehört, aber sie haben die Burschen laufen lassen … Goaßlschnalzer fahren keine unschuldigen Frauen über den Haufen … die tun so was nicht!«

Spätestens das Wort »Goaßlschnalzer« riss mich von meinem Stuhl hoch. Ich lief zu dem aufgebrachten jungen Mann und überlegte mir bereits, wie ich ihn am besten beruhigen könnte, als ein weiß gekleideter Pfleger erschien und sich des Mannes annahm. Ich zog meinen Polizeiausweis hervor und zeigte ihn dem Pfleger. »Hauptkommissar Possmann. Ich möchte mich nicht einmischen, aber der junge Mann hat gerade etwas gesagt, was mit einem unserer Fälle zu tun haben könnte. Er hat etwas von ›Goaßlschnalzern‹ gesagt.«

Der Pfleger grinste. »Sie san wohl net von hier?«

»Zugereist«, antwortete ich.

»Das hat nix zu sagen«, fuhr er fort, »der schimpft dauernd auf die Goaßlschnalzer. Seine Schwester ist von einem Wagen mit Goaßlschnalzern überfahren worden. Ist schon einige Jahre her, aber er leidet immer noch darunter. Eigentlich müsste er längst drüber weg sein, aber er ist hartnäckig.«

»Und wie kommt er hierher?«

»Wir waren seine Eltern besuchen, die wohnen hier.«

»Und jetzt fahren Sie in die Klinik zurück?«

»Nach Tölz, genau.«

»Wie heißt denn sein Arzt?«

»Dr. Schmettow. *Frau* Dr. Schmettow. Jetzt müssen wir aber.«

Ich kehrte an meinen Tisch zurück und zahlte meine Rechnung. Die Bedienung war bereits nervös geworden. Ich gab ihr ein üppiges Trinkgeld und kehrte nachdenklich in mein Hotel zurück. Eine Zeitlang hielt ich es in meinem Zimmer aus, lag auf meinem Bett, die Hände hinter dem Kopf verschränkt, die Augen geschlossen, und dachte über den jungen Mann aus der Klinik nach. Was blühte uns, wenn die Beziehungsdramen, die wir im Fokus hatten, gar nichts mit dem Mord an Alois Hinteresser zu tun hatten? Wenn der fluchende Patient ihn getötet hatte, nur weil er ein Goaßlschnalzer war?

Ich beschloss, die Klinik aufzusuchen und mit Dr. Schmettow zu sprechen, bevor ich Anna mit einer neuen Theorie belästigte, die sich vielleicht als vollkommen realitätsfremd herausstellen würde. Ich stieg in meinen Golf und folgte meinem Navi nach Bad Tölz, einem bayerischen Vorzeige-Kurort wie Bad Wiessee, nur größer und kitschiger, zumindest in den Gegenden, die von Touristen bevorzugt wurden. Die Klinik lag am westlichen Stadtrand, ein dreistöckiger Bau, der mich vor allem innen überraschte. Bereits in der Eingangshalle empfing mich eine supermoderne Wohlfühl-Atmosphäre mit indirekter Beleuchtung. Alles bereits Teil einer möglichen Therapie, wie ich später erfuhr.

Die Empfangsdame reagierte wie gewünscht, als ich ihr meinen Polizeiausweis zeigte, und führte mich direkt zu Dr. Gerda Schmettow, einer resoluten Dame in den Sechzigern. »Ein Polizist aus Frankfurt am Main?«, wunderte sie sich, nachdem wir uns begrüßt hatten. Sie setzte sich hinter ihren Schreibtisch und bot mir den Besuchersessel an. »Wie kann ich Ihnen helfen?«

»Ich arbeite mit der Kripo in Miesbach zusammen«, erklärte ich und berichtete von meiner Begegnung mit dem jungen Patienten. Ich begleitete meine Worte mit einem Lächeln. »Er hält sich doch bei Ihnen in der Klinik auf?«

»Siegfried Gruber«, bestätigte sie. »Er will Siggi genannt werden.«

Ich machte mir Notizen. »Am Seeufer in Bad Wiessee hat er in ziemlich übler Weise auf die Goaßlschnalzer geschimpft.« Ich brachte das Wort noch immer nicht richtig heraus und erntete auch von ihr ein mitleidiges Lächeln. »Der Pfleger sagte mir, seine Schwester wäre bei einem Unfall ums Leben gekommen, verursacht von einem Wagen mit Goaßlschnalzern. Stimmt das?«

»Was ich Ihnen sage, verstößt nicht gegen die ärztliche Schweigepflicht, das können Sie sogar in der Zeitung nachlesen. Nur war es nicht so, wie er es sich einbildet. Nicht die Rosenheimer waren schuld an dem Unfall, sondern seine Schwester. Es existiert der Mitschnitt einer Überwachungskamera, der beweist, dass sie den Unfall durch ihren Leichtsinn selbst verursacht hat.«

»Die Rosenheimer?«, wunderte ich mich.

»Der Unfall geschah in Rosenheim; dort wohnten er und seine Familie damals noch, bevor sie nach Bad Wiessee zogen. In seinen Gedanken hat sich eine andere Wirklichkeit manifestiert. Er glaubt fest daran, dass der Fahrer des Kleinbusses sie mit Absicht angefahren hat. Seine Eltern bringen ihn alle paar Monate zu uns, aber wir haben bisher noch kein Mittel gefunden, sein Trauma zu lösen. Die Therapie ist ein langwieriger Prozess, und man muss viel Geduld aufbringen. Leider kommt es bei manchen Patienten öfter zu offen zur Schau gestellten Aggressionen. Siggi war eigentlich auf einem guten Weg, sonst hätten wir die Fahrt nach Bad Wiessee gar nicht erlaubt.«

»Und warum schimpft er auf die Goaßlschnalzer in Wiessee, wenn der Unfall in Rosenheim passiert ist? Entschuldigen Sie mein schlechtes Bayerisch.«

»Das hat nichts zu sagen. Seine Abneigung richtet sich gegen alle Goaßlschnalzer. Mehr kann ich Ihnen nicht sagen, das verstößt nun wirklich gegen die Schweigepflicht.« Sie blickte mich neugierig an. »Warum fragen Sie?«

»Laufende Ermittlungen«, konterte ich ihren Einwand mit der Schweigepflicht. Ich lächelte. »Eins noch: Können Sie mir sagen, wo sich Siggi Gruber am letzten Sonntag zwischen fünfzehn und achtzehn Uhr aufgehalten hat?«

Sie beugte sich nach vorn. »Er braucht ein Alibi?«

»Reine Routine, Frau Dr. Schmettow.«

Sie brauchte nicht lange zu überlegen. »Am Sonntag hatten wir unseren großen Spiele-Nachmittag, da waren die meisten Patienten dabei. Siggi Gruber auf jeden Fall. Ich war selbst im Haus und könnte das sogar bezeugen.«

»Vielen Dank, Sie haben mir sehr geholfen.«

16

Im Bann der Peitsche

Ich war selbst schuld. Hätte ich mich aus den Ermittlungen herausgehalten und nur um meine Fitness gekümmert, wäre es ein wunderschöner Urlaub geworden. Bestes Sommerwetter, ideale Bedingungen im Hotel und eine Aussicht wie in einem kitschigen Heimatfilm. Auch an diesem Nachmittag, als ich die Klinik verließ und nach Bad Wiessee zurückfuhr, riet mir eine innere Stimme wieder, mich nicht um fremde Fälle, sondern um meine eigenen Angelegenheiten zu kümmern und mich an der bayerischen Idylle zu erfreuen.

Aber was wusste schon diese geheimnisvolle Stimme. Immerhin hatte ich die Leiche des Goaßlschnalzers gefunden, und es war doch leicht möglich, dass es um etwas Bedeutsameres als Liebe und Eifersucht ging und Novak und Banik mit der Sache zu tun hatten. Die beiden Drogendealer waren bestimmt nicht in Bad Wiessee aufgetaucht, um hier ihren Urlaub zu verbringen. Ich war viel zu neugierig und dickköpfig, um mich zurückzuhalten und den unbeteiligten Wellness-Jünger zu spielen, während um mich herum ein Drama ablief. Kein Ermittler hätte das gekonnt, vor allem dann nicht, wenn er mit einer Kommissarin wie Anna zusammenarbeiten durfte. Die erste Frau, die es seit langer Zeit geschafft hatte, bis zu meinem Herzen durchzudringen.

Was nicht hieß, dass ich Tag und Nacht im Einsatz blieb. Als ich die Abzweigung zum Sportzentrum erreichte, bog ich kurz entschlossen nach rechts ab und parkte meinen Golf neben den anderen Wagen aus Hessen. Mein Eintracht-T-Shirt hatte ich vorsichtshalber auf dem Rücksitz abgelegt. Mit dem Adler auf der Brust lief ich zum Trainingsplatz und durfte bei einem interessanten Spielchen zusehen. Angriff gegen Abwehr, doch wenn ich gedacht hatte, die Jungs hielten sich im Training zurück und nähmen aufeinander Rücksicht, sah ich mich bald getäuscht. Jeder kämpfte um seinen Stammplatz und ging ordentlich zur Sache. Schon am Sonntag, beim Vorbereitungsspiel gegen die Tegernsee-Auswahl, würde sich die Spreu vom Weizen trennen.

Ich blieb eine Weile bei den Frankfurtern stehen und diskutierte über die mögliche Stammelf, bekam aber auch die Unterhaltung zweier Einheimischer mit, die nur ein paar Meter entfernt im Gras saßen und über etwas ganz anderes sprachen. Als einer »Goaßlschnalzer« sagte, wusste ich auch, worüber.

Ich rückte etwas näher an sie heran und spitzte die Ohren. Zwei Männer, beide im Rentenalter und beide in Trikots des 1. FC Nürnberg. Nicht ganz so schlimm wie die roten Trikots der Unaussprechlichen. Ihre verwitterten Gesichter unterschieden sich kaum, beide sahen aus wie der Alm-Öhi und trugen lederne Bundhosen und bayerische Janker mit Hirschhornknöpfen, nur trug einer einen dichten Schnurrbart und der andere einen weißen Dreitagebart.

»Mit seinem eigenen Messer hat man den Hinterseer Alois umgebracht, hast das gewusst?«, fragte der Schnurrbart. Sein Bayerisch war einigermaßen zu verstehen, oder ich hatte mich inzwischen an den Dialekt gewöhnt. »Hab ich gerade erst gelesen. ›Goaßlschnalzer starb in seiner Lederhos'n‹

stand da. Soll blutig zugegangen sein. Zwei Messerstiche, einer davon in die Lunge.«

»Vielleicht hat er's verdient, der Alois.«

»Wie kommst denn darauf?«

»Er soll ein Verhältnis mit der Mitzi gehabt haben«, erwiderte Dreitagebart, »dem Obermüller seiner Frau. Kennst die Mitzi? Sie arbeitet im Seeparadies und knetet dort die Sommerfrischler durch. Ich hab sie ein paarmal vor dem Hotel bei ihrem Wagen und beim Einkaufen im Supermarkt um die Ecke gesehen. Ich wohne gegenüber vom Supermarkt, weißt du doch.«

»Und hängst den halben Tag am Fenster und beobachtest die Leit.«

»Besser als Fernsehen oder Netfix.«

»Netflix.«

»Meinetwegen.«

»Du meinst, die Jule hat ihn umgebracht?«, fragte der Schnauzbart.

»Die Jule würde so was nie tun. Sie hat öfter ein loses Maul, hab ich mir sagen lassen, aber einen umbringen könnte die nicht. Obwohl sie allen Grund dazu gehabt hätte. Wenn der Alois tatsächlich neben raus wär, meine ich.«

»Und die Mitzi?«

»Die hat auch ein loses Maul«, sagte Dreitagebart, »aber sie wär doch verrückt, wenn sie den Mann, mit dem sie die ganze Zeit rummacht, aus dem Verkehr ziehen würde. Obwohl … der Friedl vom Kegelclub hat mir erzählt, dass der Bruno die Mitzi schlagen soll. Würde mich nicht wundern, wenn man weiß, wie schnell der auf Hundertachtzig ist. Rumvögeln soll er auch.«

»Der Bruno? Ich dachte der hätte nur seine Schnalzerei im Sinn.«

»Von wegen, der hat es faustdick hinter den Ohren.«

»Mit anderen Weibsbildern?«

»Und ob«, sagte Dreitagebart. »Sogar die Jule soll er angebaggert haben. Beim letzten Schützenfest am Seeufer. Unters Dirndl soll er ihr gegriffen haben! Das hab ich von einem, der dabei war. Und sie war nicht die einzige.«

»Er hat noch andere?«

Dreitagebart gab sein Halbwissen genüsslich preis. »Ich kenn natürlich nicht jedes Weibsbild, dem er an die Wäsche ist, aber mit der Dunkelhaarigen vom Seeparadies hab ich ihn mal gesehen. Du weißt schon, dieser Sandra.«

»Die ist doch mit dem Manager zusammen?«

»Das stört doch den Bruno nicht.«

»Sie ist aber auch ein sauberes Weibsbild!«, sagte Schnauzbart. Seine Augen strahlten vor Begeisterung. »Also, wenn ich vierzig Jahre jünger wär …«

»… würdest du dir eine Abfuhr holen.«

»Wieso denn? So schön wie der Bruno bin ich schon lange.«

»Aber nicht so reich.«

»Da hast du auch wieder recht. Außerdem hatte ich mit meinem Roserl, der liebe Gott hab sie selig, genug zu tun. Bei ihr gab's keine ruhige Minute.«

»Wie meine Resi. Die wollte es wissen, die Resi!«

»Und wer hat jetzt den Alois umgebracht?«, fragte Schnauzbart.

Dreitagebart hatte wohl schon darüber nachgedacht. »Also, für mich wär der Bruno erste Wahl. Weil der Alois mit seiner Frau rumgemacht hat und weil die beiden sich sowieso nie leiden konnten. Die sollen sich schon auf der Berufsschule in Tölz in die Haare geraten sein. Und weil er der Typ für so was ist. Der geht doch beim kleinsten Ärger an die Decke.« Er kratzte sich nachdenklich am Kinn. »Oder es war einer dieser damischen Serienkiller, über die im Fernsehen so oft berichtet wird. Einer, der keine Goaßlschnalzer mag. Oder was gegen den Namen Alois hat. Oder auf alle Bayern losgeht …«

Auch wenn ich Eintracht-Fan bin, blieb ich bei der Unterhaltung der beiden Senioren doch ganz Ohr. Es war immer interessant, die Meinung der Einheimischen zu hören. Nur dass wir Jule und Mitzi nicht völlig als Täterinnen ausschlossen und selbst angebliche Randfiguren wie den Burmeder Hansi und den Aumüller Bastian für möglich hielten. Immer vorausgesetzt, ihr Alibi erwies sich als nicht so wasserdicht, wie es den Anschein hatte. Aber es wäre nicht das erste Mal, dass so ein Alibi vor meinen Augen zu Staub zerfiel.

Die beiden Alten machten sich davon, und ich sah eine Weile beim Training zu, bevor ich in meinen Wagen stieg und mein Hotel ansteuerte. Obwohl die Sonne sich bereits anschickte, hinter den Bergen zu verschwinden, war es noch hell und sommerlich warm. Ich freute mich auf das Essen mit Anna, war aber auch nervös. Wenn man eine Frau wirklich mag, fällt es einem lange nicht so leicht wie bei anderen Dates, natürlich und locker zu bleiben.

Bloß nicht lange darüber nachdenken, sagte ich mir und wurde schon im nächsten Augenblick abgelenkt, als mir ein Motorradfahrer auf einer Honda entgegenkam und in die

Auffahrt zur Ford-Vertretung von Bruno Obermüller fuhr. Mein misstrauisches Ermittlerhirn reagierte sofort. Ich trat so fest auf die Bremse, dass mir beinahe ein Lieferwagen auffuhr, erntete ein wüstes und natürlich berechtigtes Hupkonzert und folgte dem Biker zu dem Autohaus.

Ich parkte neben einigen Gebrauchtwagen und beobachtete aus der Deckung heraus, wie der Motorradfahrer abstieg und seinen Helm abnahm. Bastian Aumüller, wie ich schon vermutet hatte. Jules Bruder hatte anscheinend noch immer nicht genug. Ich suchte meine Pistole, stellte wieder fest, dass sie zu Hause im Schrank lag, und beschloss, auch ohne Waffe mit den Streithähnen fertigzuwerden. Ich löste meinen Sicherheitsgurt, jederzeit bereit, beim geringsten Anzeichen von Gefahr aus dem Wagen zu springen.

Zu meinem Erstaunen kam Basti schon nach wenigen Minuten wieder aus dem Autohaus heraus, gefolgt von der hübschen Angestellten, die ich auch schon kennengelernt hatte. Sie deutete eine Böschung hinauf und sagte etwas, was ich nicht verstand. Anscheinend hielt sich Bruno oberhalb des Hangs auf.

Ich öffnete vorsichtig die Tür und erkannte auch sofort, was der Bruno dort trieb. Von der Wiese, die sich oberhalb der Böschung bis zum Waldrand erstreckte, klangen rhythmische Peitschenhiebe und schräge bayerische Klänge herab. Bastian Aumüller kletterte entschlossen den steilen Hang hinauf.

Ich ahnte, was kommen würde, und folgte ihm. Beim Anstieg merkte ich, wie sich mein Urlaub langsam bezahlt machte und ich wieder etwas flotter und sicherer auf den Beinen war, wenn auch noch etliche Stunden zum Superhelden-Status fehlten. Oben angekommen, schnaufte ich einmal kräftig durch und beobachtete mit Schrecken, wie der Bastian wütend auf die Goaßlschnalzer zuging. Außer dem Rudi, der sich wohl in psychiatrischer Behandlung befand und noch einige Zeit brauchen würde, bis er wieder die Peitsche schwingen konnte, war die ganze Truppe versammelt. Sechs stramme Burschen und ihr Anführer, der Obermüller Bruno. Auf der Wiese, wohl ehemals die Weide eines Bauernhofs, war genügend Platz für ihr Peitschentraining.

»Und vergesst's net«, sagte der Bruno gerade, »beim Triangl müsst ihr hellwach sein! Vorhand, Rückhand und ein Zwischenschlag. Wenn ihr den versaut, kriegt's überall einen Punktabzug. Also, noch mal von vorn …« Er ging zu der Anlage, die beim Üben die Kapelle ersetzte, und wollte sie gerade wieder anwerfen, als er den aufgebrachten Bastian entdeckte und erschrak.

»Du schon wieder!«, lästerte er. »Du hast wohl nie genug! Ich hab der Jule nichts getan, und den Alois hab ich auch nicht auf dem Gewissen. Also lass mich endlich in Ruhe, und spiel nicht wieder den wilden Mann! Schleich di!«

Der Aumüller Bastian ließ sich nicht einschüchtern, dazu war er viel zu geladen. »Glaub bloß nicht, dass ich dich davonkommen lass!«, tönte er. »Neulich am See hast Glück gehabt. Wenn die Bullen nicht gewesen wären, hätt ich dir schon da die Nase blutig geschlagen. Aber jetzt bist du dran!«

»Du glaubst wohl, du wärst der Schwarzenegger!«

»Für dich reicht's noch, du mickriger Peitschenschwinger!«

»Na, das wollen wir doch mal sehen!«

Bevor der Bastian und auch ich merkten, was geschah, holte der Bruno blitzschnell mit seiner Goaßl aus und ließ sie direkt vor den Augen des Angreifers knallen. Der Bastian blieb abrupt stehen, konnte auch gar nicht mehr weiter, denn im selben Augenblick knallte die Peitsche zum zweiten Mal, und die Schnur wickelte sich so schnell und heftig um seine Fußgelenke, dass er unsanft von den Beinen gerissen wurde und auf dem harten Boden landete.

»Du mistiger Scheißkerl!«, fluchte er wütend.

Der Bruno lachte nur und wollte erneut ausholen, doch diesmal war ich schneller und rief: »Aufhören! Sofort! Runter mit der Peitsche, oder ich bringe Sie wegen Körperverletzung ins Gefängnis! Ich sag's nur einmal, Bruno!«

Wütend ließ er die Peitsche sinken.

»Und Sie setzen sich auf Ihr Motorrad und fahren nach Bad Tölz zurück, oder es blüht Ihnen was ganz Ähnliches! Der Bruno hat ein Alibi für den Mord, und die Jule lässt er in Ruhe. Die Polizei hat ein waches Auge auf ihn.«

»Und er kann machen, was er will. Versteh schon.«

»Sie verstehen gar nichts, sonst wären Sie schon unterwegs. Also?«

Der Bastian sah ein, dass er am kürzeren Hebel saß, und zog missmutig davon. »Wir sehen uns noch!«, rief er, als er über die Böschung stieg und zum Parkplatz hinabkletterte. Wenig später heulte der Motor seiner Honda auf.

»Ich wär schon mit ihm fertiggeworden«, sagte der Bruno.

»Treiben Sie es nicht zu toll, Bruno!«, warnte ich ihn. »Ihr Alibi ist wasserdicht, das haben wir doppelt und dreifach nachgeprüft, das heißt aber noch lange nicht, dass Sie machen können, was Sie wollen. Schon klar, Ihr Privatleben geht die Polizei nichts an, aber bei Ihrem Frauenverschleiß greift man leicht mal daneben und bekommt jede Menge Ärger. Was meinen Sie, mit wie vielen Morden von eifersüchtigen Ehemännern unsere Kommissare zu tun haben? Gegen die ist ein wütender Bruder wie der Bastian noch harmlos.«

Bruno Obermeier warf seinen grinsenden Kollegen einen strafenden Blick zu und ging mit mir zum Parkplatz hinunter. »Was soll das heißen, bei meinem Frauenverschleiß? Die Mitzi und ich, wir haben uns beide nichts vorzuwerfen. Sie hat es mit dem Alois getrieben, schlimm genug, und ich such mir manchmal einen Hasen. Deswegen lassen wir uns nicht scheiden.«

»Aber Sie verprügeln die Mitzi so heftig, dass sie sich kaum noch traut, in den Spiegel zu blicken. Die Mitzi und der Alois, ausgerechnet mit Ihrem ärgsten Feind muss Sie sich einlassen! Das muss Sie doch gewurmt haben.«

»Sie hat ihre Strafe bekommen«, sagte der Bruno. »Und wär der Alois nicht ermordet worden, hätte ich ihm eine saubere Drisch verpasst, darauf können Sie sich verlassen. Aber mit dem Mord hab ich nichts zu tun. Ich hab ein Alibi. Oder glauben Sie, ich hätte einen Auftragskiller losgeschickt?«

»Alles schon da gewesen.«

»Ich bring keine Menschen um. Nicht mal den Alois.«

»Aber vielleicht hat es jemand auf Sie abgesehen … so wie der Bastian. Passen Sie auf, Bruno. Lieber ein Hase weniger als ein wütender Ehemann.«

Er grinste frech. »Ich lass nichts anbrennen, Herr Kommissar.«

Ich verabschiedete mich und fuhr zu meinem Hotel zurück. Unterwegs hielt ich an einem Blumenladen und kaufte eine rote Rose. Die Verkäuferin, erkennbar älteres Semester, grinste vielsagend. »So was würd ich mir von meinem Hansi auch mal wünschen«, sagte sie. Sie wickelte die Rose in durchsichtige Folie und gab mir ein Tütchen mit einem Pulver, das man ins Blumenwasser schütten sollte. »Ich hab Ihnen die schönste ausgesucht.«

Ich bedankte mich und gab der Verkäuferin ein ordentliches Trinkgeld. In meinem Hotelzimmer stellte ich die Rose in eine Vase. Ich hatte noch eine Stunde, bis Anna mich abholen würde, und die Rose sollte noch genauso frisch aussehen wie jetzt, wenn ich sie übergab. Ich kann auch romantisch sein, besonders wenn ich ein so wichtiges Date wie an diesem Abend vorhabe. Nach einer ausgiebigen Dusche und in frischen Klamotten war ich bereit.

Zwanzig Minuten vor der verabredeten Zeit ging ich zur Tür. Ich hatte noch nicht die Klinke in der Hand, als sich mein Handy mit dem Eintracht-Schlachtruf meldete. Bloß keine Absage, dachte ich, doch auf dem Display stand der Name meiner Kollegin bei der Frankfurter Polizei. »Ilona?«

»Keine Angst«, meldete sie sich, »wir überwachen dich nicht.«

»Na, da bin ich aber froh.«

»Der Chef hat mich gebeten, dich anzurufen. Er hatte wohl Schiss, dich zu bitten, noch eine Woche in Bayern dranzuhängen.« Sie lachte. »Krass, was?«

»Ich hab nichts dagegen.«

»Ach ja? Wie heißt die Dame?«

»Es ist nicht so, wie du denkst.«

»Wie sie heißt. Du weißt, ich bin neugierig.«

»Anna. Hauptkommissarin Anna Thiermayer.«

»Ach nee.« Sie lachte wieder. »Das trifft sich gut. Dann bist du schon an der Sache dran, vermute ich mal. Dass du noch eine Woche bleiben sollst, hat nämlich berufliche Gründe. Wir haben über einen Informanten erfahren, dass sich Adrian Markovic in deiner Gegend aufhalten soll. Angeblich fiel das Wort ›Tegernsee‹ in einer Unterhaltung. Ich weiß, ist nur ein vager Hinweis, aber der Chef meint, wenn du schon in der Gegend wärst, könntest du den Kollegen dort ein wenig zur Hand gehen. Die Woche gilt nicht als Urlaub.«

»Markovic? Dann hatte ich also recht.«

»Was meinst du?«

»Hier wurde ein Goaßlschnalzer ermordet, so ein Folklore-Fritze, und ich hab mir eingebildet, ich hätte Novak und Banik in der Nähe gesehen.« Ich erzählte ihr von meiner Verfolgungsjagd. »Ich dachte mir, warum sollten Drogendealer einen harmlosen Lederhosenträger umlegen, aber wenn Markovic wirklich in der Gegend ist, kann hier natürlich noch eine ganz andere Schweinerei abgehen.«

»Du sollst nur ein wenig die Augen aufsperren«, sagte Ilona. »Der Chef hat die Kollegen in Miesbach angerufen. Der Typ dort sagte, du würdest sowieso schon mit ihnen zusammenarbeiten. Du kannst es nicht lassen, stimmt's?«

Das Zimmertelefon klingelte.

»Sorry, Ilona. Ich muss gehen.«

»Anna?«

»Bis bald, Ilona.«

17

Überstunden

Als ich die Lobby erreichte, wartete Anna bereits auf mich. »Sorry«, entschuldigte ich mich, »ein Anruf aus Frankfurt. Ich soll noch eine Woche in Bad Wiessee bleiben. Mein Chef hat bereits mit deinem Chef gesprochen.«

»Ich weiß«, sagte sie grinsend, »hab's auch gerade gehört.«

Ich wandte mich an die Angestellte an der Rezeption und hatte keine Schwierigkeiten, um eine Woche zu verlängern.

»Fahren wir?«

Wir stiegen in ihren Wagen, und ich wusste nicht, wohin mit der Rose, als ich den Sicherheitsgurt einschnappen ließ. Ihr Lächeln brachte mich endgültig aus dem Konzept. Sie deutete auf die Rose. »Ist die für mich?«

»Wie? Oh … ja … ja, natürlich.« Ich reichte ihr die Rose.

Sie küsste mich zärtlich. »Old School hat auch was.«

»Zum Italiener?«, fragte ich, auch um meine Verlegenheit zu vertreiben.

»Zu mir«, überraschte sie mich erneut. »Meine Spaghetti mit Shrimps und Tomaten sind absolute Extraklasse, und gemütlicher ist es bei mir auch.«

»Klingt sehr verlockend.«

»Koche ich auch nicht für jeden.«

»Ein Geheimrezept?«

»Hab ich von meiner Oma, die fuhr einen Reisebus und war jedes zweite Wochenende in Italien. Ein paar Jahre war sie mit dem Koch einer kleinen Trattoria liiert, da schnappt man so manches auf. Lass dich überraschen!«

Anna wohnte im zweiten Stock eines Mehrfamilienhauses, nur wenige Kilometer von meinem Hotel entfernt im südlichen Teil der Stadt. Ich fühlte mich an eine meiner ersten Freundinnen erinnert, der ich als Siebzehnjähriger ebenfalls in den ersten Stock nachgestiegen war und dabei so starkes Herzklopfen bekommen hatte, dass ich mich am Geländer festhalten musste. So schlimm war es diesmal nicht, aber nervös war ich doch, daran änderte auch Annas aufmunterndes Lächeln nichts. Was hatte ich noch mal damals dagegen getan?

In der Wohnung legte sie ihre Umhängetasche und die Rose ab und schlang beide Arme um meinen Hals. Was dann geschah, kannte ich aus mehreren Filmen: der Mann und die Frau, durch die Zärtlichkeiten während der Autofahrt bereits in Stimmung, schaffen es gerade noch, die Wohnungstür hinter sich zu schließen, bewegen sich küssend und voller Lust durch den Flur und markieren ihren Weg ins Schlafzimmer mit ihren Kleidungsstücken, so wie es einst Hänsel und Gretel mit den Brotkrumen im Wald getan haben.

Bei mir war es bisher anders gelaufen, warum auch immer, aber ich hatte auch noch nie so stark empfunden wie bei Anna. Ich war fasziniert von ihr, ihrer coolen und professionellen Art, wenn sie ihren Job ausübte, und ihrer Wärme, wenn sie mich umarmte und küsste. Mit anderen Worten: Ich hatte mich rettungslos in sie verliebt. Ausgerechnet im tiefsten Bayernland traf ich auf eine Frau, die mein Herz und meine Seele berührte. Vor allem, was den Humor betraf, sendeten wir auf derselben Welle, die beste Voraussetzung für eine gute Beziehung, und beruflich funktionierten wir, als wären wir schon monatelang als Partner unterwegs. Und was wir am Ende unserer Kleiderspuren in ihrem Schlafzimmer taten, konnte sich ebenfalls sehen lassen.

Die Spaghetti kamen erst sehr viel später dran. Es war fast schon Mitternacht, als wir leicht bekleidet in der Küche standen und unser Abendessen kochten. Den Rotwein hatten wir bereits im Bett geöffnet und uns lächelnd zugeprostet, als hätte unsere Liebesnacht so begonnen, wie wir uns das beide vorgestellt hatten. Natürlich bereitete es mir Spaß, mit einer Frau zu schlafen. Ich bin kein Heiliger und war schon mit einigen Frauen im Bett gewesen, die mich angemacht oder durch ihr gutes Aussehen gelockt hatten, aber bei Anna war alles anders. Bei ihr übertrafen die Empfindungen alles bisher Dagewesene, und ich hatte nicht das Gefühl, möglichst schnell das Weite zu suchen müssen. Es tat meiner Seele gut, mit ihr zusammen zu sein, und ich hoffte sehr, dass sie ähnlich empfand. Das Glitzern in ihren Augen sprach dafür.

Erst während des Essens fand ich Gelegenheit, mich in der Wohnung umzusehen. Sehr viel Holz, sehr viel großer Schwede, das Billy-Regal gefüllt mit deftigen Thrillern, einigen Romanen und Fachliteratur über Kriminalfälle und Schusswaffen. Im Regal und auf der Couch rote Teddybären in mehreren Größen.

Ich deutete auf die Plüschbären. »Du sammelst rote Teddybären?«

»Jetzt nicht mehr.«

»Sondern?«

»Blaue … aber die sind schwerer zu bekommen.«

Die Spaghetti schmeckten köstlich, nicht zu fest und nicht zu weich, und die Soße hatte die richtige Schärfe. Der Parmesan kam aus dem Streuer, aber das war uns egal, dafür war das Baguette vom selben Tag und schön knusprig. Vielleicht schmeckte das Essen aber auch nur deshalb so gut, weil Anna und ich zusammen aßen. Zum Nachtisch gab es Caffé Latte mit extra viel Milch.

»Warum bist du zur Polizei gegangen?«, fragte sie nach einer Weile.

»Bogie und Bacall«, antwortete ich. »Das waren …«

»Ich weiß, wer die beiden waren«, sagte sie mit jenem lässigen Blick, der Lauren Bacall weltberühmt gemacht hatte. »Humphrey Bogart und Lauren Bacall. Ich mag alte Schwarzweißfilme und hab die beiden in einigen Krimis gesehen. Unheimlich cool, die zwei. Und du wolltest wie Bogart sein?«

Ich lächelte verlegen. »Nun ja, so ganz hat das nicht geklappt. So lässig wie Bogey zu sein, schafft wohl keiner. Und du? Cool wie Lauren Bacall?«

»Nein, ich hatte keine Vorbilder.« Sie trank einen Schluck und überlegte kurz. »Ich denke, ich wollte es meinem Vater zeigen. Der wollte selbst Polizist werden, musste aber bei meinen Großeltern bis zu deren Tod auf dem Acker helfen. Meine Eltern verkauften den Hof und übernahmen das Lokal beim FC Rottach-Egern. Meine Mutter ist eine gute Köchin. Als ich meinem Vater sagte, dass ich Polizistin werden wollte, war er nicht gerade begeistert.«

»Dein Vater ein Macho?«

»Nein, er hatte auch nichts dagegen, dass meine Mutter

während meiner Kindergarten- und Schulzeit arbeitete. Sie kochte in einer Kantine. Ich nehme an, er hatte Angst um mich. Aber irgendwie ist er auch stolz darauf, dass ich es bis zur Hauptkommissarin geschafft habe … im konservativen Bayern.«

»Und du bist gut in deinem Job. Kommst du aus Bad Wiessee?«

»Mich hat es nie woanders hingezogen.« Sie trank einen Schluck von ihrem Cappuccino. »Ich war immer am Tegernsee, bis auf die Monate in den Polizeischulen. Fürstenfeldbruck und Dachau, in der Nähe von München.«

»Und die Großstadt hat dich nicht gelockt?«

»Chicago wäre mal interessant, für ein Jahr oder so.«

Ich musste grinsen. »Dann kannst du auch nach Frankfurt kommen.«

»Und du? Sehnsucht nach ländlicher Idylle?«

Ich war ehrlich. »Wie sagt man so schön? Ich bin ein Kind der Großstadt. Aufgewachsen in Höchst, einem Frankfurter Vorort, da arbeiteten meine Eltern für eine Versicherung. Als sie befördert wurden und mehr Geld verdienten, zogen sie nach Hofheim in den Taunus. Da ist es auch idyllisch. Ich wohne in Griesheim, nicht gerade ein Nobelviertel, aber die Mieten sind einigermaßen erschwinglich, und über Schleichwege bin ich schnell im Polizeipräsidium.«

»Warum Drogen?«

»Hat sich so ergeben. Als Streifenpolizist war ich hauptsächlich im Bahnhofsviertel unterwegs. Das haben sie inzwischen etwas entrümpelt und aufgemotzt, aber in den Bars und Clubs geht es immer noch ordentlich zur Sache. Ungefähr ein Jahr war ich bei der Drogenfahndung, dann ging es zur Kripo. Ich hab gesehen, was Drogen anrichten können, und bin über jeden Dealer froh, den wir schnappen können. Ganz verschwinden werden Drogen nie. Da geht es um Summen, davon können Waffenhändler nur träumen.«

Auch Anna war ernst geworden. »Sogar in unserer Gegend haben wir Ärger damit. Erst vor ein paar Monaten hat der Zoll eine große Ladung Heroin auf einem Laster entdeckt und einige Leute festgenommen. Waren aber kleine Fische.«

Ich hatte davon gehört. »In letzter Zeit kommt wieder einiges über die Balkanroute. Die beiden Dealer, die wir in Frankfurt am Wickel hatten, waren bloß Handlanger, aber dieser Markovic, der am Tegernsee gewesen sein soll, ist ein großes Tier, und wenn sich der Verdacht bestätigt, taucht sicher bald das LKA auf. Oder das BKA. Mit dem Mord an Hinterseer hat er wohl nichts zu tun, aber man kann nie wissen. Ich hab schon tolle Dinge erlebt.«

»Wem sagst du das.« Sie griff nach meiner Hand und lächelte. »Seltsames Thema für ein Pärchen, das gerade miteinander geschlafen hat. Es ist gleich eins. Haben wir denn nichts Besseres zu tun, als über unsere Arbeit zu reden?«

Ich erwiderte ihr Lächeln. »Ich wüsste da schon was.«

Wir standen beide auf und waren schon auf dem Weg ins Schlafzimmer, als ich aus dem Fenster blickte und auf einen dunklen SUV mit Rosenheimer Kennzeichen aufmerksam wurde. An sich nichts Besonderes, bis schimmerndes Licht in dem Wagen aufleuchtete, zweifellos ein Smartphone, das gerade jemand in Betrieb nahm. »Anna!«, sagte ich und zog sie vom Fenster weg.

Sie war professionell genug, um zu erkennen, dass Gefahr im Verzug war. Aus einer Schublade zog sie ein Fernglas und richtete es auf den Wagen. »Zwei Männer«, sagte sie. »Sind das die Drogendealer, die du gesehen hast?«

Ich griff nach dem Fernglas, konnte die beiden aber nicht genau erkennen. Novak und Banik, die sich einen neuen SUV besorgt und gestohlene Nummernschilder angeschraubt hatten? Bekamen sie es mit der Angst zu tun? Warteten Sie auf eine neue Gelegenheit, es mir endgültig heimzuzahlen?

Der Fahrer nahm das Handy vom Ohr, und das Display beleuchtete für einen kurzen Augenblick sein Gesicht. »Banik«, sagte ich. »Novak und Banik, tatsächlich! Ganz sicher. Sie beschatten uns. Möchte wissen, was die beiden vorhaben.«

»Warum fragen wir sie nicht?«

Wir zogen uns in Windeseile an. Anna holte ihre Pistole aus einer Schublade, überprüfte sie und steckte sie in den Gürtel ihrer Jeans, für alle Fälle, wie sie sagte, und blickte noch einmal nach unten, bevor wir ihre Wohnung verließen. »Sie sind noch da.« Wir ließen das Licht brennen, um sie in Sicherheit zu wiegen, und verzichteten darauf, das Licht im Hausflur einzuschalten, stiegen im Dunkeln die Treppe hinunter und liefen nach draußen.

Doch Novak und Banik fielen nicht auf uns herein. Die Tür war noch nicht hinter uns ins Schloss gefallen, als der Motor ihres SUV auch schon aufheulte und sie mit quietschenden Reifen davonfuhren. Der Wagen war ein anderes Modell, wesentlich leistungsstärker als ihr erster und vor allem schneller. Und Banik war ein erstklassiger Fahrer, das hatte er schon bei seiner Flucht bewiesen.

»Komm!«, rief Anna.

Wir liefen zu ihrem BMW und folgten den beiden. Erst als wir schon mit vollem Tempo auf die Hauptstraße fuhren, schnallten wir uns an. Anna öffnete das Fenster und platzierte das Blaulicht auf dem Dach. Sie fuhr noch rasanter als Ilona und schien fest entschlossen, die beiden Dealer zu schnappen.

»Wow! Bist du mal Rallye gefahren?«, fragte ich.

»Auf Skiern bin ich noch schneller.«

Natürlich hätten wir ihnen heimlich folgen und darauf hoffen können, dass sie uns zu Markovic oder einem der anderen Bosse führten, aber die Verlockung, die beiden auszuquetschen und herauszubekommen, ob sie in irgendeiner Weise mit dem Mord an dem Goaßlschnalzer zu tun hatten, war einfach zu groß.

Sie fuhren nach Süden und waren so schnell unterwegs, dass der Abstand zwischen ihnen und uns immer größer wurde. Noch waren es ungefähr zweihundert Meter. In der klaren Mondnacht wäre ihr Wagen auch ohne die roten Rücklichter gut zu erkennen gewesen. Wie ich selbst schon bemerkt hatte, gab es zwischen Bad Wiessee und Rottach-Egern kaum eine Seitenstraße, in der man sich verstecken konnte. Links bildeten der See und rechts die steil ansteigenden Berge eine natürliche Grenze. »Keine Angst, die kriegen wir!«, rief Anna mir entschlossen zu. »Wenn ich erst mal richtig Gas gebe …«

Sie machte ihre Ankündigung wahr und drückte das Gaspedal bis zum Anschlag durch; so kam es mir jedenfalls vor. Der BMW machte einen Satz nach vorn, schien sich fast vom Boden zu lösen und über den Asphalt zu fliegen.

Ich atmete bereits auf und glaubte, der Rest wäre Formsache, als sich ein Lieferwagen aus einer dunklen Einfahrt löste und rückwärts auf die Straße gerollt kam. Irgendein Handwerker, erkannte ich an der Aufschrift. Anna legte eine so starke Vollbremsung hin, dass ich ohne Sicherheitsgurt durch die Windschutzscheibe geflogen wäre, ihr Wagen sich querstellte und fast überschlug. Nur eine erstklassige Fahrerin wie sie kam bei einer so plötzlichen Vollbremsung um einen Unfall herum und blieb dabei noch voll konzentriert.

Der Fahrer des Lieferwagens lehnte sich aus dem Seitenfenster und fluchte ungeniert, wahrscheinlich in einer Mischung aus Angst und Erleichterung.

»San Sie deppert?«, brauste Anna auf. »Fahren's Ihre Schrottkarre aus dem Weg und machen's die Straße frei! Haben's noch nie ein Blaulicht gesehen? Mir san die Polizei und haben's eilig! Pack ma's, aber heit no!«

Der Fahrer stieß zurück, und wir hatten endlich wieder freie Bahn. In ihrer Wut war Anna in so starken Dialekt verfallen, dass ich kaum was außer »Blaulicht« und »Polizei« verstanden hatte. Immerhin war sie so deutlich geworden, dass der Mann gleich reagiert hatte. Der bayerische Dialekt kann sehr fröhlich und lustig, aber auch so derb sein, dass man automatisch einen Meter kleiner wird, wenn man Sätze wie »Du Hundskrüppel!«, »Hoid dei Fotzn, du Rotzbua!« oder »Himmi Herrgott! Mich leckst am Arsch!« hört.

Anna bemerkte meinen verstörten Blick und lachte. »Ja, so kann ich auch.«

Der SUV war leider spurlos verschwunden. Keine roten Rücklichter, nicht mal von einem anderen Wagen. Der Fahrer des Lieferwagens stand wahrscheinlich noch unter Schock und wartete, bis die Luft wieder rein war.

Anna schaltete das Blaulicht aus und ging mit dem Gas herunter. »Weit können sie nicht sein«, sagte sie, »die haben sich bestimmt irgendwo verkrochen. Die wissen doch ganz genau, dass sie uns nicht davonfahren können.«

»Nicht mit dir am Steuer«, murmelte ich.

»Sag bloß, dir gefallen dir meine Fahrkünste nicht.«

»Im Gegenteil, ich bin begeistert.«

»Die warten irgendwo, bis die Luft wieder rein ist, klauen anschließend Nummernschilder und schmieden neue Pläne. Hinter Ringsee geht eine Straße ab, auf die sind schon viele Fremde reingefallen. Sieht aus wie eine ganz normale Straße, die in die Berge führt, dabei endet sie auf einem Bauernhof.«

»Dann nichts wie hin!«, sagte ich.

Bis zu der Straße waren es keine fünfhundert Meter. Eine dunkle Einfahrt, die tatsächlich wie eine Landstraße aussah. Wir tasteten uns mit abgeblendeten Scheinwerfern voran, fuhren an einigen parkenden Wagen vorbei und erreichten den Bauernhof, ohne Novak und Banik zu begegnen. Die schmale Straße lag einsam im Mondlicht.

»Und wenn sie doch weitergefahren sind?«, fragte ich.

»Jede Wette, die sind hier.«

Der Bauernhof bestand aus einem zweistöckigen Wohnhaus, das wesentlich älter aussah als die Ferienhäuser an der Hauptstraße, mehreren Ställen und Schuppen und einem großen Hof. Gleich neben dem Haus schreckte ein Wachhund hoch und zerrte bellend an seiner Kette, hinter einem der Fenster ging das Licht an, und ein Mann heraus: »Sakradi! Was ist denn los, Wasti?«

»Polizei! Kein Grund zur Aufregung!«, rief Anna zurück.

»Was sagst du, Madl? Polizei?«

»Ganz recht!«, sagte ich. »Von der Kripo in Miesbach.«

»Und was wolln's bei mir? Mitten in der Nacht?«

»Kein Grund zur Aufregung! Wir sind gleich wieder weg.«

Alles nur Geplauder, um Novak und Banik abzulenken, denn wir hatten ihren SUV längst entdeckt und wollten sie in dem Glauben lassen, wir würden in einem der Ställe oder Schuppen nach ihnen suchen. Stattdessen schlichen wir im Schutz der Nacht zurück, drückten uns an der Hauswand entlang und erreichten den unter einem ausladenden Baum geparkten SUV, ohne dass sie etwas merkten. Ich riss die Beifahrertür auf und rief: »Polizei! Hände hoch!«

Gleichzeitig zielte Anna mit ihrer Pistole auf sie.

Die beiden zuckten zusammen.

»Hey, was soll das?«, tat Novak erschrocken. »Wir haben nichts getan!«

»Ach ja? Und was machen Sie dann hier?«

»Sie schon wieder!«, stöhnte Novak.

»Ganz recht. Und wer hat mich neulich von der Straße gedrängt?«

»Wir sind unbescholtene Bürger«, meldete sich Banik. Er wirkte wesentlich ruhiger und gelassener als Novak. »Wir haben uns verfahren, das ist alles.« In der Gewissheit, dass wir ihm kaum etwas nachweisen konnten, lächelte er sogar. »Wir waren bei einer Dame, deren Namen wir lieber verschweigen würden, und wollten gerade wieder zur Hauptstraße zurückfahren.« Sein Lächeln verstärkte sich. »Liegt denn irgendetwas gegen uns vor?«

»Warum standen Sie vor dem Haus, in dem ich wohne?«, fragte Anna.

»Ich hab was zu trinken aus dem Kofferraum geholt«, sagte Novak.

»Ersparen Sie uns den Blödsinn!«, erwiderte ich. »Sie führen doch irgendeine Schweinerei im Schilde. Hat Markovic Ihnen die Dummheit verziehen? Sie haben sich in Frankfurt ziemlich töricht angestellt, erinnern Sie sich?«

»Sie aber auch«, sagte Novak. Eins zu null für ihn.

»Ist er in der Gegend?«

»Wer? Dieser Markovic?«

»Haben Sie was von dem Goaßlschnalzer-Mord gehört?«

»Goaßlschnalzer«, wiederholte Anna.

»Wovon reden Sie? Wir sind hier in Urlaub, Herr Kommissar.«

»Und der Papst ist evangelisch, klar. Verschwinden Sie!«

Obwohl wir annahmen, dass sie bei erster Gelegenheit die Nummernschilder austauschen und vielleicht sogar den Wagen wechseln würden, notierte ich mir das Kennzeichen. Das spöttische Lächeln der beiden übersahen wir.

»Saupreiß'n, serbische!«, fluchte Anna leise.

18

Sandra auf Abwegen

Unsere Liebesnacht hatte sich mit diesem Zwischenfall erledigt. Wir waren beide nicht mehr in der Stimmung, um noch einmal nach oben zu gehen, und beschlossen, die Fortsetzung auf den nächsten Abend zu verschieben. »Morgen nach dem Theater«, tröstete mich Anna, als wir im Wagen saßen. »Natürlich nur, wenn du dann noch bei Kräften bist, aber so ein Jod-und-Schwefel-Bad soll Wunder wirken.« Sie startete den Motor. »Ich fahr dich zum Hotel.«

Ich küsste sie auf die Wange, während ich den Sicherheitsgurt anlegte, und lehnte mich zurück. Im gemächlichen Tempo fuhren wir durch die scheinbar verlassene Stadt. Ich war zufrieden, vielleicht sogar glücklich, und brauchte nur Anna anzublicken, um mich noch besser zu fühlen. Daran hatte auch die Begegnung mit Novak und Banik nichts geändert. Wenn ich auch zugeben musste, dass mir die beiden Serben einigermaßen Kopfzerbrechen bereiteten.

Anna ging es wohl ähnlich. »Warum haben die beiden uns beschattet? Die wollen doch bestimmt nicht wissen, ob wir beide etwas miteinander haben. Du kennst sie besser. Warum sind die ausgerechnet am Tegernsee?«

»Bestimmt nicht, um Urlaub zu machen«, versicherte ich ihr. »Meine Partnerin und ich hatten schon mehrfach mit ihnen zu tun. Zwei Laufburschen der Drogenmafia, denen wir bisher leider nichts nachweisen konnten. Bevor ich herkam, hätten wir sie beinahe bei einer Drogenübergabe erwischt, aber der Einsatz ging leider daneben. Obwohl die Kollegen sie später erwischt haben, mussten wir sie wieder laufen lassen. Keine Ahnung, warum sie hier sind.«

»Zwei Laufburschen? Dann haben sie nicht viel zu sagen.«

»Sie wollen nach oben. Dass sie in Frankfurt ein eigenes Geschäft aufmachen wollten und dabei gescheitert sind, hat sie sicher zurückgeworfen, und jetzt wollen sie unbedingt beweisen, dass sie zu Höherem berufen sind.«

»Dann wollen sie was Neues bei uns aufziehen?«

»Glaub ich nicht. Wenn das Gerücht stimmt, und Markovic wurde tatsächlich hier gesehen, muss es sich um was Größeres handeln. Eine Großlieferung, neue Abnehmer, Angst vor Konkurrenz … irgendwas ist da im Busch. Was wir beide damit zu schaffen haben sollten, weiß ich nicht. Es sei denn, die Ermordung von Alois Hinterseer hat auf irgendeine Weise damit zu tun.«

»Der Alois und Drogen? Undenkbar.«

»Vielleicht wusste er zu viel.«

»Oder Banik und Novak hatten es nur auf dich abgesehen.«

»Weil sie sich an mir rächen wollten? Das können sie in Frankfurt leichter haben. Nein, die haben irgendwas anderes vor, und ich gehe jede Wette ein, dass Markovic damit zu tun hat. Vielleicht sogar der Nürnberger Spediteur.«

»Michael Voss?«

»Nur so eine Idee.«

»Aber ich ermittle nicht gegen die Drogenmafia.«

»Nur wegen des Mordes an einem Goaßlschnalzer, ich weiß. Und wir haben keinen Verdächtigen ohne Alibi mehr.

Fast jeder, mit dem wir gesprochen haben, hat was gegen den Alois, aber niemand kann es getan haben.«

»Solche Fälle hab ich am liebsten«, sagte sie grinsend.

Wir hatten inzwischen die andere Seite der Stadt erreicht und bogen in die Straße zum Hotel ab. Die Lichtkegel der Scheinwerfer strichen über die Häuserwände und erfassten einen Wagen, der mir irgendwie bekannt vorkam, den ich aber auf Anhieb nicht einzuordnen wusste. Eine junge Frau stieg aus. »Hey, das ist Sandra!«, rief ich verwundert. »Die Lebensgefährtin des Hotelmanagers. Die mit dem großen Männerverschleiß. Was tut die um zwei Uhr nachts auf der Straße? Und warum lässt der Fahrer sie nicht vor dem Hotel raus?«

Anna war mit dem Fuß vom Gas gegangen. »Sie wollen beide nicht gesehen werden. Der Wagen gehört dem Obermüller Bruno, und weder der Bruno noch seine Geliebte wollen wohl das Hotelpersonal auf ihre Affäre aufmerksam zu machen.« Anna schüttelte den Kopf. »Der Obermüller Bruno und die Lebensgefährtin des Managers … das wird ja immer schöner!«

Ich verabschiedete mich vor dem Hotel von Anna, küsste sie gefühlvoll und sagte: »Mit dir stehe ich sogar die Aufführung im Bauerntheater durch.«

»Und ich mit dir das Fußballspiel am Sonntag.«

»Nicht irgendein Fußballspiel«, erinnerte ich sie.

Anna löste sich behutsam von mir. »Ich ruf dich morgen früh an, okay? Ich bin ziemlich sicher, dass wir noch mal bei meinem Chef antanzen müssen.«

»Ich werde es überleben.«

Ich stieg aus und lief beinahe in Sandra hinein. »Oh, Entschuldigung, Frau …« Mir fiel auf, dass ich noch nicht mal ihren Nachnamen wusste. »Eine wunderschöne Nacht, nicht wahr? Ich genieße meinen Aufenthalt hier sehr.«

Sie wusste nicht, wie sie reagieren sollte. »Das … äh, das freut mich.«

»Spät geworden heute.« Meine Neugier war unbezähmbar.

»Ich war bei meiner kranken Mutter.«

»Oh, das tut mir leid«, heuchelte ich. »Ich hoffe, es geht ihr bald besser.«

»Das wird schon, Herr …«

»Possmann. Markus Possmann.«

»Richtig.«

Sie verabschiedete sich und ging weiter, um wahrscheinlich wieder den Hintereingang zu benutzen. Ich nahm den Haupteingang und dachte auf dem Weg in mein Zimmer darüber nach, was mir an der Dame seltsam vorkam.

Ihr Liebesleben und die Lüge mit der kranken Mutter waren mir egal, die seltsame Nummer hatte allein sie und ihren Lebensgefährten zu interessieren. Dass ausgerechnet der Bruno zu ihren Liebespartnern gehörte, war schon interessanter und warf vor allem auf ihn ein neues Licht. Er trieb es wesentlich toller als seine Mitzi und konnte von Glück sagen, dass er mit der Wirtin aus Rottach-Egern eine weitere Geliebte hatte, die sein Alibi bestätigte. Doch es würde sicher nicht schaden, der Elisabeth Kaiser noch einmal auf den Zahn zu fühlen, denn wenn er tatsächlich die Jule Hinterseer angegraben hatte und so wild auf sie war, wie er sich manchmal gab, war ihm alles zuzutrauen.

Hatte Sandra etwas mit der ganzen Sache zu tun? Wusste

sie, wer Alois Hinterseer ermordet hatte? Oder hatte sie zumindest einen Verdacht?

Ich wollte nicht weiter darüber nachdenken und war froh, als ich endlich in meinem Bett lag. Viel angenehmer war es, die Augen zu schließen und mich an den gemeinsamen Abend mit Anna zu erinnern. Ich bin ein wenig altmodisch, was Sex betrifft, glaube daran, dass man auch körperlich nur dann harmoniert, wenn Liebe mit im Spiel ist. Wie gesagt, auch ich habe meinen Anteil an One-Night-Stands gehabt, aber keiner hat mich wirklich zufrieden zurückgelassen. Ohne Liebe läuft bei mir gar nichts.

Die Nacht war kurz und traumlos. Mein Smartphone weckte mich bereits um kurz nach sieben, weil ich noch vor dem Frühstück schwimmen gehen wollte, und ich wurde erst so richtig wach, als ich ins Wasser sprang und die Wellen über mir zusammenschlugen. Ein herrliches Gefühl, das mir in Erinnerung rief, dass ich eigentlich an den Tegernsee gefahren war, um mich zu erholen. Ein Kriminalfall und eine neue Liebe waren nicht geplant gewesen.

Als ich wieder auftauchte und das Wasser aus meinen Haaren schüttelte, sah ich Grietje und ihren Kurschatten im flachen Teil des Beckens stehen und sich gegenseitig anhimmeln. Die beiden schienen sich gesucht und gefunden zu haben. »Guten Morgen«, grüßte ich. »Alles okay bei Ihnen?«

»O ja«, antwortete Grietje mit leuchtenden Augen. »Stellen Sie sich vor, heute Abend gehen Robert und ich ins Bauerntheater. Eine große Premiere.«

»Ein Preiß am Tegernsee. Ich bin auch dort.«

»Mit Ihrer hübschen Freundin? Sie ist doch Ihre Freundin?«

»Sie hat mich eingeladen.«

»Ein bayerisches Meisje und ein Preiß, wie schön.«

»Sie haben aber schnell gelernt.«

Sie lachte herzlich wie immer. »Jeder Mensch, der außerhalb von Bayern lebt, ist ein Preiß. Es gibt deutsche Preißen, holländische Preißen und wahrscheinlich sogar japanische Preißen. Und ein böser Bube ist ein Saupreiß.«

»Noch ein paar Tage, und Sie gehen als Bayerin durch.«

Robert Jendrich, ihr Kurschatten, sagte nichts. Bei einer Frau wie Grietje, die ohne Unterlass redete, hatte ein Mann wenig zu sagen. Aber er schien glücklich in ihrer Gesellschaft.

Ich wünschte den Turteltauben einen schönen Tag und schwamm noch ein paar Runden, bis mich der Hunger aus dem Becken lockte und ich im Bademantel des Hotels in mein Zimmer zurückkehrte. In Jeans, T-Shirt und Sneakers lief ich die Treppe zum Frühstücksraum hinab. Die Rezeption war nicht besetzt, dafür hörte ich die aufgebrachten Stimmen von Sandra und Martin Lenz. Sie waren im angrenzenden Büro, hatten die Tür aber nur angelehnt.

»Musst du denn die ganze Nacht bei deiner Mutter bleiben?«, warf der Manager ihr vor. »Was sollen die Leute denken? Die denken sich doch ihren Teil, wenn du spätnachts ins Hotel zurückkehrst. Dass du eine Affäre hast und mich zum Narren hältst. Willst du, dass man über uns redet?«

»Ich hab keinen anderen«, log Sandra. »Ich weiß gar nicht, warum du dich so aufregst. Ich nehme den Hintereingang, wenn es spät wird, da sieht mich niemand. Hör nicht auf das, was die Leute reden. Die haben keine Ahnung.«

Gleich darauf schlug die Tür zu, und ich verstand nichts mehr.

Ich ging in den Frühstücksraum, bestellte Kaffee und nahm mir Rührei und eine Scheibe Vollkornbrot vom Büffet, dazu den Kräuterkäse, an den ich mich inzwischen schon gewöhnt hatte. Auch gegen frisches Obst hatte ich nichts mehr einzuwenden. Und der Joghurt mit Früchten war gar nicht übel, wenn man ihn heimlich ein wenig zuckerte.

Als ich mich setzte, fiel mir plötzlich ein, was mir an Sandra bekannt vorkam: der hessische Dialekt. Nur eine leichte Färbung, aber stark genug, um mir zu zeigen, dass sie zumindest längere Zeit in Hessen verbracht hatte. Auch ihr Lebensgefährte sprach mit hessischem Akzent. Ich musste lachen. Sandra trug ein Dirndl und Martin Lenz einen Janker, nicht gerade die Kleidung, die man bei eingewanderten Hessen erwartete, aber verständlich, wenn man wie die beiden für bayerische Kultur und Gemütlichkeit werben wollte.

Das »Hannerl«, wie die Besitzerin genannt werden wollte, war eine echte Bayerin und brauchte einen Gast nur anzublicken, um ihn für Bayern, den Tegernsee, ihr Hotel und sich selbst einzunehmen. Ihre herzliche Art stand im krassen Widerspruch zu der unterkühlten Freundlichkeit, die ihr Manager und seine Lebensgefährtin an den Tag legten. Sie lief auch an diesem Morgen von Tisch zu Tisch und erkundigte sich nach unserem Wohlbefinden. »So ein schöner Tag«, sagte sie, »wie gemacht zum Wandern. Waren's schon auf dem Wallberg? Vom Gipfel hat man die beste Aussicht, und das Essen dort oben ist auch net übel. So ein schöner Obazter oder ein saftiger Radi mit Brot, dazu eine Halbe oder ein Radler, was Besseres gibt's net.«

»Der Wallberg steht morgen bei mir auf dem Programm«,

erwiderte ich. »Sagen Sie, wie heißt eigentlich die Sandra mit Nachnamen? Ich bin ihr gestern im Flur begegnet und wusste gar nicht, wie ich sie ansprechen soll.«

»Sandra Henscheid … aber sagen's ruhig Sandra zu ihr.«

»Kommt sie aus Hessen?«

»Das haben Sie gemerkt?« Hannerl fand meine Fragen nicht aufdringlich. »Stimmt ja, Sie kommen auch aus Hessen. Ja, die Sandra kommt aus Frankfurt. Ein nettes Madl. Der Martin hat sie auf einem Kongress kennengelernt.«

Ich versprach der Besitzerin, den Wallberg auf keinen Fall zu verpassen. Wenn mir die Wanderung zu anstrengend wäre, könnte ich auch die Seilbahn nehmen, sagte sie. Das hatte mir schon Anna empfohlen. Offenbar sah ich nicht gerade wie ein ausdauernder Wandersmann aus.

Auch an diesem Morgen hatte ich mich wieder für eine Massage eingetragen und tauchte pünktlich bei Mitzi auf. Sie hatte mehr Make-up als sonst aufgetragen, und man brauchte kein Hellseher zu sein, um den Grund dafür zu erkennen. Immerhin schaffte sie es, ihr professionelles Lächeln zu zeigen.

»Ah, der Herr Possmann. Haben Sie den Mörder schon gefunden?«

»Wer sagt denn, dass es ein Mörder ist?«

»Frauen töten mit Gift, steht in den Krimis«, sagte sie.

»Aber nicht alles, was in den Krimis steht, stimmt auch. Ich hab Frauen verhaftet, die sind im Drogenrausch mit einem Hackebeil auf ihren Mann losgegangen.« Ich zog mich bis auf die Unterhose aus und legte mich mit einem Handtuch auf die Massagebank. Es duftete nach dem Kräuteröl, mit dem Mitzi ihre Hände einrieb. Ich war vorher noch nie in einem Wellness-Hotel gewesen und kam mir immer noch komisch vor, musste aber zugeben, dass man sich nach einer Massage besser fühlte –vor allem biegsamer.

»Sie hatten wieder Ärger mit Ihrem Mann, nicht wahr?«, wagte ich zu fragen, als sie ihre öligen Hände in meinen Rücken grub und zu kneten begann.

Sie unterbrach kurz. »Wie kommen Sie denn darauf?«

»Mehr Make-up als sonst.«

»Gehört das auch zu Ihrer Arbeit, so was zu erkennen?«

»Sie sind nicht die einzige Frau, die von ihrem Mann geschlagen wird und sich weigert, ihn anzuzeigen. Geben Sie sich einen Ruck, Mitzi! Einen Mann wie den Bruno ändern Sie nicht mehr. Sie haben doch selbst gesagt, dass Sie ihn nicht lieben, dass Sie und der Alois irgendwann heiraten wollten. Warum verteidigen Sie den Bruno? Warum haben Sie ihn nicht längst verlassen?«

»Das ist doch wohl mein Problem.«

»Ich wollte Ihnen nicht zu nahe treten, Mitzi.«

»Klar wollten Sie das, und wenn ich schlechter Laune wäre, würde ich Sie dafür so stark durchkneten, dass Sie einen Tag lang an Krücken gehen müssten.« Sie kicherte gequält. »Aber Sie haben recht. Der Bruno treibt es alle paar Tage mit einem anderen Flittchen, und ich setze mich auch noch für ihn ein.« Ihre Hände hatten meinen Nacken erreicht und verharrten kurz. »Aber der Bruno ist kein schlechter Kerl. Ein Weiberheld und ein Choleriker, das stimmt schon, aber er kann auch ein gemütlicher Teddybär sein, und dann tut ihm alles wieder leid. So richtig glücklich ist er nur bei seinen Schnalzern.«

»Wenn sie gewinnen.«

»Er hat den Alois nicht ermordet.«

Aus meiner Hosentasche auf dem Schemel, über dem meine Kleidung lag, tönte es »Eintracht! Eintracht!«, der vertraute Klingelton aus meinem Handy. »Mein Smartphone«, bat ich die Masseurin, »in meiner Jeans, linke Tasche.«

Sie reichte es mir, und ich hörte Annas Stimme. »Wo bist du?«

»Massage.«

»Schaffst du es in zehn Minuten nach unten?«

»Superman ist schon unterwegs. Zum Chef?«

»Ja, und es klang dringend«, antwortete Anna. »Wir haben die Ergebnisse der KTU vom Tatort, aber es scheint noch was anderes im Busch zu sein.«

»Europol? BKA? LKA?«

»Hört sich so an.«

»Okay, ich fliege.« Ich legte auf und kletterte von der Massagebank. »Tut mir leid«, sagte ich zu Mitzi, »die Pflicht ruft. Morgen früh wieder um neun?«

»Geht klar. Haben Sie eine neue Spur?«

»Das will ich hoffen«, erwiderte ich.

Ich zog mich in Windeseile an, verabschiedete mich von Mitzi und flitzte nach unten. Unterwegs rannte ich beinahe Sandra Henscheid über den Haufen. Aus irgendeinem Grund lief sie mir an diesem Morgen ständig über den Weg. »Oh, tut mir leid!«, entschuldigte ich mich. »Ich hab Sie nicht gesehen.«

Sie blieb stehen. »Herr Possmann … Sie sind Kommissar, nicht wahr?«

»Stimmt, aber hier bin ich ein Urlauber wie jeder andere.«

Ihr Lächeln war filmreif. »Keine Angst, von mir erfährt niemand was. Aber Sie haben doch sicher von dem Mord gehört. Gibt es da was Neues?«

»Keine Ahnung. Wie gesagt, ich mache hier nur Urlaub.«

»Dann wünsche ich Ihnen eine schöne Zeit.«

Ich bedankte mich und machte, dass ich weiter kam.

19

Druck von ganz oben

»Servus«, begrüßte mich Anna mit ernster Miene. Sie fuhr los, bevor ich mich angeschnallt hatte. »Sorry, aber wir haben es eilig. Der Chef will alle aktuellen Fakten, bevor die Feds auftauchen und uns das Leben schwermachen.«

»Feds? Du liest zu viel Jerry Cotton.«

»Das Weichei konnte ich noch nie leiden«, sagte sie, ohne den Blick von der Straße zu nehmen. Wir hatten Bad Wiessee bereits verlassen und fuhren über die Bundesstraße nach Miesbach. Am Himmel hingen bedrohliche Wolken »Aber Feds klingt doch besser als Bundespolizei oder BKA und LKA.«

»Da ist was dran«, erwiderte ich. »Es gibt was Neues vom Tatort?«

»Nichts Dramatisches. Das Blut stammt ausschließlich von dem Toten, und es gibt keine Spuren oder Hinweise, die uns weiterhelfen könnten. Das heißt …«

Ich blickte sie fragend an.

»Ich frage mich schon die ganze Zeit, warum der Mörder die Leiche mitgenommen und woanders abgelegt hat. Das hatte er doch gar nicht nötig. Glaubte er, man würde die Leiche dort später entdecken? Wollte er uns verwirren? Er muss doch einen triftigen Grund für den Aufwand gehabt haben.«

»Wer weiß? Haben wir die Wagen der Verdächtigen untersucht?«

»Ohne Durchsuchungsbefehl? Wir haben nur Verdächtige mit einwandfreien Alibis, darauf ließe sich kein Richter ein.« Anna lächelte schwach. »Und wo wir heimlich nachgesehen haben, war nichts. Zumindest nichts, was man ohne Luminol sehen kann. Auch mit Luminol würden wir wahrscheinlich nichts finden. Der Mörder hat die Leiche sicher nicht in seinem eigenen Wagen transportiert. Allein der Obermüller Bruno hat so viele Gebrauchtwagen auf seinem Gelände stehen, dass wir ihm niemals draufkommen würden.«

»Wer immer es getan hat, wollte uns auf eine falsche Spur locken.«

»Was wäre anders, wenn die Leiche am Fehrenbach gelegen hätte?«

»Das finden wir noch heraus«, sagte ich.

Wir hatten Miesbach erreicht und parkten vor der Polizeiwache. Auf dem Parkplatz standen keine teuren Karossen aus München oder Wiesbaden, was schon mal sehr beruhigend war. Die Feds, wie Anna sie nannte, waren noch nicht im Lande. Ob sie das Wochenende erst noch zu Hause verbringen wollten?

Der Chef erwartete uns bereits. Mit sorgenvoller Miene bat er uns an den Besprechungstisch und kam gleich zur Sache. »Wir bekommen Druck«, sagte er, während er sich setzte. »Das LKA hat sich angekündigt und will zwei Leute schicken, auch das BKA hat sich schon bei mir gemeldet. Ich bin ziemlich sicher, die Großkopferten werden spätestens am Montag hier eintreffen.«

»So bald schon?«, fragte ich unnötigerweise.

»Die vergeuden keine Zeit.« Feger kratzte sich am Hinterkopf. »Wir müssen also vorbereitet sein. Am meisten interessiert sie bestimmt, ob die Anwesenheit dieser Drogendealer irgendetwas mit unserem Mordfall zu tun hat.«

»Eher unwahrscheinlich, aber wir können es nicht ausschließen.«

Feger war besorgt. »Sie können sich sicher vorstellen, was hier los ist, wenn bekannt wird, dass sich einer der bekanntesten Drogendealer des Balkans und einige seiner Handlanger am Tegernsee aufhalten. Wenn das LKA oder BKA einen Großeinsatz startet und mit Hubschraubern und anderem Kriegsgerät die Gegend unsicher macht. Wenn die Medien in Wiessee und anderen Kurorten auftauchen und auf Panik machen. Noch hat sich die Politik nicht bei mir gemeldet, aber es wird nicht mehr lange dauern. Ich wage gar nicht daran zu denken, was passiert, wenn die Touristenzahlen einbrechen und die Presse uns zum zweiten Chicago macht.« Er vertrieb den Gedanken mit einer unwirschen Handbewegung. »Also … was haben wir bis jetzt?«

»Leider gehen uns langsam die Verdächtigen aus«, begann Anna. »Am meisten Grund, den Alois umzubringen, hätte der Obermüller Bruno gehabt.«

»Weil seine Frau eine Affäre mit dem Alois hatte.«

»Sie nennt es wahre Liebe.«

»Meinetwegen. Sein Alibi ist wasserdicht?«

Anna berichtete von seiner Affäre mit der Wirtin aus Rottach-Egern. »Möglich, dass sie für ihn lügt, aber nicht sehr wahrscheinlich. Warum sollte sich der Bruno ausgerechnet mit einer solchen Affäre herausreden wollen?«

»Die Mitzi bleibt außen vor?«

»Nur wenn der Alois keine weitere Geliebte hatte. Angenommen, er hatte ein zweites Gspusi und sie wäre ihm draufgekommen, dann wäre sie bestimmt hochgegangen. Aber auch sie hat ein perfektes Alibi. Sie arbeitet als Masseurin im Hotel Seeparadies und hatte bis abends Termine. Sie scheidet sicher aus.«

»Was ist mit Jule Hinterseer? Wenn sie von der Affäre ihres Mannes wusste, käme sie doch am ehesten infrage. Sie wissen doch, die Ehefrau eines Ermordeten ist automatisch die Hauptverdächtige. Nicht nur in Fernsehkrimis.«

Anna nickte. »So weit waren wir auch, doch ihr Alibi ist ebenfalls perfekt. Sie arbeitet als Fußpflegerin und hatte Termine. Und selbst wenn sie kein Alibi hätte, würde ich nicht auf sie tippen. Sie ist nicht der Typ für einen Mord.«

»Gibt's auch einen Verdächtigen ohne Alibi?«

»Bastian Aumüller«, warf ich ein, »den Bruder von Jule Hinterseer. Er arbeitet für einen Motorradhändler in Bad Tölz und will zur Tatzeit mit einer Maschine auf Probefahrt gewesen sein. Er könnte die Jule gerächt haben.«

»Dann fühlen Sie ihm noch mal auf den Zahn. Noch jemand?«

»Hansi Burmeder, Alois' Nachfolger bei der Sparkasse.«

»Wegen des Postens?«, fragte Feger skeptisch.

»Unwahrscheinlich, ich weiß. Genauso wie die beiden Verrückten.« Ich berichtete ihm von Rudi Schneider und Siggi. »Unter gewissen Umständen sind beide zu einem Mord fähig, aber es ist müßig, weiter darüber nachzudenken, denn beide haben ebenfalls wasserdichte Alibis. Sie waren es nicht.«

»Bleiben also Bastian Aumüller und Hansi Burmeder.«

»Oder der Alois hatte tatsächlich mit dem Drogenkartell

zu tun und musste dran glauben, weil er zu viel wusste. Obwohl ein Profikiller sicher anders vorgegangen wäre. Besonders wenn er für einen wie Markovic arbeitet.«

»Und ich kann mir nicht vorstellen, dass der Hinterseer Alois mit Drogen zu tun hatte«, ergänzte Anna. »Das war ein biederer Angestellter, der nur sein Goaßlschnalzen im Kopf hatte und keiner Fliege was zuleide tun konnte.«

»Und seine Frau mit der Mitzi betrog.«

»Was auch niemand gedacht hätte.«

»Sie haben doch ständig mit Drogen zu tun«, sagte Feger nach einer kurzen Pause zu mir. »Gibt es denn irgendwelche Anzeichen dafür, dass wir mit größeren Problemen wegen dieses Drogenbarons rechnen müssen? Und dass ein unscheinbarer Goaßlschnalzer wie der Alois damit zu tun haben könnte?«

Ich konnte auch nur mit den Schultern zucken. »Ich weiß nur, dass zwei seiner Handlanger in der Gegend sind und wahrscheinlich in der Nähe des Fundorts waren, als ich dort auftauchte. Sie sind Anna und mir schon zweimal auf die Pelle gerückt.«

Ich hielt nichts davon, über mein Bauchgefühl zu spekulieren, und verschwieg ihm Sandra. Die Frau des Hotelmanagers schien sexsüchtig zu sein, schlief fast jede Nacht mit einem anderen und scherte sich nicht darum, mit wem die Männer es sonst trieben. Sie würde niemals einen Mann umbringen, selbst wenn sie ein Verhältnis mit einem von ihnen gehabt hätte. Wenn es mit dem einen nicht klappte, dann eben mit dem nächsten. Wobei ich mir beim besten Willen nicht vorstellen konnte, dass sich eine Frau wie Sandra mit Alois eingelassen hatte.

»Wir stehen also wieder am Anfang«, fasste Feger zusammen. Er erhob sich und kehrte an seinen Schreibtisch zurück. Auch wir standen auf. »Sehen Sie zu, dass wir was Brauchbares haben, wenn die Großkopferten kommen. Und seien Sie erreichbar, auch am Wochenende. Von freien Tagen halten die Bundesbehörden nicht viel, wenn es darum geht, uns eins auszuwischen.«

»Sie haben wohl schlechte Erfahrungen mit BKA und LKA gemacht?«

»Sie in Frankfurt nicht?«

Ich grinste mitfühlend und verließ mit Anna das Büro. Sie wechselte einige Worte mit ihren Kollegen, bevor sie nach draußen gingen und in ihren BMW stiegen. Eine Weile blieben wir stumm sitzen, dann sagte sie: »Burmeder?«

Bis zur Sparkasse waren es nur ein paar Querstraßen. Anna war dort bekannt und brauchte nicht mal ihren Ausweis zu zeigen. »Zu Herrn Burmeder.«

Die Angestellte führte uns in sein Büro. Er erhob sich und kam uns mit diesem Lächeln entgegen, das nur Leute draufhaben, die etwas verkaufen wollen. Er begrüßte Anna wie eine alte Freundin. Mich beachtete er kaum.

»Die Frau Kommissarin«, freute er sich und bot uns die Besucherstühle an. »Kaffee, Cappuccino, Caffè Latte? Wir haben eine neue Kaffeemaschine.«

Wir lehnten beide ab.

»Sind Sie noch einmal wegen des Mordes hier?« Seine Miene umwölkte sich ein wenig, als er sich setzte. »Furchtbare Sache, wir stehen alle noch unter dem Eindruck dieser schrecklichen Tat.« Seine Trauer war genauso gespielt wie seine Freude bei der Begrüßung. »Aber ich fürchte, ich kann

Ihnen nicht mehr sagen als bei Ihrem letzten Besuch. Oder gibt es irgendetwas Neues?«

»Nein, aber wir sind gehalten, in alle Richtungen zu ermitteln«, antwortete Anna mit der üblichen Ausrede. »Sie waren zur Tatzeit auf diesem Fest?«

Er nickte beflissen. »Auf dem Sommerfest unseres Tennisclubs, im Hofhaus am Schliersee. Stellen Sie sich vor, ich hab eine Salami bei der Tombola gewonnen.« Sein Lächeln verebbte schnell. »Brauche ich denn ein Alibi?«

»Wie gesagt, alles nur Routine. Von wann bis wann waren Sie dort?«

»Von nachmittags um drei bis abends, ungefähr um acht.«

»Fand das Fest im Biergarten statt? Wurde getanzt?«

Sein Lächeln kehrte zurück. »Logisch … wie's halt so zugeht auf einem Sommerfest. Was Gutes zum Essen, eine zünftige Musi, eine kalte Maß …«

»Waren Sie mit Ihrer Frau dort?«

»Sicher, aber die musste früher nach Hause … wegen dem Kleinen.«

»Ihrem Sohn. Wann war das?«

»So gegen sechs … länger konnte unser Babysitter nicht.«

»Und Sie haben dann mit anderen Frauen getanzt?«

Seine Miene verfinsterte sich. »Was wollen Sie damit sagen?«

»Sie sind um zwanzig Uhr nach Hause gegangen? Ohne Umweg?«

»Natürlich!«, brauste er auf. »Sie denken doch nicht …«

»Ich denke gar nichts. Obwohl Sie durchaus ein Motiv gehabt hätten. Oder waren Sie nicht verärgert darüber, dass man Sie bei der Beförderung übergangen hat und Alois Hinterseer den Job als Sparkassenleiter angeboten hat?«

Er war außer sich. »Deswegen bringt man doch keinen um!«

»Wie gesagt, wir müssen Sie das fragen, Herr Burmeder.«

Wir verzichteten auf jeglichen Smalltalk und waren froh, als wir das Gebäude verlassen konnten. Schleimige Typen wie Burmeder sind mir ein Gräuel. In der Frankfurter Dealerszene gab es Typen, die auf ähnliche Tour unterwegs waren. Nach außen hin immer schön sauber und korrekt, das kam an.

»Ich glaube noch immer nicht, dass er's war«, sagte Anna.

»Obwohl er Gelegenheit dazu gehabt hätte.«

Durch die Wolken, die sich am Himmel angesammelt hatten, war es etwas kühler, und Anna ließ die Klimaanlage nur mit halber Kraft laufen. In Bad Wiessee spendierte mir Anna eine Leberkässemmel, und ich biss zuerst misstrauisch, dann angenehm überrascht hinein. Das Zeug schmeckte gar nicht übel, war aber gänzlich ungeeignet für eine Wellness-Diät. Die zweihundert Gramm auf meiner Semmel hatten sicher mehr Kalorien als zwei Big Macs.

Während wir an einem der Imbisstische aßen, zeigte mir Anna die Karten fürs Bauerntheater. »Heute Abend«, sagte sie, »die große Premiere. Und diese hier ...« Sie zog zwei weitere Karten aus ihrer Umhängetasche. »... sind für das Fußballspiel am Sonntag. Hat mein Vater von einem Spieler bekommen.«

»Yin und Yang«, wurde ich philosophisch.

Eigentlich hatten wir vorgehabt, am frühen Nachmittag nach Bad Tölz zu fahren, um uns dort noch mal Bastian Aumüller vorzuknöpfen. Doch als wir in den Wagen stiegen, sah ich Sandra in ihrem Wagen vorbeifahren, und wir änderten unsere Pläne. Wie hatte Mitzi gesagt? Bad Wiessee ist ein Dorf. Die Chance, einen Bekannten zu treffen, war groß, und die dunkelhaarige Schönheit schien ständig unterwegs zu sein. »Ihr nach! Schnell!«, rief ich Anna zu.

Anna kannte die Frau des Hotelmanagers. »Sandra?«

»Sie lügt wie gedruckt, und wer weiß, was sie mit Bruno hat.«

»Spielen wir jetzt Moralapostel?«

»Die verheimlicht mehr, als sie zugibt.«

Anna hatte bereits den Motor gestartet und sich Sandra an den Auspuff geheftet. Kein leichtes Unterfangen um die Mittagszeit. Wie jeden Tag im Sommer waren viele Urlauber zu den Ausflugszielen rund um den Tegernsee unterwegs, auch wenn das Wetter etwas zu wünschen übrig ließ, und die Straßen in Bad Wiessee waren eng. Doch selbst eine rote Ampel konnte Anna nicht aufhalten. Innerhalb weniger Minuten war sie wieder auf Tuchfühlung.

Sandra schien es eilig zu haben. Sie war viel zu sehr auf ihr Ziel konzentriert, um auf etwaige Verfolger zu achten, und Anna konnte es riskieren, dicht an ihr dranzubleiben. Obwohl wir beide bereits ahnten, zu wem sie wollte. Unsere Ahnung wurde bestätigt, als sie zur Ford-Vertretung abbog und direkt vor dem Eingang parkte. Sie stieg aus und betrat das Gebäude.

Wir parkten bei den Gebrauchtwagen und beobachteten aus sicherer Deckung und durch das breite Panoramafenster, wie Sandra den Obermüller Bruno bei einem Verkaufsgespräch unterbrach. Er rief wohl nach seiner Angestellten, die aber unterwegs war und ihm nicht zu Hilfe eilen konnte.

»Meinst du wirklich, ihr Besuch hat was mit unserem

Mord zu tun?«, fragte Anna. Sie zweifelte noch immer an meinem Verdacht. »Sie hat was mit dem Bruno, na und? Die sind beide keine Kostverächter, wie wir wissen.«

»Mag alles sein, aber irgendwas an ihr ist faul.«

»Das bildest du dir ein.«

»Schon möglich. Kostet uns nur ein paar Minuten.«

Durch die große Glasscheibe beobachteten wir, wie Bruno sich bei dem Kunden entschuldigte, ihn anscheinend aufforderte, sich einen der ausgestellten Wagen genauer anzusehen, und etwas aus seinem Büro holte. Ein Smartphone, erkannten wir, als Bruno mit Sandra vor die Tür trat. Wir ließen sofort unsere Seitenfenster herunter, um ihre Unterhaltung belauschen zu können.

Der Bruno, in unmittelbarer Nähe seines Kunden noch die Freundlichkeit in Person, zeigte vor dem Gebäude sein wahres Gesicht. »Herrschaftszeiten, du kannst mich doch nicht bei einem Kundengespräch stören!«, schimpfte er. »Weißt du überhaupt, wer das ist? Der Direktor der Spielbank! Er interessiert sich für den neuen Mustang. Die teure Version mit allem Drum und Dran.«

»Ich will nur mein Handy«, erwiderte sie, »dann bin ich weg.«

Bruno drückte ihr das Smartphone in die Hand.

»Du hast doch nicht meine Mails gelesen?« Sie verstaute das Handy in ihrer Umhängetasche. »Ich mag's nämlich nicht, wenn man mir nachspioniert.«

»Wo denkst du hin?«

»Bist du sicher?«

»Natürlich bin ich sicher«, wehrte er sich entrüstet.

»Wo hast du's denn gefunden?«

»Im Bett … wo sonst? So, jetzt muss ich aber wieder gehen.«

Während er in den Showroom zurückkehrte, um seinem Kunden den überteuerten Sportwagen anzudrehen, stieg ich kurz entschlossen aus und passte Sandra ab. Anna folgte mir nur zögernd, blieb aber einige Schritte hinter mir. »Frau Henscheid!«, tat ich überrascht. »Gibt's einen neuen Wagen?«

»Eher nicht«, erwiderte sie. »Ich hatte mein Handy liegen lassen.«

»Sie kennen Bruno Obermüller?«

»Den Chef unserer Goaßlschnalzer kennt doch jeder. Wir wollen die Truppe für eine Benefizveranstaltung verpflichten. Und warum sind Sie hier?«

»Wir suchen nach dem Mörder von Alois Hinterseer.«

»Hier?«

»Überall. Haben Sie einen Verdacht?«

»Ich? Nein, ich hab keine Ahnung.«

Sie wollte in ihren Wagen steigen, aber ich hielt sie zurück. »Noch eine Frage, Frau Henscheid. Kennen Sie zufällig einen Michael Voss? Ein Spediteur aus Nürnberg? Er wohnt in einer Villa auf der anderen Seite des Sees.«

»Michael Voss?« Sie verzog keine Miene. »Nein, nie gehört. Wieso?«

»Ich dachte, Ihr Lebensgefährte macht vielleicht Geschäfte mit ihm.«

»Nicht dass ich wüsste. Was ist mit diesem Voss?«

»Nichts von Belang, Frau Henscheid. Wir sehen uns.«

Sie stieg ein, fuhr davon und sah nicht mehr, wie Bruno mit seinem Kunden ins Freie trat. Er redete mit seinem Verkäuferlächeln auf ihn ein, schüttelte ihm beide Hände und blickte ihm nach, als er vom Hof fuhr. Bruno wollte schon in den Verkaufsraum zurückkehren, als er Anna und mich entdeckte.

»Sie schon wieder? Wollen Sie zu mir?«

»War was Wichtiges auf dem Handy?«, provozierte ich ihn.

»Kruzitürken, das geht Sie gar nichts an!«

»Reine Neugier, Bruno. Schönen Tag noch!«

Unterwegs musste ich mir Annas vorwurfsvollen Blick gefallen lassen. »Was war das denn?«, wollte sie wissen. »Warum provozierst du die beiden?«

»Wer sich provozieren lässt, macht Fehler.«

»Eine hessische Weisheit?«

»Die auch in Bayern gilt«, erwiderte ich grinsend.

20

Ein Preiß am Tegernsee

Ich war nie ein großer Fan von Dirndln gewesen, zu bieder und folkloristisch für meinen Geschmack, aber als ich Anna in ihrem Ausgehdirndl in ihrem Wagen sitzen sah, verschlug es mir fast den Atem. Sie sah hinreißend aus. Das farbenfrohe Dirndl ließ sie sexier aussehen als ein Bikini, und ihre langen Beine kamen besser zur Geltung als in jedem Minirock.

»Servus«, begrüßte sie mich mit ihrem schönsten Akzent. »Bereit für die Premiere?«

Ich blickte an mir herunter und war mir nicht sicher. Mit Lederhose und Wadlstrümpfen konnte ich nicht dienen, und ich bezweifelte, dass ich in meinen besten Jeans und der Lederjacke, die ich nur zu besonderen Gelegenheiten anzog, passend gekleidet war. Aber ein Preiß, der sich in Bayern mit bayerischer Kleidung eindeckt, sieht darin genauso albern aus wie ein Kanada-Urlauber, der in Holzfällerhemd und Cowboyhut aus dem Flieger steigt.

»Du siehst hinreißend aus!«, sagte ich, als ich in den Wagen stieg.

Wir küssten uns so gefühlvoll wie beim ersten Mal, und ich bin sicher, ich grinste wie das berühmte Honigkuchenpferd. Der Ausflug nach Bayern hatte mir Glück gebracht, eine Erkenntnis, die ich noch vor wenigen Tagen für undenkbar gehalten hätte. Meine Kollegen hätten sich gekringelt vor Lachen, hätten sie gewusst, dass ich mich in eine waschechte Bayerin verliebt hatte und im Begriff war, mit ihr eine Vorstellung im Bauerntheater zu besuchen.

Die Premiere fand im Hotel zur Post statt, einem der größten Hotels in Bad Wiessee mit einem Versammlungssaal, der groß genug war für solche Veranstaltungen. Wir parkten in der Nähe und gingen den Rest des Weges zu Fuß. Schon aus der Ferne hörten wir die fröhlichen Klänge einer Blaskapelle. Sie hatte sich vor dem zweistöckigen Giebelhaus mit seinen blumengeschmückten Fenstern postiert. Ein Vorzeigehaus wie aus einer alpenländischen TV-Serie.

Ich war einer der wenigen Besucher in ziviler Kleidung. Die meisten trugen bayerische Tracht und schienen sich darin ausgesprochen wohlzufühlen, wie man an den vielen zufriedenen Mienen erkannte. Ich war froh, Anna an meiner Seite zu haben, sonst hätte ich mich wie ein hilfloser Esel in einer Mustangherde gefühlt. Hinzu kam, dass die meisten Besucher ein solches Bayerisch sprachen, dass ich kaum eine Silbe verstand. Als hätten sie sich heimlich verabredet, bei der Premiere besonders auf ihren Dialekt zu achten.

Anna spürte wohl meine Unsicherheit. »Bayerischer Feiertag«, erklärte sie, »da putzt man sich besonders heraus und achtet auf überlieferte Traditionen.«

»Wie wir beim Wäldchestag«, fiel mir ein.

»Wäldchestag?«

»Der Dienstag nach Pfingsten«, erklärte ich, »da brauchen wir in Frankfurt nicht zu arbeiten und feiern mit Ebbelwoi auf einem Volksfest im Wäldchen.«

»Da gehen wir nächstes Jahr hin«, versprach sie.

Ich realisierte ihre Worte nur mit Verzögerung. Hatte sie

wirklich gesagt, sie würde zum Wäldchestag nach Frankfurt kommen? Ich hätte sie am liebsten in die Arme genommen und geküsst, wollte mir vor den vielen Leuten aber keine Blöße geben. Ein Wäldchestag mit Anna, das klang wie Weihnachten und Ostern zusammen. Und Pfingsten dazu.

Vor dem Saal, in dem die Aufführung stattfinden würde, lag ein weiterer, etwas kleinerer Saal mit einer Bar, an der Champagner und Prosecco, aber auch Bier ausgeschenkt wurden. Die Einrichtung beider Säle passte zum Theaterstück: getäfelte Wände, dicke Balken und Kronleuchter an den Decken, rustikale Stühle im Zuschauerraum und ein Parkettboden, der noch altmodisch knarrte. Nur die Bistrotische im Vorraum fielen aus dem Rahmen.

Wir verschoben den Prosecco und das Bierchen auf die Pause, die auf dem Plakat an den Türen angekündigt war, und reihten uns in die Schlange vor dem Theatersaal ein. Ich blickte mich um und erkannte einige bekannte Gesichter, allen voran den Obermüller Bruno und seine Mitzi. Beide lächelten mir freundlich zu. An einem der Bistrotische standen der Hotelmanager und Sandra und tranken Prosecco, er in modischer Bundlederhose und kariertem Hemd, sie im Dirndl. Sie sah toll aus, das musste ihr der Neid lassen.

»So eine Premiere verpasst keiner aus der Gegend«, sagte Anna. »Sieh dir das an, sogar der Burmeder Hansi und seine Frau sind hier. Der will wohl Kunden nach Miesbach locken. Wie in einem Agatha-Christie-Krimi: alle Verdächtigen in einem Raum, und der Inspektor findet den Schuldigen.«

»Wenn's so einfach wäre«, sagte ich.

Wir saßen in der zwölften Reihe zwischen einigen Paaren, die Anna vom Sehen kannte, und blätterten in dem Programmheft, das wir am Eingang gekauft hatten. Wenigstens das war in Hochdeutsch verfasst. Die Inhaltsangabe verriet uns, dass das Stück auf dem Bauernhof von Gustl Gansdorfer am Tegernsee spielte. Der Gustl liegt im Clinch mit seinem Nachbarn, dem Hundsbichler Bene. Weil es dem Gustl finanziell nicht besonders gut geht, muss er einen Feriengast aufnehmen und erntet deswegen viel Spott vom Bene. Auch weil der Gast ein »Preiß« aus dem Hohen Norden ist, kaum Bayerisch versteht und keine Ahnung von Landwirtschaft hat.

Während die Blaskapelle, die schon vor dem Hotel musiziert hatte, ein Volkslied zum Besten gab, sah ich mich im Zuschauerraum um, entdeckte Sandra und ihren Manager vier Reihen vor uns und auch den Bruno und die Mitzi ziemlich weit vorn. Auch wenn sich der Bruno und die Mitzi kaum verstanden, waren sie gemeinsam zur Premiere erschienen, alles andere hätte einen schlechten Eindruck gemacht. Nicht weit von uns saß Bastian Obermüller, natürlich ohne die Jule, die als trauernde Witwe schlecht zur Aufführung eines Bauernschwanks kommen konnte. Auch Hannerl entdeckte ich, die Besitzerin des Hotels, in dem ich wohnte. Sie trug auch werktags ein Dirndl.

Anna griff nach meiner Hand, als es losging. Der Vorhang ging auf, und man blickte in eine Bauernstube mit einem Tisch und einer Eckbank, einem Kachelofen und einem Schrank. Durch ein Fenster fiel künstliches Tageslicht herein. Neben der Küchentür hing ein Kruzifix an der Wand, außerdem waren zwei weitere Türen zu erkennen. Die Haustür lag hinter einem Vorhang.

Beifall brandete auf, als das Publikum den weißhaarigen und etwas fülligen Bauern, seine Frau Hilda und seinen Sohn Fonse am Tisch sitzen sah.

»Das sind Berühmtheiten in Wiessee«, flüsterte mir Anna ins Ohr.

»Ausgerechnet ein Preiß«, jammerte die Hilda. Sie war noch dicker als der Gustl und trug eine Kittelschürze. »Gab's denn keinen anderen Sommerfrischler, der bei uns wohnen will? Aus Rottach-Egern oder Miesbach oder so? Oder wenigstens ein Franke! Der Bene lacht sich doch tot, wenn er das hört.«

»Wenn er's nur täte, der ausg'schamte Gloifel!«, rief Gustl.

»Also, ich find's guat, dass wir einen Sommerfrischler aufnehmen«, meldete sich der Fonse, auch im wirklichen Leben der Sohn des Bauern, wie ich später von Anna erfuhr. »Mit der Landwirtschaft kommst doch heut auf keinen grünen Zweig mehr. ›Ferien auf dem Bauernhof‹ heißt das Zauberwort.«

»Aber ein Preiß!«, jammerte die Mutter. »Von der … wie heißt das?«

»Waterkant«, antwortete der Fonse. »Wie viel zahlt er denn?«

Der Gustl kicherte. »Genug. Ich hab ihm einen Preiß'naufschlag berechnet. Je weiter nördlich einer wohnt, desto teurer wird es. Er wohnt an der Nordsee. Den nächsten holen wir aus England, dann gibt's noch mehr Geld.«

»Wann kommt er denn?«

»Gleich.«

»Gleich?«, erschrak Hilda.

»Mit dem Mittagszug.«

»Hoffentlich will er nix mehr zum Essen.«

»Der hat bestimmt eine Fischsemmel dabei.« Lacher im Publikum.

Es klopfte an der Haustür. Gustl, Hilda und der Fonse starrten sich an, als hätte sich der Gerichtsvollzieher angemeldet. Als sich keiner rührte, klopfte es noch mal, diesmal heftiger, und der Gustl gestikulierte wild mit den Armen. »Nun geh schon hin, Alte!«, fuhr er seine Frau mit gedämpfter Stimme an.

Hilda ging hin, und ein junger Mann betrat die Wohnstube. Um die dreißig, Hosen mit Bügelfalte, kurzärmeliges Hemd mit Krawatte. Er stellte seinen Koffer ab und blickte fröhlich in die Runde. »Moin, moin, die Herrschaften! Mein Name ist Jens-Uwe Hansen. Ich freue mich, die nächsten zwei Wochen mit Ihrer Familie verbringen zu dürfen. Ich bin Ihr neuer Feriengast.«

»Moin? Moin? Es ist doch schon Mittag«, wunderte sich Gustl.

»Bei uns ist immer Morgen, Herr Gansdorfer.«

»Sagen's Gustl zu mir, das tut hier jeder.«

»Und ich bin der Jens … oder der Uwe.«

Auf die Art ging es eine Weile weiter. So ziemlich jeder redete am anderen vorbei und sorgte für einige Lacher, bis eine junge Frau mit seltsam gebundenen Haaren aus der Küche kam, das Gesicht kaum geschminkt, die Augen weit aufgerissen. Das heißt, eigentlich stampfte sie, durchquerte mit ungelenken Schritten die Wohnstube und blieb vor dem Neuankömmling stehen.

»Ich bin der Jens-Uwe«, sagte der Feriengast. »Und Sie?«

»Das ist die Annamirl, unsere Saumagd.«

»Wie eine Sau sieht sie gar nicht aus.«

»Na, hör'n Sie mal, Sie spinnerter Deifi!«, wehrte sich Annamirl. Sie sprach doppelt so laut wie die anderen und immer mit einem Vorwurf in der Stimme. Und einem Sinn für derben Humor. »Wollen's mich beleidigen?«

Jens-Uwe wurde rot. »Das läge mir fern, werte Dame.«

»Und eine Dame bin i auch net, damit Sie's wissen!«

Nach einem weiteren lustigen Wortwechsel bat der Gustl seine Magd, dem Sommerfrischler sein Zimmer zu zeigen, und der erste Akt war vorüber.

»Und?«, fragte Anna mich leise. »Verstehst du alles?«

»So ziemlich. Die haben einen rauen Ton drauf.«

Anna lächelte. »So wie ich, wenn ich jemanden festnehme.«

Der zweite Akt begann mit dem nächsten Morgen. Die Uhr schlug fünf Uhr, und der arme Sommerfrischler wankte verschlafen zum Frühstücktisch. »Sie stehen aber früh auf«, sagte er. »Ich war gerade erst eingeschlafen.«

»Der frühe Vogel fängt den Wurm, mein Lieber!«, tönte der Gustl. »Sie wollten uns doch bei der Arbeit helfen, oder haben's keine Lust mehr?«

»Sicher hab ich Lust«, antwortete er. Es klang etwas gequält.

»Dann gehen's raus und helfen's der Annamirl beim Melken.«

»Melken? Aber ich hab noch nie …«

»Für alles gibt's ein erstes Mal, stimmt's nicht?«

»Wenn Sie meinen, Gustl.«

Gustl kicherte schadenfroh, als der Sommerfrischler nach draußen ging. Wenig später drang lautes Grunzen aus dem

Stall herüber. »Die Küh' sollen's melken«, rief er, »die mit den Ringelschwänzen sind die Säu. Die Zitzen gehör'n den Ferkeln, host mi, du mistiger Hirnstingel?« Er schüttelte den Kopf. »Vielleicht war's doch keine so gute Idee, den Sommerfrischler zu holen.«

Der Hundsbichler Bene betrat den Wohnraum und setzte sich zum Gustl an den Tisch. Auch er bekam stürmischen Beifall von den Zuschauern.

»Morgen, Bene«, grüßte der Gustl. »Was gibt's?«

»Ich hab gehört, du hast einen Sommerfrischler auf dem Hof«, lästerte der Nachbar. »Ich glaub, ich hab ihn im Stall gesehen. Da hat einer versucht, eine Sau zu melken. Die Annamirl hätt ihm beinah den Schädel eingeschlagen, so wütend war die.« Er lachte laut. »Brauchst das Geld für den Ochsen vom Huber Adi?«

»Was für'n Ochsen, Bene?«

»Tu net so unschuldig. Der Adi will ihn verkaufen, und wir beide sind die Einzigen, die ihn haben wollen. Ich könnt dich überbieten, wenn ich wollte, aber ich hab keine Lust, dem Adi mehr Geld als nötig in den Rachen zu werfen. Vorschlag: Wir bieten ihm den Mindestbetrag und machen untereinander aus, wer ihn haben darf. Ein fairer Wettstreit unter Männern. Was meinst?«

»Wir beide sollen raufen?«

Der Bene nahm seinen Hut vom Kopf. »Bist du deppert? Doch net wir beide. Unsere Söhne! Eine Runde Fingerhakeln beim Wirt unten. Der Verlierer verzichtet auf den Ochsen und zahlt ihn. Ist das ein Angebot, Gustl?«

»Dein Sohn ist etwas stärker als meiner.«

»Und deiner ist etwas größer.«

»Also gut. Wann soll die Sache steigen?«

»Am Samstag beim Steirer-Wirt. Die Hand drauf.«

Die beiden Bauern besiegelten den Deal mit einem Handschlag und tranken zur Feier des Tages zwei Schnäpse. Was die Hilda, die ausgerechnet jetzt erschien, in Rage brachte. »Die Mannsbilder! Nix als Saufen im Kopf!«

Ich fand langsam Gefallen an dem Stück. Manche Sätze, besonders wenn die Hilda fluchte, waren schwer zu verstehen, und natürlich war die Sache derb und einfach gestrickt, aber besonders der Gustl mit seiner trockenen Art gefiel mir, und als die Annamirl im dritten Akt erschien, klatschte sogar ich.

»Sakradi!«, rief sie aufgebracht. »Jetzt ist der verrückte Lackel schon zum zweiten Mal in den Mist gefallen. Der stinkt wie die Sau, die wir neulich zum Schlachten gebracht haben! Vielleicht war's doch keine so gute Idee, ihn mitarbeiten zu lassen. Der gehört auf einen Dampfer und ned zu den Säuen.«

»Auf einen Dampfer? Unser Sommerfrischler ist Seemann?«

»Sagt er. Auf einem Tanker arbeitet er, sagt er.«

»Stinkt's da vielleicht besser als im Kuhstall?«

»Immerhin gibt's da keinen Misthaufen.«

»Streng dich an, Annamirl! Er zahlt schließlich fürs Arbeiten.«

»Hier könnt er Bayerisch lernen, dann würd man ihn besser versteh'n. Stell dir vor, der sagt ›Rundstück‹ zu die Semmeln, und ein Fleischpflanzl ist für den eine Frikadelle. Und die Milli mag der nur aus'm Pappkarton, die frische wär ihm zu fett. Sei mir net bös, Bauer, aber der lernt es niemals nicht.«

Die Saumagd gefiel mir ausnehmend gut. Wenn die privat auch so war, dann gute Nacht. Ich flüsterte Anna zu, dass ich mich köstlich amüsieren würde, und küsste sie auf die Wange, als es dunkel wurde. Wenige Sekunden später gingen die Scheinwerfer wieder an, und das Geschehen nahm dramatische Züge an. Wir lernten den Sohn vom Bene kennen, den Maxl, und hörten, wie überlegen er sich dem Fonse fühlte. Beim Fingerhakeln schlägt mich keiner«, tönte er. »Beim Volksfest hab ich ihn drei Mal übern Tisch gezogen.«

Noch dramatischer wurde es, als der Fonse mit gebrochenem Arm von einer Bulldogfahrt zurückkehrte und aufgeben musste. »Geh weida, das hat er doch extra gemacht«, verdächtigte ihn der Bene. »Der hat Angst vorm Maxl.«

»So ein Schmarrn!«, fauchte der Gustl. »Doch net vorm Bene!«

Die letzten Sätze hatte auch Jens-Uwe mitbekommen, als er am Fenster vorbeigegangen war. Als er die Wohnstube betrat, am ganzen Körper mit Stroh und Dreck bedeckt, die Haare wirr, johlte das Publikum vor Vergnügen.

»Was höre ich da? Der Fonse hat sich den Arm gebrochen?«, sagte er, als sich der Applaus gelegt hatte. »Ich war gerade die Schweine füttern und hab's gar nicht mitbekommen. Dann gibt's kein Fingerhakeln am Sonnabend?«

»Sonnabend?«

»Samstag, bei Ihnen sagt man Samstag, nicht wahr?«

»Es sei denn, Sie vertreten den Fonse«, sagte Bene. Der Vorschlag war natürlich als Spaß gedacht und entlockte selbst dem geplagten Gustl ein leichtes Schmunzeln. »Als Angestellter beim Gansdorfer Gustl sind Sie natürlich kampfberechtigt.« Er kicherte gemein. »Aber das kommt wohl nicht infrage.«

Die Antwort des Preiß'n fiel anders aus als vermutet. »Wie kommen Sie denn darauf, werter Herr Hundsbichler? Natürlich werde ich den Fonse beim Fingerhakeln vertreten. Ich hab im Fernsehen gesehen, wie das geht.«

Der Bene und der Gustl blickten ihn an, als hätte er vorgeschlagen, den Hof zu übernehmen. Und die Annamirl, die immer noch in der Wohnstube war, klatschte sich mit der flachen Hand gegen die Stirn und rief: »I glaub, mir brennt der Huat! Der Preiß beim Fingerhakeln, dabei hat er schon bei den Kühen ned gewusst, wo er hinlangen muss! Das gibt eine Kata… Katastrophe!«

»Vertrauen Sie mir, Gustl!«, sagte Jens-Uwe.

»Einem Preiß? Vertrauen? Sie sind doch viel zu schwach zum Hakeln!«

»Die Kraft nützt nichts, wenn die Technik nicht stimmt.«

Annamirl stöhnte. »Sakradi! Ein Klugscheißer ist er a no!«

»Aber wenn Sie verlieren, zahlen Sie mit!«, verlangte der Gustl.

»Versprochen!«

Auch dieser Deal wurde besiegelt, und alle waren schon gespannt auf den letzten Akt mit dem Fingerhakel-Duell, als es in eine fünfzehnminütige Pause ging. Schließlich wollte das Hotel noch ein paar Euro verdienen und verkaufte Getränke und kleine Häppchen im angrenzenden Versammlungsraum.

Ich kämpfte mich zur Bar durch und besorgte uns einen Prosecco und ein Bier. Im Vorbeigehen sah ich Sandra bei ihrem Lebensgefährten stehen und einen heimlichen Blick mit dem Obermüller Bruno tauschen. Die Mitzi stand neben ihrem Mann und trank Sekt mit Orangensaft. Hansi Burmeder und seine Frau lehnten an einem der Bistrotische und schienen guter Dinge zu sein. Bastian Aumüller war nirgendwo zu sehen. Für einen Moment glaubte ich Novak zu erkennen, aber einer wie er ging bestimmt nicht ins Bauerntheater, ich hatte ihn mir sicher nur eingebildet. Als ich zu Anna zurückkehrte, sah ich auch Grietje und ihren Robert und nickte ihnen freudestrahlend zu.

»Ich bin gern mit dir zusammen«, sagte ich zu Anna, als wir uns zuprosteten. »Mit Komplimenten bin ich nicht so gut, aber ich meine es ehrlich.«

»I mog di a«, antwortete sie betont bayerisch.

21

Nächtliche Verhöre

Bevor sich der Vorhang zum letzten Akt öffnete, bemerkte ich, dass Bruno Obermüller nicht an seinem Platz saß. Seine Frau drehte sich suchend nach ihm um, konnte ihn aber auch nirgendwo entdecken. Er wird noch auf der Toilette sein, vermutete ich, doch gerade, als sich die Scheinwerfer auf den Gansdorfer Gustl und seinen Feriengast richteten, tönte ein schriller Schrei aus dem Raum nebenan, und eine Frau rief: »A Leich! Hier liegt a Leich!«

Anna und ich reagierten gleichzeitig. Wir zückten unsere Ausweise, riefen »Polizei! Lassen Sie uns durch!«, bahnten uns einen Weg zum Seitengang und rannten in den angrenzenden Versammlungsraum. Vor dem Tresen lag der Bruno und starrte mit leeren Augen zur Decke empor. Die Angestellte, die ihn entdeckt hatte, stand zitternd daneben und war einer Ohnmacht nahe.

Obwohl man schon von Weitem sah, dass der Bruno seinen letzten Atemzug getan hatte, prüfte ich, ob noch Leben in ihm war. Kein Puls. Anna reagierte auf mein Kopfschütteln, alarmierte die Kollegen in Bad Wiessee und Miesbach und hob beide Hände, als neugierige Zuschauer an den Tatort drängten. Wieder hielt sie ihren Ausweis hoch. »Bleiben Sie bitte zurück, meine Damen und Herren!«, rief sie, jetzt wieder auf Hochdeutsch, auch weil viele Urlauber unter den Zuschauern waren. »Kehren Sie auf Ihre Plätze zurück und halten Sie sich bitte zu unserer Verfügung. Es dauert nicht lange.«

Mitzi ließ sich nicht aufhalten. »Das ist der Bruno! Das ist mein Mann!«, rief sie entsetzt und lief auf den Toten zu. Ich fing sie gerade noch rechtzeitig ab. »Ist er tot? Er ist tot, nicht wahr? Sagen Sie doch was!«

»Ja, Mitzi, der Bruno ist tot«, erwiderte ich. »Es tut mir sehr leid.«

Sie wand sich in meinen Armen, wusste nicht, wohin mit ihrem Schmerz und ihrer Wut. »Das war eine dieser Schlampen, mit denen er gevögelt hat! Irgendwann musste er ja mal an die Falsche geraten.« Sie blickte mit Tränen in den Augen auf den Toten und schüttelte wütend eine Faust. »Ich hab's dir gesagt, du Saubazi! Wenn du so weitermachst, erwischt es dich irgendwann.«

Ich beneidete Mitzi nicht um ihr Gefühlsleben. Der Tod des Mannes, der mit ihr verheiratet gewesen war, sie aber auch geschlagen und nach Strich und Faden betrogen hatte, brachte sie vollkommen aus der Fassung. Oder war es auch die Trauer um ihren Geliebten, der vor einer Woche gestorben war?

»Eine seiner Schlampen hat ihn ermordet!«, schimpfte sie immer noch.

»Beruhigen Sie sich, Mitzi!« Ich war froh, als eine Freundin der Masseurin erschien und sich um sie kümmerte, bat sie aber, in der Nähe zu bleiben.

Mich wunderte nicht, auch Sandra in der Nähe zu sehen. Sie stand in der offenen Tür zum Zuschauerraum und blickte auf den Toten, ohne durch irgendeine Regung ihre Gefühle zu verraten. Eine geheimnisvolle Frau, in jeder

Hinsicht. Sie schien keine Hemmungen zu haben, ihren Lebensgefährten auf schamlose Weise zu belügen, ihn jede zweite Nacht zu betrügen und sich jeden Mann zu nehmen, der ihr gefiel. Trauerte sie um Bruno? Hatte sie überhaupt etwas für ihn empfunden, oder war sie nur auf Sex aus? Eine makellos schöne Frau wie sie konnte alles haben.

Inzwischen war auch der Manager des Hotels erschienen und schlug erschrocken die Hände zusammen, als er den toten Bruno sah. »O Gott!«, erschrak er. »Das ist doch der Obermüller Bruno. Er … er ist tot, nicht wahr?«

Anna stellte uns beide vor und beruhigte ihn mit den üblichen Worten. Wie jeder Manager, dem wir bei solchen Gelegenheiten begegneten, hatte er Angst, der Trubel in seinem Hotel könnte zu groß werden und für umsatzschädliche Medienberichte sorgen. Er zeigte uns einen Seminarraum zwei Türen weiter. Wenig später rückten die Kollegen mit Sirene und Blaulicht an und sperrten den Tatort ab. »Schon der zweite Mord in einer Woche, langsam wird's unheimlich!«, hörte ich einen der Polizisten sagen, dann erschienen der Arzt und die Spurensicherung, und wir sahen wir uns den Toten genauer an.

Auch Bruno war durch einen Messerstich gestorben, diesmal genau ins Herz und auf der Stelle tödlich. Man musste regelrecht nach der Einstichstelle suchen, so klein war sie. Es war kaum Blut geflossen. »Lang und spitz«, beschrieb der Gerichtsmediziner die Mordwaffe, »alles andere sage ich Ihnen, sobald ich den Toten auf dem Tisch habe. Sie wissen ja, das ist alles wesentlich komplizierter als in den Fernsehkrimis.« Er blickte eine Weile auf den toten Bruno hinab. »Zwei Goaßlschnalzer hintereinander, das ist schon heftig.«

Die Medien ließen sich mehr Zeit als in Frankfurt, benahmen sich aber genauso aufdringlich. Anna kannte fast jede Reporterin und jeden Reporter persönlich, und ich überließ es ihr, sie abzuwimmeln. »Ja, bei dem Toten handelt es sich um Bruno Obermüller. Er wurde erstochen. Und nein, bisher haben wir keine Hinweise darauf, dass die Morde an Alois Hinterseer und Bruno Obermüller etwas miteinander zu tun haben. Mehr kann ich Ihnen nicht sagen. Wir werden Sie beizeiten über die weitere Entwicklung informieren.«

»Das kenn ich«, sagte einer. »So machen sie es immer.«

»Tut mir leid, Herrschaften. Und jetzt lassen Sie uns bitte arbeiten!«

Wir gingen in den Zuschauerraum, der inzwischen hell erleuchtet war, und stiegen auf die Bühne. Die Schauspieler hatten sich bereits in ihre Garderoben zurückgezogen. Nervöses Gemurmel empfing uns. Ich sprach ungern vor einem so großen Publikum, außerdem leitete Anna die Ermittlungen und zeigte auch keinerlei Hemmungen. Sie hatte längst in ihren coolen Modus geschaltet, agierte souverän und ließ sich durch nichts aus der Ruhe bringen.

»Ich bin Hauptkommissarin Anna Thiermayer von der Kriminalpolizei in Miesbach«, stellte sie sich vor, »und das ist mein Kollege Hauptkommissar Markus Possmann.« Dass ich aus Frankfurt kam, erwähnte sie nicht. »Wir müssen Ihnen die bedauerliche Mitteilung machen, dass während der Pause ein Mord geschehen ist und die Vorstellung leider abgebrochen werden muss. Bevor Sie nach Hause gehen, möchten wir Sie bitten, unseren uniformierten Kollegen Ihre Personalien anzugeben. Es sei denn, Sie haben irgendetwas gesehen oder bemerkt, das uns bei der Aufklärung helfen kann. Außerdem möchten wir folgende Personen bitten, für eine Zeugenvernehmung hierzubleiben: Mitzi Obermüller, Bastian Aumüller, Sandra Henscheid und Martin Lenz. Vielen Dank.«

Anna besprach das weitere Vorgehen mit dem ranghöchsten Uniformierten, der einen seiner Beamten anwies, die Personen, die wir vernehmen wollten, in den Seminarraum zu bringen. »Und vergessen Sie nicht«, fügte Anna hinzu, »wir führen eine Vernehmung durch, kein Verhör. Die genannten Personen sollen auf keinen Fall den Eindruck gewinnen, sie wären verdächtig.«

Was sie natürlich dennoch taten. Als Bastian Aumüller den nüchternen Seminarraum betrat, war er mehr als aufgebracht und schimpfte: »Kruzifix! Wollen's mir auch den Mord noch anhängen? Ich hab nix mit der Sache zu tun!«

»Setzen Sie sich!«, forderte ich ihn auf. Anna und ich hatten beschlossen, die Vernehmung gemeinsam zu führen, und saßen an einem der kleineren Tagungstische. Basti nahm uns gegenüber Platz.

»Bastian«, begann ich. »Ich darf doch Bastian sagen?«

»Tun's, was Sie wollen. Hauptsach', ich kann bald gehen. Ich bin noch verabredet, müssen's wissen, und ich möcht' die Dame nicht warten lassen.«

»Die Dame hat doch sicher ein Handy. Rufen Sie sie an.«

»Ich hab nix mit der Sache zu tun!«, betonte er noch einmal.

»Sie sind allein hier?«

»Mei Freundin steht net auf Bauernschwank.«

»Und Sie?«

»I scho.«

Anna sah, dass ich mich mit seinem Bayerisch schwertat, und löste mich ab. Ich lehnte mich zurück. »Wo waren Sie während der Pause, Bastian?«

»An der Bar. Hab mir ein Helles bestellt.«

»Dort, wo der Tote lag?«

»Naa … ganz außen. Bei dem Gedränge kam man anders kaum hin.«

»Haben Sie den Obermüller Bruno gesehen?«

»Ja … der stand irgendwo unter den Leuten.«

»Haben Sie mit ihm gesprochen?«

»Naa … der war zu weit weg.«

»Aber Sie wollten mit ihm sprechen«, blieb Anna am Ball. »Sie wollten ihm die Meinung sagen und sich für die Peitschenhiebe rächen. Stimmt's?«

»I bin doch net deppert! Im Theater!?«

»Sie waren wütend. Da ist einem so was egal.«

»I hab ihm nix getan. I hab sogar Zeugen.«

»Und die wären?«, wollte Anna wissen.

»Der Toni vom Zweirad-Stadl in Rottach stand fast die ganze Zeit neben mir. Er war mir sowieso noch ein Helles schuldig. Eigentlich eine Maß, aber die gibt's ja hier net. Wir haben auf den FC gewettet, dass er net absteigt.«

»Den FC Rottach-Egern?«

»Den FC Bayern gwiss net.«

»Wir werden das überprüfen«, sagte sie. »Haben Sie denn irgendwas gesehen? Hat sich der Bruno seltsam benommen? Hatte er Angst? Haben Sie gesehen, wer bei ihm stand? Sie haben doch sicher mal zu ihm rübergesehen.«

»Keine Ahnung, da war so ein Gedränge … kann ich jetzt gehen?«

»Sicher«, gab sich Anna zufrieden.

»Ich glaube nicht, dass er was mit dem Mord zu tun hat«, sagte ich, als er die Tür hinter sich geschlossen hatte. »Der hätte dem Bruno vielleicht aufgelauert und ihn verprügelt, aber zu einem Mord ist so einer wie er nicht fähig.«

Anna war genauso ratlos wie ich. »Wenn ich nicht wüsste, dass der Verrückte, der was gegen Goaßlschnalzer hat, in der Klinik steckt, würde ich sagen, er ist unser Hauptverdächtiger. Zwei Goaßlschnalzer innerhalb einer Woche, das ist schon seltsam. Andererseits wissen wir nicht, ob die Morde vom selben Täter oder derselben Täterin begangen wurden. Was meinst du?«

»Mein Bauchgefühl sagt Ja, die Fakten sprechen eher dagegen. Alois Hinterseer, so hat es den Anschein, wurde mit seinem eigenen Messer und zwei gezielten Messerstichen auf einer einsamen Landstraße getötet. Bruno Obermüller mit einer spitzen Tatwaffe, die wir bisher noch nicht gefunden haben, inmitten des Gedränges an einer Bar. Zum ersten Mord reicht eine Portion Wut, für den zweiten muss man extrem kaltblütig sein und äußerst präzise vorgehen, wenn keiner der Umstehenden etwas merken soll. Wie ein Profi.«

Von Mitzi erfuhren wir wenig Neues. Sie wirkte wesentlich gefasster, als sie den Seminarraum betrat, hatte sich während der Pause mit einigen Bekannten unterhalten und darauf gewartet, dass ihr Mann mit dem Prosecco von der Bar zurückkehrte. Sie hatte keine Ahnung, wer den Bruno umgebracht haben könnte, drehte sich noch einmal um, bevor sie den Raum verließ und sagte: »Vielleicht ist's ja besser so. Er war ein Arschloch, wissen Sie?«

Sandra und ihren Lebensgefährten vernahmen wir getrennt. Sie war zuerst dran, zeigte ungeniert ihre langen Beine, als sie sich setzte, und lächelte spöttisch, als sie mich bei Blick auf ihre Knie ertappte. »Frau Henscheid«, sagte ich. »Wo waren Sie, als Bruno Obermüller erstochen wurde?«

»Keine Ahnung, Herr Kommissar.« Sie tat so, als wäre Anna gar nicht im Raum. »Irgendwo im Getümmel oder an einem der Bistrotische, je nachdem, wann er den Tod gefunden hat. Furchtbar, dass so etwas hier passieren muss.«

»Haben Sie eine Ahnung, wer es gewesen sein könnte?«

»Leider nein, Herr Kommissar.«

»Sie hatten eine Affäre mit Bruno?«

»Dürfen Sie so etwas fragen?«

»Wir ermitteln in einem Mord, Frau Henscheid.«

Wieder dieses verführerische Lächeln. Ich konnte mir gut vorstellen, wie es ihr gelang, einen Mann um die Finger zu wickeln. »Ich habe zwei oder drei Mal mit ihm geschlafen, das stimmt. Tut das etwas zur Sache, Herr Kommissar?«

»Warum betrügen Sie Ihren Lebensgefährten ständig?«

»Wir gestatten uns gewisse Freiheiten.«

»Und die Lüge mit der kranken Mutter?«

»Soll ihm die Sache etwas leichter machen«, sagte sie. »Martin würde es zwar niemals zugeben, aber er kann sehr eifersüchtig sein. Mein Hunger nach sexuellen Abenteuern ist wesentlich größer als seiner. Ich möchte sogar behaupten, er sehnt sich nach einer eher konservativen Ehe mit Reihenhaus, Vorgarten und Hund. Aber für so ein Modell bin ich leider nicht geschaffen.«

»Warum sind Sie dann überhaupt mit ihm zusammengezogen?«

Sie schlug die Beine übereinander und achtete darauf, dass ich genug zu sehen bekam. »Sie sind sehr neugierig, Herr Kommissar, wissen Sie das?« Ihr Lächeln war preisverdächtig. »Nun sagen wir es einmal so: Jede Frau braucht einen gewissen Halt.«

»Trauen Sie Ihrem Mann einen Mord zu?«

»Martin? Nie im Leben.«

»Er weiß doch sicher längst von Ihren Eskapaden.«

»Martin ist zu so was nicht fähig.«

Ich wagte einen kühnen Vorstoß. »Dürfte ich mal Ihr Handy sehen?«

»Brauchen Sie dazu nicht einen Durchsuchungsbefehl?«

»Doch, da haben Sie recht. Es war auch nur eine Bitte.«

»Ich möchte Ihnen die Arbeit nicht unnötig erschweren, Herr Kommissar.« Sie kramte ihr Smartphone aus der Handtasche und reichte es mir lächelnd.

Ein iPhone, damit kannte ich mich aus und brauchte nicht lange, um ihre Anruflisten, E-Mails und WhatsApp-Nachrichten zu checken. Nur oberflächlich, versteht sich, aber doch gründlich genug, um herauszubekommen, dass sie nichts zu verbergen hatte. »Tut mir leid«, entschuldigte ich mich, als ich es ihr gab, »aber wir müssen in alle Richtungen ermitteln.« Mein Lieblingssatz.

»Verrücktes Weib«, sagte ich, als sie gegangen war.

»Aber attraktiv.«

»*Fishing for compliments?*«

»Aussehen ist nicht alles, oder?«

Ich grinste. »Das sieht man ja an mir.«

Anna übernahm die Befragung von Martin Lenz. Wenn er herausbekommen hatte, dass Sandra eine Affäre mit dem Bruno gehabt hatte, war er eigentlich unser Hauptverdächtiger, aber seine Lebensgefährtin hatte recht, er war nicht der Typ für einen Mord. Der geringste Fehler, eine falsche Bewegung, die das Opfer zum Schreien brachte, hätte den Mörder sofort entlarvt. Bei einem Mord in einer Menschenmenge war man gezwungen, eiskalte Ruhe zu bewahren, sonst wanderte man schneller hinter Gitter, als man schauen konnte. Dennoch beschlossen wir, ihn weiter zu beobachten. Man wusste ja nie.

Blieben noch der Barkeeper und die beiden jungen Angestellten, die während der Pause bedient hatten. Wie ich schon vermutet hatte, waren alle viel zu beschäftigt gewesen, um irgendetwas Verdächtiges zu bemerken. »Was meinen Sie, wie's in einer solchen Theaterpause zugeht?«, sagte der Barkeeper. »Jeder will was zu trinken haben, und das möglichst schnell. Wir haben die Pause schon auf zwanzig Minuten verlängert, und das ist immer noch viel zu knapp.«

»Und der Obermüller Bruno ist Ihnen nicht aufgefallen?« Ich hatte die bayerische Sitte, den Nachnamen zuerst zu nennen, längst übernommen, aus dem einfachen Grund, weil ihn die Menschen hier sonst nicht verstanden.

»Natürlich ist er mir aufgefallen«, erwiderte der Barkeeper, »ich hab ihn oft genug beim Goaßlschnalzern gesehen und kenn ihn doch. Er stand mitten im Gewühl, und ich kann mich noch daran erinnern, dass er einen Prosecco und ein Helles verlangt hat, an mehr aber nicht. Ich glaub, niemand von den Zuschauern hat mitbekommen, wie er zusammengebrochen ist. Ich nehm an, das ist ganz zum Schluss passiert, als die Leute wieder ins Theater gingen.«

»Und wer in seiner Nähe stand, wissen Sie nicht mehr?«

»Keine Ahnung. Wie gesagt, wir waren mächtig im Stress.«

»Genauso wird es gewesen sein«, sagte Anna, als die Vernehmung beendet war. »Als alle zum Ausgang drängten und schon in Gedanken im Theaterraum waren, stach der Mörder zu. Ich schätze, der Bruno hielt sich auf den Beinen, bis alle gegangen waren, und brach erst dann zusammen.« Sie schüttelte unzufrieden den Kopf. »Eigentlich spricht alles für einen Profikiller.«

»Doch die serbische Drogenmafia?«

»Den Alois? Den Bruno? Warum?«

»Weil sie zu viel wussten? Weil sie im Weg waren?«

»Unmöglich. Dafür hab ich die beiden zu gut gekannt.«

»Was hältst du von Sandra?«

»Macht auf geheimnisvoll. Wahrscheinlich nur gamsert.«

»Gamsert?«

»Mannstoll.«

Ich grinste. »Cooles Wort.«

»Sie wäre zu einem Mord fähig«, sagte Anna.

»Sandra? Warum?«

»Sie ist cool und berechnend. Und hat die Ruhe weg.«

»Ich glaube, die hat es nicht nötig, jemand zu ermorden. Die löst alles mit Sex. Es gibt wenige Männer, die immun gegen eine solche Anmache sind.«

»Aber du schon.«

»Ich kenn ja dich.«

Sie lächelte. »Nenn mich altmodisch, aber genau das wollte ich hören.«

Wir küssten uns und befragten die Beamten der Spurensicherung, bekamen aber nur zu hören, dass Spuren in dieser Situation wenig nützten. Zur Tatzeit waren mindestens hundert Leute in dem Raum gewesen. Auch die Tatwaffe hatte man nicht gefunden. Keine guten Voraussetzungen für Anna und mich.

Wir gingen zu ihrem Wagen und brauchten uns nur anzublicken, um zu wissen, was wir als Nächstes tun würden. »Die Spaghetti sind alle«, sagte sie, »aber ich hab noch Rotwein zu Hause. Was besonders Edles aus Frankreich.«

»Worauf warten wir dann noch?«

22

Ein Schlag auf den Kopf

Gegen ein Uhr verabschiedete ich mich von Anna und nahm ein Taxi zum Hotel. Unser beider Wunsch, wir wollten nicht, dass zur Routine wurde, was prickelnd und aufregend bleiben sollte, und wir wollten genug Zeit haben, um auf eine Veränderung, die eine ernsthafte Beziehung bringen könnte, besser vorbereitet zu sein. »Und wir sparen uns ein Frühstück«, sagte Anna, als wir uns zum Abschied küssten, mit einem Lächeln, versteht sich.

Unseren Ausflug auf den Wallberg würden wir nach dem erneuten Mord wahrscheinlich verschieben müssen. Ein freies Wochenende gab es für Kommissare nur, wenn keine außerordentlichen Vorfälle auf der Liste standen. Sobald die Ergebnisse der Rechtsmedizin und Spurensicherung feststanden, war auch ich wahrscheinlich wieder gefragt, vor allem, wenn sich der Verdacht erhärtete, dass die beiden Morde an den Goaßlschnalzern etwas miteinander zu tun hatten und vom selben Täter begangen worden waren. Nur den Besuch des Eintracht-Spiels würde ich mir von niemandem versauen lassen.

Noch im Taxi schickte ich eine Mail an Ilona und bat sie, Sandra Henscheid zu überprüfen. »Nur so ein Verdacht! Häng's nicht an die große Glocke!«, schrieb ich ihr. Ich hängte die Fotos dran, die ich vor der Villa des Nürnberger Spediteurs aufgenommen hatte. Keine besonders guten Fotos, nicht nur wegen der schlechten Lichtverhältnisse, aber wir hatten einen Experten in Frankfurt, der Wasser in Wein verwandeln konnte. Wenn es einer fertigbrachte, das Foto für die Gesichtserkennung zu optimieren, dann er.

Außer meinem Bauchgefühl sprach nichts dafür, dass etwas mit ihr nicht stimmte. Sie schien sexbesessen zu sein, trieb sich mit allen möglichen Männern herum und täuschte ihren Lebensgefährten mit der dreisten Lüge von der kranken Mutter, aber sie war keine Mörderin und hatte auch gar kein Motiv. Wenn ihr ein Mann nicht mehr gefiel, ließ sie ihn stehen, und wenn ihr Lebensgefährte einer Lüge auf die Spur kam, ging sie achselzuckend weiter.

Selbst ihr Smartphone, das sie mir bereitwillig und ohne zu zögern gegeben hatte, war unauffällig gewesen. Sie war geheimnisvoll und moralisch sicher kein Engel, aber wer war das schon? »Wieder so eine fixe Idee von dir?«, würde Ilona fragen. Und nach der Verhaftung des wahren Täters schadenfroh grinsen, weil ich wieder mal einem Phantom nachgejagt war. Leider hatten wir, was die Morde an den Goaßlschnalzern betraf, auch nicht mehr.

Als ich vor dem Hotel aus dem Taxi stieg, beschlich mich ein mulmiges Gefühl. Männliche Intuition? Oder eine Art sechster Sinn, den man uns Kommissaren häufig andichtet? Es lag wohl eher daran, dass man durch die Glastür sehen konnte, wie sich eine Gestalt vom Boden hochstemmte und wieder zusammensackte. Eine Frau, offensichtlich in großen Schwierigkeiten.

Ich lief ins Hotel und erkannte Sandra. Sie trug dieselbe Kleidung wie im Theater und blutete am Hinterkopf, als wäre sie gestürzt und gegen die Wand geprallt. Sie stöhnte vor Schmerzen. Bei ihrem Sturz hatte sie wohl versucht, sich am Tresen festzuhalten, und dabei den Computer heruntergerissen.

Ich rief einen Krankenwagen und kümmerte mich um Sandra. Sie war nur halb bei Bewusstsein und schien nicht zu wissen, wie ihr geschah. Ich schnappte mir ein Sitzkissen von einem der Stühle gegenüber der Rezeption und schob es vorsichtig unter ihren Kopf. »Ich bin's, Possmann«, sagte ich. »Bleiben Sie ruhig liegen, der Krankenwagen muss gleich hier sein. Ist nicht so schlimm.«

Sandra blickte mich aus großen Augen an und setzte mehrfach zum Sprechen an, bis sie einen halben Satz hervorbrachte. »Ich wollte doch nur …«

»Sie haben sicher eine Gehirnerschütterung. Das wird wieder.«

»Ich wollte nach … nach oben …«, brachte sie hervor.

»Nicht anstrengen, Frau Henscheid.«

Ich kniete neben ihr und legte ihr beruhigend eine Hand auf die Wange. Sie war eine der wenigen Frauen, die auch ungeschminkt wie ein Model aussahen. Mit ihren dunklen Augen musste sie südländisches oder indisches Blut in sich haben. Sie spürte wohl meine Blicke und konnte schon wieder lächeln.

»Sind Sie gestürzt?«, stellte ich die einzige Frage, auf die ich eine Antwort haben wollte, bevor man sie in ein Krankenhaus brachte. Immerhin entschied diese Antwort darüber, ob sich die Polizei oder nur das Pflegepersonal um sie kümmern musste. »Oder hat man Sie geschlagen? Hören Sie mich, Frau Henscheid?«

»Geschlagen … überfallen«, sagte sie.

Natürlich wusste ich, dass man eine Verletzte und halb Bewusstlose nicht mit Fragen belästigen sollte, aber wie meine Kolleginnen und Kollegen im Fernsehen hielt ich mich nur daran, wenn mich ein Weißkittel daran hinderte. »Haben Sie gesehen, wer Sie geschlagen hat? Ein Mann oder eine Frau?«

»Keine … keine Ahnung. Es kam so … so plötzlich …«

Ich hätte ihr gern noch mehr Fragen gestellt, merkte aber, dass sie unter starken Schmerzen litt, und verzichtete darauf. Stattdessen klingelte ich Anna aus dem Bett, denn jetzt war klar, dass jemand gewaltsam gegen Sandra vorgegangen war und die Polizei ermitteln musste. Sie war sofort am Apparat und versprach, die Kollegen in Bad Wiessee zu informieren und selbst zu kommen.

Der Krankenwagen war schneller. Die Sirene und das flackernde Blaulicht lockten mehrere Hotelgäste, aber auch Martin Lenz nach unten, und mir wurde schlagartig bewusst, dass ich es versäumt hatte, ihn zu informieren. Andererseits schien er auch nicht gemerkt zu haben, dass ihr etwas passiert war.

»Sandra!«, rief er aufgeregt. »Sandra! Was ist denn?« Er beugte sich über sie und blickte entsetzt auf die Wunde. »Sandra! Ich hatte ja keine Ahnung!« Er funkelte mich an. »Haben Sie Sandra gefunden? Warum sagen Sie mir nicht Bescheid? Wie ist das passiert? Ist sie gestürzt? Hat man sie …«

Ich erklärte ihm mit betont ruhiger Stimme, was geschehen war, dass ich mich zuerst um seine Lebensgefährtin gekümmert hatte und gerade im Begriff gewesen war, ihn anzurufen. Was natürlich schamlos gelogen war.

»Sandra! Schätzchen!«, säuselte er. »Der Krankenwagen ist hier!«

Sie blickte ihn wortlos an. Viel Liebe war nicht zwischen ihnen.

»Ich komme dich morgen besuchen, okay?«

Ich hielt mich im Hintergrund und beobachtete, wie der Notarzt die Wunde versorgte und zwei Pfleger die Verletzte auf einer Trage in den Krankenwagen schoben. Sie wollten gerade losfahren, als Anna und die Polizei eintrafen.

Anna zeigte dem Notarzt ihren Ausweis. »Lassen Sie mich einen kurzen Blick auf die Verletzte werfen? Ich will mir nur kurz die Wunde ansehen.«

»Meinetwegen, aber beeilen Sie sich!«, sagte der Arzt.

Anna kletterte zu Sandra in den Wagen, sagte etwas, was ich nicht verstand, und kam zurück. »Servus«, begrüßte sie mich. Während der Arbeit lächelte sie selten. »Was für eine Nacht! Hast du die Tatwaffe gefunden?«

»Ich hatte noch gar keine Zeit, mich umzusehen.«

Wir suchten beide danach, wurden aber nicht fündig. Anna wies die Uniformierten an, weiter danach zu suchen, und wandte sich Martin Lenz zu. Er saß auf einem der Stühle und blickte betroffen ins Leere. Man wusste nicht, worüber er trauriger war: über Sandras Verletzung oder seine verlorene Nachtruhe.

»Hauptkommissarin Anna Thiermayer«, stellte sich Anna vor.

»Ich weiß«, erwiderte der Manager müde.

»Sie haben nichts von dem Überfall mitbekommen?«

Martin Lenz reagierte zögernd. »Unsere Suite liegt auf der anderen Seite. Nach dem Theater wollte sie noch bei ihrer

Mutter vorbei. Ich wusste nicht mal, ob sie schon nach Hause gekommen war.« Er merkte, wie seltsam das klang, und fügte hinzu: »Wir haben neuerdings getrennte Schlafzimmer.«

»Neuerdings?«

»Ich schnarche ihr zu laut.«

»Sie war wohl gerade erst nach Hause gekommen«, sagte Anna, die ihm sicher genauso wenig glaubte wie ich. Sandra schien genug von ihrem Lebensgefährten zu haben und sich allmählich von ihm abzusetzen. Ein Beziehungsdrama, das wahrscheinlich nichts mit unseren Fällen zu tun hatte. »Am besten gehen Sie morgen bei ihr vorbei und bringen ihr Waschzeug und was zum Anziehen ins Krankenhaus. Sie muss sicher zwei, drei Tage bleiben.« Sie blickte zu mir herüber. »Ich hab mir sagen lassen, sie nimmt oft den Hintereingang. Haben Sie eine Ahnung, warum es diesmal anders war?«

»Wenn sie durcheinander ist, geht sie manchmal in den Poolbereich und entspannt dort auf einer der Liegen. Sie braucht öfter mal Tapetenwechsel.«

So kann man es natürlich auch nennen, dachte ich.

»Haben Sie eine Video-Überwachung im Hotel?«

»Die ist erst bestellt.«

»Können Sie sich vorstellen, wer sie angegriffen haben könnte?«

»Keine Ahnung. Wer sollte einer Frau wie ihr was antun wollen?«

Mir kam da durchaus eine Antwort in den Sinn, aber ich wartete damit aber, bis er gegangen war und wir uns im Frühstücksraum einen Kaffee aus dem Automaten geholt hatten. »Ein eifersüchtiger Lover, wer sonst? Wer so ein ausschweifendes Sexleben wie sie führt, braucht sich nicht zu wundern, wenn sie mal an den Falschen gerät.«

»Und woher wusste der, wann sie nach Hause kommt?«

»Als er sah, dass Martin Lenz allein nach Hause kam, wartete er, bis sie ebenfalls auftauchte. Vielleicht hat sie den Haupteingang genommen, weil sie was gemerkt hatte und sie sich dort sicherer fühlte. Ein Irrtum, wie wir jetzt wissen.«

»Ein wütender Lover, der es ihr heimzahlen wollte?«

»Wie ich sie kenne, ist sie nicht gerade zimperlich, wenn es um ihre Lover geht. Eine bittere Abfuhr, ein falsches Wort … wir wissen doch, was dann passieren kann. Das würde auch erklären, warum wir keine Tatwaffe finden.«

»Weil er sie dabeihatte.«

»Ganz recht«, sagte ich. »Und nach der Tat hat er sie im See entsorgt.«

»Klingt plausibel.«

»Eine simple Beziehungstat, zum Glück nicht tödlich.«

»Die nichts mit unseren Morden zu tun hat.«

Wir warfen die leeren Kaffeebecher in den Müll, und ich brachte Anna zu ihrem Wagen. »Ich weiß, Sandra hat sicher genug damit zu tun, sich aufdringliche Männer vom Leib zu halten, und ihre Gefühle sind bei keinem Mann tief genug, nicht mal bei ihrem Martin, um sie dazu zu bringen, einen Liebhaber aus Eifersucht zu ermorden, dazu ist sie viel zu cool, aber sie kommt aus Hessen, und ich lasse sie sicherheitshalber mal von unseren Leuten überprüfen.«

»Deine Partnerin würde das nicht wundern, oder?«

»Ilona?« Ich grinste über beide Backen. »Nie im Leben.«

»Und dabei sagt man nur uns Frauen nach, dass wir uns von Gefühlen leiten lassen. Wahrscheinlich kommt heraus, dass sie mal falsch geparkt hat.«

»Umso besser. Ich mag sie irgendwie.«

»Sie hat dich am Wickel?«

»Dann würde ich sie bestimmt nicht überprüfen lassen.«

Ich umarmte und küsste Anna, auch um ihr zu zeigen, dass mir die schöne Sandra völlig gleichgültig war, und sagte: »Und morgen auf den Wallberg?«

»Hast du einen Rucksack?«

»Gerade gekauft.«

»Okay, pack deine Wanderschuhe ein, ein Extra-Hemd oder T-Shirt, einen Pullover, falls es kälter wird, und lass dir ein Proviantpaket vom Hotel mitgeben. Und vergiss deinen Anorak nicht, den wirst du da oben brauchen.«

»Ich hab einen Bayern-Reiseführer, da steht alles drin.«

»Auch, dass du die Finger von den bayerischen Madln lassen sollst?«

»Zu spät, ich hab mich bereits hoffnungslos verliebt.«

Der Satz war mir so rausgerutscht, aber er schien ihr zu gefallen, wenn ich ihr zufriedenes Lächeln richtig deutete. »Meinst du das wirklich, Bembel?«

»So wahr ich hier stehe«, antwortete ich.

Ich wartete, bis sie gefahren war, und kehrte ins Hotel zurück. Nach dem ereignisreichen Tag spürte ich die Müdigkeit in allen Knochen und schlief schon nach wenigen Minuten ein, träumte wirres Zeug, das ich schon wieder vergessen hatte, als ich die Augen aufschlug. Ohne mein Smartphone, das mich mit meinem Eintracht-Klingelton weckte, hätte ich wahrscheinlich hoffnungslos verschlafen. Ich beeilte mich, zog meine neuen Wanderklamotten an, packte den Rucksack und ging zum Frühstück. Selten hatten mir Cappuccino, Rührei und Früchtejoghurt so gut geschmeckt wie an diesem Morgen.

Der Überfall auf Sandra hatte sich wohl herumgesprochen, und dass ich Kriminalkommissar war, offenbar auch, denn als ich den Frühstücksraum betrat, setzte leises Gemurmel ein, und ich spürte neugierige Blicke auf mir. Hannerl begrüßte mich persönlich und wollte sich um den Proviant kümmern. »Kaltes Huhn, ein Brot mit bayerischem Käse und gekochte Eier?«

»Klingt verlockend«, erwiderte ich.

Grietje und Robert waren nicht zu sehen. Entweder waren sie schon in aller Herrgottsfrühe zu einer Wanderung aufgebrochen, oder sie hatten die Liebe wiederentdeckt und kuschelten zusammen. Ich wünschte es den beiden.

Leider war Hannerl noch neugieriger als die Holländerin und blieb lange an meinem Tisch stehen. Als Besitzerin des Hotels hatte sie natürlich auch das Recht dazu. Man hatte ihr längst berichtet, was in der vergangenen Nacht vorgefallen war, aber sie wollte wohl einiges aus erster Hand wissen. »Guten Morgen, Markus«, begrüßte sie mich. »Gestern Nacht war ja einiges los in unserem Hotel. Wie geht es der Sandra?«

»Nichts Schlimmes«, antwortete ich. »Sie muss zwei, drei Tage im Krankenhaus bleiben, dann darf sie wieder nach Hause. Gehirnerschütterung.«

»Ein Dieb?«

»Das wissen wir noch nicht, aber sobald wir ihn haben, erfahren Sie es sicher als eine der Ersten«, sagte ich. »Leider konnten wir den Namen des Hotels nicht heraushalten. Ich hoffe, die Presse rennt Ihnen nicht die Bude ein.«

»Keine Angst, mit der kann ich umgehen.«

»Ein Gläschen vom Hochprozentigen?«

»Zum Beispiel. Oder zwei Kugeln Eis mit Schlagsahne.«

»Ich bin Beamter, da würde das nicht funktionieren.«

Hannerl musterte mich von oben bis unten und konnte sich ein leichtes Grinsen nicht verkneifen. »Und heute geht es in die Berge, Herr Kommissar?«

»In Begleitung«, erwiderte ich. »Sicher ist sicher.«

»Die hübsche Kommissarin?«

»Das wissen Sie auch schon?«

»Mir bleibt kaum was verborgen, Herr Kommissar.«

Nachdem ich mein Lunchpaket bekommen und im Rucksack verstaut hatte, verabschiedete ich mich von der Hotelbesitzerin und wartete vor dem Hotel auf Anna. Sie war pünktlich und empfing mich mit angesäuerter Miene.

»Schlechte Nachrichten?«

»Eine gute und eine schlechte.«

»Die gute?«

»Wir schaffen es heute noch auf den Wallberg.«

»Und die schlechte?«

»Erst mal wartet das LKA auf uns«, sagte sie.

»Am Samstagmorgen? Um acht Uhr früh?«

»Der Beamte, der bei meinem Chef in Miesbach gerade einen Kaffee trinkt, ist ein Ehrgeizling und außerdem single. Der kennt kein Wochenende.«

»Und woher weißt du das?«

Sie schnaufte einmal durch. »Ich war mal mit ihm zusammen.«

»Dein Ex?«

»Leider.«

»Ach du Scheiße!«, entfuhr es mir.

»Meine Rede.«

»Und was bedeutet das für uns?«

»Dass er den beinharten Vorgesetzten mimen wird und uns wahrscheinlich zeigen will, dass er jetzt das alleinige Sagen hat und wir nach seiner Pfeife zu tanzen haben. Und dass er mir, wenn es dumm kommt, den verliebten Gimpel vorspielt und versuchen wird, mich zurückzugewinnen. Nicht weil er mich liebt, sondern weil sein Ego noch immer daran zu knabbern hat, dass ich mit ihm Schluss gemacht habe. Er braucht eine Frau nur zum Angeben und Vorzeigen.«

»Was du hoffentlich nicht zulassen wirst.«

»Natürlich nicht. Das damals war sowieso ein Fehler.«

»Wie lange ist das her?«

»Drei Jahre«, antwortete sie.

»Und du hast gemerkt, dass ihr nicht zusammenpasst?«

»Eine Schwärmerei. Ich hab ihn nie geliebt. Nicht so wie …«

Ich blickte sie fragend an, doch sie führte den Satz nicht zu Ende. Stattdessen fuhr sie wie vor ein paar Tagen an den Straßenrand, schlang die Arme um meinen Hals und küsste mich. »Ich hab mich in dich verliebt, Bembel. Mir ist egal, dass du ein Preiß bist und ›Goaßlschnalzer‹ nicht aussprechen kannst. Ich mag dich so, wie du bist, und würde dich gegen keinen der Mann auf der Welt eintauschen. Schon gar nicht gegen einen Lackel wie HK Tim Schüler.«

»Wow! Das war eine Liebeserklärung!«, staunte ich.

»Hast du mir die nicht zugetraut?«

»Doch … das heißt … ich dachte, ich hätte eine Pechsträhne.«

»Aber?«

»Wenn ich unsere Mordfälle betrachte, stimmt das ja auch. Aber privat könnte es nicht besser laufen. Wie sagen die Bayern? I bin narrisch nach dir!«

Sie lachte. »Das müssen wir noch üben, Bembel.«

23

Das LKA greift ein

Wir parkten neben einem schmucken 5er-BMW mit Münchner Nummer: der Wagen des LKA-Beamten, der im Büro des Dienststellenleiters auf uns wartete. Schon weil ich wusste, dass er mit Anna zusammen gewesen war, stand er auf meiner Schwarzen Liste und rückte noch etliche Plätze nach unten, als ich ihm persönlich begegnete. Er war einer dieser arroganten Schnösel, die glaubten, die Weisheit mit Löffeln gefressen zu haben, zur Maniküre gingen und sich die Augenbrauen zupfen ließen, teure Maßanzüge trugen und nach einem Wässerchen duften, das man nur in exklusiven Kosmetikläden bekam. Ein attraktiver Bursche, zugegeben, der nur den Innenminister über sich duldete.

Als wir Fegers Büro betraten, stand er auf und lief Anna erfreut entgegen, als wäre sie noch immer seine Freundin oder eine langjährige Vertraute. Sie verstand es, ihm mit einer geschickten Bewegung auszuweichen und eine Umarmung zu vermeiden. »Anna!«, rief er. »Endlich sehen wir uns wieder!«

»Sie kennen sich?«, fragte Feger verwundert.

»Wir waren mal verlobt.«

»Zusammen«, verbesserte Anna ihn, »aber nicht lange.«

Der Dienststellenleiter bat uns an den Besprechungstisch. »Hauptkommissar Markus Possmann aus Frankfurt am Main«, stellte er mich vor. »Seitdem wir eine, wenn auch vage Verbindung zu einem seiner Fälle ausmachen konnten, steht er uns beratend zur Seite. Mit Zustimmung seiner Dienststelle, versteht sich.« Wir setzten uns. »Hauptkommissar Tim Schüler vom bayerischen LKA. Er wird uns selbst erklären, warum ihn das LKA zu uns geschickt hat.«

»Gerne«, erwiderte Schüler. Ein Wort, das mir bei vielen Menschen zu gönnerhaft klang. Er schaltete seinen iPad ein, ein Notizblock war ihm wahrscheinlich zu schäbig, und dozierte: »Es geht natürlich um Adrian Markovic, einen der Drahtzieher im internationalen Drogenhandel. Er ist Oberhaupt eines Clans der serbischen Mafia und beinahe schon so mächtig und einflussreich wie Darko Saric, den Drogenkönig aus Montenegro, der vor drei Jahren gefasst und zu einer mehrjährigen Zuchthausstrafe verurteilt werden konnte. Markovic hat es geschafft, der serbischen Mafia wieder zu größerer Macht zu verhelfen und den Handel über die legendäre Balkanroute neu zu beleben.«

»Das ist mir bekannt«, sagte ich. »Wie Sie vielleicht wissen, arbeite ich für das Drogendezernat der Frankfurter Polizei und hatte schon mehrere Male mit den Serben zu tun. Wie zuverlässig sind die Berichte Ihres Informanten?«

Sein Blick verriet mir, dass auch er mich nicht ausstehen konnte. Aus dem gleichen Grund wie ich, nehme ich an. Zwei Männer, die dieselbe Frau mögen, sollten eben kein Team bilden, schon gar nicht mit besagter Frau. »Wir vom LKA arbeiten ausschließlich mit zuverlässigen Informanten zusammen. Ich darf Ihnen nicht alle Einzelheiten nennen. Wir halten die Anzahl der Beamten, die an diesem Fall arbeiten, bewusst klein. Ich kann Ihnen aber versichern, dass die Angaben stimmen. Nur so viel: Adrian Markovic wurde vor wenigen Tagen an einem Roulettetisch der hiesigen Spielbank gesehen.«

»Und uns sind zwei seiner Handlanger begegnet: Miroslav Banik und Filip Novak. Zwei Emporkömmlinge, die in Frankfurt auch auf eigene Rechnung arbeiteten. Den Zahn hat ihnen Markovic aber wohl inzwischen gezogen. Meine Partnerin Ilona und ich hatten schon in Frankfurt mit den beiden zu tun.«

»Ohne Erfolg, wie ich hören musste.«

»Wir hatten keine Beweise und mussten sie wieder laufen lassen.«

»Sage ich doch, Sie haben es verbockt.« Er blickte auf seinen iPad. »Sie wollten ihn auf frischer Tat ertappen und sind zu früh aus der Deckung gekommen. Sie hätten den Zugriff dem hessischen LKA überlassen sollen.«

»Ich glaube nicht, dass Sie das beurteilen können.«

»Fakten!«, drängte Feger. »Wie wollen wir die Sache angehen?«

Schüler trank einen Schluck von dem Kaffee, den eine Assistentin gebracht hatte, und nickte entschlossen. »Das LKA wird sich um Markovic kümmern. Soll heißen, ich habe das absolute Sagen in diesem Fall und verbitte mir jede Einmischung. Sollte ich Hilfe brauchen, melde ich mich, obwohl ich bezweifle, dass es nötig sein wird. Sollte es zu einem größeren Zugriff kommen, werde ich Spezialeinheiten des LKA aus München anfordern.«

»Eine strikte Trennung der Zuständigkeiten halte ich für falsch«, widersprach ihm Anna. Man sah seiner Miene an, wie wenig ihm das gefiel. »Wir halten es durchaus für möglich, dass zumindest Novak und Banik etwas mit unseren

Morden zu tun haben könnten. Noch haben wir keine Beweise …«

Schüler lächelte herablassend. »Weibliche Intuition?«

»Warum nicht?«

»Und warum haben Sie Novak und Banik dann nicht festgenommen?« Er blickte erst mich an, dann wieder auf seinen iPad. »Wenn Ihr Bericht stimmt, sind Sie Novak und Banik doch begegnet. Sie haben die beiden angehalten und zur Rede gestellt. Darf ich fragen, warum die noch immer auf freiem Fuß sind?«

»Aus dem gleichen Grund wie bei uns in Frankfurt«, übernahm ich wieder. »Wir haben nichts gegen sie in der Hand. Sie machen sich sogar einen Spaß daraus, uns darauf hinzuweisen. Auch wenn wir alle wissen, dass zwei Dealer wie Novak und Banik sicher nicht am Tegernsee auftauchen, um dort ein Jod-und-Schwefel-Bad zu nehmen, sind uns vorerst noch die Hände gebunden.«

»Vorerst noch?« Schüler hob seine Stimme. »Und wie lange gedachten Sie mit einer Verhaftung zu warten? Warum sind Sie den beiden nicht gefolgt? Mit etwas Glück hätten die Sie auf eine heiße Spur gebracht.«

Solche Fragen war ich gewohnt, allerdings hauptsächlich von den Medien. »Weil uns die Manpower fehlte, in Frankfurt und auch hier am Tegernsee.« Ich blickte Feger an und sah ihn nicken. »Wir können doch nicht jeden kleinen Dealer bis ans Ende der Welt verfolgen, nur weil er uns irgendwann zu einem anderen Dealer führen würde. Hatten Sie schon mit Dealern zu tun?«

»Das fragen Sie hoffentlich nicht im Ernst!« Er war sichtlich beleidigt. »Ich hatte mit jedem Aspekt des organisierten

Verbrechens zu tun und weiß, wovon ich rede. Deshalb übernehmen wir vom LKA auch Novak und Banik. Alle Fakten und Fotos, die es von beiden gibt, habe ich bereits von den Kollegen in Wiesbaden bekommen.« Dort ist die Zentrale des hessischen LKA beheimatet. »Konzentrieren Sie und Anna sich bitte auf die Ermittlungen in den beiden Mordfällen, damit haben Sie, wie ich den Berichten Ihrer Dienststelle entnehme, ohnehin genug zu tun. Die großen Fische überlassen Sie uns. Was wir nicht brauchen können, ist albernes Kompetenzgerangel.«

»Da sagen Sie was«, konnte ich mir nicht verkneifen.

»Wäre es nicht sinnvoller, in beide Richtungen zu arbeiten?«, mischte sich Feger ein. »Oder was sollen meine Leute tun, wenn sie Markovic oder seinen Leuten begegnen? Weglaufen? In Deckung gehen und auf das LKA warten?«

»Letzteres«, erwiderte Schüler, schränkte aber ein: »Natürlich können wir unsere Ermittlungen nicht streng trennen, so habe ich das nicht gemeint, nur sollten alle Fäden bei mir zusammenlaufen. Vermeiden sollten wir aber Alleingänge von Beamten, die sich und andere in Gefahr bringen könnten.«

»Und Sie wollen einen Alleingang hinlegen?«

»Natürlich nicht.« Er ging etwas in die Defensive. »Ich ermittle gegen Markovic, bis ich sicher sein kann, dass er wirklich in der Gegend ist, dann informiere ich die Kollegen, und wir gehen mit der ganzen Kavallerie vor.«

»Action fürs Fernsehen?« Ich konnte nicht anders.

»Seien Sie nicht albern, Possmann. Sie müssten doch am besten wissen, wie gefährlich die Leute aus der serbischen Drogenszene sind. Dies ist ein Fall fürs LKA, vielleicht sogar fürs BKA. Und ich muss darauf bestehen, dass Sie die Augen zwar nach allen Seiten offen halten, ansonsten aber bei Ihren Leisten bleiben. Sind wir uns in dieser Hinsicht einig?«

»Sicher«, sagte ich.

Schüler schien unsere Freizeitkleidung erst jetzt zu bemerken und grinste spöttisch, als er meine Wanderschuhe sah. »Genießen Sie die frische Bergluft, und helfen Sie Anna, die Morde aufzuklären, damit haben Sie genug zu tun.«

Ich hätte ihm sagen können, dass ich wahrscheinlich mehr über Markovic und seinen Clan wusste, als er auf seinem iPad stehen hatte. Dass ich ihn regelrecht studiert hatte und wusste, wie grausam er vorgehen konnte. Er hatte seine eigene Frau umgebracht, als sie ihm in die Quere gekommen war, und belieferte die obersten Kreise des Balkans mit seinen Drogen, vor allem mit Heroin und Kokain. Zu Milosevics Zeiten hatte er sich in seinem Clan nach oben gearbeitet, vor ungefähr zehn Jahren seine stärksten Widersacher – den Chef eines anderen Clans und seinen eigenen Cousin – aus dem Weg geräumt und die wichtigsten Würdenträger des Staates unter Kontrolle. Korruption wurde in Serbien großgeschrieben, und er war ein Meister darin.

Wir verabschiedeten uns von Schüler und versprachen, uns nach den Vorgaben des LKA zu richten. Was hätten wir auch sonst tun können? Das LKA war eine übergeordnete Behörde, und wir hatten keine Alternative. Obwohl die meisten LKA-Beamten, die ich kannte, wesentlich kooperativer waren.

Ich hatte schon den Griff der Beifahrertür in der Hand, als Schüler aus dem Haus kam und rief: »Anna! Warte! Ich muss dir noch was Wichtiges sagen.«

»Ich bin gleich zurück«, entschuldigte sich Anna bei mir.

Sie öffnete die Zentralverriegelung, und ich beobachtete aus dem Wagen, wie sie zu ihrem Ex ging, und Schüler wie ein balzender Jüngling auf sie einredete. Ich brauchte nichts zu verstehen, um ungefähr zu wissen, was er sagte: »Wir sollten es noch einmal versuchen, Schatz. Wir waren doch auf einem guten Weg, und das mit diesem Kerl aus Frankfurt kann doch nicht mehr als eine Episode sein. Ich habe damals einige Fehler gemacht, das gebe ich ja zu, aber ich liebe dich noch immer und hätte dich sowieso angerufen. Gib uns noch eine Chance! Denk an unsere gemeinsamen Nächte, Schatz ...«

Seine Ansage musste wohl noch wesentlich schärfer ausgefallen sein, denn Anna ließ ihn nicht mal ausreden und verpasste ihm eine schallende Ohrfeige, die so plötzlich kam, dass er nichts darauf zu erwidern wusste. Anschließend ließ sie ihn mit geröteter Wange stehen und stieg zu mir in den Wagen.

»Wow, das war heftig! Was hat er zu dir gesagt?«

»Das willst du nicht wissen.«

Anna war so wütend, dass sie sich erst auf halber Strecke nach Bad Wiessee wieder erholte. »Wir sollten uns von dem Rüpel nicht die Laune verderben lassen«, sagte sie und lächelte schon wieder. »Der wird sich nie ändern. Solange eine Frau nach seiner Pfeife tanzt, kehrt er den romantischen Verführer heraus, aber wehe, sie widerspricht ihm. Ich hab damals viel zu lange gebraucht, um das zu erkennen.« Sie legte eine Hand auf meinen linken Unterarm und blickte mich kurz an. »Sorry, die Show hätte ich dir gerne erspart.«

»Ach was, das hätte uns in Frankfurt auch passieren können. Wenn wir meiner Ex begegnet wären, hätte sie mich bestimmt nicht zurückgewollt, aber eifersüchtig wäre sie dennoch gewesen, und irgendwas Peinliches hätte sie auch gesagt. ›Schau nach vorn und nicht zurück!‹, sagte mein Großvater immer, und der war in dritter Ehe glücklich verheiratet.« Ich musste lachen, als ich an ihn dachte. »Das Schlimme mit diesem LKA-Schnösel ist, dass wir beruflich miteinander zu tun haben und er uns aus purer Bosheit das Leben schwer machen wird. Viele Fehler dürfen wir uns nicht erlauben.«

Anna war meiner Meinung. »Deshalb machen wir heute für ein paar Stunden blau und sehen mal nach, wie die Welt vom Wallberggipfel aussieht.«

Bis zum Wallberg brauchten wir weniger als eine Stunde. Die Sonne strahlte von einem inzwischen wieder wolkenlosen Himmel und ließ den Tegernsee wie flüssiges Silber glitzern, an dessen Ufer wir bis nach Rottach-Egern fuhren und dann in die Berge abbogen. Die Fichtenwälder leuchteten tiefgrün, so grün, wie man sie eigentlich nur mit Pinsel und Farbe hinbekommt. Leider hatte das schöne Wetter unzählige Menschen auf die Straße gelockt, alle auf dem Weg zu Seilbahnen, Wanderwegen und Ausflugslokalen. Im Taunus ging es auch mal turbulent zu, aber mit dem Andrang in den bayerischen Bergen war das nicht zu vergleichen.

Anna hatte Mitleid mit mir und fuhr bis zur Wallbergmoosalm, einem Lokal unterhalb des Berges und Ausgangspunkt für viele Wanderer, die ihren Wagen auf dem großen Parkplatz parkten und von dort aus eine Stunde weniger zum Gipfel hatten. Zwei bis drei Stunden würde der Aufstieg dauern, sagte Anna, aber halb so schlimm, weil der größte Teil des Weges nicht allzu steil war und sogar für Kinderwagen geeignet sein sollte. Ich war dennoch skeptisch, als wir die Rucksäcke schulterten und losmarschierten.

Doch schon nach ungefähr einer halben Stunde hatte ich mich akklimatisiert. Meine Muskeln gewöhnten sich an die leichte Steigung, und ich fing an, die Umgebung zu genießen. Den lauen Wind, die klare Luft, den würzigen Duft der Fichten. Natürlich hatte ich meine gute Laune auch Anna zu verdanken, die in ihren ledernen Bundhosen und dem karierten Hemd bezaubernd aussah, ihren Strohhut keck in die Stirn gezogen hatte und meine Baseballkappe mit dem Eintracht-Logo ohne eine spöttische Bemerkung ertrug.

Zum Erlebnis wurde die Wanderung, als wir den Wald hinter uns ließen und eine atemberaubende Aussicht auf die umliegenden Berge hatten, den Setzberg, den Risserkogel, den Roßstein, wie Anna mir verriet. Mit ihren schroffen Gipfeln schienen sie den Himmel zu berühren. Meine Schritte wurden leichter bei diesem Anblick und trugen mich über einen felsigen Steig bis zur Bergstation der Seilbahn hinauf. Die letzten Meter waren etwas anstrengender, aber nicht so steil, dass ich mich festhalten und verschnaufen musste.

Oberhalb der Bergstation blieben wir stehen und blickten auf den Tegernsee hinab, der in der Sonne glänzend zwischen den Bergen lag. Wir genossen die phänomenale Aussicht und beobachteten die Paraglider, die mit ihren bunten Drachen über den Wiesen kreisten. Nichts für mich, ich bekam schon in einem Flugzeug weiche Knie. Auch auf dem beschwerlichen Pfad zum Gipfelkreuz war mir nicht besonders wohl, aber vor Anna wollte ich mir natürlich keine Blöße geben, und die Anstrengung lohnte sich. Zumindest für eine Weile waren wir dort oben ganz allein, und nachdem wir das obligatorische Selfie aufgenommen hatten, küssten wir uns und freuten uns, als hätten wir gerade den Mount Everest bestiegen. Bembel, was ist bloß mit dir los?

Wir rasteten unterhalb des Gipfels, abseits der vielen Urlauber, die meist mit der Seilbahn gekommen waren, und fühlten uns prächtig. Die Morde, die uns das Leben schwer machten, hatten wir fast völlig vergessen. Auch in unserem Job, der uns mit großem Leid konfrontiert, ist es wichtig, Ärger und Kummer beiseitezuschieben, so wie das Pflegepersonal in einem Krankenhaus lernen muss, sich nicht von seinen Emotionen überwältigen zu lassen.

Ich knabberte an meinem Hühnchen, das hervorragend gewürzt war und auch kalt gut schmeckte. »Warst du schon öfter hier oben?«, fragte ich neugierig.

»Ein paarmal«, erwiderte sie. »Der Wallberg ist so was wie unser Hausberg. In den Bergen fühle ich mich leichter und beschwingter, als würde ich mit dem Aufstieg auch die Sorgen und den Kummer zurücklassen. Beruflich läuft es optimal, vom unerwarteten Besuch des Ex mal abgesehen, aber in Beziehungsdingen hab ich meist danebengelangt. Bei den meisten Männern war mir schon beim ersten Date klar, dass ich ihn nicht mehr sehen möchte.«

»Dann hab ich Glück gehabt.«

»*Fishing for compliments?*«, erwiderte sie lächelnd.

»Und was treibst du sonst so?«, fragte ich. »Außer dich bei Dates zu langweilen oder in die Berge zu fliehen?« Ich war beim Sandwich angelangt und betrachtete es genussvoll. »Ich weiß schon, du gehst gern ins Bauerntheater.«

»Alle paar Monate.« Auch Anna hatte einen Hühnerschenkel dabei, anscheinend der übliche Proviant für eine Bergtour. »Aber ich sitze auch gern in einem Straßencafé am Seeufer und blicke auf das Wasser hinaus. Und manchmal träume ich vom Meer, von einer Schiffsreise über den Atlantik, weil ich immer schon wissen wollte, ob mich das Meer genauso fasziniert wie die Berge. Will man nicht immer das haben, was unerreichbar scheint?«

»In Frankfurt hab ich weder das eine noch das andere.«

»Und fühlst dich doch wohl?«

»Ich liebe Frankfurt«, erwiderte ich ehrlich. »Eine lebendige Stadt mit einer eindrucksvollen Skyline und nicht so gesichtslos und verdorben, wie manche Leute glauben. *Un es will mer net in mein Koppe enei, wie kann nor e Mensch net von Frankfort sei.* Nicht von Goethe, sondern einem anderen großen Sohn unserer Stadt. Friedrich Stoltze war ein bekannter Heimatdichter.«

»Ein echter Patriot.«

Ich wusste nicht, ob sie ihn oder mich meinte. »In Frankfurt gibt es tolle Ecken, nicht nur in der Altstadt. Wenn du mich besuchen kommst, zeig ich sie dir.« An ihrem Lächeln merkte ich, dass sie einen Besuch fest eingeplant hatte. »Der Main ist nicht der Tegernsee, aber dafür sind unsere Ausflugsschiffe größer. So eine Aussicht wie hier kann ich freilich nicht bieten.«

»Zu zweit sieht die Welt überall besser aus.«

»Das hast du schön gesagt. Weißt du was, Anna?«

»Sag's nicht. Das heben wir uns für später auf.«

Ich küsste sie stattdessen und dachte: Wenn es eine waschechte Bayerin schafft, dich auf einen Berg zu treiben, muss sie was ganz Besonderes sein.

24

Jule gerät in Panik

Wir verbrachten den halben Tag in den Bergen, beschritten Wanderwege, die nur Anna zu kennen schien, und erfreuten uns an der malerischen Schönheit des Voralpenlandes. Besonders gegen Abend, als die Sonne dem Horizont zustrebte und sich der Himmel orangerot verfärbte, wirkten die Berge wie die fantasievolle Kulisse eines wundersamen Reichs in einem Fantasyfilm.

Während unserer Spaziergänge in der näheren Umgebung des Gipfels war der Job tabu; wir verloren kein Wort über unsere Ermittlungen. Ich erfuhr, dass Anna ein großer Fan von Karin Slaughter war, einer amerikanischen Krimiautorin, die ich nur dem Namen nach kannte, aber auch romantische Liebesromane von Nicholas Sparks mochte, bei denen man so herrlich alles vergessen konnte. Und dass sie alte Filme liebte, Krebbel aß, die in Bayern seltsamerweise Krapfen hießen, aber nur, wenn sie vermeiden konnte, am nächsten Morgen auf eine Waage zu steigen. Sie trieb viel Sport, hatte in jüngeren Jahren sogar Fußball gespielt, und joggte gern.

Ich gestand ihr, es im Fußball nie weit gebracht zu haben und bei der Eintracht nicht über die D-Jugend hinausgekommen zu sein. Meine Dauerkarte für die Eintracht-Heimspiele hatte ich schon mehrere Jahre, und auch auswärts war ich manchmal dabei, natürlich nur, wenn es der Job erlaubte. Lesen und alte Filme gehörten auch bei mir zu den liebsten Freizeitvergnügen, Wandern und Joggen weniger, obwohl mir die Wanderung auf den Wallberg wirklich gefallen hatte. Ich trank lieber Bier als Ebbelwoi, gab mich aber auch mit Kaffee, Cola oder Wasser zufrieden, und zu meinen größten Sünden gehörte die heiße Fleischwurst bei Frau Schreiber in der Kleinmarkthalle. Ich war mir ziemlich sicher, dass die auch Anna schmecken würde.

Was mir in Flugzeugen und Hubschraubern nicht gefiel, machte mich auch in der Seilbahngondel nervös: dieses Gefühl, der Technik vollkommen ausgeliefert zu sein. War so ein Ding nicht schon mal hängen geblieben oder gar runtergefallen? Kein verlockender Gedanke, wenn man in die Tiefe blickte. Dafür war der Blick in die Ferne umso schöner. Mit den Wolkenfetzen, die sich an den orangeroten Himmel geschmuggelt hatten, wirkten die Berge noch dramatischer und imposanter. »Sehr cool«, untertrieb ich.

Als wir wieder festen Boden unter den Füßen hatten, bedankte ich mich bei Anna für den schönen Tag. »Wer hätte gedacht, dass ich das Bayernland noch mal schätzen lerne«, sagte ich. »So einen schönen Ausflug hab ich schon lange nicht mehr unternommen.« Ich küsste sie auf die Wange und grinste leicht. »Ausgenommen die Reise zum Pokalendspiel in Berlin, versteht sich.«

Sie grinste zurück. »Solange du kein rotes Trikot anziehst, mache ich mir keine Sorgen. Mir hat's auch gefallen. Und du bist viel fitter, als du denkst.«

»Das macht die Jod-Schwefel-Quelle.« Ich grinste immer noch.

Auf unsere Mordfälle kam ich erst wieder im Wagen zu

sprechen, als ich auf die Uhr blickte. »Kurz nach acht. Meinst du, wir können um diese Zeit noch bei Sandra vorbeischauen? Ist ein bisschen spät für einen Krankenbesuch, aber mir wäre wohler, wenn wir noch mal mit ihr sprechen könnten.«

»Du meinst, sie hat uns nicht alles gesagt?«

»Würde mich jedenfalls nicht wundern. Wir haben doch neulich über Lauren Bacall gesprochen … Sandra ist ein ganz anderer Typ, schon klar, aber irgendwie ähnelt sie ihr und den anderen *femmes fatales* in den alten Krimis auch. Die waren alle wie aus dem Ei gepellt und hüteten ein Geheimnis.«

»Die Frau macht dir zu schaffen, was?«

»Ist nur so ein Gefühl. Und jetzt sag nichts von männlicher …«

»Intuition?« Sie lachte. »Okay, wir fahren hin.«

Natürlich war die Besuchszeit im Krankenhaus vorbei, aber mit unseren Polizeiausweisen kamen wir überall durch. Im ersten Stock führte uns die Stationsschwester höchstpersönlich zu Sandras Zimmer. »Bleiben Sie bitte nicht zu lange, die Patientin hat eine Kopfverletzung und braucht viel Ruhe.«

»Kein Problem«, erwiderte ich. »War ihr Lebensgefährte auch hier?«

»Heute Nachmittag, aber nur für ein paar Minuten.«

Wir klopften artig und betraten das Zimmer. Sandra lag allein in einem Doppelzimmer, trug ein dickes Pflaster am Kopf und blickte bei eingeschaltetem Licht zur Decke. Erst als wir uns ihrem Bett näherten, erkannten wir, dass sie Kopfhörer aufgesetzt hatte und Musik hörte. Irgendwas aus den Charts. Bei unserem Anblick nahm sie die Kopfhörer ab und blickte uns verwundert an.

»Ja?«, fragte sie.

»Tut mir leid, Frau Henscheid, wir wollten Sie nicht stören, aber wir waren sowieso in der Nähe und dachten uns, Sie könnten uns vielleicht einen Hinweis auf den Täter geben. Gestern Nacht waren Sie leider kaum ansprechbar.«

Sie griff sich an den Kopf. »Der Schlag war ziemlich heftig.«

»Aber jetzt geht es Ihnen besser?«

»Der Arzt sagt, ich hätte einen harten Schädel.« Sie konnte schon wieder lachen. »Und ich hätte Glück gehabt, dass er schlecht gezielt und mich nicht voll erwischt hätte. Ist nur eine Gehirnerschütterung, die geht bald vorbei.«

»Er?«, sagte ich. »Dann wissen Sie inzwischen, dass es ein Mann war?«

»Nein, das war nur so dahingesagt. Bei einem solchen Schläger stellt man sich doch immer einen Mann vor. Aber beschwören könnte ich das nicht. Es ging alles so furchtbar schnell. Bevor ich mich versah, war ich weggetreten.«

»Haben Sie denn eine Idee, wer es gewesen sein könnte?«

»Nein, keine Ahnung.«

Ich ging ein wenig in die Offensive. »Könnte es ein enttäuschter Liebhaber gewesen sein? Die Männer, die Sie nach einem One-Night-Stand in die Wüste geschickt haben, waren sicher nicht erfreut über die Abfuhr. Sie wollten doch sicher mehr von Ihnen haben. Könnte sich einer von denen gerächt haben?«

»Sicher.« Sie reagierte relativ gleichgültig, die typische Reaktion einer Frau, die ihre Männer wechselt wie andere ihre

Unterwäsche und spätestens nach ein paar Nächten wieder fallen lässt, weil sie sich mit ihnen langweilt. »Aber erwarten Sie nicht von mir, dass ich Ihnen eine Liste mit Namen gebe.«

»So viele?«

»Sie sind doch kein Moralapostel, oder?«

»Sie sehen gut aus und haben sicher leichtes Spiel bei den Männern, aber nervt das nicht nach einiger Zeit? Und hatten Sie noch nie Angst, dass Ihnen einer der Kerle das Bäumlein-wechsle-dich-Spiel übelnehmen könnte?«

»Bisher habe ich mir immer zu helfen gewusst.«

»Außer gestern Nacht.«

»Lassen Sie die Sache auf sich beruhen, mir ist ja nichts passiert.«

Ich ging nicht darauf ein. »Ich frage mich nur, warum der Angreifer Ihnen bis ins Hotel gefolgt ist und Sie nicht schon draußen überfallen hat. Haben Sie eine Idee? Könnte es jemand aus dem Hotel gewesen sein?« Ich dachte an ihren Lebensgefährten, hütete mich aber, diesen Verdacht laut auszusprechen.

»Martin? Nie im Leben.«

»Und wenn er herausgefunden hatte, dass Sie gar keine kranke Mutter haben? Wenn er weiß, mit wie vielen Männern Sie ihn betrogen haben? Ich wäre nicht gerade begeistert, wenn mich eine Frau so reinlegen würde.«

»Martin weiß nichts.« Sie schien ihrer Sache sehr sicher zu sein. »Er war heute Nachmittag hier, und wenn er hinter dem Überfall stecken würde, hätte ich es bestimmt gemerkt. Er ist unschuldig. Das war sicher ein ganz gewöhnlicher Räuber, der es auf mein Geld abgesehen hatte, mir bis ins

Hotel nachlief und kalte Füße bekam, nachdem er mich bewusstlos geschlagen hatte.«

»Wir gehen der Sache nach. Weiterhin gute Besserung.«

»Vielen Dank, Herr Kommissar.«

Wir verließen das Krankenhaus und blieben vor Annas BMW stehen. Der Mond war aufgegangen und stand über den schroffen Berggipfeln. Der Himmel erschien hier weiter und geheimnisvoller als über Frankfurt, wo ihn die hellen Lichter der Stadt kaum zur Geltung kommen lassen. Wenn es irgendein Geheimnis im fernen Universum gab, war man ihm hier wesentlich näher.

»Seltsame Frau«, sagte Anna. »Männer sind Spielzeug für sie.«

»Ich auch?«

»Nur ein bisschen.« Sie lachte, als sie meine verstörte Miene sah. »Nein, du warst sehr professionell. Mit unseren Morden hat sie wohl wirklich nichts zu tun. Ihre Probleme sind eher privater Natur. Aber du hast recht, sollte ihr Martin Lenz auf die Schliche gekommen sein, käme er durchaus als Täter infrage.«

»Zumindest bei Bruno Obermüller.«

»Und wer hat den Hinterseer Alois ermordet?«

»Vielleicht hatte sie mit dem auch was. Wundern würde es mich nicht.«

»Und was hätte Mitzi dazu gesagt?«

»Gehen wir erst mal schlafen«, erwiderte Anna. »Ich bin hundemüde und bräuchte mal wieder etwas Ruhe. Mittagessen am Seeufer vor dem Fußball?«

»Noch ein freier Tag?«

»Das LKA will, dass wir uns zurückhalten. Außerdem ist

der Sonntag heilig in Bayern, und auf dem Land erst recht. Keine Lust zum Blaumachen?«

»Mit dir immer.«

Annas Handy klingelte. Sie ging dran und schaltete schon nach wenigen Sekunden auf laut. »... und müssen unbedingt kommen! Schnell!« Ich erkannte Jule Hinterseers Stimme, sie klang hysterisch. »Bei mir ist eingebrochen worden. Die ganze Wohnung ist verwüstet, ich kann kaum noch irgendwo hintreten!«

»Beruhigen Sie sich, Jule!«, sagte Anna. Sie öffnete die Türen, und wir stiegen in den Wagen. »Wir sind spätestens in einer halben Stunde bei Ihnen.«

»Das hat uns gerade noch gefehlt«, schimpfte ich leise.

»Wird wohl nichts mit dem Früh-zu-Bett-Gehen.«

Wir fuhren mit Blaulicht, aber ohne Sirene nach Miesbach. Man musste sich einen schönen Tag wie den gemeinsamen Ausflug mit Anna wohl mit einem Tiefschlag erkaufen, denn nichts anderes war der Einbruch bei Jule. So wie es aussah, würden wir bis Mitternacht in ihrer Wohnung bleiben müssen.

Von unterwegs funkte Anna die Uniformierten und die Spurensicherung an und nahm sich die Freiheit, auch ihren Chef vom Fernseher wegzuholen. »Wenn es mit dem Mord an ihrem Mann zu tun hat, könnte es die gesuchte wichtige Spur sein«, sagte er. »Gehen Sie gründlich vor, Anna, hören Sie?«

»Wie immer, Chef.«

»Und machen Sie Ihre Meinungsverschiedenheiten mit Schüler in Zukunft nicht mehr vor unserer Dienststelle aus. Ich weiß, dass Sie nicht damit angefangen haben und dass er sich während unserer Besprechung nicht gerade, sagen wir, vorbildlich benommen hat, aber private Probleme stören nur bei den Ermittlungen, wie Sie wissen. Lassen Sie sich von ihm nicht provozieren, okay?«

»Ich werd's versuchen, Chef.«

Die Uniformierten parkten bereits vor dem Reihenhaus von Jule Hinterseer. Auch die Spurensicherung war schon vor Ort. Jule empfing uns im Flur, die Augen rot vom Weinen und immer noch wütend. »Schaun's eana des Chaos an!«, schimpfte sie. »Wenn i den erwisch, der des gemacht hat, hau i ihm a Trumm auf'n Schädel. Saubazi, ausg'schamter!«

Ihr Wohnzimmer bot tatsächlich einen chaotischen Anblick, und in den anderen Zimmern sah es nicht besser aus. Der Einbrecher hatte wie ein wild gewordener Löwe in dem Haus gewütet, sämtliche Schränke ausgeräumt, ihre Kleider von links auf rechts gedreht und sämtliche Papiere auf dem Boden verteilt. Er hatte den Fernseher umgeworfen, die Couch aufgeschlitzt, Topfpflanzen von der Fensterbank gefegt, Geschirr zertrümmert und die Dose mit dem Pulverkaffee in der Küche ausgeleert. Sogar die Bilder und das Plakat von der Goaßlschnalzer-Meisterschaft hatte er von der Wand gerissen.

»Tut mir leid«, sagte Anna. Wegen des Chaos setzten wir uns an den Tisch im Garten, warm genug war es in dieser lauen Sommernacht. »Da hat sich jemand ganz schön ausgetobt. Ich hoffe, Sie sind ausreichend versichert.«

»Das hoff ich auch. Und die sollen sich bloß nicht rausreden!«

»Fehlt denn irgendwas?«

»Keine Ahnung«, erwiderte Jule. »Mein Schmuck ist noch da, aber der ist sowieso keine hundert Euro wert. Wir sind keine Großkopferten. Mein Mann hat gut verdient, ich hab auch einiges beigesteuert, und wir kamen gut zurecht. Aber bei uns war nichts zu holen. Den Laptop hat der Einbrecher mitgenommen, aber der lag offen auf dem Tisch, und er hätte deswegen nicht die ganze Wohnung verwüsten müssen. Der hat noch was anderes gesucht.«

»Den Eindruck hab ich auch.« Anna war zu derselben Erkenntnis gekommen. »Der Einbrecher hat irgendetwas gesucht, das auch auf dem Laptop versteckt sein könnte, aber war sich nicht sicher. Was könnte das wohl sein?«

»Ich hab nicht die geringste Ahnung.«

»Unterlagen der Bank, die irgendjemandem schaden könnten?«

»So was hat der Alois nicht mit nach Hause genommen.«

Anna überlegte eine Weile. »Wo waren Sie eigentlich heute Abend?«

»Ich war bei zwei Kunden.«

»Fußnägel schneiden?«

»Damit ist es nicht getan. Kommen Sie mal in die Jahre.«

»Wusste jemand, dass Sie nicht zu Hause waren?«

»Außer den Kunden? Nicht, dass ich wüsste.«

»Ihr Bruder?«

»Ist längst wieder in Tölz«, sagte sie. »So lange kann der nicht von der Arbeit weg. Außerdem wollte er keinen Ärger mit Ihnen. Er hat nichts getan.«

»Er ist sehr impulsiv.«

»Aber er bringt niemanden um.«

»Okay.« Anna schien einigermaßen zufrieden mit der Vernehmung. »Haben Sie jemanden, bei dem Sie übernachten können? Die Kollegen werden noch ein, zwei Stunden brauchen, bis sie alles beisammenhaben.«

»Ich komm schon zurecht. Das Bett steht ja noch.«

Wir ließen sie allein mit ihrem Chaos und waren froh, als wir aus Miesbach raus waren und zurück nach Bad Wiessee fuhren. Der Mond stand jetzt hoch am Himmel und warf einen blassen Schleier über das Land.

»Denkst du, was ich denke?«, fragte Anna.

»Ich glaube schon«, sagte ich. »Der Einbruch hat mit dem Mord an Alois Hinterseer zu tun. Im Haus ist irgendwas versteckt, was uns zum Mörder führen würde. Ein Foto, ein Handy-Film, eine Audiodatei … so was in der Art.«

»Der Einbrecher wollte keine Wertsachen«, stimmte mir Anna zu. »Er war nur an dem Beweisstück interessiert, und das hatte der Alois sicher nicht auf seinem Laptop abgespeichert, sondern irgendwo an einem sicheren Ort versteckt. Den Laptop hat der Einbrecher nur sicherheitshalber mitgenommen.«

»Dann kannte der Alois seinen Mörder?«

»Bestimmt … vielleicht wollte er ihn sogar erpressen.«

»Und warum sucht der Mörder erst jetzt danach?«, fragte ich.

»Weil es bisher zu gefährlich war.«

»Oder wir sind komplett auf dem Holzweg.« Ich spürte, wie schwer meine Beine vom Wandern waren, und unterdrückte ein Gähnen. »Wir sollten eine Nacht darüber schlafen und morgen mit klarem Kopf darüber nachdenken.«

»Klingt gut. Nach dem Frühstück auf der Promenade?«

»Zum Joggen?«

»Eine Runde Joggen und im Ruderboot über den Tegernsee. Dabei kann man am besten nachdenken. Und dann zum Fußball nach Rottach-Egern.«

»Dann bin ich so fit, dass ich mitspielen kann.«

»Vergiss nicht den Cheeseburger bei meinem Vater.«

Wir küssten uns wie zwei verliebte Teenager, bevor ich ausstieg und das Hotel betrat. Es war schon beinahe Mitternacht, und ich wollte eigentlich so schnell wie möglich in mein Zimmer kommen, überlegte es mir aber anders, als ich Martin Lenz in der Bar sitzen sah. Er hatte ein Bier und einen Schnaps vor sich stehen und war nicht mehr nüchtern. Irgendeine Laus schien ihm über die Leber gelaufen zu sein. »So spät noch auf, Herr Lenz?« fragte ich.

Er drehte sich nach mir um, hatte schon gefährliche Schlagseite, war aber noch klar genug, um mich zu erkennen. »Ah, der Herr Kommissar! Ich bin schon ein wenig beschwipst.« Auf seiner Stirn stand Schweiß, und seine Augen waren gerötet, als hätte er geweint. »Wollen Sie auch was trinken?«, fragte er lallend. »Ich geb einen aus. Einen Obstler für den Kommissar!«

Der Barkeeper, der sich sichtlich unwohl in seiner Haut fühlte, schenkte mir einen Schnaps ein und schob mir das Glas hin. Ich griff zögernd danach.

»Auf Sandra, meine wundervolle Frau!«, rief Lenz, als wir anstießen. »Wussten Sie, dass sie mit dem … dem Obermüller Bruno geschlafen hat?«

Ich dachte nicht daran, ihm darauf zu antworten.

»Die ganze … die ganze Stadt wusste davon, nur ich … ich nicht.« Er warf sein leeres Schnapsglas gegen die Wand und heulte eine Weile, bevor er fortfuhr: »Und wissen Sie was? Jetzt … jetzt glauben doch tatsächlich manche, dass ich sie geschlagen hab … ich … verdammt, ich liebe sie doch … ehrlich!«

Auch darauf erwiderte ich nichts.

»Verhaften Sie mich jetzt, Herr Kommissar? Na, los! Verhaften Sie mich! Stecken Sie mich in eine … eine dunkle Zelle! Ist doch sowieso alles egal.«

Ich stand auf und legte ihm eine Hand auf die Schultern. »Schlafen Sie sich erst mal richtig aus. So ein Kater kann ziemlich schmerzhaft sein, wissen Sie? Legen Sie sich ins Bett und träumen Sie was Schönes, das hilft.«

»Einen Scheiß tut es!«, widersprach er.

25

Eintracht vom Main

Am Sonntagmorgen brauchte ich eine abwechselnd heiße und kalte Dusche, um es wieder unter die Lebenden zu schaffen. In Trainingsanzug und Sportschuhen ging ich zum Frühstück und war schon beim Fruchtjoghurt angelangt, als Grietje und Robert den Frühstücksraum betraten. Die Holländerin trug einen Verband um ihren rechten Fuß, und ihr Kurschatten ging am Stock.

»Guten Morgen«, begrüßte ich sie. »Was ist denn mit Ihnen los?«

Grietje ließ sich ihre Fröhlichkeit nicht vermiesen. »Wir haben es mit Bergsteigen versucht, mein lieber Markus. Ein einfacher Höhenweg, hat man uns versprochen, aber wir sind wohl ein paar Jahre zu alt für solche Abenteuer. Ich hab mir den Fuß verstaucht, und Robert tun alle Gelenke weh.«

»Und ich dachte schon …«

»… wir wären anderswo zu stürmisch gewesen?«

»Sie hätten sich den Fuß gebrochen.«

»Nein, aber von den Wanderwegen werden wir uns heute wohl fernhalten. Wir nehmen ein Jod-Schwefel-Bad, das soll schmerzende Gelenke wieder auf Trab bringen, und anschließend fahren wir zu dem Restaurant am Hang und genießen den Schweinebraten und die schöne Aussicht.« Sie blickte ihren neuen Freund an. »Robert mag Schweinebraten für sein Leben gern.«

»Eine gute Idee. Wir lassen es heute auch lockerer angehen.«

»Sie und Ihre hübsche Freundin?«

»Wir sind auf den Wallberg gewandert, das war nicht ohne.«

»Und vorgestern Nacht waren Sie im Einsatz, nicht wahr?«

»Ein bedauerlicher Zwischenfall. Sandra Henscheid …«

»… wurde überfallen, das weiß ich. Deswegen wollte ich Sie gestern schon sprechen, als wir vom Arzt zurückkamen, aber Sie waren wohl noch beim Wandern, und abends waren Sie auch nicht hier.« Sie blickte in die Runde, als müsste sie ungebetene Zuhörer fürchten, und senkte ihre Stimme zu einem Flüstern. »Ich habe nämlich eine wichtige Aussage zu machen.«

Ich wurde hellhörig. »Eine Aussage?«

Sie wandte sich an ihren Kurschatten. »Holst du uns was zu essen vom Büffet, Schätzchen? Und vergiss nicht, ein Stück von dem Kuchen mitzunehmen. Der mit den vielen Rosinen. Der schmeckt wie bei uns zu Hause.«

Robert erhob sich und humpelte zum Büffet.

»Eine Aussage?«, wiederholte ich.

»Ganz recht, und ich möchte mich schon im Voraus dafür entschuldigen, dass ich erst jetzt dazu komme. Ich konnte vorgestern nicht schlafen. Kein Wunder nach dem schrecklichen Mord im Theater. Ich stand also auf, holte mir ein Glas Wasser aus dem Bad und wollte gerade den Fernseher einschalten, um mir irgendwas Langweiliges anzusehen, als ich ein seltsames Geräusch hörte.« Sie beugte sich zu mir herüber. »Ich hatte mein Hörgerät eingeschaltet, wegen des Fernsehers, wissen Sie, damit höre ich wie ein … wie ein …«

»Luchs«, verriet ich ihr das fehlende Wort.

»Genau … wie ein Luchs. Es kam von unten. Mein Zimmer liegt gegenüber der Treppe, deshalb war ich meiner Sache so sicher. Ich wurde neugierig und verließ so leise wie möglich mein Zimmer, stieg einige Stufen nach unten und sah zwei Männer am Empfang stehen. Einer hielt etwas in der Hand, eine Pistole vielleicht, und auf dem Boden lag eine reglose Gestalt. Ich bekam es mit der Angst zu tun und sperrte mich in meinem Zimmer ein. Als ich mich langsam wieder beruhigte, war die Polizei schon unten und kümmerte sich um alles. Zwei Morde an einem Abend, damit kam ich einfach nicht zurecht.«

»Und warum haben Sie mir das nicht früher erzählt?«

»Ich hatte Angst! Die ganze Sache hatte mich stark mitgenommen und …« Ihre Fröhlichkeit verflog, und ich sah, wie sich ihre Augen mit Tränen füllten. »Ich weiß, dass ich Fehler gemacht habe«, sagte sie schuldbewusst. »Ich hätte nicht so ängstlich sein und gleich wieder in mein Zimmer verschwinden dürfen. Und ich hätte sofort nach unten laufen und Ihnen Bescheid sagen sollen.«

Ich hatte Mitleid mit der Holländerin. »Nicht so schlimm, Grietje. Haben Sie die beiden Männer denn erkennen können? Waren es wirklich Männer?«

»Da bin ich ganz sicher.« Sie setzte sich gerade hin und nickte dankbar, als Robert vom Büffet zurückkehrte und ihr Frühstück brachte. »Aber es war viel zu dunkel, um sie genau erkennen zu können. Ich weiß nur, dass sie einen dieser bulligen SUVs fuhren, der stand nämlich direkt vor dem Hotel unter einer Straßenlampe. Er war schwarz und hatte einen Mercedes-Stern dran.«

»Sind Sie sicher?«

»Fast … es sah zumindest wie ein Mercedes-Stern aus.«

»Und sonst haben Sie nichts gesehen?«

»Nein, ich stand ja nur wenige Sekunden auf der Treppe. Das heißt …«

»Ja?«

»Die Männer benahmen sich irgendwie komisch. Gar nicht wie zwei Verbrecher, die gerade eine Frau niedergeschlagen hatten. Eher so, als wäre die Arme kein Opfer, sondern eine Schauspielerin, die nur so tat, als wäre sie zusammengeschlagen worden. Sie riefen ihr sogar etwas zu, und es klang weder gehässig noch verächtlich, als würde die Frau zu ihnen gehören. Komisch …«

»Dafür gibt es sicher eine ganz einfache Erklärung«, erwiderte ich. »Haben sich die Männer denn auf Deutsch oder in einer anderen Sprache unterhalten?«

»Das weiß ich leider nicht.«

Ich schenkte meiner Zeugin ein Lächeln. »Kein Problem, Grietje. Sie haben mir auf jeden Fall sehr geholfen. Viel mehr, als Sie vielleicht denken.«

»Das freut mich«, sagte sie. »Und keine Angst, ich beabsichtige nicht, mit der legendären Miss Marple zu konkurrieren, auch wenn ich ihr ein wenig ähnlich sehe. Ich nütze die Zeit, die mir bleibt, lieber auf andere Weise.« Der liebevolle Blick, den sie Robert zuwarf, erübrigte eine weitere Erklärung.

Ich hätte Anna am liebsten sofort angerufen, wollte aber nichts überstürzen und erfreute mich erst mal an meinem Frühstück. Ein frisch gepresster Orangensaft musste noch sein, bevor ich mich von Grietje und Robert verabschiedete und zur Promenade hinunterlief. Ich konnte der Holländerin nicht böse sein. In der Nacht, als Sandra niedergeschlagen wurde, war sie zu aufgeregt gewesen, und am Samstag waren Anna und ich bis spät in die Nacht unterwegs gewesen. Eigentlich war es meine Schuld. Ich hatte es versäumt, Grietje meine Handynummer zu geben, und nicht daran gedacht, sie zu vernehmen. Aber woher sollte ich auch ahnen, dass sie die Täter beobachtet hatte?

Anna wartete beim Minigolfplatz auf mich. »Ich dachte schon, du liegst mit Muskelkater auf einer Sonnenliege und hast mich längst vergessen.«

»Und du bist eine Viertelstunde zu früh«, erwiderte ich.

»Gibt's was Neues? Du siehst so nachdenklich aus.«

Ich berichtete ihr, was ich von Grietje erfahren hatte. Sie hörte erstaunt zu, war genauso verwundert über die unerwarteten Neuigkeiten wie ich. Wir liefen eine Weile locker dahin, genossen die Nähe des Sees und die laue Luft.

»Die beiden Dealer? Novak und Banik?«, fragte sie.

»Sieht so aus. Es sei denn, Grietje hat sich geirrt.«

»Was bei einer älteren Dame nicht so abwegig wäre.«

»Und was haben sie mit Sandra zu schaffen?«

»Kommt darauf an, ob die alte Dame recht hat mit ihrer Vermutung«, erwiderte ich, »dass sie gemeinsame Sache mit Sandra machen und den Überfall nur vortäuschen wollten. Obwohl ich mir das schwer vorstellen kann.«

»Woran sollte sie das gemerkt haben?«

»An der Art, wie sie sich benommen haben. Normalerweise ist ein Täter, der gerade jemanden niedergeschlagen hat, gestresst und sucht sofort das Weite. Die beiden waren eher entspannt. Ich kenne Grietje inzwischen gut genug. Sie ist keine dieser älteren Damen, die Aufmerksamkeit suchen und das Blaue vom Himmel lügen. Sie sagt nur das, was sie glaubt, wirklich gesehen zu haben. Auch wenn sie die Täter nur wenige Sekunden beobachtet hat.«

Wir blieben stehen und gingen den anderen Joggern und Radfahrern aus dem Weg. An einem Sonntagmorgen war auf der Promenade einiges geboten.

»Wenn es stimmt«, sagte Anna ernst, »haben wir ein Problem und einige offene Fragen. Was haben Banik und Novak mit Sandra zu tun? Warum haben sie zugeschlagen? Ein Täuschungsmanöver, um die Polizei hinters Licht zu führen? Gehört sie zu ihnen? Hat sie uns die ganze Zeit zum Narren gehalten? Und noch viel wichtiger: Hat die Sache mit unseren Morden zu tun?«

»Keine Ahnung, das müssen wir herausfinden.«

»Oder das LKA.«

»Wenn sie sich geirrt hat, und die beiden wirklich zugeschlagen haben, sind wir nicht viel besser dran«, gab ich zu bedenken. »War Sandra eine Komplizin, die sie aus dem Weg haben wollten? War sie eine unliebsame Zeugin, die zu viel wusste? Und, was zum Teufel, haben die Dealer vor?«

»Oder es waren gar nicht Banik und Novak, sondern zwei Jugendliche, die einfach nur Zoff machen wollten? Sandra sieht exotisch aus. Wäre nicht das erste Mal, dass irgendwelche Idioten deswegen durchdrehen. Alles möglich.«

»Ich weiß. Sollen wir Schüler vom Frühstück wegholen?«

»Mit einem bloßen Verdacht? Der macht uns fertig.«

»Hast du eine bessere Idee?«

»Eine Bootstour, was sonst?«

Anna bestand auf einem Ruderboot, und ich war Kavalier

genug, mich in die Riemen zu legen und sie auf den See hinaus zu rudern. Meine kräftigen Ruderschläge schienen ihr zu gefallen, wenn ich mit zunehmender Dauer auch etwas schlapper wurde und nicht mehr so stark durchzog. Sie hatte es wohl darauf angelegt und sagte lachend: »Bei Männern, die ich nicht mag, warte ich, bis sie vor Erschöpfung über die Reling kippen. Männer, die ich mag, dürfen in der Mitte des Sees eine Pause einlegen. Und der Mann, der mir nach wenigen Tagen mehr bedeutet als alle anderen, darf mich dort küssen.«

Ich bezog den letzten Satz auf mich. »So wie in diesen Liebesfilmen, wenn das Paar allein über den See schippert und sich verliebt in den Armen liegt?«

»Genauso.«

»Das heißt …«

»Das heißt, dass du endlich deinen müden Hintern bewegen und zu mir rüberkommen sollst! Aber pass auf, dass du nicht ins Wasser fällst, sonst wird nichts aus der Liebesszene.« Ihr Lächeln war so verführerisch, dass ich tatsächlich beinahe stolperte und von Glück sagen konnte, dass sie mich festhielt.

Ich hatte noch nie eine Frau in einem Boot geküsst. Okay, damals auf dem kleinen See im Palmengarten, aber da war ich fünfzehn und hatte noch keine Ahnung von Liebe und solchen Dingen. Auf dem Tegernsee war das was anderes, obwohl wir hier alles andere als allein waren und uns etliche Segler und Ruderer zuwinkten und sogar ein Ausflugsdampfer mit einer Gruppe Senioren an uns vorbeifuhr, die begeistert Beifall klatschten. Wer denkt schon an Publikum, wenn er eine Frau wie Anna in den Armen hält und die Hauptrolle in einem romantischen Liebesfilm spielen darf.

»Ausgerechnet in Bayern muss ich mich verlieben«, sagte ich.

»Schlimm?«

»Solange du nicht das FC-Bayern-Lied singst …«

Wir blieben eine halbe Stunde auf dem See, und ich wäre wahrscheinlich auch geblieben, wenn sie tatsächlich das Lied der Unaussprechlichen angestimmt hätte. Es soll ja sogar Schalke-und-BVB-Ehen geben, in denen es nur bei groben Schiedsrichter-Fehlleistungen zum Streit kommt.

Nach unserer Rückkehr fuhren wir zuerst bei mir und dann bei ihr vorbei, um uns standesgemäß zu kleiden, was in meinem Fall hieß, dass ich mein Eintracht-T-Shirt überzog. Anna beließ es bei Jeans und einem schwarzen T-Shirt ohne verräterischen Aufdruck.

Im Vereinslokal des FC Rottach-Egern war einiges los. Etliche Zuschauer gönnten sich einen Imbiss und einige Bierchen, bevor es losging, und Annas Eltern hatten viel zu tun. Sigi Thiermayer bediente, und seine Frau und eine Angestellte arbeiteten in der Küche. Carola Thiermayer ließ ihren Herd für kurze Zeit im Stich, um ihre Tochter zu begrüßen und mir die Hand zu schütteln. »Sie gefallen mir, Markus«, sagte sie. »Sie haben freundliche Augen.«

»Glück gehabt«, sagte ich, als sie gegangen war, und wir an einem der Tische saßen und unsere speziellen Cheeseburger verspeisten. Annas Mutter war besonders verschwenderisch mit Käse und Zwiebeln umgegangen. »Die Burger sind noch besser als die Bratwurst vorm Waldstadion.«

»Und das ist eine Auszeichnung?«

»Und was für eine!«

Vor dem Spiel war ich fast genauso nervös wie vor einem

Bundesligaspiel, auch wenn es gegen die Tegernsee-Auswahl nicht mal um die Goldene Ananas ging. Ich hoffte natürlich, dass Anna Feuer fing und sich für unsere Buben begeisterte und sie anfeuerte. »Anna, meine bayerische Freundin«, stellte ich sie den Frankfurter Fans vor, »sie sieht die SGE heute zum ersten Mal.«

Während sich die Spieler warmliefen, hatte ich einiges zu tun. Anna wollte jeden Namen wissen und welche Position jeder einnehmen würde. Wahrscheinlich würde unser Trainer mit der ersten Elf beginnen und in der zweiten Hälfte auch Ersatzspieler und den Nachwuchs auflaufen lassen, um sich einen Überblick zu verschaffen. »Die schwarz-weiß-roten Trikots tragen sie nur zum Aufwärmen, im Spiel laufen sie entweder schwarz-rot gestreift oder in den weißen Auswärtstrikots auf. Schwarz-Weiß-Rot sind die Eintracht-Farben.«

Der FC Rottach-Egern hatte sich einen besonderen Service für die wenigen Frankfurter Fans ausgedacht und ließ »Mitten in Europa« in voller Länge laufen. »›Mitten in Europa‹ und ›Schwarz und weiß wie Schnee‹ sind unsere Vereinshymnen«, erklärte ich Anna und sang laut mit: »Eintracht vom Main, nur du sollst heute siegen, Eintracht vom Main, weil wir dich alle lieben.«

»Du bist ein verrücktes Huhn, weißt du das?«, sagte sie und sang den zweiten Refrain selbst laut mit: »Schieß noch ein Tor, dem Gegner in den Kasten rein, jeder wird sagen, ohne zu fragen, in dieser schönen Stadt am Main, Eintracht aus Frankfurt, du schaffst es wieder, Deutscher Meister zu sein.«

Das Spiel war keine Offenbarung, dazu waren die Jungs

vom Tegernsee zu schwach, aber unsere Buben zeigten, dass sie Fußball spielen können, und glänzten sogar mit einigen Kabinettstückchen. Anna kannte die Regeln, brauchte nur in wenigen Fällen etwas Nachhilfe und jubelte bei jedem Tor, das unsere Buben schossen, ausgelassen mit. Nach der ersten Halbzeit stand es bereits 6:0 für uns, in der zweiten Halbzeit allerdings, als einige Jugendspieler mitspielen durften, fingen wir uns auch zwei Tore ein, sodass am Ende ein verdientes 9:2 auf der Anzeigetafel stand. Zufrieden kehrten wir zu ihren Eltern ins Lokal zurück.

»Eintracht vom Main«, sang Anna ihm vor.

»Eha«, rief Sigi fröhlich, »jetzt wird's kritisch. Meine Tochter feuert die Frankfurter an!« Er stellte uns zwei Bier hin. »Muss ich mir Sorgen machen?«

»Im Gegenteil«, erwiderte sie und küsste mich vor allen Leuten.

»Ja, mei«, resignierte er, »das Leben geht seltsame Wege.«

»Und hält wunderschöne Überraschungen bereit«, sagte Anna zu ihrem Vater. »Oder hättst du gedacht, dass ich mal an Preiß'n nach Haus bring?«

»Es gibt Preiß'n, und es gibt Preiß'n«, sagte er.

»Mein Vater, der Philosoph.«

Nach dem Bier verließen wir das Lokal. Die Sonne war etwas tiefer gesunken, aber immer noch warm, und auf dem See wimmelte es von Booten. Wir waren bester Laune. Für eine Weile war aller beruflicher Ärger vergessen, ein Segen besonders in unserem Job, wo man auch emotional gefordert ist und zu oft bis an die Grenzen gehen muss. Davon konnte besonders ich ein Lied singen. Im Drogendezernat hatten wir es viel zu oft mit Jugendlichen oder sogar Kindern zu tun, die durch irgendeinen blöden Zufall auf die schiefe Bahn geraten waren und nicht mehr zurückfanden. Besonders krass wurde es, wenn eine Drogensüchtige ein Baby bekam, es in einem Müllcontainer entsorgte und sich aus Verzweiflung eine Überdosis spitzte, wie ich es erst vor ein paar Wochen erlebt hatte. Die Erinnerung an diesen tragischen Fall holte mich so manches Mal noch ein.

»Kummer?«, fragte Anna besorgt.

Ich erzählte ihr, woran ich gedacht hatte.

»Geht mir genauso«, gestand sie, »manche Fälle lassen einen nicht los und holen einen immer dann wieder ein, wenn man es am wenigsten erwartet.« Sie lächelte und griff nach meiner Hand. »Ich bin gern mit dir zusammen.«

»Und ich mit dir«, sagte ich.

Im nächsten Augenblick meldete sich Annas Handy. Sie hörte eine Weile mit entsetztem Blick zu, dann sah sie mich an und sagte: »Sandra ist verschwunden!«

26

Dunkle Geheimnisse

Damit war ein gemütlicher Abend zu zweit für uns gelaufen. Auch wenn uns der LKA-Schüler in den Wochenend-Urlaub geschickt hatte, mussten wir auf eine solche Meldung reagieren. Ohne lange zu überlegen, fuhren wir ins Krankenhaus und fragten nach der Stationsschwester, die wir bei unserem letzten Besuch gesprochen hatten. Sie hatte auch an diesem Abend Dienst.

»Frau Henscheid hat das Krankenhaus heute Nachmittag verlassen«, sagte die Schwester. »Wir haben ihr Verschwinden leider zu spät bemerkt. Sie muss sich rausgeschlichen haben. Normalerweise muss man eine Erklärung unterschreiben, wenn man ein Krankenhaus auf eigenen Wunsch verlässt.«

»Wann heute Nachmittag?«, fragte Anna.

Die Schwester musste nicht lange überlegen. »Nach sechzehn Uhr, da habe ich zum letzten Mal nach ihr gesehen. Sie hatte sich gut erholt. Wir hätten sie sowieso morgen, spätestens übermorgen, entlassen. Ich verstehe das nicht.«

»Und nichts hat auf ihr Verschwinden hingedeutet?«

»Absolut nichts. Im Gegenteil, sie wirkte sehr erleichtert, so glimpflich davongekommen zu sein. Der Schlag war beinahe verhalten ausgeführt worden, sagt unser Oberarzt, als hätte der Täter befürchtet, sie zu stark zu verletzen.«

»Er wollte keinen Mord begehen.«

»Und noch etwas war seltsam«, sagte die Schwester. »Obwohl die Schmerzen eine Weile sehr stark gewesen sein müssen, lehnte sie Schmerzmittel und Sedativa ab. Nicht aus religiösen Gründen oder so, nein, sie schien großen Wert darauf zu legen, einen einigermaßen klaren Kopf zu behalten.«

»Hat sie telefoniert?«

»Ein paarmal … mit ihrem Handy.«

»Haben Sie was von den Gesprächen mitbekommen?«

»Wir lauschen nicht.«

»Sie hat alles mitgenommen, was ihr gehört?«

»Alles«, sagte die Schwester. »Viel war es ja nicht. Lediglich die paar Sachen, die ihr Lebensgefährte gebracht hat. Nur die Blumen hat sie stehen lassen.«

»Blumen? Von ihrem Lebensgefährten?«

»Einer dieser Sträuße, die man an der Tanke kaufen kann.«

»Sie haben keine hohe Meinung von Martin Lenz, was?«

»Er hat uns beschimpft. Das gesamte Pflegepersonal. Als könnten wir etwas dafür, dass irgendein Irrer seine Lebensgefährtin bewusstlos schlägt.«

»Und Sie haben gleich die Polizei angerufen, als Sie gemerkt haben, dass sie weg ist?«

Die Schwester nickte. »Nachdem ich mit dem Oberarzt gesprochen hatte, ja. Normalerweise informieren wir nicht die Polizei, wenn ein Patient vorzeitig die Klinik verlässt, aber nachdem Frau Henscheid das Opfer einer Gewalttat war, dachten wir, es wäre sicher besser, wenn Sie davon wüssten.«

»Das kann man wohl sagen. Vielen Dank, Schwester.«

Wir fuhren mit dem Aufzug nach unten und überlegten beide. Es kam alle paar Tage vor, dass ein Patient keine Lust mehr hatte, im Krankenhaus zu liegen, und es auf eigenes Risiko verließ. Solange er sich nicht in Lebensgefahr begab oder andere gefährdete, ließ man ihn gewähren. Wenn man wochenlang in einer Klinik lag, sehnte man sich nach der häuslichen Umgebung.

Bei Sandra Henscheid lag die Sache anders, besonders nach der Aussage, die ich von Grietje bekommen hatte. Wenn Sandra tatsächlich gemeinsame Sache mit den Drogendealern machte, konnte das bedeuten, dass sie sich im Krankenhaus nicht sicher fühlte und untertauchen wollte. Aber warum hatte sie sich bewusstlos schlagen lassen? Warum war sie bei Martin Lenz eingezogen? Warum hatte sie sich mit so vielen Männern eingelassen? Was war ihre Rolle, falls sie zur Drogenmafia gehörte? Wir blickten uns ratlos an, denn wir wussten beide noch nicht, wie wir die geheimnisvolle Frau einschätzen sollten.

Am Empfang der Klinik wandten wir uns an die junge Dame, die dort Dienst tat. Anna rief das Foto von Sandra auf ihrem Smartphone auf und zeigte es ihr. »Können Sie sich an diese Frau erinnern? Sie muss das Krankenhaus am Spätnachmittag verlassen haben. In ziemlicher Eile, könnte ich mir denken.«

»Ist das nicht die Frau, die man zusammengeschlagen hat?«

»Ganz recht. Sie hat das Krankenhaus auf eigenes Risiko verlassen.«

»Ich hab schon gehört, dass sie verschwunden ist«, erwiderte die Angestellte, den Blick auf das Foto gerichtet.

»Könnte sein, dass ich sie gesehen habe, aber sicher bin ich mir nicht. Hier kommen 'ne Menge Leute vorbei.«

»Überlegen Sie in Ruhe.«

»So eine war schon dabei heute Nachmittag. Kurz nach vier, wenn ich mich recht erinnere. Ich hatte gerade eine WhatsApp von meinem Freund bekommen, da kam sie die Treppe runter. Hab mich gewundert, dass sie nicht den Aufzug genommen hat. Sie stieg in einen SUV, das weiß ich noch. Wenn sie's war, wie gesagt, ich hab ihr Gesicht kaum gesehen. Aber sie hatte die gleichen langen dunklen Haare wie die auf dem Foto. Megaschöne Haare!«

»Können Sie sich an das Kennzeichen des SUV erinnern?«

»Da hab ich nicht drauf geachtet. Ich weiß nur, dass er schwarz war.«

»Haben Sie gesehen, wer in dem Wagen saß?«

»Nee, der hatte verdunkelte Scheiben.«

»Und wohin sie gefahren sind, wissen Sie auch nicht?«

»Bin ja leider keine Hellseherin.«

Wir bedankten uns und gingen zu unserem Wagen, waren eigentlich auf ein paar ruhige Minuten vorbereitet, als Martin Lenz mit seinem Cabrio auf den Parkplatz gerast kam. Er war außer sich vor Wut und vielleicht auch Schmerz und fluchte ungeniert, als er ausstieg und auf den Eingang zulief.

Wir hielten ihn mit vereinten Kräften auf und hatten alle Hände voll zu tun, den aufgebrachten Mann zu beruhigen. Er bockte und trat wie ein Zehnjähriger um sich, dem man sein Handy weggenommen hat. Tränen der Wut und der Enttäuschung standen in seinen Augen, und er zitterte vor Aufregung.

»Beruhigen Sie sich, Herr Lenz!«, sagte ich ein paarmal. In der Drogenszene lernt man, mit ausflippenden Menschen umzugehen, wenn der Vergleich mit einem tobenden Junkie auch mächtig hinkte. Wichtig ist nicht das, was man sagt, sondern wie man es sagt, in einem möglichst ruhigen und besänftigenden Tonfall. »Lassen Sie uns doch erst mal reden, okay?«

Auch Anna wirkte auf ihn ein, bis er sich einigermaßen entspannte und wir den Griff um seine Oberarme lösen konnten. »Alles okay?«, vergewisserte sie sich. Sie lächelte mitfühlend und half mir, ihn zum Wagen zu führen. »Sie kommen sicher wegen Ihrer Lebensgefährtin?«

»Sie ist abgehauen!«, schimpfte er. »Sie hat mich nach Strich und Faden betrogen, und jetzt ist sie durchgebrannt. Ohne was zu sagen. Einfach so.«

»Sie braucht sicher nur eine Auszeit.«

»Eine Auszeit, wenn ich das schon höre!« Er war immer noch auf hundertachtzig. »Sie hat mich betrogen! Und schamlos belogen! Und ist abgehauen!«

»Sie kommt bestimmt wieder.«

»Reden Sie nicht solchen Unsinn!«, fauchte er. Anscheinend hatte er herausgefunden, was Sandra getrieben hatte. »Sie wissen doch schon länger als ich, was für ein Miststück sie war. Sie hatte ein Verhältnis mit dem Obermüller Bruno, ausgerechnet mit ihm! Wenn ich das gewusst hätte, wäre ich selbst auf ihn losgegangen!« Er musste sich am Wagen festhalten, weil er durch sein wildes Herumfuchteln beinahe das Gleichgewicht verloren hätte. »Saubazi, elendiger!«

»Beruhigen Sie sich, Herr Lenz!«

»Aber das ist noch nicht das Schlimmste!« Ich dachte, er

hätte auch die Lüge mit der kranken Mutter durchschaut, aber er überraschte uns mit etwas, das wir auch noch nicht wussten. »Sie hat mit dem Hinterseer Alois rumgemacht! Da staunen Sie, was? Ist mir selbst heute erst gekommen. Ich hab sie zusammen gesehen, eine Woche bevor der Alois ermordet wurde. Unten am See, neben einem der Bootshäuser, hat sie ihn auf die Stirn geküsst und ihm eine Hand auf die Wange gelegt. Ich war zu einem Kunden unterwegs und hab sie zufällig gesehen. Der Alois hätte Kummer, und sie hätte ihm gut zureden müssen, sagte sie, als ich sie zur Rede gestellt hab. Was war ich doch für ein Depp! Alle Alarmglocken hätten bei mir schrillen müssen! Mit dem Alois!«

Anna und ich blickten einander vielsagend an.

»Sandra und Alois Hinterseer?«, fragte Anna verwundert. »Sind Sie sicher? Vielleicht hat sie ihm ja wirklich nur gut zugeredet, könnte doch sein.«

»Klar hätte es sein können. Ich hab mir auch nichts dabei gedacht, eine harmlose Geste unter guten Bekannten, dachte ich. Ich hab der Sandra bedingungslos vertraut. Aber nachdem mir jemand das mit dem Obermüller Bruno gesteckt hat, ist das anders. Sie ist eine Lügnerin und eine notorische Fremdgeherin!« Er machte kaum eine Pause. »Wussten Sie, dass es gar keine kranke Mutter gibt? Die hatte sie erfunden! Als bequeme Ausrede für ihre nächtlichen Ausflüge. Und ich hatte noch Mitleid mit der Dame, die es nicht gab!«

»Und woher wissen Sie das plötzlich alles?«

»Ich hab zwei Angestellte im Hotel belauscht, die zerrissen sich das Maul über Sandra, und ich wollte schon auf sie losgehen und sie feuern, mochte aber keinen Zoff in der Arbeit riskieren und riss mich zusammen. Dann hab ich mir die Mitzi vorgeknöpft, und die wusste natürlich längst, was gespielt wurde.« Er war zu erschöpft, um noch zu toben, und weinte ein paar Tränen, bevor er weitersprach: »War alles ein bisschen viel für mich. Und als das Krankenhaus anrief und mir sagte, dass sie heimlich davongelaufen wäre … ich war außer mir! Tut mir leid, wenn ich durchgedreht bin, ich hab die Nerven verloren.«

»Schon gut, Herr Lenz«, beschwichtigte ihn Anna. »Am besten gehen Sie ins Hotel zurück und ruhen sich aus. Im Krankenhaus kann man Ihnen nicht weiterhelfen. Sobald wir Sandra gefunden haben, melden wir uns, okay?«

»Die Polizei sucht nach ihr? Hat sie denn was verbrochen?«

»Es könnte sein, dass sie sich mit den falschen Leuten eingelassen hat.«

»Sandra?« Er ging schon wieder hoch. »Niemals!«

»Ist nur eine Vermutung. Außerdem wird sie als Vermisste geführt.«

»Ich dachte, die Polizei muss vierundzwanzig Stunden warten.«

»Falsch gedacht«, antwortete Anna. »Unter bestimmten Voraussetzungen geht das auch früher. Haben Sie denn eine Ahnung, wo sie sein könnte?«

»Leider nein. Ich weiß nur, dass sie aus Kriftel kommt.«

»Kriftel bei Frankfurt?«, fragte ich.

»Soweit ich weiß.« Er wischte sich die Tränen vom Gesicht und zeigte wieder einigermaßen Haltung. »Aber da wäre sie schon lange weg, sagte sie.«

»Okay«, sagte Anna. »Keine Angst, wir finden sie bestimmt.«

Martin Lenz kletterte in sein Cabrio und fuhr davon. Mein Mitleid mit ihm hielt sich in Grenzen. Er gehörte zu den berechnenden Typen, die eine Frau als Schmuckstück betrachten, ihr die Kreditkarten überlassen und sich ansonsten nicht sonderlich um sie kümmern. Vielleicht tat ich ihm Unrecht, aber so kam er zumindest rüber. Seine größte Sorge war sicher, dass unter Sandras Eskapaden sein Ruf als cooler Manager leiden könnte.

»Sandra und Alois«, staunte Anna, als wir in ihren BMW stiegen. »Wer hätte das gedacht. Sie hatte mit beiden Ermordeten ein Verhältnis. Das wirft ein vollkommen neues Licht auf unsere Mordfälle. Obwohl ich mir noch immer nicht denken kann, welchen Zusammenhang es zwischen den Goaßlschnalzer-Morden und den Drogendealern geben könnte. Bisher sehe ich keinen. Vielleicht hat sie ein Liebesverhältnis mit einem der Mafia-Bosse?«

»Sandra und Markovic?«

»Ich weiß nicht, ob ich mir das vorstellen will.«

»Und er lässt Alois Hinterseer und Bruno Obermüller aus Eifersucht ermorden? Dann wäre Martin Lenz auch nicht mehr am Leben. Und einige andere. Außerdem passen diese Messermorde nicht zu einem Mafia-Killer.«

»Alles möglich in den Kreisen.«

»Und wenn sie selbst eine Killerin ist?«

»Sandra?«, fragte sie verwundert. »Wie kommst du denn darauf?«

»Weil ich in Frankfurt öfter mit solchen Damen zu tun habe«, sagte ich. »In der Drogenszene regieren nicht nur Männer. Manche Frauen sind noch gefährlicher und gnadenloser. Nach außen hin spielen sie die brave Ehefrau so überzeugend, dass selbst erfahrene Polizisten auf sie reinfallen, und innerhalb der Szene führen sie vor allem beim Mädchenhandel das große Wort. Ich hab Frauen gesehen, die Mädchen ins Gesicht geschossen haben, weil sie nicht bereit waren, mit einem dreißig Jahre älteren Mann ins Bett zu gehen. Von wegen, Frauen töten nur mit Gift. Sie können auch mit Pistolen und Schnellfeuergewehren umgehen und sind oft gefühlskälter als die Männer.«

»Jetzt müssten wir das LKA informieren.«

»Noch nicht«, riet ich ab. »Wir haben doch keinerlei Beweise. Nur Vermutungen, und mit denen kann Schüler wenig anfangen. Der bringt es fertig und lässt uns suspendieren, weil wir ihm ins Handwerk gepfuscht haben.«

»Dann war's das für heute?«

»Wir sollten noch mal bei Jule vorbeifahren«, schlug ich vor. »Mich würde interessieren, ob sie was von der Affäre ihres Mannes mit Sandra gewusst hat. Wenn ja, sollten wir ihre Alibis noch mal gründlich überprüfen.«

Anna war einverstanden, und wir fuhren zum zweiten Mal an diesem Tag nach Miesbach. Wir schlugen einen weiten Bogen um die Dienststelle, wollten auf keinen Fall dem LKA-Schüler über den Weg laufen und parkten vor dem Reihenhaus der Hinterseers. Jule hatte uns gehört und stand in der Tür.

»Sie schon wieder«, begrüßte sie uns nicht gerade freundlich.

»Dürfen wir reinkommen?«, fragte Anna.

»Meinetwegen.« Sie führte uns ins Wohnzimmer und deutete auf die freigeschaufelte Couch. »Solange sie das Chaos nicht stört. Ich werde wohl noch ein paar Tage brauchen, um hier wieder einigermaßen Ordnung zu schaffen.«

»Frau Hinterseer …«, begann ich vorsichtig.

Sie lächelte gequält. »Wenn Sie mir sagen wollen, dass der Alois ein Verhältnis mit der Sandra gehabt hat … nur zu! Das weiß ich inzwischen auch.«

»Ach ja? Und woher?«

»Von einer Nachbarin«, antwortete sie. »Die hat den Alois und die Sandra zusammen wegfahren sehen, als ich nicht zu Hause war. Zwei Tage vor dem Mord, am helllichten Tag. Ich wollt's erst nicht glauben, hätt ihr beinahe eine gelangt, aber sie hatte die beiden sogar mit ihrem Smartphone fotografiert.«

»Und das erfahren wir erst jetzt?«

»Ich weiß es ja selbst erst seit heute Nachmittag.«

»Und warum hat die Nachbarin nichts gesagt?«

»Sie wollte mich schonen und sein Andenken nicht beschmutzen. Außerdem hatte sie wohl Angst, ich hätte den Alois umgebracht. Aber ich kann niemand umbringen, und außerdem hab ich ja ein Alibi.« Sie nahm einen Schluck aus der Weinflasche, die sie auf dem Tisch stehen hatte. »Keine Ahnung, ob sie mir glaubt. Ist mir auch egal. Ich weiß ja, dass ich's nicht war.«

»Haben Sie das Foto?«

»Klar, sie hat's mir gemailt.« Sie griff nach ihrem Handy, rief das Foto auf und zeigte es uns. »Ist etwas verwackelt, sie war wohl zu aufgeregt, aber der Mann ist Alois, und die mit den langen schwarzen Haaren ist die Sandra.«

»Martin Lenz weiß es auch«, sagte ich und verriet ihr in wenigen Worten, dass Sandra heimlich aus dem Krankenhaus verschwunden war und niemand wusste, wo sie sich aufhielt. »Auch deshalb sind wir hier, Frau Hinterseer.«

»Sie glauben doch nicht, dass sie sich hier versteckt hat?«

»Natürlich nicht«, erwiderte ich. »Wir wollten Sie warnen. Es könnte durchaus sein, dass Sandra gefährlicher ist, als wir alle denken. Ich möchte Sie nicht beunruhigen, aber es könnte durchaus sein, dass sie auch etwas gegen Sie hat. Ist nur eine vage Vermutung, und mehr möchte ich auch gar nicht sagen. Wir möchten Sie nur bitten, gut auf sich aufzupassen. Haben Sie vielleicht irgendwelche Verwandte, zu denen Sie für ein paar Tage ziehen könnten?«

»Den Basti in Tölz.«

»Hat der genug Platz?«

»Für ein paar Tage geht's schon.«

»Dann packen Sie ein paar Sachen und fahren am besten gleich los. Und sagen Sie niemandem, wo Sie sich versteckt halten. Haben Sie verstanden?«

»Sicher, Herr Kommissar. Obwohl ich keine Angst vor der Sandra hab. So a Trutscherl wie die hau ich aus ihren Highheels, wenn sie mir dumm kommt.«

Ich nickte zufrieden. Sie war eine temperamentvolle Frau, die sich nichts gefallen ließ, aber auch einsah, wann sie zurückstecken musste. »Und während Sie packen, würden wir uns gern noch mal in Ihrem Haus umsehen.«

»Nur zu! Stolpern Sie nicht über die Scherben in der Küche!«

Was wir genau suchten, wussten Anna und ich noch immer nicht. Vielleicht hatten wir mit dem Handy-Foto, das Anna sich auf ihr Smartphone überspielen ließ, schon gefunden, weswegen der Einbrecher ein solches Chaos angerichtet hatte. Nur mein Bauchgefühl sagte mir, dass es noch etwas anderes geben musste, was Alois und Sandra verband.

Ein bisschen viel Bauchgefühl, auf das ich mich in den letzten Tagen verlassen hatte, aber bei Sandra hatte ich auch nicht danebengelegen. Wenn es eine Verbindung zwischen unseren Morden und den Drogendealern gab, dann war es sicher sie.

Aber so sehr wir auch suchten, wir fanden nichts. Weder im Toilettenspülkasten noch im Gefrierfach oder in der Kaffeedose, beliebten Verstecken, die ich von Drogensüchtigen und Alkoholikern kannte. »Nichts«, sagte ich, als wir uns nach einer halben Stunde im Flur trafen. »Wär ja auch seltsam gewesen, wenn die Spurensicherung so ein Versteck übersehen hätte.«

Wir verabschiedeten uns von Jule und sahen uns an. »Abendessen?«

27

Ein schrecklicher Verdacht

Der erste Anruf am Montagmorgen kam nicht von Anna, sondern aus Frankfurt. »Volltreffer!«, begrüßte mich Ilona und kam wie immer gleich zur Sache. »War nicht ganz einfach herauszufinden, aber die Kollegen in der OK sind ziemlich sicher, dass deine Sandra in Israel geboren wurde und eigentlich Esther Weizman heißt. Sie arbeitet als Killerin für die serbische Mafia und ist für ihre Schießkünste und ihr ausschweifendes Liebesleben bekannt.«

»Sandra? Eine Killerin? Ich fass es nicht.«

»Ist aber so. Leider versteht sie es auch, sich ständig neu zu erfinden und sich ein neues Aussehen zu geben, sodass wir bisher nicht an sie herankommen konnten. Angeblich, sagen die Jungs in der Organisierten Kriminalität, ist sie Markovic direkt unterstellt. Ich hab dir alle Infos und Fotos per Email geschickt. Die gleichen Unterlagen sind an das bayerische LKA gegangen, mit dem du dich sofort in Verbindung setzen solltest. Das ist ne heiße Sache, Bembel.«

Ich stöhnte. »Und so was nennt sich Wellness-Urlaub.«

»Ab heute bist du wieder im Dienst, vergiss das nicht.«

»Schon klar, Ilona. Bis bald.«

Ich rief Anna an, sagte ihr, dass wir sofort nach Miesbach fahren müssten, und verkürzte das Frühstück auf Kaffee und zwei Scheiben Toast mit Marmelade. Auf den morgendlichen Schwatz mit Grietje musste ich verzichten, also winkte ich ihr und Robert nur im Vorbeigehen zu und sah mir Ilonas Mail an, während ich in der Lobby auf Anna wartete. Sie brauchte keine Viertelstunde.

Wir begrüßten uns mit einem Kuss, so viel Zeit musste sein, und machten uns auf den Weg. Unterwegs berichtete ich ihr, was Ilona mir gesagt hatte, und zeigte ihr die Fotos, die sie gemailt hatte. Auf jedem sah Sandra anders aus; man musste schon genau hinsehen, um sie zu erkennen. Durch unterschiedliche Frisuren und Haarfarben, variantenreiche Makeups und entsprechende Kleidung kam sie mir wie eine Schauspielerin vor, die sich in ihren bisher gespielten Rollen präsentierte. Eine Verkleidungskünstlerin, die immer attraktiv wirkte und zeigte, warum sie bei Männern so gut ankam.

»Sie hat uns was vorgemacht«, sagte Anna.

»Uns allen«, ergänzte ich.

»Und sie ist ein Fall fürs LKA.«

»Sie ist eine Killerin«, zitierte ich die wichtigsten Infos, die Ilona mir gemailt hatte. »Eine Auftragskillerin, die für einen Clan der serbischen Mafia arbeitet und Markovic direkt unterstellt sein soll. Nur er darf ihr Befehle geben. Sie heißt eigentlich Esther Weizman und wurde in Israel geboren, kam aber schon als Kind nach Deutschland und wuchs in Hessen auf. Nach dem Unfalltod ihrer Eltern hatte sie mehrere Affären mit wohlhabenden Männern, unter ihnen eben auch Adrian Markovic. Als sie ihm half, zwei verfeindete Drogenhändler auszuschalten, machte er sie zu seiner Vertrauten, vor allem wegen ihrer Kaltblütigkeit und ihrer Schießkünste. Im Bett war sie ihm sicher auch zu Willen. Natürlich ist das alles nicht zu beweisen. Dazu ist sie viel zu ausgeschlafen.«

»Und warum ist sie hier?«

»Aus demselben Grund wie Markovic und unsere beiden Dealer, nehme ich an. Die planen irgendwas, eine große Lieferung, ein neues Geschäft … wenn Markovic tatsächlich in der Gegend ist, und dafür spricht auch Sandras Anwesenheit, dann muss es was Wichtiges sein. In Frankfurt hatten wir es bisher nur mit den unteren Chargen zu tun, hinter den Großen war das hessische LKA her, und jetzt muss wohl das bayerische übernehmen. Ich hab jedenfalls die Anweisung, so schnell wie möglich mit Schüler zu sprechen … leider!«

»Was uns nicht davon abhalten wird, nach dem Mörder der Goaßlschnalzer zu suchen. Oder der Mörderin. Meinst du, Sandra hat sie umgebracht?«

»Das fragen wir uns doch schon eine ganze Weile.«

»Dann haben die Morde doch was mit dem Drogenclan zu tun.«

»Sieht ganz so aus.«

Anna hielt an einer roten Ampel und schüttelte den Kopf. »Der Hinterseer Alois und der Obermüller in den Fängen der Drogenmafia. Ich glaub's nicht.«

»Sobald du ihnen in die Quere kommst, bist du dran«, sagte ich.

»Und ich dachte, die beiden können nur raufen.«

»Das stimmt wahrscheinlich auch. Die wussten vielleicht gar nicht, mit wem sie sich angelegt hatten. Vielleicht ahnten sie nicht mal, dass sie den Serben in die Quere gekommen waren. Vielleicht war ihr einziger Fehler, sich mit Sandra einzulassen. Sie haben irgendwas mitbekommen, möglicherweise nur einen Namen oder ein unbedeutendes Detail, und deshalb mussten sie verschwinden. Eine Profikillerin wie Sandra kann es sich nicht erlauben, ein Risiko einzugehen.«

»Sandra eine Killerin … das will mir noch immer nicht in den Kopf.«

»Vor allem töten Profis selten auf so unprofessionelle Weise. Warum benutzt sie das Messer eines Opfers und schafft den Toten in ein wenige Kilometer entferntes Waldstück? Warum geht sie das Risiko im Theater ein?«

»Um uns in die Irre zu führen? Um uns glauben zu machen, wir hätten es mit einer Beziehungstat zu tun? Um zu zeigen, wozu sie fähig ist?«

»Wenn sie es war.«

»Du zweifelst noch?«

»Wenn es stimmt, brauchen wir Beweise.«

Dienststellenleiter Rainer Feger und Tim Schüler vom LKA saßen am Besprechungstisch, als wir die Wache betraten. Schon von der Tür aus konnte ich erkennen, dass der LKA-Mann die Fotos von Sandra auf seinem Tablet geöffnet hatte. Er war mir noch genauso unsympathisch wie beim ersten Mal.

»Sie haben die Infos gelesen?«, fragte ich, nachdem wir uns begrüßt hatten. »Sandra Henscheid, wie sie sich jetzt nennt, hat gestern Nachmittag um kurz nach sechzehn Uhr das Krankenhaus verlassen. Auf eigenen Wunsch und ohne jemandem Bescheid zu sagen. Wir waren gestern noch in der Klinik.«

»Und das sagen Sie mir jetzt?«, brauste Schüler auf.

»Gestern wussten wir noch nicht, mit wem wir es zu tun

haben«, konterte ich. »Da hatten wir es noch mit einer nymphomanisch veranlagten Frau zu tun, die mehrfach ihren Lebensgefährten betrogen hatte und davongelaufen war, um ihn loszuwerden. Den wahren Grund für ihr Verschwinden habe ich erst vor einer knappen Stunde auf meine Anfrage in Frankfurt bekommen.«

»Sie haben in Frankfurt angefragt? Warum weiß ich davon nichts?«

»Weil ich lediglich die Vermutung hatte, Sandra könnte etwas mit unseren Morden zu tun haben. Wie ich Sie kenne, geben Sie nichts auf Bauchgefühl.«

Er verzog missbilligend den Mund. »Sie hätten anrufen können. Durch Ihre Zauderei haben wir wichtige Zeit verloren.« Er blickte Feger an. »Geben Sie die Fahndung raus, Feger! Ich informiere inzwischen meine Dienststelle.«

»Sie ist in einen dunklen SUV gestiegen, haben wir im Krankenhaus erfahren. Kennzeichen unbekannt. Wahrscheinlich der Wagen von Miroslav Banik und Filip Novak, den beiden Dealern, mit denen wir mehrmals in Frankfurt zu tun hatten und die wir letzte Woche auch hier gesehen haben. Wie gesagt, bisher mussten wir sie jedes Mal aus Mangel an Beweisen laufen lassen.«

»Dann wird's höchste Zeit, dass wir uns um sie kümmern.«

Anna und ich blickten uns an, sagten aber nichts. Wir hatten diese Reaktion von Schüler erwartet und waren wenig überrascht. Ich holte uns zwei Milchkaffee aus dem Automaten, reichte ihr einen und setzte mich wieder.

Nachdem Schüler und Feger ihre Anrufe getätigt hatten, brummte der LKA-Mann missmutig: »Haben Sie eine Ahnung, wohin diese Sandra mit den beiden Dealern gefahren sein könnte? Steckt vielleicht Markovic dahinter?«

»Ich dachte, wir sollen uns um unsere Mordfälle kümmern.«

»Seien Sie nicht albern. Also?«

Ich berichtete ihm, was Anna und ich unterwegs besprochen hatten. Dass vermutlich irgendeine große Sache bevorstand und unsere beiden Mordopfer lediglich Kollateralschäden waren. »Ich werde den Teufel tun und dem LKA einen guten Rat geben, aber Sie sollten sich beeilen. Wenn die Serben wirklich was planen, haben Sie vielleicht die einmalige Chance, Markovic festzunehmen.«

Für einen Augenblick hellte sich Schülers Gesicht auf. »Hatten Sie den dunklen SUV nicht schon letzte Woche erwähnt? Dann dürfte es doch nicht so schwer sein, die Dealer und Sandra zu stellen. Was für ein SUV ist das?«

»Sie wechseln dauernd das Kennzeichen und das Modell«, sagte ich. »Banik und Novak sind nicht dumm, die suchen sich ständig einen neuen SUV, und sobald wir eine Marke und ein Kennzeichen haben, sitzen sie längst in einem anderen Wagen. Ich könnte mir aber vorstellen, dass sie noch hier in der Nähe sind.«

»Irgendwelche Ideen?«

»Wieder nur ein Bauchgefühl.«

»Reden Sie schon!«

»Wir haben letzte Woche eher durch Zufall beobachtet, wie Sandra in einen Mercedes mit Nürnberger Kennzeichen stieg und zu der Villa von Michael Voss chauffiert wurde, südlich der Ortschaft Tegernsee. Michael Voss ist ein erstaunlich reicher Spediteur aus Nürnberg, der hier eine Villa besitzt.«

»Und Sie glauben, er macht gemeinsame Sache mit der Drogenmafia?«

»Würde mich jedenfalls nicht wundern. Er stand in Verbindung mit einigen Vergehen, zumeist Schmuggel, und es würde zu ihm und seinem geheimnisvollen Reichtum passen. Auch Banik und Novak haben wir bei der Villa gesehen. Wer weiß, vielleicht hält sich sogar Markovic dort versteckt.«

»Das wäre ziemlich leichtsinnig.«

»Er glaubt doch, er wäre unsterblich.«

»Okay, aber das zu überprüfen, fällt in unseren Bereich. Ich denke mal, es ist ratsamer, wenn Anna und Sie sich weiter um die beiden Mordfälle kümmern. Sollte es tatsächlich handfeste Beweise für eine Schuld von dieser Sandra geben, rufen Sie mich so schnell wie möglich an! Dann übernehmen wir auch dort.« Er trank einen Schluck Kaffee und setzte noch eins drauf: »Außerdem sollten Sie zusehen, so schnell wie möglich wieder nach Frankfurt zurückzukehren. Das hier schafft Anna auch allein. Oder was meinen Sie, Feger?«

»Sicher«, gab der Dienststellenleiter klein bei.

Wir waren froh, als wir wieder im Wagen saßen und Miesbach hinter uns ließen. Ich hatte mich während unserer Unterredung mit Schüler kaum zurückhalten können. Schon in Frankfurt war ich als unbequemer Geist bekannt und so manches Mal von unserem Chef zur Ordnung gerufen worden, aber nie war mein Drang, einem Kollegen die Nase zu polieren, so stark gewesen. Schülers Ego musste stark beschädigt sein, wenn er ständig versuchte, mir eins auszuwischen, und auf die Zuständigkeit seiner Dienststelle verwies.

»War der immer so?«, fragte ich nach einer Weile.

»Wenn du mit ›so‹ arrogant, eitel und rechthaberisch meinst, ja.«

»So krass wollte ich mich nicht ausdrücken.«

Anna machte einen nachdenklichen Eindruck. »Ich wundere mich selbst, dass ich mich mit dem Burschen eingelassen habe. Selbst in der Schule hatte ich einen besseren Geschmack. Mit den Angebern hatte ich nie was am Hut.«

»Du bist eine starke Frau, das ist sein Problem.«

»Nicht nur seins, besonders hier auf dem Land.«

Wir fuhren eine Weile schweigend dahin. Das Wetter war durchwachsener als sonst, zahlreiche Wolken zogen über uns, und die Sonne hatte es schwer, ihre volle Kraft zu entfalten. Trüber Dunst hing über den Feldern südlich von Miesbach und ließ selbst die Berge jenseits des Sees weniger schroff aussehen. Ein schwüler Tag, der sicher mit einem Gewitter enden würde. Das hatte mir schon Hannerl an der Rezeption gesagt, als ich auf Anna gewartet hatte. »Passen's auf, Herr Kommissar, heut kommt noch was runter!«

»Ich werde wohl zurück nach Frankfurt fahren müssen«, sagte ich. »Schüler lässt es sich bestimmt nicht nehmen, meinen Chef zu informieren. Dann ist er einen Meckerkopf los und kann dich wieder ungestört umgarnen.«

»Denkt er.« Ihre entschlossene Miene hätte auch zu einer kriegerischen Amazone gepasst. »Du glaubst gar nicht, wie mir solche selbstverliebten Kerle auf den Nerv gehen! Die denken doch, die Welt dreht sich nur um sie.«

»Ich brauch meine Kraft für was anderes.«

Sie blickte mich an und lächelte zum ersten Mal seit Miesbach. »Zwei, drei Tage kannst du bestimmt noch rausschlagen. Zur Not nimmst du Urlaub.«

»Oder ich feiere einen Teil meiner hundert Überstunden ab.«

»Was auch immer, aber du musst dabei sein, wenn wir Sandra festnehmen und ihr Handschellen anlegen. Und wer weiß? Vielleicht fangen wir Markovic und seine Leute gleich mit und gehen in die Kriminalgeschichte ein.«

»Anspruchsvolle Ziele für einen Wellness-Urlaub.«

Wir fuhren am Ortsschild von Bad Wiessee vorbei. Anna überlegte eine Weile und sagte dann: »Ich hab die Akte über Markovic gelesen. Und das, was über ihn im Netz zu finden ist. Da steht, dass er ein begeisterter Spieler ist. Im Grand Casino Beograd soll er beim Roulette die Bank gesprengt haben.«

»Das hab ich auch gelesen.«

Anna drosselte das Tempo. »Bad Wiessee hat auch eine Spielbank. Und er soll dort ja gesehen worden sein.«

»Du meinst, er spielt dort?« Ich musste grinsen. »Zuzutrauen wäre es ihm. Alles, was über ihn im Umlauf ist, ließe sich in Serbien beweisen. In Westeuropa wissen wir zwar alle, dass er einer der rücksichtslosesten Verbrecher des Kontinents ist, aber es liegt nichts gegen ihn vor. Und vieles lässt sich leider auch bei uns mit Geld regeln. Aber fragen kostet ja nichts.«

Die Spielbank von Bad Wiessee steht wenige hundert Meter hinter dem Ortseingang an einem Hang und ist über eine steile Zufahrtstraße erreichbar. Das zweistöckige Gebäude ist verglast und liegt vielleicht deshalb so versteckt, weil es eigentlich gar nicht in die alpenländische Umgebung passt.

Es war noch keine zwölf, aber die Angestellten waren schon

da und ließen uns herein, als wir unsere Ausweise zeigten. Ein beflissener Manager im schmucken Anzug und mit sorgfältig gescheitelten Haaren empfing uns und studierte noch einmal unsere Ausweise, bevor wir Fragen stellen durften.

Anna hielt ihr Smartphone schon in der Hand. »Wir würden gern wissen, ob eine dieser Personen während der vergangenen Woche in der Spielbank war«, erklärte sie und zeigte ihm nacheinander die Fotos von Markovic, Banik und Novak und Sandra in mehreren Verkleidungen. Als er nicht reagierte, zeigte sie ihm die Fotos noch mal, diesmal langsamer. »Erinnern Sie sich?«

Er schüttelte den Kopf. »Keine Ahnung. Ich kann mich nicht an jedes einzelne Gesicht erinnern. Wissen Sie, wie viele Gäste wir jeden Tag haben?«

Ich beobachtete die Reaktion des Managers und glaubte, ein nervöses Zucken zu erkennen, als er das Foto von Markovic betrachtete. Alle Highrollers, also Spieler, die mit wirklich großen Einsätzen spielten, vielleicht sogar an Spielen mit zu hohen Einsätzen teilnahmen, wurden vom Manager begrüßt. Wenn Markovic in der Spielbank gewesen war, *musste* er ihn gesehen haben.

»Nein, tut mir leid«, sagte er stattdessen. »Ich habe keine der Personen gesehen.« Er hatte wohl geglaubt, uns nach dieser Antwort sofort zum Ausgang bringen und loswerden zu können, doch wir waren noch lange nicht fertig.

»Wir würden gern noch mit einigen anderen Angestellten sprechen«, erwiderte Anna freundlich. »Wer war denn letzte Woche an der Rezeption?«

Er schien überlegen zu müssen. »Melanie, Kati … und Marie.«

»Ist eine der Damen hier?«

»Melanie … die blonde Dame dort drüben.« Er führte uns zur Rezeption und stellte uns einer jungen Lady vor, die wie ein Model gestylt war und bei »Germany's Next Topmodel« sicher unter die ersten drei gekommen wäre.

Wir warteten geduldig, bis uns der Manager endlich mit Melanie alleinließ und wir sie ungestört befragen konnten. Auch ihr zeigte Anna die Fotos.

»Nein, die hab ich noch nie gesehen«, sagte sie etwas zu schnell.

»Sind Sie sicher?«

»Wenn man so lange wie ich hier steht, sieht jedes Gesicht gleich aus.«

»Auch wenn er einen oder zwei Leibwächter bei sich hat, vom Management wie ein VIP behandelt wird und an einem besonderen Tisch spielt?«

»Wir haben keine besonderen Tische.«

»Das mag stimmen«, sagte Anna, »aber es gibt sicher Prominente, die bevorzugt behandelt werden. Künstler, Politiker, Modeschöpfer … was auch immer.«

»Die gibt es schon, aber …« Sie wusste nicht weiter und errötete.

Anna lächelte scheinbar mitfühlend. »Aber solche Leute geben horrende Trinkgelder und erwarten dafür allerhöchste Diskretion. Hab ich recht?«

»Na ja …«

»Also ja«, sagte Anna, »und es ehrt Sie natürlich, dass Sie sich an diesen Ehrenkodex halten, aber was, wenn einer dieser VIP ein berüchtigter Verbrecher ist, der großes Unheil anrichten könnte, wenn Sie weiterhin schweigen?«

Sie seufzte. »Also gut, er war hier.«

Anna zeigte ihr das Foto von Markovic. »Der hier?«

»Genau, und die Frau kommt mir auch irgendwie bekannt vor.«

»Vielen Dank, Melanie.«

»Aber sagen Sie niemand, dass Sie es von mir haben!«, bat sie.

»Keine Angst, wir können schweigen. Auf Wiedersehen.«

»Er war hier«, sagte ich, als wir nach draußen gingen.

28

Heiße Spur

Wir erholten uns in einem Gartenlokal am Seeufer von den Bosheiten des LKA-Mannes, teilten uns eine Pizza mit Käse und Tomaten und tranken Mineralwasser mit Zitrone. Noch waren die Gewitterwolken zu weit entfernt, um uns gefährlich werden zu können, und die Sonne fand genug Lücken. Es waren weniger Boote als sonst auf dem See.

Wir redeten wenig, hatten beide Angst vor dem baldigen Abschied und der Ungewissheit, was danach kommen würde. Zwischen Frankfurt und Bad Wiessee liegen mindestens vier Autostunden, nicht gerade vorteilhaft für eine Fernbeziehung, noch dazu für zwei Beamte, die öfter auch mal am Wochenende arbeiten müssen. Ich war dennoch zuversichtlich. Wenn man eine Frau wie Anna gefunden hat, lässt man sie nicht mehr gehen, dann liebt man sie für immer. Mag sein, dass ich auch in dieser Beziehung altmodisch bin, aber ich gehöre nicht zu der Sorte Männer, die es auf möglichst viele Eroberungen absehen und jede Woche mit einem anderen Namen prahlt. Schon gar nicht, wenn einem die wahre Liebe über den Weg läuft – selbst wenn es in Bayern ist.

Das rhythmische »Eintracht! Eintracht!« meines Handys riss mich aus meinen Gedanken. Ilona war dran. »Ich schon wieder«, begrüßte sie mich.

»Ilona! Was gibt's?« Ich warf Anna einen entschuldigenden Blick zu.

»Du bist nicht allein, was?«

»Mittagspause … mit Anna am See.«

»Am See?«, erwiderte sie. »Und ich sitze hier in einem stickigen Großstadtbüro und sehe mir die Akten von gewalttätigen Serben und Kroaten an!«

»Ich soll so schnell wie möglich zurückkommen, was?«

Ich hörte sie seufzen. »Einer vom bayerischen LKA hat den Chef angerufen und Druck gemacht. Du hättest deinen Beitrag geleistet, sie kämen jetzt aber ohne deine Hilfe zurecht. Am besten packst du gleich deine Sachen.«

»Sag dem Chef, dass ich noch zwei Tage Urlaub nehme.«

»Hast du eine heiße Spur?«

»Wir haben die einzige Spur. Das mit dem LKA-Mann ist persönlich. Der Mann kann mich nicht leiden und möchte mich schon deshalb loswerden.«

»Lass mich raten: Der Typ hatte was mit deiner Freundin.«

»Woher weißt du das?«

Ilona lachte, aber nur kurz. »Ich hatte ihn am Apparat, bevor er mit dem Chef gesprochen hat. Als wir auf dich zu sprechen kamen, benahm er sich wie ein eifersüchtiger Teenager. Ich kenn die Sorte nur zu gut, glaub mir.«

»Man merkt, dass du bei der Polizei bist.«

»Okay, ich sag dem Chef, dass du noch zwei Tage brauchst und eine entfernte Tante in Nürnberg besuchst. Ihm geht's doch vor allem darum, sich nicht mit dem bayerischen LKA anzulegen. Die Hessen nerven schon genug.«

»Klingt gut. Danke, Ilona.«

»Passt auf euch auf, okay?«

Ich legte auf und blickte Anna an. »Sie hat selbst herausbekommen, dass ich jemanden kennengelernt habe, und dass es was Ernstes ist. Weibliche Intuition, sagt sie. Aber sie hat's nicht weitererzählt. Sie ist keine Klatschbase.«

»Ratschkatl.«

»Wie bitte?«

»Ratschkatl. Klatschbase auf Bayerisch.«

Ich wollte etwas Geistreiches oder zumindest Humorvolles sagen, ließ es aber sein, als ich sah, wie Anna mit forschendem Blick zum östlichen Ufer hinüberspähte. Man brauchte kein Fernglas, um den dunklen SUV mit getönten Scheiben nach Süden fahren zu sehen. Um das Kennzeichen zu erkennen, war er zu weit entfernt, außerdem spiegelte sich die Sonne auf dem Wagen.

»Meinst du, das sind Banik und Novak?«

»Gut möglich.«

»Wenn ja, fahren sie nach Tegernsee. Zur Villa des Spediteurs.«

»Nicht unser Bier. Aber wir müssen Schüler informieren.«

Anna übernahm die unangenehme Aufgabe und beschrieb in betont nüchternen Worten, was wir gesehen hatten. »Nur eine Vermutung, aber ich dachte, ich sage besser Bescheid. Du solltest dir diese Villa sowieso näher ansehen. Wir haben sowohl Sandra als auch Banik und Novak dort gesehen.«

Was er darauf antwortete, konnte ich mir lebhaft vorstellen.

»Schon klar, wir kümmern uns um unsere eigene Baustelle«, sagte sie.

Kaum hatte sie aufgelegt, meldete sich schon wieder jemand auf ihrem Handy. »Bastian? Bastian Aumüller?«, rief sie verwundert. »Einen Moment.« Wir zahlten rasch und gingen ein paar Schritte, bis uns die Leute im Lokal nicht mehr hören konnte. Anna schaltete den Lautsprecher ein. »Was gibt's?«

»Die Jule ist verschwunden.«

»Einfach so? Ohne was zu sagen?«

»Wenn ich's Ihnen doch sage. Sie kam gestern zu mir, wie Sie's ihr geraten hatten, und wollte eigentlich ein paar Tage bleiben. Sie hatte eine Scheißangst vor dieser Sandra, wissen's. Aber gestern Abend vor dem Fernseher, da trank sie einen Rotwein nach dem anderen und fing plötzlich an, vom großen Geld zu faseln. Sandra könne ihr gar nichts, niemand könne ihr was, denn sie hätte einen unschlagbaren Trumpf im Ärmel, der uns reich machen würde.«

»Hat sie auch gesagt, was für einen Trumpf?«

»Damit wollte sie nicht rausrücken«, sagte er. »Aber ihr wär jetzt das Versteck eingefallen, wo etwas läge, das uns so viel Geld bringen könnte, dass wir nie mehr zu arbeiten bräuchten. Ich dachte, sie wäre so blau, dass sie nur noch Schmarrn reden würde, aber sie sagte, wart's nur ab, wenn du mir hilfst, kommen wir ans große Geld. Mehr wollte sie nicht sagen. Man redet nicht über ungelegte Eier, hat sie gesagt, zuerst brauch ich den Beweis. Träum weiter, dachte ich, und als ich heute Morgen aufwachte, war sie verschwunden.«

»Und Sie haben keine Ahnung, wo sie sein könnte?«

»Null.«

»Wo sind Sie jetzt?«

»In der Arbeit. Hab gerade Pause.«

»Okay«, sagte Anna, wieder in ihrem coolen Arbeitsmodus. »Arbeiten Sie weiter, und erzählen Sie niemandem von Jule. Wir kümmern uns um die Sache und geben Ihnen Bescheid, sobald wir mehr wissen. Danke für Ihren Anruf.«

Sie steckte ihr Handy weg und blickte mich an. »Das klingt fast so, als hätte sie tatsächlich etwas gefunden, das sich zu Geld machen ließe. Irgendetwas, das Sandra als Mörderin entlarven könnte. Oder noch schlimmer: Irgendwas, das sie den serbischen Drogenhändlern teuer verkaufen könnte.«

»Die Mafia lässt sich nicht erpressen.«

»Und ich dachte, sie hätte Angst.«

»Zusammen mit ihrem Bruder fühlt sie sich stark genug.«

Anna schüttelte den Kopf. »Die hat doch keine Ahnung.«

Die Fahrt nach Miesbach wurde langsam zur Gewohnheit, war aber leider notwendig, vor allem, wenn Sandra oder Banik und Novak die Jule aufgespürt hatten, sie beschatteten und nur darauf warteten, ihr den vermeintlichen Trumpf aus den Händen zu reißen. Wenn Jule glaubte, Geschäfte mit der Mafia oder einer Killerin wie Sandra machen zu können, würde sie bald merken, wie falsch sie damit lag. Bezahlen würden solche Leute nur mit einer Waffe.

Als wir das Haus der Hinterseers erreichten, suchten wir vergeblich nach ihrem Wagen. Er stand weder in der Einfahrt noch auf der Straße. Stutzig machte uns jedoch, dass das Klebeband, mit dem wir Häuser und Wohnungen versiegelten, durchgeschnitten, die Tür aber verschlossen war. Was nur bedeuten konnte, dass sich jemand im Haus aufhielt und ungestört sein wollte.

Anna zog ein Etui mit Einbruchswerkzeug aus ihrer Jackentasche und machte sich an die Arbeit. Sie brauchte nicht mal eine Minute, um die Tür zu öffnen. Sie verstaute das Werkzeug wieder und zog ihre Pistole. Hintereinander drangen wir in das Haus ein. Die Tür war gut geölt und knarrte kaum.

Zum wiederholten Male bereute ich, meine Waffe nicht dabeizuhaben, aber wer nimmt schon eine Pistole in den Wellness-Urlaub mit. Und wie hätte ich ahnen sollen, was mich in der bayerischen Provinz erwartete? Nicht mal eine erfahrene Wahrsagerin hätte gewagt, mir so etwas zu prophezeien.

Mit der Waffe schussbereit in beiden Händen betrat Anna die Küche. Ich blieb dicht hinter ihr und schnappte mir ein Messer aus dem Messerblock, um wenigstens notdürftig bewaffnet zu sein. Die Küche war leer, auch im Flur, im Gästeklo und im Wohnzimmer war niemand zu sehen. Blieb noch der erste Stock mit Schlafzimmer, Badezimmer und Büro. Auf leisen Sohlen stiegen wir über die Treppe nach oben, waren erleichtert, dass dort ein Teppich lag.

Ein leises Geräusch ließ uns noch vorsichtiger werden. Es kam aus dem Büro. Wir gingen leise darauf zu und blieben vor der angelehnten Tür stehen. Kein Zweifel, es war jemand in dem Zimmer. Anna gab mir ein kurzes Zeichen, stieß die Tür auf und richtete ihre Pistole auf einen Mann vor dem Aktenschrank. »Polizei! Hände hoch! Lassen Sie sofort den Aktenordner fallen!«

Der Mann, ein Durchschnittstyp in den Fünfzigern mit Halbglatze, ließ den Ordner schon vor Schreck fallen und riss die Arme hoch. »Nicht schießen! Bitte nicht schießen! Ich bin kein Einbrecher! Nehmen Sie die Pistole weg!«

Anna behielt die Waffe oben. »Wer sind Sie?«

»Martin Schilling vom Miesbacher Merkur.«

»Ich kenne Sie gar nicht.«

»Ich bin neu hier. Wenn Sie erlauben, zeigen ich Ihnen meinen Presseausweis. Er steckt in meiner Innentasche.« Er wollte vorsichtig danach greifen, aber Anna hielt ihn davon ab. »Die Hände bleiben oben. Ich hol ihn mir.«

Sie reichte mir ihre Pistole und zog die Brieftasche des verängstigten Mannes aus seiner Innentasche. Der Presseausweis steckte in einer Plastikhülle und zeigte sein Foto. »Okay«, sagte sie, während sie ihm Brieftasche und Ausweis zurückreichte. »Sie können die Hände jetzt wieder runternehmen.«

Schilling atmete erleichtert auf.

Anna steckte ihre Pistole zurück. »Sie wissen schon, dass Sie sich strafbar machen, wenn Sie sich in einer versiegelten Wohnung aufhalten. Wie sind Sie reingekommen? Hatten Sie einen Schlüssel? Sind Sie eingebrochen?«

Er druckste angestrengt herum.

»Also eingebrochen. Und wie lange sind Sie schon hier?«

»Ungefähr eine Stunde.«

»Und es war niemand sonst hier oder draußen im Garten?«

»Nicht dass ich wüsste.«

»Was haben Sie gesucht?«, fragte Anna.

Er war blass geworden, hatte immer noch Angst. »Die Unordnung hier stammt nicht von mir«, wehrte er sich, »das war schon so, als ich kam.« Jule hatte nur notdürftig aufgeräumt. »Ich soll einen Bericht über die Morde an den Goaßlschnalzern schreiben und brauche irgendwas Neues. Irgendwas, das neues Licht auf die Morde werfen könnte. Haben Sie nicht was, Frau …«

»Verschwinden Sie!«, sagte Anna kühl.

»Wie bitte? Aber ich …«

»Sie sollen verschwinden, bevor ich's mir anders überlege und Sie doch noch festnehme. Verschwinden Sie, und lassen Sie sich nicht mehr blicken!«

Schilling erkannte den Ernst der Lage und verließ das Haus.

»Pressefritzen! Manchmal gehen sie mir auf die Nerven!«, schimpfte sie.

»Manchmal?«

»Eigentlich hätte er eine Strafe verdient gehabt, aber die wäre den Papierkram nicht wert gewesen. Der Anblick meiner Waffe hat ihm sicher schon genug zugesetzt. Eigentlich bin ich sogar froh, dass er hier gewesen ist.«

»Weil wir durch ihn wissen, dass Jule nicht hier war.«

»Aber wo kann ihr Beweis liegen?«

»Jedenfalls nicht hier im Haus«, sagte ich.

Anne überlegte angestrengt und grinste plötzlich. »Wo versteckt ein Sparkassenleiter seine Wertsachen? In einem Bankschließfach! In seiner Sparkasse! Wo denn sonst? Jule ist auch erst bei ihrem Bruder draufgekommen.«

»Du hast recht! Hoffentlich erwischen wir sie noch.«

Bis zur Sparkasse war es nicht weit. Wir parkten hinter Jules Wagen, der direkt vor dem Eingang stand, und gingen hinein. Mit unseren Ausweisen verlangten wir nach Hansi Burmeder, der auch sofort aus seinem Büro kam.«

»Frau Kommissarin! Herr Kommissar!«, grüßte er höflich.

»Jule Hinterseer ist bei Ihnen.«

»Sie ist im Schließfachraum und checkt das Schließfach ihres verstorbenen Mannes. Ich wusste gar nicht, dass er ein

Schließfach bei uns hat, ich selbst komme ohne zurecht. Warum? Ist irgendetwas nicht in Ordnung damit?«

»Führen Sie uns bitte zu ihr, Herr Burmeder!«, sagte Anna.

Der Zweigstellenleiter gehorchte, wenn auch verwundert, und führte uns nach unten. Dort wartete eine Angestellte darauf, dass Jule wieder im Vorraum erschien. Es war ungewöhnlich kühl im Untergeschoss der Sparkasse.

»Vielen Dank, den Rest erledigen wir allein«, sagte Anna.

Burmeder und seine Angestellte ließen uns allein, und Anna klopfte an die Tür, hinter der Jule nach dem Beweisstück suchte, das sie so dringend brauchte. »Kommen Sie raus, Jule. Hier sind Hauptkommissarin Thiermayer und Hauptkommissar Possmann. Wir müssen dringend mit Ihnen sprechen.«

Jule öffnete mit gerötetem Gesicht die Tür. »Was wollen Sie?«

»Aus dem plötzlichen Reichtum wird nichts, Jule.«

»Wie meinen Sie das?«

»Das wissen Sie doch ganz genau. Nachdem jemand Ihre Wohnung durchsucht hatte, sind Sie darauf gekommen, dass Ihr Mann irgendetwas gegen seinen Mörder, oder wie sich inzwischen herausgestellt hat, seine Mörderin, in der Hand hatte und sie damit erpressen wollte. Leider nützte ihm sein Wissen wenig, und er wurde dennoch ermordet. Keine Ahnung, warum ihm sein Wissen nichts nützte. Sie wollten sich den Beweis sichern und seine Mörderin vielleicht sogar selbst erpressen, und als Ihnen das Schließfach einfiel, hofften Sie auf das große Geld. Ihr Bruder sollte Ihnen dabei helfen, stimmt's?«

Jule war zu geschockt, um etwas zu antworten.

»Was haben Sie gefunden, Jule?«

Jule zögerte, sah eine goldene Zukunft durch ihre Finger rinnen.

»Nun geben Sie schon her!«

Jule reichte ihr ein kleines Diktiergerät. »Mir fiel ein, dass er den Apparat gern zu Tagungen und Treffen mitnahm, um unterwegs Briefe und Memos zu diktieren. So ein Ding wäre sicherer als der Speicher eines iPhones, sagte er.«

»Okay«, sagte Anna, »dann sage ich Ihnen jetzt, was Sie tun. Sie fahren so schnell wie möglich nach Bad Tölz zurück und bleiben bei Ihrem Bruder. Sie wollten sich mit der Mafia anlegen, und mit der ist nicht zu spaßen. Bevor Sie auch nur den Mund aufgemacht hätten, wären Sie eine tote Frau gewesen.«

»Mit der Mafia? Aber …« Ihre Röte war wächserner Blässe gewichen.

»Ganz recht. Und jetzt gehen Sie. Kein Wort zu irgendwem, kapiert?«

»Ja«, kam es beinahe flüsternd über ihre Lippen.

Wir warteten, bis sie gegangen war, bedankten uns bei Hansi Burmeder und verließen ebenfalls die Sparkasse. Im Wagen checkten wir das Gerät.

Zwei Briefe an die Zentrale, einige Memos und als letzte Aufnahme der schwer zu verstehende Mitschnitt einer Unterhaltung zwischen Sandra und einem Mann, der mit serbischem Akzent sprach. Offensichtlich war der Hinterseer ihnen zufällig auf die Schliche gekommen und hatte eine Weile sein Diktiergerät, das er unterwegs meist dabeihatte, mitlaufen lassen und das Gerät später in seinem Schließfach versteckt. Wie es dann zum Mord an ihm gekommen war, wussten wir nicht. Noch nicht. Sicher war nur, dass auch er zu den Männern gehört hatte, die der Killerin auf den Leim gegangen waren.

Wir lauschten angestrengt.

Die Stimme mit serbischem Akzent: »… lass die Männer sein, das bringt nur Unglück. Warum kannst du nicht warten, bis alles vorbei ist? Die Ladung kommt am übernächsten Dienstag, dann verlassen wir die Gegend, und du kannst machen, was du willst.« Sandra: »Lass mich nur machen, ich habe alles im Griff, Adrian. Oder bist du eifersüchtig? Du weißt doch, dass mir diese Männer nichts bedeuten. Der einzige Mann, den ich wirklich liebe, bist du!«

»Markovic«, warf ich ein. »Sie spricht mit Markovic!«

»Die beiden Morde waren überflüssig«, sagte Markovic. Sandra erwiderte: »Und sie haben die Polizei abgelenkt. Die Bullen haben keine Ahnung, was auf dem Parkplatz passiert. Sobald das Zeug in den Lieferwagen ist, kann nichts mehr passieren. Du weißt, was du zu tun hast, *Ljubavi*?«

Die Antwort war nicht mehr zu hören, aber der Rest der Aufnahme war eindeutig. »Der »übernächste Dienstag«, vom Zeitpunkt der Aufnahme gerechnet, war morgen. Auf einem Parkplatz sollten Drogen in mindestens zwei Lieferwagen geladen werden, was nur bedeuten konnte, dass es sich um eine riesige Menge handelte. Eine Rekordmenge! Und wenn Sandra noch etwas zu erledigen hatte, hieß das, es stand noch mindestens ein Opfer auf ihrer Liste.

»O Mann!«, stöhnte ich.

29

In höchster Gefahr

Wir fuhren auf schnellstem Wege zur Polizeistation und spielten Feger und Schüler die Aufnahme vor. Anna berichtete ihnen in nüchternen Worten, wie wir an sie gekommen waren, und dass wir Jule in Sicherheit gebracht hatten.

»Gute Arbeit!«, rang sich der Dienststellenleiter ein Lob ab, und sogar Schüler brummte anerkennend, bevor seine grimmige Laune zurückkehrte, und er darüber klagte, wie wenig Zeit ihm noch blieb. »Damit haben wir zumindest die beiden Goaßlschnalzer-Morde geklärt. Eine Auftragskillerin, wer hätte das gedacht. »Ich frage mich nur, warum sie mit Martin Lenz zusammengezogen und diese ganzen Männerbekanntschaften eingegangen ist. Sie hätte im Hintergrund bleiben sollen, dann hätte es die Morde nicht gegeben.«

»Sandra Henscheid, oder Esther Weizmann, wie sie wirklich heißt, ist keine gewöhnliche Auftragskillerin«, versuchte ich zu erklären. »Sie ist eine Nymphomanin und liebt es anscheinend, die Männer an der Nase herumzuführen, erfindet sich für jeden Auftrag neu und erledigt ihre Arbeit anders als der gewöhnliche Profikiller, der in aller Stille und meist mit Gewehr oder Pistole mordet. Und sie hat anscheinend selbst Markovic an der Leine. Eine gefährliche Frau, weil sie so unberechenbar ist, auch bei dem bevorstehenden Deal.«

»Welchen Parkplatz meint Markovic?«, fragte Schüler.

Anna trat vor die Wandkarte der näheren Umgebung. »Mit Sicherheit einen an der A8, dort lässt sich die Fracht am leichtesten in Lieferwagen umladen. In unmittelbarer Nähe gibt es drei Parkplätze und die Raststätte am Irschenberg. Am wenigsten Aufsehen würden sie wohl auf dem großen Lkw-Parkplatz am Irschenberg erregen, dort werden häufig Zugmaschinen gewechselt oder Fracht in kleinere Transporter umgeladen. Ich schlage vor, auf allen diesen Parkplätzen auf die Dealer zu warten, um sie dann auf frischer Tat erwischen und verhaften zu können. Viel Zeit haben wir nicht mehr.«

»So wie ich Markovic einschätze, tarnt er die Drogenlieferungen auf besonders raffinierte Weise, bei einer großen Lieferung besonders wichtig, wenn er nicht Millionen Euro verlieren will. Und natürlich werden sowohl der Truck, in dem die Drogen kommen, und auch die Lieferwagen, in denen sie weitertransportiert werden, besonders fantasievolle Aufschriften tragen.«

»Darum wird sich das LKA kümmern«, erwiderte Schüler, dem die Eifersucht auf unseren Fahndungserfolg sichtlich anzumerken war. Er gönnte mir nicht das Schwarze unter den Fingernägeln, das war mal klar. »Ich werde sofort alle notwendigen Schritte einleiten. Anna, du assistierst mir dabei.« Er blickte Feger an. »Ich brauche jemanden, der sich in der Gegend auskennt.«

Feger blieb gar nichts anderes übrig, als ihm zuzusagen.

Anna war genauso geschockt wie ich. »Und Bem… Hauptkommissar Possmann? Er hat entscheidenden Anteil an unseren bisherigen Ermittlungen.«

»Die ich durchaus anerkenne«, erwiderte er immerhin, »aber seine Einheit in Frankfurt braucht ihn, und wir kommen hier auch ohne ihn zurecht, oder?«

»Du bist ein Ekel, Tim!«

»Persönliche Motive spielen bei dieser Entscheidung keine Rolle.«

»Wer's glaubt.« Anna war auf hundertachtzig.

»Anna!«, mischte sich Feger ein. »Reißen Sie sich zusammen!«

»Possmann hat keinen Wagen dabei.«

»Einer unserer Beamten kann ihn zum Hotel zurückbringen.« Er winkte einen jungen Uniformierten herbei. »Bringen Sie Hauptkommissar Possmann bitte zu seinem Hotel in Wiessee.« Er blickte mich an. »Und Ihnen möchte ich für Ihren Einsatz und Ihre Unterstützung danken. Ich habe bereits ein entsprechendes Lob an Ihre Dienststelle weitergeleitet. Vielen Dank und servus.«

»Servus«, wiederholte ich den bayerischen Gruß.

Anna kümmerte sich nicht um die eifersüchtigen Blicke ihres Ex und brachte mich nach draußen. Der Uniformierte stieg in einen Streifenwagen und blickte geflissentlich zur Seite, als Anna und ich uns küssten. »Willst du wirklich schon fahren?«, fragte sie. »Ohne noch mal mit mir zu kuscheln?«

»Wo denkst du hin?«, antwortete ich. »Ich fahre übermorgen und keine Minute früher, und heute Abend sehe ich noch mal bei der Villa dieses Nürnberger Spediteurs vorbei. Vielleicht halten sich Sandra und Markovic dort versteckt. Ruf mich an, sobald du Zeit für mich hast. Und pass auf dich auf!«

»Du auch. Bis später, okay?«

Der Uniformierte, der mich nach Bad Wiessee brachte, hütete sich, unsere Verabschiedung zu kommentieren und schwieg auch während der Fahrt. Das Beste, was er machen konnte. Ich war nicht gerade bester Laune. Der LKA-Mann ging mir so sehr auf die Nerven, dass ich ihn am liebsten am Kragen gepackt und gegen die nächste Fichte gestoßen hätte, aber ein solcher Racheakt hätte sicher eine Suspendierung nach sich gezogen, und dazu hatte ich noch weniger Lust. Vor dem Hotel verabschiedete ich mich von meinem Fahrer und wurde von Hannerl begrüßt, die gerade an der Rezeption vorbeikam.

»Markus! Sie kommen gerade recht zum Abendessen.«

Ich nutzte die Gelegenheit, um ihr zu sagen, dass ich am Mittwoch auschecken würde, machte mich ein wenig frisch und traf Grietje und ihren Kurschatten im Speiseraum. »Ohne Stock und Verband? Wieder voll im Einsatz?«

»Und wie!«, erwiderte Grietje. »Wir waren im See schwimmen!«

»Wow! Ist der nicht zu kalt?«

»Nicht für zwei Kampfschwimmer wie uns!« Grietje lachte. »Die jungen Leute am Ufer dachten sicher, wir würden fluchend an Land steigen, wenn wir spürten, wie niedrig die Temperatur war, aber den Gefallen taten wir ihnen nicht. Die staunten nicht schlecht, als sie mich kraulen sahen.«

»Da haben Sie sich eine tolle Frau geangelt«, sagte ich zu Robert.

»Ich glaube ja, es war eher umgekehrt«, erwiderte er.

Das Abendessen kam mir gerade recht. Geräucherte Filets

von Forelle und Saibling mit Preiselbeer-Creme, dazu Toast und ein kleines Bierchen. Auch in Bayern serviert man Bier und Pils in kleinen Gläsern, allerdings nur sehr ungern. Ich hatte noch einiges vor an diesem Abend und wollte fit bleiben.

»Viel Spaß mit der Frau Kommissarin«, sagte Grietje, als ich ging.

»Heute leider nicht«, erwiderte ich.

Noch waren unsere Ermittlungen nicht abgeschlossen, dazu gab es noch zu viele offene Fragen: Warum hatte Sandra die beiden Goaßlschnalzer erschossen? Nur um lästige Mitwisser und Lover loszuwerden? Und warum hatte sie die Leiche von Alois Hinterseer in den weiter entfernten Wald gebracht? Warum war sie bei Martin Lenz eingezogen? Warum ließ sich ein Drogenboss wie Markovic am Tegernsee blicken? Wegen seiner Spielsucht? Weil er glaubte, in dem Touristenort nicht aufzufallen? Weil er Sandra verfallen war?

Und auch wenn ich Schüler nicht mochte, hatte ich doch die Hoffnung, Markovic und Sandra in der Villa zu belauschen und Anna weitere Einzelheiten über die Drogenübergabe über das Handy mitteilen zu können. Ich war längst sicher, dass Michael Voss seinen Reichtum auch durch Geschäfte mit der serbischen Drogenmafia angehäuft hatte und seine Villa eine vorübergehende Basis für seine Geschäfte war. Woher sollte er auch wissen, dass sich ein auf Drogengeschäfte spezialisierter Großstadt-Cop in Bad Wiessee aufhielt, der vor etwas mehr als einer Woche mit Banik und Novak zu tun gehabt hatte?

Ich stieg in meinen Golf und machte mich auf den Weg.

Ein bisschen mulmig war mir schon zumute. Ich hatte keine Waffe dabei und brach die eiserne Regel, eine solche Aktion niemals allein zu wagen. Nur Anna wusste Bescheid, war aber mit dem LKA unterwegs und würde sicher keine Gelegenheit bekommen, mich zu unterstützen. Aber was sollte ich in meinem Hotelzimmer, wenn ich vielleicht dazu beitragen konnte, der geplanten Aktion zu einem Erfolg zu verhelfen. Obwohl wir LKA-Schüler mehrfach auf die Villa hingewiesen hatten, war er dort niemals aufgetaucht.

Ungefähr hundert Meter von der Auffahrt zur Villa parkte ich unter einigen Bäumen am Straßenrand. Die Sonne hing bereits tief über den Berggipfeln, und die Dunkelheit würde nicht mehr lange auf sich warten lassen. Als Kommissar ist man es gewohnt, stundenlang in einem Auto sitzen und ein Haus zu beobachten, ohne dass etwas geschieht, dennoch fiel es mir schwer zu warten. Die einmalige Gelegenheit, einen der wichtigsten Drahtzieher des internationalen Drogenhandels und eine der gefährlichsten Killerinnen zu schnappen, war zu verlockend. Mein Plan klang einfach: Ich wollte mir Zugang zu der Villa verschaffen und Markovic oder einen Komplizen oder Handlanger dabei belauschen, wie sie über die geplante Übergabe sprachen.

Ich war fest davon überzeugt, dass Markovic und Sandra in der Villa waren und erst kurz vor der Übergabe zum vereinbarten Treffpunkt fahren würden. Vielleicht würden sie sogar einen Hubschrauber nehmen. Vorher leiteten sie die Aktion über ihre Handys. Beim LKA musste schon alles perfekt funktionieren, wenn der Einsatz erfolgreich verlaufen sollte. Ich hoffte, in der Villa weitere Infos zu bekommen und ihnen helfen zu können. Ein irrwitziger Gedanke, wenn man keine Pistole hatte und gar nicht gewünscht wurde.

Aber nicht alle Mitarbeiter des LKA waren so bescheuert wie Schüler. Auch in Bayern gab es unter ihnen sicher helle Köpfe, die bei einem solchen Einsatz alle möglichen Unwägbarkeiten bei ihrer Planung berücksichtigten.

Warum überließ ich ihnen nicht die Arbeit, fragte ich mich, als die Dunkelheit auf den See herabsank und sich die dunklen Gewitterwolken, die am frühen Morgen noch über den weiter entfernten Bergen gestanden hatten, über das Wasser schoben. Nur noch wenige Segel glänzten auf dem See und blähten sich im auffrischenden Wind. Auf den Wellen tanzten weiße Schaumkronen. Ein Blitz flammte über dem Wallberg auf, gefolgt von einem gewaltigen Donnerschlag, der mich vor Schreck zusammenzucken ließ. Gleich darauf begann es zu regnen, schwere Tropfen prasselten vom Himmel.

Ideale Bedingungen für einen Einbrecher, der nicht entdeckt werden wollte. In meinem Anorak, den ich vorsichtshalber auf den Rücksitz gelegt hatte, und mit aufgesetzter Kapuze, stieg ich aus. Mein Handy hatte ich in der rechten Tasche verstaut, um es sofort griffbereit zu haben, und auf »Lautlos« gestellt. Ich lief geduckt die Auffahrt hinauf, blieb im Schatten der üppigen Rosenbüsche, und verharrte seitlich der Villa unter einem ausladenden Baum.

In allen drei Stockwerken brannte Licht, doch an keinem der erleuchteten Fenster tauchte ein Schatten auf. Die Bewohner der Villa gingen kein unnötiges Risiko ein. Ich war mir ziemlich sicher, dass es eine Alarmanlage und Überwachungskameras gab, und schrieb es meinem augenblicklichen Glück zu, keinen Bewegungsmelder und das Aufflammen von Scheinwerfern ausgelöst zu haben. Auch riesige Wachhunde wären mir sicher nicht gut bekommen.

Der Haupteingang und alle anderen Türen wurden überwacht, alles andere wäre leichtsinnig gewesen, also musste ich nach einem anderen Weg suchen, unbemerkt in die Villa zu kommen. Im Schutz weiterer Rosenbüsche schlich ich an der Südseite entlang. Vor dem Dienstboteneingang stand ein rauchender Angestellter und zwang mich dazu, ungefähr zehn Minuten hinter einem Busch zu warten, bis er endlich im Haus verschwand und ich freie Bahn hatte. Erleichtert lief ich weiter und wurde an der Rückseite der Villa fündig.

Eine schmale und sehr steile Treppe führte zu einer Kellertür hinunter, die sich mit einem meiner Einbruchwerkzeuge ganz einfach öffnen ließ. Sie bewegte sich nur schwerfällig und knarrte verräterisch, löste aber keinen Alarm aus. Ich schlüpfte in den Keller und drückte sie notdürftig wieder zu, lauschte angestrengt, bis ich einigermaßen sicher sein konnte, nicht entdeckt worden zu sein. Erst dann wagte ich, meine Taschenlampe einzuschalten.

»Bin in der Villa«, textete ich an Anna.

»Pass gut auf dich auf!«, schrieb sie zurück.

Ich befand mich in einem abgeschlossenen Kellerabteil inmitten von alten Möbeln, ausrangierten Elektrogeräten und einer Kiste mit Kabeln und anderem Zubehör. Eine kleine Maus huschte vor mir über den nackten Kellerboden. Ich ließ den Lichtkegel meiner Taschenlampe kreisen und sah, dass ich eingeschlossen war, eine eher notdürftige Tür aus Holzstreben, die mit einem simplen Vorhängeschloss gesichert war. Kein Problem für einen geübten Einbrecher wie mich. Schon beim ersten Versuch löste sich der Verschluss.

Der Flur, in dem ich nun war, lag in einem abgelegenen Teil des Kellers, den schon lange niemand mehr betreten hatte. An der Kellerwand entlang schlich ich durch einen Durchbruch in den angrenzenden Raum. Gegen alle Vorschriften, versteht sich, aber mit einem Durchsuchungsbescheid wäre mir in dieser Villa nicht gedient gewesen. »Gefahr im Verzug« war das Zauberwort, mit dem ich mich während einer Verhandlung herausreden würde. Auch sinnvolle Vorschriften behinderten so manches Mal das Vorgehen der Polizei.

Ich war in den Weinkeller geraten. In mehreren Regalen lagen kostbare Flaschen, das nahm ich jedenfalls an, da ich von Wein nicht die geringste Ahnung habe. Fragen Sie mich nach Bier und Cola oder den Kaffee-Angeboten von Starbuck's. Kaum hatte ich das Etikett einer verstaubten Flasche studiert, hörte ich Schritte und versteckte mich rasch hinter einem der Regale.

Novak betrat den Weinkeller und ging zielstrebig auf ein Regal zu. Hier also trieben sich er und wahrscheinlich auch Banik herum. Willige Laufburschen für Markovic und Sandra. Er trug ein Schulterhalfter mit einer Pistole über seinem Hemd. Plötzlich stutzte er. Sein sechster Sinn schien ihn gewarnt zu haben. Blinder Alarm, signalisierte ihm sein Hirn. Er legte vier Flaschen eines sicher kostbaren Tropfens in einen Korb und verschwand.

Ich fand die Treppe und stieg vorsichtig nach oben. Sie war aus Stein, und ich brauchte wenigstens keine Angst zu haben, dass sie knarrte. Bevor ich vorsichtig die Tür am

Ende der Treppe öffnete, löschte ich die Taschenlampe und steckte sie ein. Normalerweise hätte ich jetzt nach meiner Pistole gegriffen. Der Flur, in den ich geriet, war leer, doch ich hörte leise Stimmen, und ich erkannte, dass meine Chancen, unbemerkt zu bleiben, sehr gering waren.

Ich schlich an mehreren Zimmern vorbei, eines davon ein prunkvoller Wohnraum, der dreimal so groß wie meine Wohnung war und mich an Fotos von historischen Landhäusern erinnerte. Viel Zeit, um ihn zu bewundern, nahm ich mir nicht. Der lange Flur war mit einem flauschigen Teppich ausgelegt, der meine Schritte so stark dämpfte, dass ich rasch vorankam und mich von dem Zigarrenrauch leiten ließ, der in der Luft hing und mir zu sagen schien, wo sich die Männer aufhielten, die in diesem Haus etwas zu sagen hatten.

Als eine Männerstimme mit serbischem Akzent so laut wurde, dass ich befürchten musste, entdeckt zu werden, betrat ich ein Büro, das durch eine doppelseitige Schiebetür vom Nachbarraum getrennt war. Von dort kamen die Stimmen: die mit dem serbischen Akzent, eine fränkisch angehauchte und eine Frauenstimme, die ich bereits kannte. Sandra war hier. Und der Spediteur.

Ich schloss die Tür und schlich zwischen einem Schreibtisch und einem Kopierer hindurch zu der Schiebetür. Durch den keinen halben Zentimeter breiten Spalt blickte ich in den Nachbarraum, wahrscheinlich das, was man früher das Raucherzimmer oder das Herrenzimmer nannte. Dunkle Ledermöbel, ein flacher Tisch, zwei Barwagen mit ausgesuchten Getränken, ein Fernseher und ein Regal mit Büchern. Markovic und Voss saßen auf der Couch, Sandra auf der Lehne eines Sessels. Sie tranken den Wein, den Novak gebracht hatte. Er und Banik waren nicht zu sehen. Markovic telefonierte, anscheinend mit dem Fahrer des Trucks, der die Drogen aus Serbien brachte.

»Wo bist du?«, fragte Markovic. Der Fahrer musste ein Deutscher oder Österreicher sein. Seine Antwort konnte ich nicht hören. »Okay, dann bist du gegen zwei Uhr auf dem Parkplatz am Irschenberg. Die beiden Lieferwagen sind schon dort. ›Frisches Gemüse aus der Region‹ steht auf den Wagen. Dasselbe Logo wie auf deinem Truck. »Und ›Großhandel Jochen Bergheimer‹ mit einer Adresse aus Rosenheim. Es muss alles sehr schnell gehen, kapiert?«

Wieder eine Antwort, wahrscheinlich eine Bestätigung. Immerhin sprach der Trucker mit dem obersten Boss. Dann noch einmal Markovics Mahnung, pünktlich zu sein, bevor auflegte und irgendetwas sagte, das ich nicht verstand. Er paffte zufrieden an seiner Zigarre und trank einen Schluck Wein.

»Eine geniale Idee, das Heroin in Tomatendosen zu verstecken«, sagte Michael Voss. »Ich hätte nicht gedacht, dass wir das so schnell hinbekommen.«

»Wenn Sie es nicht geschafft hätten, würden wir keine Geschäfte mehr machen«, sagte Markovic. »Und Sie wären tot«, hätte er hinzufügen können.

Ich zog mein Handy aus der Tasche und gab die Infos in Windeseile an Anna durch. Sie waren Gold wert und erhöhten die Chancen, den Megadeal zu vereiteln, um ein Vielfaches. Gleich nachdem ich die Mail geschickt hatte, löschte ich sie wieder, nur für den Fall, dass man mich erwischte und mein Handy checkte. Die Mail, in der ich Anna mitgeteilt hatte, dass ich in der Villa war, ließ ich stehen. Ich steckte mein Handy in die Anoraktasche zurück.

Ich hörte noch eine Weile zu, erhielt aber nur noch wenige Informationen. Ein Hubschrauber würde Markovic und Voss gegen Mitternacht abholen und zum Irschenberg bringen. Der Spediteur hatte anscheinend mehr in der serbischen Mafia zu sagen, als wir angenommen hatten. Wo Novak und Banik waren, wusste ich nicht. Besser, ich verließ die Villa so schnell wie möglich, bevor ich ihnen in die Arme lief und ausgerechnet hier mein Leben aushauchte.

30

Finale am Tegernsee

Gerade als ich verschwinden wollte, meldete sich Sandra zu Wort. Sie hatte bisher überhaupt nichts gesagt, sich darauf beschränkt, Markovic verführerisch anzulächeln, wenn sich ihre Blicke kreuzten, und mit ihren lasziven Bewegungen auch Voss in Unruhe zu versetzen. Wenn er klug war und weiterhin Geschäfte mit der Mafia abschließen wollte, hielt er sich von ihr fern.

Dass Sandra in diesen Stunden nichts mit Männern im Sinn hatte, erkannte man schon an ihrer Kleidung. Jeans, Pullover, flache Turnschuhe und griffbereit auf dem Sessel neben ihr ein Anorak, alles schwarz, selbst die Schuhe, damit man sie im Dunkeln nicht gleich sah. Ihre Haare hatte sie zu einem Pferdeschwanz gebunden. In ihrem Schulterholster steckte eine Pistole, eine HK P7, eine Allerweltpistole, wie sie von zahlreichen Killern benutzt wurde.

»Ich hab vorher noch was zu erledigen«, sagte sie.

»Der Bulle aus Frankfurt?«

Sie nickte. »Er und diese Schickse von der Dorfpolizei. Die beiden sind uns dichter auf den Fersen, als uns lieb sein kann. Besser, ich eliminiere sie.«

»Im Schlaf?«

»Da stirbt's sich am leichtesten.«

»Und wo wollen wir uns treffen?«

»Pavlovci.« Es klang wie ein serbisches Codewort, das

Voss nicht verstehen sollte, aber ich hatte Markovic lange genug studiert, um zu wissen, dass er aus Pavlovci stammte, einem Dorf wenige Kilometer nördlich von Ruma.

Ich hatte genug gehört und zog mich langsam zurück. Wieder hatte ich Glück und kam ungestört bis zur Kellertreppe, doch als ich hinabsteigen wollte, hörte ich plötzlich Schritte, und mir blieb nichts anderes übrig, als in den ersten Stock zu fliehen. Auch dort waren Stimmen und Schritte zu hören, die rasch näher kamen und mich zwangen, in die nahe Toilette auszuweichen.

Gerade noch rechtzeitig verriegelte ich die Tür. Ich hörte, wie sich die Schritte meinem Versteck näherten und jemand zu öffnen versuchte. Eine vorwurfsvolle Männerstimme auf Serbisch erklang. Ich verstand kein Wort außer dem Namen Novak und konnte mir denken, was der Mann sagte. Beeil dich, Novak! Mach voran, Novak, ich muss auch mal. Irgendwas in der Art.

Der Mann, wahrscheinlich Banik, rüttelte an der Klinke und machte mich nervös. Falls er mich entdeckte, war ich geliefert. Ich brummte irgendwas, und er zog ab, wieder mit einer mürrischen Bemerkung, hoffentlich der Ankündigung, es in einem anderen Stockwerk zu versuchen. In einer riesigen Villa wie dieser gab es sicher mehrere Toiletten. Die Schritte entfernten sich.

Ich wollte nach unten, aber dort waren jetzt Markovic und Voss zu hören, und ich war gezwungen, mich weiter nach oben zu bewegen. Im zweiten Stock fand ich einen Abstellraum mit Besen, Eimern und Putzmitteln und zwängte mich hinein, nicht gerade das bequemste Versteck, aber groß genug, um es eine Weile auszuhalten. Angesichts der

Gefahr, entdeckt zu werden, hatte ich meinen Plan geändert. Ich würde warten, bis Markovic, Voss und ihre Leute gegangen waren und erst dann das Haus verlassen.

Nachdem ich die Tür verschlossen hatte, tastete ich mich im Dunkeln zu dem Hocker an der Rückwand vor und setzte mich. Ich textete Anna, was Markovic plante, dass Sandra uns beide umbringen wollte und ich in der Villa bleiben würde, bis die Luft wieder rein war. Gleich darauf löschte ich die Nachricht wieder. Selbst für den Fall, dass man mich entdeckte, sollte niemand wissen, dass die Polizei am Irschenberg auf die Drogenhändler wartete.

Es war reichlich unbequem in der Abstellkammer, und der Gestank irgendwelcher Putzmittel stieg mir unangenehm in die Nase. Dennoch war ich den Umständen entsprechend zufrieden. Ich hatte meinen Job erledigt, wenn auch ohne offiziellen Auftrag. Das LKA wusste jetzt, wie, wo und wann die Drogenübergabe stattfinden sollte, und dass Markovic höchstpersönlich am Irschenberg auftauchen wollte. Mir war klar, dass sie keine Leute abziehen würden, um mich zu befreien, dazu war die Situation zu heikel, und eine solche Aktion würde den Erfolg der LKA-Initiative nur gefährden. Man würde mich als Kollateralschaden abschreiben und in der Pressekonferenz in einem Nebensatz erwähnen, wenn überhaupt. Ich war auf mich selbst angewiesen.

Die Zeit verging quälend langsam. Obwohl ich, wie im Flugzeug, alle paar Minuten die Füße bewegte, war die Abstellkammer nicht gerade dazu angetan, mich beweglich zu halten. Falls mich jemand entdeckte, waren meine Chancen, diese Begegnung zu überleben, gleich Null. Mit einem Krampf in den Beinen und geblendeten Augen ließ sich schlecht kämpfen. Ich blickte alle paar Minuten auf die Uhr, beschloss, mein Versteck zu verlassen, und verwarf den Gedanken gleich wieder. Anna meldete sich nicht, hatte sicher genug mit ihrem Einsatz zu tun oder wollte mir keine falschen Hoffnungen machen. Natürlich würde sie versuchen, das LKA zu überreden, eine Einheit zu meiner Befreiung loszuschicken, auch wenn sie wusste, dass man sich niemals darauf einlassen würde. Das LKA durfte den Zugriff auf den größten Drogendeal des Jahrzehnts und die Festnahme von Markovic nicht gefährden.

Eine Ewigkeit schien zu vergehen, bis die Zeiger meiner Armbanduhr auf Mitternacht rückten, und das Rattern eines Hubschraubers den Abflug von Markovic und Voss ankündigte. Nachdem er sich von der Villa entfernt hatte, öffnete ich die Tür einen Spalt und hörte den aufheulen Motor eines SUV. War ich allein? Hatte ich es geschafft? Hatten alle Verbrecher die Villa verlassen, und ich konnte entspannt zu meinem Wagen zurückkehren, Sandra zum Hotel folgen und sie dort festnehmen? Zu viel des Guten, um wirklich wahr zu sein.

Ich wartete weitere zehn Minuten und verließ die Abstellkammer. Zuerst nur zögernd, dann immer zuversichtlicher ging ich ins Parterre hinab. Zum Teufel, ich hatte es geschafft, nur noch ein paar Meter, und ich war draußen.

»Das reicht, Herr Kommissar!«

Ich blieb wie angewurzelt stehen und sah Sandra im Halbdunkel des Flurs auftauchen, die Pistole schussbereit in der rechten Hand. In der anderen Hand hielt sie Handschellen und einen Lederstrick. Was nur heißen konnte, dass sie mich nicht gleich erschießen wollte. Aber warum? Jede andere Profikillerin hätte emotionslos abgedrückt und sich anschließend aus dem Staub gemacht.

»Auf den Bauch legen, die Hände in den Nacken!«

Ich befolgte ihren Befehl und legte mich auf den Flauschteppich. Sie zog meine Arme auf den Rücken und legte mir die Handschellen an. Mit geübten Griffen durchsuchte sie mich nach einer Waffe und zog stattdessen mein Smartphone aus der Anoraktasche. Wie ich vorausgesehen hatte, checkte sie meine Anrufe und Emails.

»Damit kommen Sie nicht durch, Sandra!«, sagte ich.

Sie beachtete mich gar nicht, steckte mein Handy ein und band meine Fußgelenke zusammen. Am Kragen zog sie mich durch den Flur, wälzte mich in dem Raum, in dem ich sie mit Markovic und Voss belauscht hatte, und drehte mich unsanft auf den Rücken. Keine angenehme Lage, wenn die Hände auf dem Rücken gefesselt sind. Sie zog einen Stuhl heran und setzte sich. »Sie sind ein hartnäckiger Bursche, Herr Kommissar. Warum sind Sie nicht bei Ihrer Wellness geblieben und haben sich aus allem herausgehalten?«

»Warum töten Sie wahllos Menschen?«

»Weil sie es verdient haben.«

»So wie ich?«

»So wie Alois und Bruno«, erwiderte sie. »Anstatt sich darüber zu freuen, mit mir die Nacht verbringen zu dürfen, haben sie versucht, mich reinzulegen.«

»Alois hat Sie reingelegt?«

»Er hat mich belauscht und Beweise gegen mich gesammelt. Und er hat versucht, mich damit zu erpressen. Das konnte ich nicht durchgehen lassen.«

»Jetzt hat die Polizei den Beweis.« Ihr entsetzter Blick war wenigstens eine kleine Genugtuung. »Eine Audio-Datei, die er in einem Bankschließfach deponiert hatte. Daran hätten Sie denken sollen, wenn Sie sich mit einem Sparkassenleiter einlassen. Menschen wie er gehen immer auf Nummer sicher.«

»Diese kleine Ratte!«

»Sie haben in seinem Haus gesucht, ich weiß.« Ich grinste schadenfroh und konnte froh sein, dass sie mir nicht den Revolver übers Gesicht zog, obwohl das auch keinen Unterschied mehr gemacht hätte. »Warum haben Sie sich überhaupt mit Alois eingelassen? Einem biederen Sparkassenleiter! Ich dachte, eine Dame wie Sie gibt sich nur mit reichen Männern wie Markovic ab.«

Darauf wusste sie keine Antwort.

»Sie brauchen die Männer, nicht wahr? Egel wen.«

»Halten Sie den Mund!«

»Nur eins würde mich interessieren«, gab ich keine Ruhe. »Warum töten Sie Alois mit seinem eigenen Messer? Wie eine blutige Amateurin? Und warum haben Sie ihn nicht am Tatort liegen gelassen? Das war unvorsichtig.«

»Es gibt keine Beweise, und man wird mich dafür nicht belangen können. In einer halben Stunde sind Sie tot, und noch heute Nacht bin ich über alle Berge! Nachdem ich Ihre Freundin umgelegt habe. Auch sie hat es verdient.«

»Weil sie eine Killerin verfolgt? Wer hat Sie bewusstlos geschlagen?«

»Im Hotel? Sie sind darauf reingefallen, nicht wahr?«

»Banik und Novak, nehme ich an. Um uns abzulenken?«

»War einen Versuch wert.«

»Und Alois?«

»Alois ging mir auf die Nerven. Ein biederer Durchschnittsbürger, der mir beinahe hörig war und fast durchdrehte, als er mir auf die Schliche kam.«

»Und warum haben Sie ihn aus dem Weg geräumt?«

»Ich hab ihn wegräumen *lassen*«, erwiderte sie. Von Banik und Novak, nahm ich an. »Man hatte Alois und mich zusammen im Wagen gesehen, und ich wollte, dass er woanders gefunden würde. Jetzt zufrieden?« Sie lächelte spöttisch. »Was haben Sie davon, Ihr neues Wissen mit ins Grab zu nehmen?«

»Nichts.« Meine Handgelenke schmerzten höllisch, aber ich wollte ihr nicht die Genugtuung geben, mich jammern zu sehen. »Und Bruno haben Sie umgebracht, weil Sie Angst hatten, er könnte Ihr Handy durchsucht haben? Noch so ein Anfängerfehler, der Sie mächtig in die Bredouille gebracht hat.«

»Bruno wollte mich für sich allein haben.«

»Und deshalb die Show mit dem Mord im Theater?«

»Das passte doch. Der Mord an zwei Folkloretypen, begangen von einem Gelegenheitskiller, der keine Ahnung vom Töten hat und keinen sauberen Job macht. Das passte alles. Bis Sie und diese Anna mir auf den Pelz gerückt sind.«

»Und wozu die Farce mit Martin Lenz? Für den bürgerlichen Anstrich?«

»Bei ihm war ich sicher.«

»Bei Markovic nicht?«

Wieder dieses spöttische Grinsen. »Manchmal gehört Liebe zum Geschäft. Ich hab ihn in der Hand und kann alles von ihm haben. Und wenn man mich jemals verhaften sollte, packe ich über ihn aus und bin sofort wieder frei.«

»Sie sind eine gemeine Killerin, weiter nichts, Sandra!«

»Und hungrig nach Liebe.«

Sie legte ihre Pistole auf den Tisch und begann, den Reißverschluss meiner Jeans zu öffnen. Erst jetzt begriff ich, was sie von mir wollte und warum sie mich noch nicht erschossen hatte. Ich war so perplex, dass ich sekundenlang überhaupt nicht reagierte. Hatte die Frau denn komplett den Verstand verloren?

Entsetzt beobachtete ich, wie sie an meiner Hose zerrte. Ungeduldig wie eine Liebhaberin, die nichts anderes im Sinn hatte. Sie musste krank oder verrückt sein, ein normaler Mensch wäre zu so etwas niemals fähig gewesen.

»Du gefällst mir«, sagte sie.

»Hände hoch! Sofort!«, kam die scharfe Ansage von der Tür.

»Anna!«, flüsterte ich ungläubig.

Sie musste sofort losgefahren sein, nachdem sie meine Mail erhalten hatte, und war so leise gewesen, dass Sandra und ich sie beide nicht gehört hatten.

»Hände hoch!, habe ich gesagt.«

Sandra war keine Frau, die ohne Gegenwehr aufgab, selbst wenn alles gegen sie sprach und sie eigentlich keine Chance mehr hatte. Doch bis zu ihrer Pistole auf dem Tisch waren es zwei Schritte, und sie hatte erst einen getan, als Anna schoss, und die Kugel ihren rechten Arm durchschlug und sie zu Fall brachte. Sandra stürzte vor meinen Füßen zu Boden und fluchte laut.

»Gutes Timing«, sagte ich zu Anna.

Anna brauchte nicht lange, um mich von den Handschellen und den Stricken zu befreien und sich um Sandra zu kümmern. Die Killerin musste höllische Schmerzen haben und konnte von Glück sagen, dass Anna ihre Hände nicht auf dem Rücken, sondern vor ihrem Körper fesselte. »Esther Weizman, ich verhafte Sie wegen des Mordes an Alois Hinterseer und Bruno Obermüller sowie zahlreicher anderer Verbrechen, die sicher noch zur Sprache kommen werden.« Sie griff nach einer Stoffserviette, die sie in einer Kommode fand und verband die Wunde. »Glatter Durchschuss. Nicht der Rede wert.«

»Sie hätten besser zielen sollen«, presste Sandra hervor.

»Wenn ich danebengeschossen hätte, wären Sie jetzt tot.«

Ich war inzwischen aufgestanden, schloss meinen Reißverschluss und rieb mir die Handgelenke. Ich würde ein weiteres Jod-und-Schwefel-Bad brauchen, um wieder in Form zu kommen. »Ich hab gefühlte sechs Stunden in der Abstellkammer gesessen«, sagte ich.

»Schneller ging's leider nicht«, erwiderte Anna. »Schüler wollte mich gar nicht weglassen, von wegen, du hättest eigenmächtig gehandelt und müsstest die Konsequenzen tragen. Als ich ihm sagte, dass ich allein gehen würde, fing er an zu toben. Dabei hätte er ohne dich gar nicht gewusst, was Sache ist. Er hat mir mit Suspendierung gedroht, aber das war mir egal. Bist du okay?«

»Es geht mir gut, Anna. Jetzt geht es mir gut.«

Während ich mein Handy aus Sandras Hosentasche zog, rief Anna bei Schüler an und kam kaum zu Wort, als der LKA-Mann zu toben begann. Sie hielt ihr Handy von sich weg und ließ ihn gewähren, ging erst wieder dran, als er ruhiger wurde. »Hauptkommissar Possmann ist in Sicherheit«, sagte sie. »Wie ist die Operation gelaufen? Hast du die Leute festnehmen können?«

Sie stellte auf Lautsprecher, damit ich mithören konnte.

»Wir haben hundert Kilo Heroin sichergestellt, vielleicht sogar mehr. Sie wollten es in die Lieferwagen umladen und wahrscheinlich in ganz Bayern in Umlauf bringen. Das verdammte Zeug war in Konservendosen versteckt.«

»Wie Possmann herausgefunden hatte.«

»Possmann! Possmann! Den haben wir dazu nicht gebraucht!«

»Du hattest doch keine Ahnung!«

Schüler explodierte. »Und du? Was hast du getan? Die ganze Operation gefährdet, nur weil du deinen Lover retten wolltest! Das wird Folgen haben!«

»Ach ja? Was ist mit Markovic?«

»Den haben wir nicht erwischt.«

»Weil du mir nicht geglaubt hast.«

»Unsinn.«

»Aber wir haben Sandra Henscheid alias Esther Weizman«, erwiderte Anna voller Genugtuung. »Gefesselt, nur leicht verletzt und für den Abtransport bereit. Also schick deine Truppen zur Villa, außerdem einen Krankenwagen.«

»Sie hat versprochen, über Markovic auszupacken«, mischte ich mich ein. »Könnte sein, dass wir uns auf einen teuren Deal mit ihr einlassen müssen, aber ich sicher, dass wir mit ihrer Hilfe den ganzen Laden ausheben können.«

»Okay«, sagte er nur.

Schüler ersparte sich die Schmach, persönlich bei uns vorzusprechen, und überließ es seinen Hilfstruppen, Sandra verarzten und verhaften zu lassen. Als sie endlich gegangen waren, leuchtete bereits die Sonne über den Bergen und verdrängte die letzten Gewitterwolken vom Himmel. Pinkfarbener Nebel verfing sich in den Fichten an den Berghängen und senkte sich auf den Tegernsee.

Wir gingen zum Ufer hinunter und blickten auf den See hinaus.

»Ich bin froh, dass es dich gibt, Anna«, sagte ich.

»Weil ich dir den Arsch gerettet habe?«

»Weil ich dich liebe. So richtig.«

»Ich liebe dich auch. So richtig.«

»Dann starten wir jetzt eine Fernbeziehung?«

»Zur Not komme ich mit Blaulicht und Sirene.«

»Ich lasse die Autobahn für dich sperren.«

»Und später?«, fragte sie.

»Wir finden einen Weg«, erwiderte ich. »Und wenn ich nach Bayern ziehen muss.«

»Sakradi«, sagte sie und küsste mich.